MADELEINE

FÉRAT

DU MÊME AUTEUR :

LA CONFESSION DE CLAUDE. 1 vol. in-18. . 3 50

THÉRÈSE RAQUIN. 5ᵉ édition. 1 vol. in-18. . 3 50

PARIS. — IMPR. Vᵛᵉ P. LAROUSSE ET Cⁱᵉ, RUE NOTRE-DAME-DES-CHAMPS, 49

ÉMILE ZOLA

MADELEINE FÉRAT

Troisième Édition

PARIS

C. MARPON ET E. FLAMMARION

LIBRAIRES

1 à 7, galeries de l'Odéon et rue Rotrou, 4

A. LACROIX ET Cie, ÉDITEURS

A EDOUARD MANET

Le jour où, d'une voix indignée, j'ai pris la défense de votre talent, je ne vous connaissais pas.
Il s'est trouvé des sots qui ont osé dire alors que
nous étions deux compères en quête de scandale.
Puisque les sots ont mis nos mains l'une dans l'autre,
que nos mains restent unies à jamais. La foule a
voulu mon amitié pour vous; cette amitié est aujourd'hui entière et durable, et je désire vous en
donner un témoignage public en vous dédiant cette
œuvre.

ÉMILE ZOLA.

1er septembre 1868.

MADELEINE FÉRAT

I

Guillaume et Madeleine descendirent de wagon à la station de Fontenay. C'était un lundi, le train se trouvait
presque vide. Cinq ou six compagnons de voyage, des
habitants du pays qui rentraient chez eux, se présentè-
rent à la barrière avec les jeunes gens, et s'en allèrent
chacun de son côté, sans donner un coup d'œil aux horizons, en gens pressés de regagner leur logis.

Au sortir de la gare, le jeune homme offrit son bras à
la jeune femme, comme s'ils n'avaient pas quitté les
rues de Paris. Ils tournèrent à gauche et remontèrent
doucement la magnifique allée d'arbres qui va de Sceaux
à Fontenay. Tout en montant, ils regardaient, au bas du
talus, le train qui se remettait en marche, avec des ho-
quets sourds et profonds.

Quand le train se fut perdu au milieu des feuillages,

1

Guillaume se tourna vers sa compagne et lui dit avec un sourire :

— Je vous ai prévenue, je ne connais pas du tout le pays, et je ne sais trop où nous allons.

— Prenons ce sentier, répondit simplement Madeleine, il nous évitera de traverser les rues de Sceaux.

Ils prirent la ruelle des Champs-Girard. Là, brusquement, le rideau d'arbres de la grande allée s'ouvre et laisse voir le coteau de Fontenay ; en bas, il y a des jardins, des carrés de prairie dans lesquels se dressent, droits et vigoureux, d'énormes bouquets de peupliers ; puis des cultures montent, coupant les terrains en bandes brunes et vertes, et, tout en haut, au bord de l'horizon, blanchissent, à travers les feuilles, les maisons basses du village. Vers la fin septembre, entre quatre et cinq heures, le soleil, en s'inclinant, rend adorable ce bout de nature. Les jeunes gens, seuls dans le sentier, s'arrêtèrent instinctivement devant ce coin de terre d'une verdure presque noire, à peine dorée par les premières rousseurs de l'automne.

Ils se donnaient toujours le bras. Il y avait entre eux cette vague gêne d'une intimité récente qui a marché trop vite. Lorsqu'ils venaient à songer qu'ils se connaissaient depuis huit jours au plus, ils éprouvaient une sorte de malaise à se trouver ainsi seul à seule, en pleins champs, comme des amants heureux. Se sentant encore étrangers et forcés de se traiter en camarades, ils osaient à peine se regarder ; ils ne se parlaient qu'en hésitant, par crainte de se blesser sans le vouloir. Ils étaient l'inconnu l'un pour l'autre, l'inconnu qui effraie et qui attire. Dans leurs allures lentes d'amoureux, dans leurs paroles vides et douces, même dans les sourires qu'ils échangeaient dès que leurs yeux se rencontraient, on lisait l'inquiétude et l'embarras de deux êtres qu'un hasard marie brutalement. Jamais Guillaume n'aurait cru souffrir autant de sa première aventure, et il en attendait le dénouement avec une véritable angoisse.

Ils s'étaient remis à marcher, jetant des coups d'œil sur le coteau, coupant leurs silences par une conversation à bâtons rompus, où ils ne mettaien rien de leurs vraies pensées, et où il était question des arbres, du ciel, du paysage qui s'étendait devant eux.

Madeleine touchait à sa vingtième année. Elle portait une toilette très-simple d'étoffe grise, relevée par une garniture de rubans bleus ; un petit chapeau de paille rond coiffait ses admirables cheveux d'un roux ardent, aux reflets fauves, qui se tordaient et se massaient en un énorme chignon derrière sa tête. C'était une grande et belle fille, dont les membres souples et forts annonçaient une rare énergie. Le visage était caractéristique. Le haut avait une solidité, presqu'une dureté masculine ; la peau se tendait fortement sur le front ; les tempes, le nez et les pommettes accusaient les rondeurs de la charpente osseuse, donnant à la figure le froid et la fermeté d'un marbre ; dans ce masque sévère, les yeux s'ouvraient, larges, d'un vert grisâtre et mat, qu'un sourire éclairait par moments de lueurs profondes. Le bas du visage, au contraire, était d'une délicatesse exquise ; il y avait de voluptueuses mollesses dans l'attache des joues, aux deux coins de la bouche, où se creusaient de légères fossettes ; sous le menton, mince et nerveux, se trouvait une sorte de renflement qui allait s'attacher au cou ; les traits n'étaient plus tendus et rigides, ils étaient gras, mobiles, couverts d'un duvet soyeux, ils avaient mille petits plans flexibles et devenaient d'une finesse adorable à certains endroits où le duvet manquait ; au milieu, les lèvres un peu fortes, d'un rose vif, paraissaient trop rouges pour ce visage blanc, à la fois sévère et enfantin.

Cette étrange physionomie était faite en effet d'austérité et de puérilité. Quand le bas dormait, quand les lèvres se pinçaient dans les moments de réflexion ou de colère, on ne voyait que le front dur, l'arête nerveuse du nez, les yeux mats, le masque solide et énergique. Puis, dès qu'un sourire ouvrait la bouche, le haut semblait s'adoucir, on

n'apercevait plus que les lignes molles des joues et du
menton. On eût dit le rire d'une petite fille dans le visage
d'une femme faite. Le teint était d'une blancheur laiteuse
et transparente, à peine taché de quelques grains de rous-
seur vers les angles des tempes ; sous l'épiderme satiné,
le sang coulait, bleuissant la peau.

Souvent, l'expression ordinaire de Madeleine, une sorte
d'orgueil rude, se fondait brusquement dans un regard
d'une ineffable tendresse, d'une tendresse de femme faible
et vaincue. Un coin de son être était resté enfant. Tandis
qu'elle suivait l'étroit sentier au bras de Guillaume, elle
avait des gravités qui accablaient singulièrement le jeune
homme, et de subits abandons, des soumissions involon-
taires qui lui rendaient l'espérance. A sa démarche ferme,
légèrement cadencée, on devinait qu'elle avait cessé d'être
jeune fille.

Guillaume avait cinq ans de plus que Madeleine. C'était
un garçon grand et maigre, d'allure aristocratique. Son
visage long, aux traits amincis, eût été laid sans la pureté du teint et la hauteur du front. Toute sa physionomie
annonçait le fils intelligent et affaibli d'une forte race. Il
avait, par moment, de brusques tressaillements nerveux,
et paraissait d'une timidité d'enfant. Légèrement courbé,
il parlait avec des gestes hésitants, interrogeant Madeleine
du regard avant d'ouvrir les lèvres. Il craignait de dé-
plaire, il tremblait que sa personne, que son attitude et
sa voix ne fussent désagréables. Se défiant toujours de
lui-même, il se montrait humble et caressant. Puis,
quand il se croyait méconnu, des élans de fierté le redressaient. La fierté était toute sa force. Il aurait peut-être
commis des lâchetés, s'il n'y avait eu en lui un orgueil
inné, une susceptibilité nerveuse qui le faisaient se roi-
dir contre tout ce qui blessait ses délicatesses. C'était
un de ces êtres aux sentiments tendres et profonds qui
ont des besoins cuisants d'amour et de tranquillité, et
qui s'endorment volontiers dans une douceur éternelle;
ces êtres, d'une sensibilité de femme, oublient aisément

le monde pour se réfugier au fond de leur propre cœur, dans la certitude de leur noblesse, dès que le monde les mêle à ses hontes et à ses misères. Si Guillaume se perdait dans les sourires de Madeleine, s'il éprouvait une joie exquise à regarder son teint nacré, il lui venait parfois, à son insu, un pli de dédain aux lèvres, quand la jeune femme lui jetait un coup d'œil froid, presque moqueur.

Les jeunes gens avaient tourné le coude que fait le chemin des Champs-Girard, et se trouvaient dans une ruelle qui s'allonge entre deux murailles grises d'une monotonie désespérante. Ils pressèrent le pas pour sortir de ce corridor étroit. Puis ils continuèrent leur promenade à travers champs, par des sentiers à peine frayés. Ils passèrent au pied du coteau où se dressent les énormes châtaigniers de Robinson, et arrivèrent à Aulnay. Cette course rapide avait fouetté leur sang. Leur esprit s'était détendu aux tiédeurs du soleil, dans l'air libre qui leur soufflait à la face des bouffées âpres et chaudes. L'état tacite de guerre où ils étaient en descendant de wagon, avait peu à peu fait place à une familiarité de bons camarades. Ils oubliaient les raideurs de leur caractère; la campagne les pénétrait d'un tel bien-être qu'ils ne songeaient plus à s'observer ni à se défendre l'un contre l'autre.

A Aulnay, ils s'arrêtèrent un instant à l'ombre des grands arbres qui entretiennent en ce lieu une éternelle fraîcheur. Ils avaient eu chaud au soleil, ils sentaient avec délices le froid des feuillages leur tomber sur les épaules.

Quand ils eurent repris haleine :

— Du diable si je sais où nous sommes! s'écria Guillaume... Mange-t-on, au moins, dans ce pays?

— Oui, ne craignez rien, reprit gaiement Madeleine, nous serons à table dans une demi-heure... Venez par ici.

Elle l'entraîna vivement vers l'allée bordée de palissades qui conduit sur le plateau. Là, elle quitta son bras, se mit à courir comme un jeune chien pris de folie joyeuse. Toute sa puérilité se réveillait en elle, elle redevenait petite fille dans l'ombre fraîche, dans le silence frissonnant des arbres. Ses sourires éclairaient sa face entière et mettaient des transparences lumineuses dans ses yeux gris; les grâces enfantines de ses joues et de ses lèvres adoucissaient les lignes dures de son front. Elle allait, puis revenait, en laissant échapper des éclats de gaieté, tenant ses jupes à poignée, faisant un grand bruit d'étoffes froissées et laissant derrière elle un vague parfum de violette. Guillaume la regardait avec béatitude; il avait oublié la femme froide et orgueilleuse, il se sentait à l'aise, il s'abandonnait à ses tendresses pour cette grande enfant qui s'enfuyait en l'appelant, et qui, tout d'un coup, se tournait, accourait se pendre à son épaule, lasse, caressante.

A un endroit, le chemin a coupé une butte de sable, le sol est couvert d'une fine poudre dans laquelle le pied enfonce. Madeleine prit plaisir à choisir les places les plus molles. Elle poussait de petits cris aigus en sentant ses bottines disparaître. Elle s'efforçait de faire de grandes enjambées, et elle riait de ne pouvoir avancer, retenue par le terrain mouvant. Une fille de douze ans aurait joué ainsi.

Puis le chemin monte avec de brusques détours, entre des buttes boisées. Ce bout du vallon a un aspect solitaire et sauvage qui surprend au sortir des frais ombrages d'Aulnay; quelques rochers percent la terre, les herbes des talus sont roussies par le soleil, de grandes ronces traînent dans les fossés. Madeleine vint prendre en silence le bras de Guillaume; elle était lasse, elle éprouvait un sentiment indéfinissable sur cette route pierreuse et déserte, d'où l'on ne voyait pas une maison, et qui tournait dans une sorte de trou sinistre.

Encore frissonnante de ses jeux et de ses rires, elle s'abandonnait. Guillaume sentait son bras tiède presser le sien. A ce moment, il comprit que cette femme lui appartenait, qu'il y avait en elle, sous l'implacable énergie du cerveau, un cœur faible ayant des besoins de caresses.

Quand elle levait les yeux vers lui, elle le regardait avec une humilité tendre, avec des sourires humides. Elle se faisait souple, coquette; elle avait l'air de quêter l'amour du jeune homme comme une pauvre honteuse. La fatigue, les voluptés des ombrages, le réveil de sa jeunesse, le lieu sauvage qu'elle traversait, tout mettait dans son être une émotion amoureuse, une de ces langueurs des sens qui font tomber aux bras d'un homme les femmes les plus fières.

Guillaume et Madeleine montaient à petits pas. Parfois le pied de la jeune femme glissait sur une pierre, et elle se retenait à l'épaule de son compagnon. C'était autant de caresses, ni l'un ni l'autre ne s'y trompait. Ils ne parlaient plus, ils se contentaient d'échanger des sourires. Ce langage leur suffisait pour traduire l'unique sentiment qui emplissait leur cœur. Le visage de Madeleine était adorable sous l'ombrelle; il avait une pâleur tendre, avec des ombres d'un gris argenté; autour de la bouche, des lueurs roses couraient, et, il y avait là, au coin des lèvres, du côté de Guillaume, un petit réseau de veines bleuâtres d'une telle délicatesse qu'il prenait à ce dernier des envies folles de poser un baiser à cette place. Il était timide, il hésita jusqu'au haut de la montée. Là, en voyant tout d'un coup le plateau s'étendre devant eux, il sembla aux jeunes gens qu'ils n'étaient plus cachés. Bien que la campagne fût déserte, ils eurent peur de cette large étendue. Ils se séparèrent, inquiets, embarrassés de nouveau.

La route suit le bord de la hauteur. A gauche se trouvent des carrés de fraisiers, des champs de blé immenses et nus qui se perdent à l'horizon, plantés d'arbres rares. Au fond, le bois de Verrières fait une ligne noire qui semble border le ciel d'un ruban de deuil. Des pentes se creusent à droite, découvrant plusieurs lieues de pays; ce sont d'abord des terrains noirs et bruns, des masses puissantes de feuillage; puis les teintes et les lignes deviennent vagues, le paysage se perd dans un air bleuâtre, terminé par des collines basses dont le violet pâle se fond avec le jaune tendre du ciel. C'est une immensité, une véritable mer de coteaux et de vallons, que piquent de loin en loin la note blanche d'une maison, le jet sombre d'un bouquet de peupliers.

Madeleine s'arrêta, grave et songeuse, devant cette immensité. Des souffles chauds couraient, un orage montait lentement du fond de la vallée. Le soleil venait de disparaître derrière une vapeur épaisse, et, de tous les points de l'horizon, grandissaient de lourds nuages d'un gris cuivré. La jeune femme avait repris sa physionomie dure et muette; elle semblait avoir oublié son compagnon, elle regardait le pays avec une attention curieuse, comme une vieille connaissance. Puis ses yeux se fixèrent sur les nuages sombres, et elle parut rêver à de cuisants souvenirs.

Guillaume, debout, à quelques pas d'elle, l'examinait, pris de malaise. Il sentait qu'un abîme se creusait à chaque instant entre elle et lui. A quoi pouvait-elle rêver ainsi ? Il souffrait de n'être pas tout pour cette femme. Il se disait, avec une secrète frayeur, qu'elle avait vécu vingt ans sans lui. Ces vingt années lui paraissaient d'un noir terrible.

A coup sûr, elle connaissait le pays; elle y était peut-être venue jadis avec un amant. Guillaume mourait d'envie de la questionner, mais il n'osa le faire avec franchise; il craignit de recevoir une réponse sincère qui blessât son amour. Il ne put cependant s'empêcher de demander en hésitant :

— Vous êtes venue quelquefois ici, Madeleine ?

— Oui, répondit-elle d'une voix brève, plusieurs fois... Hâtons-nous, il pourrait pleuvoir.

Ils se remirent en marche, à quelque distance l'un de l'autre, perdus chacun dans ses pensées. Ils arrivèrent ainsi au chemin de ronde. Là, à la lisière du bois, se trouve le restaurant où Madeleine conduisait son compagnon. C'est une laide bâtisse carrée que les pluies ont crevassée et noircie; sur le derrière, du côté du bois, une haie vive enclôt une sorte de cour plantée d'arbres maigres. Cinq ou six bosquets couverts de houblon s'appuient contre cette haie. Ce sont les cabinets particuliers du cabaret ; des tables et des bancs de bois grossiers s'y allongent, fixés dans la terre ; sur les planches des tables, les culs des verres ont laissé des ronds rougeâtres.

L'hôtesse, une grosse femme commune, poussa un cri de surprise en voyant Madeleine.

— Ah! bien, cria-t-elle, je vous croyais morte; il y a plus de trois mois qu'on ne vous a vue... Vous vous portez bien?...

A ce moment, elle aperçut Guillaume et retint une autre question qu'elle avait sur les lèvres. Elle parut même décontenancée par la présence de ce jeune homme qui lui était inconnu. Ce dernier vit son étonnement et se dit qu'elle s'attendait sans doute à un autre visage.

— Bien, bien, reprit-elle en se faisant moins familière, vous voulez dîner, n'est-ce pas? On va dresser votre couvert dans un bosquet.

Madeleine avait reçu tranquillement les marques d'amitié de la cabaretière. Elle défit son châle, ôta son chapeau, et alla porter le tout dans une chambre du rez-de-chaussée qu'on louait à la nuit aux Parisiens attardés. Elle paraissait chez elle.

Guillaume était entré dans la cour. Il se promena çà et là, assez embarrassé de ses membres. Personne ne faisait attention à lui, tandis que la laveuse de vaisselle et le chien lui-même fêtaient Madeleine.

Quand celle-ci revint, elle avait retrouvé son sourire. Elle s'arrêta un instant sur le seuil ; sa chevelure, libre et nue, flambait dans un dernier rayon de soleil, donnant une blancheur de marbre à sa peau ; sa poitrine et ses épaules, débarrassées du châle, avaient une largeur puissante et des souplesses exquises. Le jeune homme jeta un regard, plein d'une admiration inquiète, sur cette belle créature frémissante de vie. Un autre sans doute l'avait vue ainsi, souriante sur le seuil de cette porte. Dans le

I.

malaise que lui causait cette pensée, il éprouvait un désir
violent d'aller prendre Madeleine entre ses bras, de la
serrer contre sa poitrine pour qu'elle oubliât cette maison, cette cour, ces bosquets, et ne songeât qu'à lui.

— Dînons vite, cria joyeusement la jeune femme...
Eh! Marie, cueillez un gros saladier de fraises... J'ai une
faim !

Elle oubliait Guillaume. Elle regarda dans chaque bosquet, cherchant le couvert. Quand elle aperçut la nappe :

— Ah! non, par exemple! dit-elle. Je ne m'asseoierai pas
sur ce banc-là. Je me rappelle qu'il est couvert de grands
clous qui m'ont déchiré une robe... Mettez le couvert ici,
Marie ?

Elle s'installa devant la nappe blanche sur laquelle la
servante n'avait pas encore eu le temps de poser les as-
siettes. Alors elle se souvint de Guillaume, elle l'aperçut
debout à quelques pas.

— Eh bien ! lui dit-elle, vous ne venez pas vous mettre
à table ?... Vous vous tenez là comme un cierge.

Elle éclata de rire. L'orage qui montait, lui donnait une
gaieté nerveuse. Elle avait des gestes secs, des paroles
brèves. Le temps orageux, au contraire, accablait Guillaume, qui s'affaissait, les membres brisés, ne répondant
que par monosyllabes. Le dîner dura plus d'une heure.
Les jeunes gens étaient seuls dans la cour; pendant la semaine, les restaurants de la banlieue restent vides. Madeleine parla tout le temps; elle parla de son enfance, de son
séjour dans un pensionnat des Ternes, racontant avec
mille détails les ridicules des sous-maîtresses et les espié-
gleries des enfants; elle fut intarissable sur ce sujet, trouvant toujours au fond de ses souvenirs quelque bonne histoire qui la faisait rire à l'avance. Elle racontait tout cela
avec des mines enfantines, avec des filets de voix de petite fille. A plusieurs reprises, Guillaume essaya de l'attirer
sur un passé moins lointain; comme ces malheureux qui
souffrent et qui sont toujours tentés de porter la main à
leur blessure, il aurait voulu l'entendre parler de sa vie

d'hier, de sa vie de jeune fille et de femme ; il inventait des transitions habiles pour la forcer à lui apprendre dans quelles circonstances elle avait déchiré une robe en dînant sous un de ces bosquets. Mais Madeleine éludait les questions, se replongeait, avec une sorte d'entêtement, dans les naïves histoires de son premier âge. Cela paraissait la soulager, détendre ses nerfs, lui faire accepter plus naturellement son tête-à-tête avec un garçon qu'elle connaissait depuis huit jours à peine. Lorsque Guillaume la regardait avec des yeux où passaient des lueurs de désir, lorsqu'il avançait la main pour frôler la sienne, elle prenait un plaisir étrange à ne point baisser les paupières, et à commencer ainsi une anecdote : « J'avais alors cinq ans... »

Vers la fin du dîner, comme ils étaient au dessert, de grosses gouttes de pluie mouillèrent la nappe. Le jour était brusquement tombé. Le tonnerre grondait au loin et se rapprochait avec le fracas sourd et continu d'une armée en marche. Un large éclair violet courut sur la nappe blanche.

— Voici l'orage, dit Madeleine. Oh ! j'aime les éclairs !

Elle se leva et alla au milieu de la cour pour mieux voir. Guillaume était resté assis sous le bosquet. Il souffrait. Un orage lui causait une étrange épouvante. Son esprit demeurait ferme, il n'avait point peur d'être foudroyé, mais toute sa chair se révoltait au bruit de la foudre, surtout aux lueurs aveuglantes des éclairs. Quand un éclair lui brûlait les yeux, il lui semblait recevoir un coup violent dans la poitrine, il éprouvait une angoisse dans l'estomac qui le laissait frémissant, éperdu.

C'était là un simple phénomène nerveux. Mais cela ressemblait à de la crainte, à de la lâcheté, et Guillaume était désolé de paraître poltron devant Madeleine. Il avait mis la main sur ses yeux. Enfin, ne pouvant lutter contre la rébellion de tous ses nerfs, il appela la jeune femme ; il lui demanda, d'une voix qu'il s'efforçait de rendre calme, s'il n'était pas plus prudent d'aller achever leur dessert dans l'intérieur du restaurant.

— Mais il ne pleut presque pas, répondit Madeleine. Nous pouvons rester encore.

— Je préférerais rentrer, reprit-il en hésitant, la vue des éclairs me fait mal.

Elle le regarda d'un air étonné.

— Ah! dit-elle simplement, rentrons, alors.

Une servante porta le couvert dans la salle commune du cabaret, une grande pièce nue, aux murs noircis, qui avait pour tous meubles des tables et des bancs. Guillaume s'assit, le dos tourné aux fenêtres, devant une assiettée de fraises à laquelle il ne toucha pas. Madeleine acheva ses fraises vivement, puis se leva et alla ouvrir une fenêtre qui donnait sur la cour. Là, elle s'accouda, elle regarda le ciel en feu.

L'orage éclatait avec une violence inouïe. Il s'était arrêté au-dessus du bois, écrasant l'air sous le poids brûlant des nuages. La pluie avait cessé, quelques souffles de vent brusques échevelaient les arbres. Les éclairs se succédaient avec une telle rapidité qu'il faisait jour dehors, un jour bleuâtre qui donnait à la campagne un air de décor de mélodrame. Les coups de tonnerre ne roulaient pas dans les échos de l'air et de la vallée ; ils avaient la sécheresse et la netteté de détonations d'artillerie. La foudre devait frapper les arbres autour du cabaret. Entre chaque décharge, il y avait un silence effrayant.

Guillaume éprouvait une anxiété cuisante à la pensée qu'une fenêtre était ouverte derrière son dos. Malgré lui, par une sorte de mouvement nerveux, il tournait la tête, il apercevait Madeleine toute blanche dans la lumière violette des éclairs. Ses cheveux roux, que la pluie avait mouillés dans la cour, retombaient sur ses épaules, s'enflammant à chaque clarté brusque.

— Oh! que c'est beau! cria-t-elle. Venez donc voir, Guillaume. Il y a un arbre là-bas qui semble tout en flamme. On dirait que les éclairs courent sous le bois comme des bêtes échappées... Et le ciel!... Ah! bien, c'est un fameux feu d'artifice !

Le jeune homme ne put résister davantage à l'envie folle qu'il avait d'aller fermer les volets. Il se leva.

— Voyons, dit-il avec impatience, fermez la fenêtre. C'est dangereux ce que vous faites là.

Il s'avança et toucha le bras de Madeleine. Celle-ci se tourna à demi.

— Vous avez donc peur ? lui dit-elle.

Et elle eut un rire gras, un de ces rires méprisants de femme qui se moque. Guillaume baissa la tête. Il hésita un instant à aller reprendre sa place devant la table ; puis, vaincu par son angoisse :

— Je vous en prie, balbutia-t-il.

A ce moment, les nuages crevaient, des torrents d'eau tombaient du ciel. Un ouragan se leva qui poussa un flot de pluie dans la salle. Madeleine se décida à fermer la fenêtre. Elle revint s'asseoir en face de Guillaume.

Au bout d'un silence :

— Quand j'étais petite, dit-elle, mon père me prenait dans ses bras, les jours d'orage, et me portait à la fenêtre. Je me rappelle que, les premières fois, je me cachais la face contre son épaule ; puis cela m'a amusée de voir les éclairs... Vous avez peur, vous ?

Guillaume leva la tête.

— Je n'ai pas peur, répondit-il doucement, je souffre.

Le silence se fit de nouveau. L'orage continuait avec des éclats terribles. Pendant près de trois heures, le tonnerre gronda. Guillaume resta tout ce temps-là sur sa chaise, affaissé, inerte, le visage pâle et défait. Madeleine, en voyant ses tressaillements nerveux, avait fini par comprendre qu'il souffrait réellement ; elle le regardait avec un intérêt mêlé de surprise, étonnée qu'un homme eût des nerfs plus délicats qu'une femme.

Ces trois heures furent pour les jeunes gens d'une longueur désespérante. Ils échangèrent à peine quelques mots. Leur dîner d'amoureux s'achevait étrangement. Enfin le tonnerre s'éloigna, la pluie tomba plus fine. Madeleine alla ouvrir la fenêtre.

— C'est fini, dit-elle. Venez, Guillaume, il n'y a plus d'éclairs.

Le jeune homme, soulagé, respirant à l'aise, vint s'accouder auprès d'elle. Ils restèrent là un moment. Puis elle tendit la main au dehors.

— Il ne pleut presque plus, reprit-elle. Il nous faut partir, si nous ne voulons pas manquer le dernier train.

La cabaretière entrait dans la salle.

— Vous couchez ici, n'est-ce pas? demanda-t-elle. Je vais préparer votre chambre.

— Non, non, répondit vivement Madeleine, nous ne couchons pas ici, je ne veux pas. Nous n'étions venus que pour dîner, n'est-ce pas Guillaume? Nous allons partir.

— Mais c'est impossible! Les chemins sont impraticables à cette heure. Vous n'arriverez jamais.

La jeune femme paraissait très-agitée. Elle se débattait, elle répétait :

— Non, je veux m'en aller ; nous ne devions pas rester la nuit.

— Faites comme vous voudrez, reprit l'hôtesse, seulement, si vous vous hasardez dehors, au lieu de coucher à l'abri, vous coucherez dans la campagne : voilà tout.

Guillaume ne disait rien ; il se contentait de regarder Madeleine d'une façon suppliante. Celle-ci évitait de rencontrer ses regards ; elle allait et venait d'un pas fiévreux, en proie à une lutte violente. Elle finit, malgré sa ferme intention de ne point le regarder, par lever les yeux sur son compagnon ; elle le vit si humble, si soumis devant elle, que sa volonté s'amollit. Il y eut un échange de regards qui la brisa. Elle fit encore quelques pas, le front dur, la face froide ; puis, d'une voix nette et brève :

— Soit! dit-elle à la cabaretière, nous coucherons ici.

— Alors je vais préparer la chambre bleue.

Madeleine eut un brusque mouvement.

— Non, pas celle-là, une autre, reprit-elle d'un ton étrange.

— C'est que toutes les autres sont occupées.

La jeune femme hésitait encore. Un nouveau combat se livrait en elle. Elle murmura :

— Nous ferions mieux de partir.

Mais elle rencontra une seconde fois le regard suppliant de Guillaume. Elle céda.

Pendant qu'on mettait des draps au lit, les jeunes gens sortirent du restaurant. Ils allèrent s'asseoir sur le tronc d'un arbre abattu qui gisait dans un pré, à l'entrée du bois.

La campagne respirait au loin, dans la fraîcheur de la pluie. Des souffles froids traversaient l'air tiède encore où traînaient des senteurs âcres de verdure et de terre mouillées. Des bruits étranges s'élevaient sous le bois, des bruits de feuilles qui s'égouttaient, de gazons qui buvaient l'eau tombée. C'était un frisson universel, ce frisson voluptueux des champs dont un orage a abattu la poussière. Et ce frisson qui courait dans la nuit noire, prenait aux ténèbres leur charme mystérieux et pénétrant.

Une moitié du ciel, d'une sérénité exquise, était étoilée; l'autre moitié se trouvait encore couverte d'un rideau sombre de nuages qui se retiraient lentement. Les deux jeunes gens, assis côte à côte sur le tronc d'arbre, ne pouvaient distinguer leur visage; il s'apercevaient vaguement, dans l'ombre épaisse qu'un bouquet de grands arbres jetait sur eux. Ils restèrent là quelques minutes sans parler. Ils entendaient leurs pensées. Ils n'avaient que faire de les dire à haute voix.

— Vous ne m'aimez pas, Madeleine, murmura enfin Guillaume.

— Vous vous trompez, mon ami, répondit lentement la jeune femme, je crois que je vous aime. Seulement je n'ai pas eu le temps de m'interroger et de me répondre... J'aurais voulu attendre encore.

Il y eut un nouveau silence. La fierté du jeune homme souffrait; il aurait désiré que son amante tombât dans ses bras d'elle-même, qu'elle n'y fût pas poussée par une sorte de fatalité.

— Ce qui me désespère, reprit-il d'une voix basse, c'est de vous devoir au hasard... Vous n'auriez point consenti à rester, n'est-ce pas? si les chemins avaient été praticables.

— Oh! vous ne me connaissez pas, s'écria Madeleine; si je reste, c'est que je le veux. Je me serais en allée au plus fort de l'orage, plutôt que de demeurer ici contre ma volonté.

Elle se prit à rêver; puis, d'un accent vague, comme si elle se fût parlé à elle-même :

— Je ne sais ce qui m'arrivera plus tard, dit-elle. Je me crois capable de vouloir, mais il est si difficile de mener sa vie!

Elle s'arrêta, elle allait avouer à Guillaume qu'un étrange sentiment de compassion l'avait seul décidée à rester. Les femmes succombent plus souvent qu'on ne croit, par pitié, par besoin d'être bonnes. Elle avait vu le jeune homme si frémissant pendant l'orage, il la regardait avec des yeux si humides, qu'elle ne s'était pas senti la force de se refuser à lui.

Guillaume comprit qu'elle se donnait presque comme une aumône. Toutes ses susceptibilités se réveillèrent, un amour offert de cette façon le blessa dans son orgueil.

— Vous avez raison, reprit-il, nous devons attendre encore. Voulez-vous que nous partions?... Maintenant, c'est moi qui vous demande de rentrer à Paris.

Il parlait d'un ton fiévreux. Madeleine s'aperçut de l'altération de sa voix.

— Qu'avez-vous donc, mon ami? demanda-t-elle avec surprise.

— Partons, répéta-t-il, partons, je vous en prie.

Elle eut un geste de découragement.

— A quoi bon à présent? dit-elle. Nous en reviendrons là tôt ou tard... Depuis le jour de notre première rencontre, je sens bien que je vous appartiens... J'avais rêvé de me réfugier dans un couvent, je m'étais juré de ne pas commettre une seconde faute. Tant que je n'ai eu qu'un amant, j'ai gardé mon orgueil. Aujourd'hui, je comprends que je roule à la honte... Ne m'en veuillez pas d'être franche.

Elle prononça ces mots avec une telle tristesse que les fiertés du jeune homme s'amollirent. Il redevint doux et caressant.

— Vous ignorez qui je suis, dit-il. Confiez-vous à moi. Je ne ressemble pas aux autres hommes. Je vous aimerai comme ma femme, et je vous rendrai heureuse, je vous le jure.

Madeleine ne répondit pas. Elle croyait avoir l'expérience de la vie; elle se disait que Guillaume la quitterait un jour, et que la honte viendrait. Elle était forte cependant, elle savait qu'elle pouvait résister; mais elle n'éprouvait aucune envie de résistance, malgré les raisonnements qu'elle se tenait. Toutes ses résolutions se brisaient dans une heure fatale. Elle était étonnée elle-même d'accepter si aisément ce que, la veille encore, elle aurait repoussé avec une froide énergie.

Guillaume songeait. Pour la première fois, la jeune femme venait de lui parler de son passé, de lui avouer que déjà elle avait eu un amant; cet amant, dont il retrouvait le souvenir vivant et ineffaçable dans chaque geste, dans chaque parole de sa compagne, lui paraissait se dresser entre eux, maintenant que son ombre avait été évoquée.

Les jeunes gens gardèrent le silence pendant longtemps, ayant résolu de s'unir et attendant l'heure du coucher avec une singulière méfiance. Ils se sentaient accablés par des pensées lourdes et inquiètes; pas un mot d'amour, pas une caresse ne leur montaient aux lèvres; s'ils avaient parlé, ils se seraient dit leur malaise. Guillaume tenait la main de Madeleine; mais cette main restait glacée, inerte dans la sienne. Jamais il n'aurait cru que sa première causerie d'amour serait si pleine d'anxiété. La nuit les enveloppait, son amante et lui, de son ombre et de son mystère; ils étaient seuls, séparés du

monde, perdus dans le charme âpre d'une nuit d'orage, et
rien ne battait au fond de leur être que la peur et que
l'incertitude du lendemain.

Et autour d'eux, la campagne, trempée de pluie, s'endormait lentement, agitée encore par un dernier frisson
de volupté. La fraîcheur devenait pénétrante; la senteur
âcre de terre et de feuilles mouillées flottait plus lourde,
chargée d'ivresse, pareille à l'odeur vineuse qui s'é-
chappe d'une cuve. Il n'y avait plus un seul nuage au ciel;
la nappe d'un bleu sombre s'animait du fourmillement vivant d'un peuple d'étoiles.

Madeleine eut un frisson subit.

— J'ai froid, dit-elle, rentrons.

Ils rentrèrent sans échanger une parole. L'hôtesse les
accompagna jusque dans leur chambre, et les quitta, en
laissant sur le coin d'une table une bougie qui éclairait
les murs d'une lueur vacillante. C'était une petite pièce,
tapissée d'un ignoble papier à grandes fleurs bleuâtres,
que l'humidité avait déteint par larges plaques. Un grand
lit de bois blanc, peint en rouge sombre, tenait presque
tout le carreau. Un air glacial tombait du plafond, des
odeurs de moisi traînaient dans les coins.

Les jeunes gens frissonnèrent en entrant. Il leur sembla qu'on leur jetait des linges mouillés sur les épaules.
Ils restèrent silencieux, allant et venant dans la pièce.
Guillaume voulut fermer les volets et y travailla longtemps sans pouvoir y parvenir; un obstacle devait exister
quelque part.

— Il y a un crochet en haut, dit Madeleine malgré
elle.

Guillaume la regarda en face, d'un mouvement instinctif. Ils devinrent très-pâles l'un et l'autre. Tous deux souf-
frirent de cet aveu involontaire : la jeune femme connaissait le crochet, elle avait dormi dans cette chambre.

Le lendemain, Madeleine s'éveilla la première. Elle
descendit doucement du lit et s'habilla en contemplant
Guillaume qui sommeillait encore. Il y avait presque de la

colère dans son regard. Une indéfinissable expression de regret passait sur son front dur et grave que le sourire de ses lèvres n'adoucissait pas. Parfois, elle levait les yeux, elle allait du visage de son amant aux murs de la pièce, à certaines taches du plafond qu'elle reconnaissait. Elle se sentait seule, elle ne craignait pas de s'abandonner à ses souvenirs. A un moment, en reportant ses regards sur l'oreiller où reposait la tête de Guillaume, elle tressaillit comme si elle se fût attendue à trouver une autre tête à cette place.

Quand elle fut vêtue, elle alla ouvrir la fenêtre, et là s'accouda, en face de la campagne jaune de soleil. Il y avait près d'une demi-heure qu'elle rêvait, les tempes rafraîchies, le visage détendu par des pensées plus calmes, par des espérances lointaines, lorsqu'un bruit léger la fit se tourner.

Le dormeur venait de s'éveiller. Les yeux encore gros de sommeil, ayant aux lèvres ce sourire vague du réveil, si doux de reconnaissance au matin d'une nuit d'amour, il tendit les bras vers la jeune femme qui s'approchait.

— M'aimes-tu? lui demanda-t-il d'une voix basse et profonde.

Madeleine sourit à son tour, de son bon sourire d'enfant tendre et aimante. Elle ne voyait plus la chambre, elle se sentait pénétrée d'une grande douceur par la demande caressante du jeune homme.

Elle rendit à Guillaume son baiser.

Madeleine Férat était fille d'un mécanicien-constructeur. Son père, né dans un petit village des montagnes de l'Auvergne, vint à Paris pour chercher fortune, les pieds nus, les poches vides. C'était un de ces Auvergnats trapus, carrés des épaules, d'un entêtement de brute au travail. Il se mit en apprentissage chez un constructeur de machines, et là, pendant près de dix ans, il lima et forgea de toute la force de ses mains rudes. Il amassa sou à sou quelques milliers de francs. Dès le premier coup de marteau qu'il avait donné, il s'était dit qu'il s'arrêterait seulement lorsqu'il aurait économisé la somme nécessaire pour s'établir à son compte.

Quand il se jugea assez riche, il loua une sorte de hangar, du côté de Montrouge, et s'établit chaudronnier. C'était un premier pas vers la fortune, vers les vastes ateliers de construction qu'il rêvait de diriger plus tard. Pendant dix autres années, il vécut dans son hangar, limant et forgeant de plus belle, sans prendre une seule distraction, un seul jour de repos. Peu à peu, il agrandit le hangar, il eut sous ses ordres un plus grand nombre d'ouvriers; enfin, il put acheter le terrain et faire bâtir d'immenses ateliers, à l'endroit même où s'élevait son ancienne baraque de planches. Les objets qu'il fabriquait avaient grandi, eux aussi : les chaudrons étaient devenus des chaudières. Les chemins de fer dont la France se couvrait alors, lui fournirent des travaux considérables, et lui mirent entre les mains d'énormes bénéfices. Son rêve se réalisait : il était riche.

Jusque-là, il avait tapé sur son enclume, avec la pensée de gagner le plus d'argent possible, mais sans jamais se demander ce qu'il ferait ensuite de cet argent. Il lui fallait à peine par jour quarante sous pour vivre. Ses habitudes de travail, son ignorance des plaisirs et même des commodités de la vie, lui rendaient la fortune inutile. Il s'était enrichi plutôt par entêtement que pour tirer un bien-être quelconque de ses richesses. Il avait juré de devenir patron à son tour, et toute son existence s'était employée à tenir ce serment. Quand il eut amassé près d'un million, il se demanda ce qu'il pourrait bien en faire. Il n'était d'ailleurs nullement avare.

Il se fit d'abord bâtir, à côté de ses ateliers, une petite maison bourgeoise qu'il décora et meubla avec assez de luxe. Mais il était mal à l'aise sur les tapis de ses appartements, il préférait passer les journées au milieu de ses ouvriers, dans ses forges noires de charbon. Il se serait peut-être décidé à louer la maison et à reprendre le logement qu'il occupait auparavant au-dessus de ses bureaux, si un événement grave n'était venu modifier profondément son existence, en faisant naître en lui un homme nouveau.

Sous la rudesse de sa voix et de ses gestes, Férat était d'une douceur d'enfant. Il n'aurait pas écrasé une mouche. Toutes les tendresses de sa nature dormaient en lui, étouffées par sa vie de labeur, lorsqu'il rencontra une orpheline, une pauvre fille qui vivait avec une vieille parente. Marguerite était si pâle, si frêle qu'on lui eût donné seize ans à peine ; elle avait une de ces figures douces et soumises qui touchent les hommes forts. Férat

fut attiré et ému par cette enfant qui souriait d'un air craintif, avec une humilité de servante dévouée. Il avait toujours vécu au milieu d'ouvriers grossiers, il ignorait les
charmes de la faiblesse, et se mit à aimer les mains fines
et le visage enfantin de Marguerite. Il l'épousa brusquement, et l'emporta chez lui comme une petite fille, dans ses
bras.

Quand il la posséda, il l'aima avec une dévotion de fanatique. Elle fut sa fille, sa sœur, son épouse. Il adorait
en elle sa pâleur, son air maladif, toutes ses délicatesses
de jeune femme souffrante qu'il n'osait toucher de ses
mains durcies. Il n'avait jamais aimé; lorsqu'il cherchait
dans ses souvenirs, il trouvait, comme unique tendresse
de sa vie, la tendresse sacrée que sa mère lui avait autrefois inspirée pour une Sainte-Vierge blanche qui souriait
mystérieusement sous ses voiles, au fond d'une chapelle
de son village. Il crut retrouver cette Sainte-Vierge dans
Marguerite; c'était le même sourire discret, la même
tranquillité sainte, la même bonté attendrie. Dès les premières heures, il avait fait de sa femme une idole et une
reine; elle gouvernait au logis, y mettait un parfum d'élégance et de bien-être, changeait la froide maison bourgeoise que l'ancien ouvrier avait fait construire, en une
retraite close et sentant bon, toute tiède d'amour. Pendant près d'un an, Férat s'occupa à peine de ses ateliers;
il fut tout à ce bonheur exquis et nouveau pour lui, d'avoir
un être frêle à aimer. Ce qui le charmait et le touchait
parfois jusqu'aux larmes, c'était la reconnaissance que lui
témoignait Marguerite. Chacun de ses regards le remerciait
de la félicité et de la richesse qu'il lui avait données. Elle
restait humble dans sa souveraineté; elle adorait son
mari comme un maître, comme un bienfaiteur, en femme
qui ne sait de quelle tendresse assez profonde payer sa
dette de bonheur. Elle s'était mariée sans regarder le visage hâlé de Férat, sans réfléchir à ses quarante ans,
poussée simplement par une amitié presque filiale. Elle
avait deviné que cet homme était bon. « Je t'aime, disait-

elle souvent à son mari, parce que tu es fort et que tu ne dédaignes pas ma faiblesse ; je t'aime parce que je n'étais rien et que tu as fait de moi ta femme. » Et Férat, en entendant ces mots murmurés d'une voix humble et caressante, la prenait sur sa poitrine, avec des élans ineffables de cœur.

Au bout d'un an de mariage, Marguerite devint enceinte. Sa grossesse fut douloureuse. Quelques jours avant la crise, le médecin prit Férat à part et lui dit qu'il n'était pas sans inquiétude. La jeune femme lui paraissait d'une constitution si délicate, qu'il redoutait pour elle le rude labeur de l'enfantement. Férat fut comme fou pendant une semaine ; il souriait à sa femme, couchée sur une chaise longue, et allait sangloter dans la rue ; il passait les nuits dans ses ateliers déserts, venant d'heure en heure demander des nouvelles ; parfois, quand ses angoisses l'étouffaient, il prenait un marteau, puis, de toutes ses forces, avec rage, il tapait sur les enclumes, pour soulager sa colère. Le moment terrible vint enfin, les craintes du médecin se réalisèrent. Marguerite mourut en donnant le jour à une fille.

La douleur de Férat fut atroce. Il ne put trouver une larme. Quand la pauvre morte fut ensevelie, il s'enferma chez lui, il y resta dans un accablement morne. Par instants, des crises de folie aveugle le secouaient. Il passait toujours les nuits au fond de ses ateliers noirs et silencieux ; jusqu'au matin, il marchait entre les machines muettes, au milieu des étaux, parmi les morceaux de fer brut qui traînaient. Peu à peu, ce spectacle des outils de sa fortune le faisait entrer dans des rages sourdes. Il avait vaincu la misère et il n'avait pu vaincre la mort. Pendant vingt ans, ses mains puissantes s'étaient fait un jeu de tordre le fer, et ses mains étaient restées impuissantes à sauver sa chère tendresse. Et il criait : « Je suis donc lâche et faible comme un enfant : si j'avais été fort, on ne m'aurait pas volé ! »

Pendant un mois, personne n'osa troubler les souf-

frances de cet homme. Puis, un jour, la nourrice qui al-
laitait la petite Madeleine, lui mit l'enfant entre les bras.
Férat avait oublié qu'il eût une fille. En voyant ce pauvre
petit être, il pleura enfin, il pleura des larmes chaudes
qui soulagèrent sa tête et son cœur. Il regarda longtemps
Madeleine.

— Elle est faible et délicate comme sa mère, murmura-
t-il, elle mourra comme elle.

Dès lors, son désespoir s'attendrit. Il s'habitua à croire
que Marguerite n'était pas tout à fait morte. Il avait aimé
sa femme en père ; il put, en aimant sa fille, se tromper
lui-même, se dire que son cœur n'avait rien perdu.
L'enfant était très-frêle ; elle semblait tenir sa petite face
pâle de la pauvre morte. Férat goûta une grande joie à ne
pas retrouver d'abord sa forte nature dans Madeleine ; il
put ainsi s'imaginer qu'elle lui venait tout entière de celle
qui n'était plus. Quand il la faisait sauter sur ses genoux,
il lui prenait la folle pensée que sa femme était morte
pour redevenir enfant, pour qu'il l'aimât d'une tendresse nouvelle.

Jusqu'à l'âge de deux ans, Madeleine resta chétive.
Elle était toujours entre la vie et la mort. Née d'une
mourante, elle avait dans les yeux une ombre vague que
le sourire éclairait rarement. Son père l'aimait davantage
pour les maux qu'elle souffrait. Ce fut sa faiblesse même
qui la sauva ; les maladies n'avaient pas prise sur ce
pauvre petit corps. Les médecins la condamnaient, et elle
vivait toujours, comme luit une de ces lueurs pâles de
veilleuse qui agonisent sans jamais s'éteindre. Puis,
quand elle eut deux ans, la santé afflua brusquement en
elle ; en quelques mois, le deuil de ses yeux s'éclaira, le
sang lui monta aux lèvres et aux joues. Ce fut une résurrection.

Jusque-là elle avait ressemblé à une petite morte,
blanche et muette ; elle ne savait ni rire, ni jouer. Lorsqu'elle put se tenir debout sur ses jambes, devenues
fortes, elle emplit la maison de son babil et de ses pas

encore chancelants. Son père l'appelait, lui tendant les bras, et elle venait s'y réfugier, avec cette marche hésitante des enfants qui est une de leurs grâces. Pendant des heures, Férat jouait avec sa fille ; il la portait dans ses ateliers au milieu du tapage épouvantable des machines, disant qu'il voulait la rendre courageuse comme un garçon. Et il trouvait pour la faire rire des puérilités qu'une mère n'aurait pas su inventer.

Une particularité curieuse redoublait l'adoration du brave homme. A mesure que Madeleine grandissait, elle prenait sa ressemblance. Aux premiers jours, quand elle était couchée dans son berceau, toute grelottante de fièvre, elle avait eu la figure douce et triste de sa mère. Maintenant, frémissante de vie, trapue et vigoureuse, elle paraissait un garçon ; elle avait les yeux gris, le front rude de Férat, et elle était, comme lui, violente et entêtée. Mais il lui restait toujours, du drame de sa naissance, une sorte de frisson nerveux, une faiblesse innée qui la brisait au milieu de ses grosses colères d'enfant. Alors elle pleurait à chaudes larmes, elle s'abandonnait. Si le haut de sa face avait pris la dureté du masque de l'ancien ouvrier, elle ressemblait toujours à sa mère par la mollesse de sa bouche et l'humilité aimante de ses sourires.

Elle grandit, et Férat rêva un prince pour elle. Il s'était remis à diriger ses ateliers, sachant maintenant ce qu'il ferait de ses millions. Il aurait voulu entasser des trésors aux pieds de sa chère petite idole. Il se lança dans des spéculations considérables, ne se contentant plus du gain de sa maison, risquant sa fortune pour la doubler. Brusquement, une baisse eut lieu sur les fers qui le ruina.

Madeleine avait alors six ans. Férat déploya une énergie incroyable. Il chancela à peine sous le coup mortel qui le frappait. Avec cette vue juste et rapide des hommes d'action, il calcula que sa fille était jeune et qu'il avait encore le temps de lui gagner une dot ; mais il ne pouvait recommencer en France son labeur de géant ; il lui fallait, pour champ d'opération, une contrée où les fortunes s'im-

2

provisent. Son parti fut pris en quelques heures. Il décida
qu'il irait en Amérique. Madeleine l'attendrait dans un
pensionnat de Paris.

Il disputa les restes de sa fortune, sou à sou, et réussit à
sauver une rente de deux mille francs qu'il mit sur la
tête de sa fille. Il pensait que, s'il lui arrivait malheur,
l'enfant aurait toujours du pain. Lui, il partait avec cent
francs dans sa poche. La veille de son départ, il conduisit
Madeleine chez un de ses compatriotes qu'il chargea de
veiller sur elle. Lobrichon, venu à Paris vers la même
époque que lui, avait commencé par être marchand d'habits et de chiffons ; plus tard, il s'était mis dans le commerce des draps, et y avait gagné une fortune assez
ronde. Férat avait toute confiance en ce vieux camarade.

Il dit à Madeleine qu'il reviendrait le soir, reçut en défaillant la caresse de ses petits bras, et sortit chancelant, comme un homme ivre. Il embrassa aussi Lobrichon dans la pièce voisine.

— Si je meurs là-bas, lui dit-il d'une voix étranglée, tu
lui serviras de père.

Il n'alla pas jusqu'en Amérique. Le vaisseau qui le portait, surpris par un coup de vent, revint se briser sur les
côtes de France. Madeleine n'apprit la mort de son père
que longtemps plus tard.

Le lendemain du départ de Férat, Lobrichon conduisit
l'enfant dans un pensionnat des Ternes, qu'une vieille
dame de ses amies lui avait enseigné comme une excellente maison d'éducation. Les deux mille francs devaient
amplement suffire à payer la pension, et l'ancien marchand d'habits n'était pas fâché de se débarrasser sur-le-
champ d'une gamine dont les jeux bruyants troublaient sa
quiétude de parvenu égoïste.

Le pensionnat, situé au milieu de vastes jardins, était
une retraite très-confortable. Les dames qui le tenaient,
prenaient peu de pensionnaires ; elles avaient mis la pension à un prix élevé pour n'avoir que des filles de familles
riches. Elles enseignaient à leurs élèves d'excellentes

façons; elles leur apprenaient moins le catéchisme et l'orthographe, que les révérences et les sourires du monde. Quand une demoiselle sortait de chez elles, elle était parfaitement ignorante, mais elle pouvait entrer dans un salon en coquette habile, armée de toutes les grâces parisiennes. Ces dames avaient compris leur métier, elles étaient parvenues à donner ainsi à leur établissement une réputation de haute élégance. C'était un honneur pour les familles que de leur confier une enfant dont elles se chargeaient de faire une merveilleuse et adorable poupée.

Madeleine fut toujours mal à l'aise dans un pareil milieu. Elle manquait de souplesse, était bruyante et brusque. Pendant les récréations, elle jouait comme un gamin, avec un emportement de joie qui troublait l'élégante retraite. Si son père l'eût fait élever à son côté, elle serait devenue courageuse, franche et droite, forte d'orgueil.

Ce furent ses petites amies qui lui enseignèrent à être femme. Dans les premiers temps, elle déplut par ses gestes, par les éclats de sa voix, à ces jeunes poupées de dix ans déjà fort savantes dans l'art de ne point déranger les plis de leurs jupes. Les élèves jouaient fort peu; elles se promenaient comme de grandes personnes dans les allées du jardin, et il y avait des bambines pas plus hautes que la main qui savaient déjà se saluer de loin du bout de leurs doigts gantés. Madeleine apprit de ces délicieuses poupées une foule de choses qu'elle ignorait complétement. Dans les coins, derrière le feuillage de quelque haie, elle surprit des groupes qui parlaient d'hommes; elle se mêla à ces conversations, avec la curiosité ardente de la femme qui s'éveille dans l'enfant, et reçut ainsi l'éducation précoce de la vie. Le pis était que ces gamines, toutes savantes qu'elles se croyaient, bavardaient en plein rêve; elles souhaitaient carrément des amants; elles se confiaient leurs tendresses pour les jeunes gens qu'elles avaient rencontrés le jour de leur dernière sortie; elles se lisaient les longues lettres d'amour qu'elles écrivaient

pendant les classes d'anglais, et ne se cachaient pas leur
espérance d'être enlevées une nuit ou l'autre. De pareilles
causeries étaient sans danger pour de petits êtres souples
et rusés. Madeleine, au contraire, en subit à jamais l'influence.

Férat avait donné à sa fille un esprit net, la décision
rapide et logique de sa nature d'ouvrier. L'enfant, dès
qu'elle crut commencer à connaître la vie, chercha à se
faire une idée définitive du monde, d'après ce qu'elle
voyait et ce qu'elle entendait au pensionnat. Elle conclut,
des enfantillages de ses camarades, qu'il n'était pas mal
d'aimer un homme, et qu'on pouvait aimer le premier
venu. Le mot de mariage était rarement prononcé par ces
demoiselles. Madeleine, dont les idées étaient toujours
des idées simples, des idées d'action, s'imagina qu'on
prenait un amant dans la rue, au bras duquel on s'en
allait tranquillement. Ces pensées ne la troublaient en
rien; elle était d'un tempérament froid, elle parlait d'a-
mour avec ses amies comme elle aurait parlé de toilette.
Elle se disait seulement : « Si jamais j'aime un homme, je
ferai comme Blanche : je lui écrirai de longues lettres et je
tâcherai de le forcer à m'enlever. » Et il y avait, dans
sa rêverie, une pensée de lutte qui la ravissait : c'était
tout le plaisir qu'elle se promettait de goûter. Plus tard,
quand elle connut réellement les hontes de la vie, elle
sourit avec tristesse en se rappelant ses raisonnements de
jeune fille. Mais il resta toujours au fond d'elle, à son
insu même, l'idée qu'il est logique et franc, lorsqu'on
aime un homme, de le lui dire et de s'éloigner avec lui.

Un pareil caractère eût été capable des volontés les
plus fermes. Malheureusement, rien ne le cultiva dans sa
franchise et dans sa force. Madeleine ne demandait qu'à
suivre une route large, unie; elle tendait vers la tranquillité, vers tout ce qui est puissant et serein. Il eût
suffi qu'on l'armât contre ses heures de faiblesse, qu'elle
fût guérie de ce frisson de servante amoureuse que sa
mère avait mis en elle. Elle reçut, au contraire, une édu-

cation qui redoubla ce frisson. Elle avait l'air d'un garçon bon enfant et tapageur ; on se contenta de vouloir en faire une petite fille hypocrite. Si l'on ne put y réussir, c'est que sa nature refusa de se discipliner aux légers saluts gracieux, aux airs de tête penchés et languissants, aux mensonges du visage et du cœur. Mais elle n'en grandit pas moins au milieu de jeunes coquettes, dans un air où traînaient des parfums énervants de boudoir. Les paroles mielleuses de ses sous-maîtresses, qui avaient ordre d'être les servantes des élèves, les femmes de chambre de ce petit peuple d'héritières, amollirent ses volontés. Chaque jour, elle entendait dire autour d'elle : « Ne pensez pas, n'ayez pas l'air fort ; apprenez à être faible, vous êtes ici pour cela. » Elle perdit quelques-uns de ses entêtements, sans parvenir à se composer une ligne de conduite, de tous les conseils de coquetterie qu'elle recevait ; elle resta amoindrie, dévoyée. La notion des devoirs de la femme finit presque par lui échapper ; elle la remplaça par un grand amour d'indépendance et de franchise. Elle devait marcher tout droit devant elle, comme un homme, ayant des faiblesses étranges, mais ne mentant jamais, et assez forte pour se punir le jour où elle aurait commis une infamie.

La vie de recluse qu'elle menait, l'enfonça davantage dans les idées fausses qu'elle se faisait du monde. Lobrichon, sous la tutelle duquel elle avait été placée, venait à peine la voir de loin en loin, et se contentait de lui donner une petite tape sur la joue, en lui recommandant d'être bien sage. Une mère l'aurait éclairée sur les erreurs de son esprit. Elle grandissait, solitaire, toute à ses raisonnements, ne recevant les conseils étrangers qu'avec une sorte de défiance. Les moindres enfantillages devenaient graves pour elle, parce qu'elle les acceptait comme la seule règle de conduite possible. Ses camarades, en allant le dimanche chez leurs parents, y apprenaient chaque fois un peu de la vie. Pendant ce temps, elle restait au pensionnat, elle se persuadait de plus en plus de la justesse de ses erreurs. Elle passait même ses vacances, enfermée, repliée dans ses pensées. Lobrichon, qui redoutait sa turbulence, la tenait éloignée. Neuf années s'écoulèrent ainsi. Madeleine avait quinze ans, elle était femme déjà, et devait garder désormais la trace ineffaçable des rêves dans lesquels elle avait grandi.

On lui avait appris la danse et la musique. Elle savait peindre agréablement l'aquarelle, broder de toutes les façons imaginables. D'ailleurs, elle eût été incapable d'ourler des torchons et de faire son lit elle-même. Quant à son instruction, elle se composait d'un peu de grammaire, d'un peu d'arithmétique, et de beaucoup d'histoire sainte. On lui avait fait soigner son écriture qui, au grand désespoir de ses maîtresses, était restée forte et écrasée. Sa science s'arrêtait là ; on l'accusait de saluer avec trop de raideur et de gâter son sourire par l'expression froide de ses yeux gris.

Quand elle eut quinze ans, Lobrichon, qui venait depuis quelque temps la voir presque tous les jours, lui demanda si elle serait contente de quitter le pensionnat. Elle n'avait aucune hâte d'entrer dans l'inconnu, mais en grandissant elle prenait en haine la voix mielleuse de ses maîtresses et les grâces apprises de ses compagnes. Elle répondit à Lobrichon qu'elle était prête à le suivre. Le lendemain, elle couchait dans une petite maison que l'ami de son père venait d'acheter à Passy.

L'ancien marchand d'habits caressait un projet. Il s'était retiré du commerce à l'âge de soixante ans. Pendant plus de trente années, il avait mené une vie de ladre, mangeant mal, se privant de femme, tout à l'accroissement de sa fortune. Comme Férat, c'était un rude travailleur, mais il travaillait pour ses jouissances futures. Il se proposait, lorsqu'il serait riche, d'apaiser largement ses appétits. La fortune venue, il prit une bonne cuisinière, acheta un pavillon tranquille entre cour et jardin, et résolut d'épouser la fille de son ancien ami.

Madeleine ne possédait pas un sou, mais elle était

grande, puissante, et avait déjà une largeur de poitrine qui répondait à l'idéal de Lobrichon. D'ailleurs, il ne venait de se décider qu'après de longs calculs. L'enfant étant jeune encore, il se disait qu'il pourrait l'élever pour lui seul, la laisser doucement mûrir sous ses yeux, prenant ainsi un avant-goût de volupté dans le spectacle de sa beauté florissante; puis, il l'aurait absolument vierge, il la formerait au gré de ses plaisirs, en esclave de sérail. Il mettait dans cette pensée de préparer une jeune fille à être épouse, un raffinement monstrueux d'homme qui a sevré sa chair durant de longues années.

Pendant quatre ans, Madeleine vécut en paix dans la petite maison de Passy. Elle n'avait fait que changer de prison, mais elle ne se plaignait point de la surveillance active de son tuteur; elle n'éprouvait aucun désir de sortir, brodant des journées entières sans éprouver ces malaises qui étouffent les filles de son âge. Les sens s'éveillaient très-tard chez elle. D'ailleurs Lobrichon se montrait aux petits soins pour sa chère enfant; il prenait souvent ses mains fines, la baisait au front de ses lèvres chaudes. Elle recevait ces caresses avec un sourire tranquille, ne s'apercevait pas des regards étranges du vieillard, quand elle retirait son fichu devant lui comme devant un père.

Elle venait d'avoir dix-neuf ans, lorsqu'un soir l'ancien marchand d'habits s'oublia jusqu'à la baiser sur les lèvres. Elle le repoussa d'un geste instinctif de révolte, et le regarda en face, sans comprendre encore. Le vieux tomba à genoux, balbutiant des mots honteux. Ce misérable, qu'un désir ardent secouait depuis de longs mois, n'avait pu jouer jusqu'à la fin son rôle de protecteur désintéressé. Peut-être Madeleine l'eût-elle épousé, s'il ne l'avait pas violentée. Elle se retira tranquillement, en déclarant d'une voix nette qu'elle quitterait la maison le lendemain.

Lobrichon, resté seul, comprit la faute irréparable qu'il venait de commettre. Il connaissait Madeleine, il savait qu'elle tiendrait parole. Il perdit la tête, ne chercha plus

qu'à assouvir sa passion. Il se disait qu'une violence suprême briserait peut-être la jeune fille et la jetterait vaincue dans ses bras. Vers minuit, il monta à la chambre de
sa pupille ; il possédait une clef de cette chambre, et souvent, par les nuits chaudes, il s'y était glissé, pour regarder l'enfant demi-nue, dans le désordre du sommeil.

Madeleine fut brusquement réveillée par une étrange
sensation de fièvre. La veilleuse n'ayant pas été éteinte,
elle vit Lobrichon qui s'était coulé à côté d'elle et qui
cherchait à la serrer contre lui. Elle le prit à la gorge,
des deux mains, avec une vigueur incroyable, sauta vivement à terre et maintint sur le lit le misérable qui râlait.
La vue de ce vieillard en chemise, pâle et blafard, dont
les membres avaient touché les siens, lui causa un horrible dégoût. Il lui sembla qu'elle n'était plus vierge. Elle
tint un instant Lobrichon immobile, le regardant fixement
de ses yeux gris, se demandant si elle n'allait point l'é-
trangler ; puis elle le repoussa avec une telle violence
que sa tête alla heurter le mur de l'alcôve et qu'il retomba
évanoui.

La jeune fille s'habilla rapidement et quitta la maison.
Elle descendit vers la Seine. Comme elle longeait les
quais, elle entendit sonner une heure. Elle marcha droit
devant elle, se disant qu'elle marcherait ainsi jusqu'au
matin et qu'elle chercherait ensuite une chambre. Elle
s'était calmée, elle n'éprouvait plus qu'une tristesse profonde. Une seule idée tournait dans sa tête : la passion
était honteuse, elle n'aimerait jamais. Elle voyait toujours les jambes blanchâtres du vieillard en chemise.

Comme elle arrivait au Pont-Neuf, elle s'engagea dans
la rue Dauphine, pour éviter une bande d'étudiants qui
battaient les murs. Elle continua à aller devant elle, ne
sachant plus où elle se trouvait. Bientôt elle s'aperçut
qu'un homme la suivait ; elle voulut fuir, mais l'homme
courut et la rejoignit. Alors, avec la décision et la franchise de sa nature, elle se tourna vers l'inconnu, auquel
elle conta son histoire, en quelques mots. Celui-ci lui offrit

poliment le bras, lui conseillant d'accepter son hospitalité.
C'était un grand jeune homme d'une physionomie gaie et
sympathique. Madeleine l'examina en silence, puis elle
accepta son bras d'un air tranquille et confiant.

Le jeune homme habitait une chambre d'hôtel, rue
Soufflot. Il dit à sa compagne de se coucher dans le lit;
lui, il dormirait fort bien sur le canapé. Madeleine songeait; elle regardait la chambre, où traînaient des épées
et des pipes; elle suivait des yeux son protecteur, qui la
traitait en camarade, avec une familiarité cordiale. Elle
remarqua une paire de gants de femme sur la table. Son
compagnon la rassura en riant; il lui dit qu'aucune dame
ne viendrait les déranger, et que, d'ailleurs, s'il avait été
marié, il n'aurait pas couru après elle dans la rue. Madeleine rougit.

Le lendemain, elle s'éveilla dans les bras du jeune
homme. Elle s'y était jetée d'elle-même, poussée par un
abandon soudain dont elle ne pouvait se rendre compte.
Ce qu'elle avait refusé à Lobrichon avec une sauvage révolte, elle était venue l'accorder deux heures plus tard à
un inconnu. Elle n'éprouvait aucun regret. Elle s'étonnait
seulement.

Quand son amant sut que son histoire de la veille n'était
pas un conte, il parut fort surpris. Il pensait avoir rencontré une rusée qui mentait pour se faire désirer davantage. Toute la petite scène jouée avant le coucher lui avait
paru préparée à l'avance. Autrement, il ne se serait pas
conduit si légèrement, il aurait surtout réfléchi aux conséquences graves d'une pareille liaison. C'était un brave
garçon qui consentait à s'amuser, mais qui avait une peur
salutaire des amours sérieuses. Il comptait donner simplement l'hospitalité à Madeleine pendant une nuit, et la voir
s'éloigner le lendemain. Il fut très-attristé de sa méprise.

— Ma pauvre enfant, dit-il à Madeleine d'une voix émue,
nous avons commis une grosse faute. Pardonne-moi et
oublie-moi... Je dois quitter la France dans quelques semaines, j'ignore si j'y reviendrai jamais.

La jeune fille reçut cette confidence avec assez de calme. En somme, elle n'aimait point ce garçon. Leur liaison était pour lui une aventure, pour elle un accident dont son ignorance n'avait pu la garantir. La pensée du départ prochain de son amant ne pouvait encore briser son cœur; mais l'idée d'une séparation immédiate lui causa un étrange déchirement d'entrailles. Vaguement elle se disait que cet homme était son mari et qu'elle ne pouvait le quitter ainsi. Elle tourna un instant dans la chambre, rêveuse, cherchant ses vêtements; puis elle revint s'asseoir sur le bord du lit, et d'une voix hésitante :

— Ecoutez, dit-elle, gardez-moi avec vous tant que vous resterez à Paris... Cela sera plus convenable.

Cette dernière phrase, d'une naiveté si profonde, toucha beaucoup le jeune homme. Il eut conscience du malheur éternel qu'il venait de jeter dans la vie de cette grande enfant, qui s'était livrée à lui avec une tranquillité de petite fille. Il l'attira sur sa poitrine, en lui répondant qu'elle était chez elle.

Dans la journée, Madeleine alla chercher ses effets. Elle eut une entrevue avec son tuteur, auquel elle imposa durement ses volontés. Le vieillard, craignant un scandale, et encore tout secoué par la lutte de la nuit, tremblait devant elle. Elle lui fit promettre de ne jamais chercher à la revoir. Elle emporta les titres de ses deux mille francs de rente. Cet argent était son grand orgueil; il lui permettait de rester chez son amant sans se vendre.

Le soir même, elle brodait paisiblement dans la chambre de la rue Soufflot, comme elle aurait brodé la veille chez son tuteur. Sa vie ne lui paraisait pas trop bouleversée. Elle ne croyait point avoir à rougir. Aucun de ses sentiments d'indépendance et de franchise n'avait été blessés dans sa faute. Elle s'était donnée librement, elle ne pouvait comprendre encore les conséquences terribles de ce don. L'avenir lui échappait.

Son amant éprouvait pour les femmes ce peu d'estime des jeunes gens qui n'ont fréquenté que des créatures; mais

il avait la bonté rude d'un homme vigoureux qui vit joyeusement. À vrai dire, il oublia vite ses remords et cessa de
s'apitoyer sur le sort de Madeleine. Il en fut bientôt amoureux à sa façon; il la trouvait fort belle et la montrait volontiers à ses amis. Il la traita en maîtresse, l'emmenant
le dimanche à Verrières ou ailleurs, la faisant souper avec
les femmes de ses camarades pendant la semaine. Ce
monde-là finit par appeler la jeune fille Madeleine tout
court.

Elle se serait peut-être révoltée si son amant n'avait été
charmant pour elle; il possédait un caractère très-gai, il la
faisait rire comme une enfant, même des choses qui la
blessaient. Peu à peu, elle accepta sa position. Son esprit
se salissait à son insu, elle s'habituait à la honte.

L'étudiant, qui venait d'être nommé chirurgien mili-
taire, la veille de leur rencontre, attendait de jour en jour
un ordre de départ. Cet ordre n'arrivait pas, et Madeleine
voyait les mois s'écouler, en se disant chaque soir qu'elle
serait peut-être veuve le lendemain. Elle n'espérait rester
que quelques semaines rue Soufflot. Elle y resta un an.
Dans les premiers temps, elle éprouvait une simple amitié pour l'homme avec lequel elle vivait. Lorsqu'au bout
de deux mois elle se mit à vivre dans l'attente anxieuse de
son départ, elle mena une vie de secousses qui lentement
l'attacha à lui. S'il était parti tout de suite, elle l'eût peut-
être vu s'éloigner sans trop de désespoir. Mais toujours
craindre de le perdre et le posséder toujours, cela finit par
la lier à lui d'un façon étroite. Elle ne l'aima jamais
avec passion; elle reçut plutôt son empreinte, elle se sentit devenir lui, elle comprit qu'il prenait une entière
possession de sa chair et de son esprit. Maintenant, il lui
était devenu inoubliable.

Un jour, elle accompagna une de ses nouvelles amies
dans un petit voyage. Cette amie, qui se nommait Louise
et qui était la maîtresse d'un étudiant en droit, allait voir
un enfant qu'elle avait mis en nourrice à une vingtaine de
lieues de Paris. Les jeunes femmes ne devaient revenir

que le surlendemain, mais le mauvais temps les prit, et
elles hâtèrent leur retour d'une journée. Dans un coin du
wagon qui la ramenait, Madeleine rêva avec une vague
tristesse au spectacle qu'elle venait d'avoir sous les yeux :
les caresses de la mère, le babil de l'enfant lui avaient
révélé un monde d'émotions inconnues. Elle fut prise
d'une soudaine angoisse, quand elle songea qu'elle aurait
pu devenir mère, elle aussi. Alors la pensée du prochain
départ de l'homme avec lequel elle vivait, l'effraya,
comme un malheur irréparable auquel elle n'avait jamais
songé. Elle voyait sa chute, sa position fausse et douloureuse ; elle avait hâte d'arriver pour étreindre son amant,
pour le prier à mains jointes de l'épouser, de ne l'abandonner jamais.

Elle arriva rue Soufflot toute fiévreuse. Elle oubliait le
lien fragile, toujours prêt à se rompre, qu'elle avait accepté ; elle voulait prendre à son tour une possession entière de celui dont le souvenir la possédait pour la vie.
Quand elle ouvrit la porte de la chambre de l'hôtel, elle
s'arrêta stupide sur le seuil.

Son amant, courbé devant la fenêtre, bouclait une malle ;
à côté de lui, se trouvaient un sac de voyage et une autre
malle déjà fermée. Les vêtements de Madeleine, les objets
qui lui appartenaient s'étalaient en désordre sur le lit. Le
jeune homme avait reçu un ordre de départ le matin
même, et il s'était empressé de faire ses apprêts, vidant
les tiroirs, partageant les effets du ménage. Il voulait
s'éloigner avant le retour de sa maîtresse, croyant réellement être poussé par une pensée de bonté. Une lettre
d'explication aurait suffi.

Quand il se retourna et qu'il aperçut la jeune femme sur
le seuil, il ne put retenir un geste de vive contrariété. Il se
remit, s'avança vers elle, avec un sourire un peu contraint.

— Ma pauvre enfant, lui dit-il en l'embrassant, l'heure
des adieux est venu. Je désirais partir sans te revoir. Cela
nous aurait évité à tous deux une scène pénible... Tu vois,
je laissais tes affaires sur le lit.

Madeleine défaillait. Elle s'assit sur une chaise, sans songer à ôter son chapeau. Elle était très-pâle et ne trouvait pas une parole à dire. Ses yeux secs et brûlants allaient des malles au tas de ses vêtements; c'était surtout ce triage brutal qui lui présentait la séparation d'une façon nette et odieuse. Leur linge ne se trouvait plus mêlé dans le même tiroir, elle n'était plus rien pour son amant.

Celui-ci achevait de boucler sa dernière malle.

— On m'envoie au diable, reprit-il en essayant de rire... Je vais en Cochinchine.

Madeleine put enfin parler.

— C'est bien, dit-elle d'une voix sourde. Je t'accompagnerai à la gare.

Elle ne se trouvait pas le droit de faire un seul reproche à cet homme. Il l'avait prévenue, et c'était elle qui avait voulu rester. Mais ses entrailles se révoltaient, elle éprouvait une envie folle de se pendre à son cou, de le supplier de ne point partir. Son orgueil la cloua sur sa chaise. Elle voulut paraître calme, ne pas montrer au jeune homme, qui sifflait avec tranquillité, à quel point son départ lui arrachait le cœur.

Vers le soir, des camarades arrivèrent. On alla à la gare en bande. Madeleine souriait, et son amant plaisantait gaîment, soulagé par ce sourire. Il n'avait jamais eu pour elle qu'une bonne amitié, il partait heureux de la voir si calme. Au moment d'entrer dans la salle d'attente, il fut cruel sans le vouloir.

— Ma fille, dit-il, je ne te dis pas de m'attendre... Console-toi et oublie-moi.

Il partit. Madeleine, qui avait gardé aux lèvres un sourire étrange et douloureux, sortit machinalement de la gare. Elle ne sentait plus le sol sous ses pieds. Elle ne s'aperçut même pas qu'un des camarades du jeune chirurgien lui prenait le bras et l'accompagnait. Il y avait près d'un quart d'heure qu'elle marchait, hébétée, n'entendant et ne voyant rien, lorsqu'un bruit de voix qui tombait dans le silence frissonnant de son cerveau, lui fit peu à peu

3

prêter l'oreille malgré elle. L'étudiant lui proposait carrément de se mettre en ménage avec elle, maintenant qu'elle
était libre. Quand elle eut compris, elle regarda ce garçon
d'un air épouvanté ; puis elle lui quitta le bras avec un
geste de suprême dégoût, et courut s'enfermer dans la
chambre de la rue Soufflot. Là enfin, toute seule, elle put
sangloter à son aise.

Elle sanglota de honte et de désespoir. Elle était veuve,
et la douleur de son abandon venait d'être salie par une
proposition qui lui paraissait monstrueuse. Jamais encore
elle n'avait plus cruellement compris la misère de sa position. On ne lui reconnaissait même pas le droit des
larmes. On semblait croire qu'elle avait déjà pu effacer
les baisers de son premier amant. Elle les sentait en elle,
ces baisers ; elle se disait qu'ils la brûleraient toujours.
Alors, au milieu de ses larmes, elle jura de rester veuve.
Elle eut conscience de l'éternité des liens de la chair :
tout nouvel amour la prostituerait et la jetterait dans des
souvenirs vengeurs.

Elle ne coucha pas rue Soufflot. Elle alla habiter, le soir
même, un autre hôtel, rue de l'Est. Elle y vécut pendant
deux mois, farouche et solitaire. Un instant, elle avait
songé à s'enfermer dans un couvent. Mais elle ne se
sentait pas la foi nécessaire. En pension, on lui avait
parlé de Dieu comme d'un joli jeune homme. Elle ne
croyait pas à ce Dieu-là.

Ce fut à cette époque qu'elle rencontra Guillaume.

III

Véteuil est une petite ville de dix mille âmes, située sur la lisière de la Normandie. Les rues sont propres, silencieuses. C'est un pays mort. Les gens qui veulent prendre le chemin de fer, sont obligés de faire cinq lieues en diligence pour aller attendre les trains qui passent à Mantes. Autour de la ville, la plaine est très-fertile ; elle s'étend en gras pâturages, coupés par des rideaux de peupliers ; un ruisseau qui va se jeter dans la Seine, creuse ces larges terrains plats et les traverse d'un long ruban d'arbres et de roseaux.

C'est dans ce trou perdu que naquit Guillaume. Son père, M. de Viargue, était un des derniers représentants de la vieille noblesse du pays. Né en Allemagne, pendant l'émigration, il vint en France avec les Bourbons, comme en une contrée étrangère et ennemie. Sa mère en avait été chassée brutalement, et dormait dans un cimetière de Berlin ; son père était mort sur l'échafaud. Il ne put pardonner au sol qui avait bu le sang du guillotiné et qui ne recouvrait pas le corps de la pauvre morte. La Restauration le fit rentrer dans les biens de sa famille, il retrouva le titre et la position attachés à son nom, mais il n'en garda pas moins sa haine contre cette France maudite

qu'il ne reconnaissait pas pour sa patrie. Il alla s'enterrer
à Véteuil, refusant les places, faisant la sourde oreille
aux offres de Louis XVIII et de Charles X, ne voulant rien
être chez un peuple qui avait assassiné ses parents. Souvent il répétait qu'il n'était pas Français; il appelait les
Allemands ses compatriotes, et parlait de lui comme d'un
véritable exilé.

Il était jeune encore à son entrée en France. Grand,
fort, d'une activité ardente, il ne tarda pas à s'ennuyer
mortellement dans l'oisiveté qu'il s'imposait. Il voulait
vivre seul, loin de tous les événements publics. Mais il
avait une intelligence trop haute, une inquiétude d'esprit
trop grande, pour se contenter des plaisirs rudes de la
chasse. La vie lourde et vide qu'il se préparait, l'épouvanta. Il chercha une occupation. Par une contradiction
singulière, il aimait les sciences, le nouvel esprit de mé-
thode dont le souffle avait bouleversé l'ancien monde
qu'il regrettait. Il se fit chimiste, lui qui rêvait aux grandeurs de la noblesse sous Louis XIV.

Ce fut un savant étrange, un savant solitaire qui étudiait et cherchait pour lui seul. Il avait transformé en un
vaste laboratoire une salle de la Noiraude, nom donné
dans le pays au château qu'il habitait à cinq minutes de
Véteuil. Il y passait les journées entières, penché sur
ses fourneaux, toujours aussi âpre, ne pouvant parvenir à
satisfaire ses curiosités. Il n'était membre d'aucune société scientifique, et fermait sa porte au nez des gens qui
lui parlaient de ses travaux. Il entendait qu'on le traitât en
gentilhomme. Ses domestiques devaient, sous peine d'être
chassés, ne jamais faire devant lui aucune allusion à l'em-
ploi de son temps. Il considérait son goût pour la chimie
comme une passion dont personne n'avait le droit de
pénétrer les secrètes folies.

Pendant près de quarante ans, il s'enferma chaque matin dans son laboratoire. Il y prit les foules en un dédain
encore plus grand. Il laissa, sans jamais en convenir, ses
haines et ses amours au fond de ses cornues et de ses

alambics. Quand il eut pesé la matière dans ses mains puissantes, il oublia la France, son père guillotiné, sa mère morte à l'étranger; il ne resta en lui du gentilhomme qu'un sceptique froid et hautain. Le savant avait tué l'homme.

Personne, d'ailleurs, ne pénétra au fond de cette étrange organisation. Ses familiers ignorèrent toujours le vide brusque qui s'était fait dans son cœur. Il garda pour lui le secret du néant, de ce néant qu'il croyait avoir touché du doigt. S'il vivait encore loin du monde, en exilé, comme il continuait à le dire, c'est qu'il méprisait les petits et les grands, et qu'il se comparait lui-même à un ver de terre. Mais il resta debout, grave et dédaigneux, d'une froideur glaciale. Jamais il ne laissa tomber son masque d'orgueil.

Il y eut cependant une secousse dans l'existence calme de cet homme. Une jeune femme étourdie, mariée à un notaire de Véteuil, vint se jeter entre ses bras. Il avait alors quarante ans, et traitait encore ses voisins en sujets corvéables. Il garda la jeune femme pour maîtresse, l'afficha à trois lieues à la ronde, eut même l'audace de l'installer à la Noiraude. Ce fut un scandale inouï dans la petite ville. Les allures brusques de M. de Viargue le faisaient déjà montrer au doigt. Quand il vécut ouvertement avec la femme du notaire, on faillit le lapider. Le mari, un pauvre homme qui avait une peur atroce de perdre sa place, se tint coi pendant les deux années que dura la liaison. Il ferma les yeux et les oreilles, il parut croire que sa femme était en simple villégiature chez M. de Viargue. Celle-ci devint enceinte et accoucha au château même. Quelques mois plus tard, elle se lassa de son amant, qui de nouveau passait les journées dans son laboratoire. Un beau matin, elle retourna chez son mari, en ayant soin d'oublier son enfant. Le comte se garda bien de courir après elle. Le notaire la reprit tranquillement, comme si elle fût revenue d'un voyage. Le lendemain, il la promena à son bras dans les rues de la ville, et dès ce jour elle devint une épouse modèle. Vingt ans après, on parlait encore de ce scandale à Véteuil.

Guillaume, l'enfant né de cette singulière liaison, fut nourri à la Noiraude. Son père, qui avait eu pour sa maîtresse un amour passager, mêlé d'un peu de mépris, accepta ce fils du hasard avec une parfaite indifférence. Il le laissa auprès de lui pour qu'on ne l'accusât pas de vouloir cacher le témoignage vivant de sa sottise; mais il évita de s'en occuper, le souvenir de la femme du notaire lui étant désagréable. Le pauvre être grandit dans une solitude presque complète. Sa mère, qui n'avait pas même senti le besoin de faire quitter Véteuil à son mari, ne chercha jamais à le voir. Cette femme comprenait maintenant combien elle avait été folle; elle tremblait en songeant aux suites qu'aurait pu avoir sa faute; l'âge venait, et elle obéissait à son sang bourgeois, elle s'était faite dévote et prude.

La véritable mère de Guillaume fut une vieille servante de la maison, qui avait vu naître M. de Viargue. Geneviève était sœur de lait de la mère du comte. Cette dernière, qui appartenait à la noblesse du Midi, s'était fait accompagner par elle en Allemagne, lors de l'émigration, et M. de Viargue, à sa rentrée en France, après la mort de sa mère, l'avait installée à Véteuil. C'était une paysanne cévenole, appartenant à la religion réformée et gardant dans sa tête étroite et ardente tout le fanatisme des premiers calvinistes, dont elle sentait le sang couler dans ses veines. Grande, sèche, avec des yeux creux et un grand nez aigu, elle rappelait ces vieilles possédées qu'on jetait jadis au bûcher. Elle traînait partout une énorme Bible sombre dont la reliure était consolidée par une garniture de fer; matin et soir, elle en lisait quelques versets d'une voix haute et perçante. Parfois elle trouvait des mots farouches, de ces mots de colère que le terrible Dieu des Juifs laissait tomber sur son peuple épouvanté. Le comte tolérait ce qu'il nommait ses manies; il connaissait la haute probité, la justice souveraine de cette nature exaltée. D'ailleurs, il regardait Geneviève comme un legs sacré de

sa mère. Elle était dans la maison moins une servante
qu'une toute-puissante maîtresse.

A soixante-dix ans, elle faisait encore de gros travaux.
Plusieurs domestiques se trouvaient sous ses ordres, mais
elle mettait un grand orgueil à s'imposer des tâches grossières. Elle avait une humilité d'une vanité incroyable.
Elle dirigeait tout à la Noiraude, levée dès le point du jour,
donnant à chacun l'exemple d'une activité infatigable,
remplissant son mandat avec une rudesse de femme qui
n'a jamais failli.

Un des grands désespoirs de sa vie fut la passion de
son maître pour la science. En le voyant s'enfermer pendant de longues journées dans une pièce encombrée d'appareils étranges, elle le crut fermement devenu sorcier.
Quand elle passait devant la porte de cette pièce et qu'elle
entendait le bruit de son soufflet, elle joignait les mains
de terreur, persuadée qu'il activait de son haleine le feu
de l'enfer. Un jour, elle eut le courage d'entrer et d'adju-
rer solennellement le comte, au nom de sa mère, de sauver son âme en renonçant à une besogne maudite. M. de
Viargue la poussa doucement vers la porte, souriant,
lui promettant de se réconcilier avec Dieu plus tard, quand
il mourrait. Dès lors, elle pria pour lui matin et soir. Elle
répétait souvent, dans une sorte d'exaltation prophétique,
qu'elle entendait rôder le diable chaque nuit et que de
grands malheurs menaçaient la Noiraude.

Geneviève considéra la liaison scandaleuse du comte
avec la femme du notaire, comme un premier avertissement de la colère de Dieu. Le jour où cette femme s'installa au château, elle fut prise d'une sainte indignation.
Elle déclara à son maître qu'elle ne pouvait vivre en
compagnie de cette créature et qu'elle lui cédait la place.
Et elle fit comme elle disait : elle alla se loger dans une
sorte de pavillon que M. de Viargue possédait au bout de
son parc. Pendant deux années, elle ne mit pas le pied à la
Noiraude. Les paysans qui passaient le long de la muraille
du parc, surprenaient les éclats de sa voix sèche psalmo-

diant, à toute heure de la journée, les versets de sa
grande Bible. Le comte la laissa faire ; il la visita à plusieurs reprises, accueillant d'un air impassible les ser-
mons ardents qu'elle lui fit subir. Une seule fois il faillit
se fâcher : il avait rencontré la vieille fanatique dans une
allée où il se promenait en compagnie de sa maîtresse, et
Geneviève s'était permis d'interpeller la jeune femme
avec une violence de langage toute biblique. Elle qui n'a-
vait pas la moindre faute à se faire pardonner, aurait jeté
la boue des chemins à la face des pécheresses. La femme
du notaire fut fort effrayée de cette scène, et il est
même à croire que le mépris et la colère de la protestante
fu'ent pour quelque chose dans son départ brusque.

Dès que Geneviève sut que la honte n'était plus à la
Noiraude, elle y revint tranquillement reprendre son rôle
de maîtresse souveraine. Elle n'y trouva qu'un enfant de
plus, le petit Guillaume. La pensée de cet enfant, lorsqu'elle logeait encore au pavillon, lui avait causé une
horreur sacrée ; il était le fils du péché, il ne pouvait
amener avec lui que le malheur, et peut-être le Dieu ven-
geur l'avait-il fait naître pour punir son père de son im-
piété. Mais quand elle vit la pauvre créature, dans son
berceau blanc et rose, elle éprouva une sensation d'une
douceur inconnue. Cette femme, dont le cœur et la chair
avaient séché dans une virginité ardente de fanatique,
sentit vaguement se réveiller en elle l'épouse et la mère
qu'il y a au fond de toute vierge. Elle se crut tentée par
le démon, elle voulut résister à l'amollissement qui s'emparait de son être. Puis elle se laissa aller, elle embrassa
Guillaume avec des envies de se recommander à Dieu
pour se protéger contre cet enfant du crime que le ciel
devait avoir maudit.

Et peu à peu elle devint une mère pour lui, mais une
mère étrange dont les caresses gardaient une sorte de
vague terreur. Par instants, elle le repoussait ; puis elle
le reprenait entre ses bras avec cette volupté âcre des dé-
vots qui croient sentir la griffe du diable pénétrer leur

chair. Quand il était encore tout petit, elle le regardait fixement dans les yeux, inquiète, se demandant si elle n'allait pas trouver des clartés infernales au fond du regard pur et clair de l'innocente créature. Jamais elle ne put se persuader qu'il n'appartînt pas un peu à Satan ; mais sa tendresse, toute secouée, brutale et attendrie, n'en fut que plus poignante.

Dès qu'il fut sevré, elle renvoya la nourrice. Elle seule s'occupa de lui. M. de Viargue le lui avait abandonné, l'autorisant même, avec son ironique sourire de savant, à l'élever dans la religion qu'il lui plairait. L'espérance de sauver Guillaume du feu éternel, en en faisant un protestant zélé, redoubla le dévouement de Geneviève. Jusqu'à l'âge de huit ans, elle le garda avec elle dans l'appartement qu'elle occupait au second étage de la Noiraude.

Guillaume grandit ainsi en pleine exaltation nerveuse. Il respira, dès le berceau, l'air frissonnant, plein d'une religieuse terreur, que la vieille fanatique répandait autour d'elle. Il n'aperçut, penché sur lui, à son réveil, que ce visage de femme, ardent et muet ; il n'entendit que cette voix aiguë de chanteuse de cantiques, qui l'endormait le soir en récitant d'une façon lugubre un des sept psaumes de la pénitence. Les caresses de sa mère d'adoption le brisaient ; elle l'embrassait à l'étouffer, par secousses, avec des larmes qui le jetaient lui-même dans des crises de tendresse maladive. Il acquit fatalement une sensibilité de femme, une délicatesse de nerfs qui changeait ses moindres chagrins d'enfant en véritables souffrances. Souvent ses yeux s'emplissaient de larmes, sans motif apparent, et il pleurait pendant des heures, sans colère, comme une grande personne.

Quand il eut sept ans, Geneviève lui apprit ses lettres dans la grande Bible garnie de fer. Cette Bible, au papier jauni, à l'aspect noirâtre, le terrifiait. Il ne comprenait pas le sens des lignes qu'il épelait, mais le ton sinistre dont son institutrice prononçait les mots, le glaçait d'effroi sur sa chaise. Lorsqu'il se trouvait seul, pour rien au monde

3.

il n'aurait osé ouvrir la Bible. La vieille protestante lui en
parlait comme de Dieu lui-même, avec un respect effrayé.
L'enfant, dont l'intelligence s'éveillait, vécut dès lors dans
une sorte d'épouvante éternelle. Enfermé avec la fanatique qui l'entretenait sans cesse du diable, de l'enfer, de la
colère du ciel, il passait les journées au milieu de craintes
cuisantes ; la nuit, il sanglotait, s'imaginant que des
flammes couraient sous son lit. Ce pauvre être, qui ne
demandait qu'à jouer et à rire, avait l'imagination bouleversée au point de ne plus descendre dans le parc pour
ne pas se damner. Geneviève lui répétait chaque matin,
de cette voix perçante dont les éclats le pénétraient
comme des lames aiguës, que le monde était un infâme
lieu de perdition et qu'il serait préférable pour lui de
mourir sans jamais voir la clarté du soleil. Elle croyait,
par ces leçons, le sauver de Satan.

Quelquefois, pourtant, dans l'après-midi, Guillaume
courait les longs corridors de la Noiraude et se hasardait
sous les arbres du parc.

Ce qu'on nommait à Véteuil « la Noiraude » était une
grande bâtisse carrée, élevée de trois étages, laide et noire,
qui ressemblait beaucoup à une maison de correction.
M. de Viargue la laissait dédaigneusement tomber en ruines. Il en occupait une faible partie : un appartement au
premier étage, et une pièce sous les combles dont il avait
fait son laboratoire ; au rez-de-chaussée, il s'était réservé
une salle à manger et un salon. Les autres pièces de
la vaste demeure, sauf celles qu'occupaient Geneviève et
les domestiques, se trouvaient complétement abandon-
nées. Jamais on ne les ouvrait.

Lorsque Guillaume suivait les couloirs silencieux et
sombres qui traversaient la Noiraude de toutes parts, il
éprouvait de secrètes terreurs. Il passait en hâtant le pas
devant les portes des chambres inhabitées. Plein des idées
horribles que Geneviève lui mettait dans la tête, il
croyait entendre sortir de ces chambres des plaintes, des
sanglots étouffés ; il se demandait avec effroi qui pouvait

habiter ces appartements dont les portes restaient toujours closes. Il préférait les allées du parc, et encore
n'osait-il s'éloigner, tant la vieille protestante l'avait rendu
poltron et frissonnant.

Parfois, il rencontrait son père, dont la vue le faisait
trembler. Jusqu'à l'âge de cinq ans, il l'avait à peine
aperçu. Le comte oubliait qu'il possédait un fils. Il ne
s'était même pas inquiété des formalités qu'il aurait à
remplir un jour s'il désirait l'adopter. L'enfant avait été
forcément déclaré comme né de père et de mère inconnus. M. de Viargue savait que le notaire feindrait de toujours ignorer l'existence du bâtard de sa femme, et il se
promettait de régulariser plus tard la situation de Guillaume. N'ayant pas d'autre héritier, il comptait lui léguer
sa fortune. Ces pensées, d'ailleurs, ne l'occupaient guère;
il était tout à ses expériences, plus ironique et plus hautain
que jamais; il écoutait sans répondre les nouvelles que
Geneviève lui donnait de loin en loin de l'enfant.

Un jour, comme il descendait au parc, il le rencontra
marchant seul, donnant la main à la vieille femme. Il
fut très-étonné de le trouver grandi. Guillaume, qui entrait dans sa cinquième année, portait un de ces adorables
costumes d'enfant d'étoffes légères et voyantes. Le père,
un peu ému, s'arrêta pour la première fois; il prit son fils
et, l'élevant à la hauteur de son visage, il le regarda attentivement. Guillaume, par un phénomène mystérieux du
sang, ressemblait à la mère du comte. Cette ressemblance frappa celui-ci et le toucha. Il mit un baiser sur le
front du pauvre petit, qui tremblait.

A partir de ce jour, il ne rencontra jamais son fils sans
l'embrasser. Il l'aimait à sa manière, autant qu'il pouvait
aimer. Mais son étreinte était froide, le baiser rapide qu'il
lui donnait à l'occasion, ne suffisait pas pour gagner le
cœur de l'enfant. Lorsque Guillaume pouvait éviter le
comte, sans que celui-ci s'en aperçût, il était presque
heureux d'échapper à sa caresse. Cet homme sévère qui
parcourait la Noiraude, pareil à une ombre roide et muette,

lui causait plus d'épouvante que d'affection. Geneviève, à
laquelle M. de Viargue avait donné l'ordre de l'élever ouvertement comme son fils, lui présentait toujours son père
en maître terrible et tout-puissant, et ce mot de père n'é-
veillait dans sa pensée qu'une idée de terreur respectueuse.

Guillaume vécut ainsi pendant ses huit premières années. Tout le poussa à la faiblesse, l'étrange éducation de
la vieille protestante et la crainte que lui inspirait le comte.
Il était condamné à garder pendant sa vie entière les frissons, la sensibilité maladive de son enfance. Quand il eut
huit ans, M. de Viargue l'envoya comme pensionnaire au
collége communal de Véteuil. Il s'était sans doute aperçu
de la cruelle façon dont Geneviève l'élevait, il voulait le
soustraire entièrement à l'influence de ce cerveau détraqué. Au collége, Guillaume commença dans la douleur
l'apprentissage de la vie; il devait fatalement être blessé
à chaque pas.

Les années qu'il passa en pension furent un long martyre, un de ces martyres d'enfant seul et abandonné que
tout écrase et qui ne peut savoir ce dont il est coupable.
Les habitants de Véteuil nourrissaient contre M. de Viargue une haine sourde, faite de jalousie et de pruderie; ils
ne lui pardonnaient pas d'être riche et d'agir à sa guise;
le scandale de la naissance de Guillaume servait de thème
sans fin à leurs médisances. Ils se vengèrent de l'indifférence méprisante du père qu'ils continuaient à saluer
humblement, sur la faiblesse du fils dont ils pouvaient
briser le cœur sans danger. Les enfants de la ville, ceux
qui avaient douze et seize ans, connaissaient tous l'histoire de Guillaume pour l'avoir entendu raconter cent fois
dans leur famille; on parlait chez eux de cet enfant adul-
térin avec une telle indignation, qu'ils se firent un devoir,
quand ils l'eurent pour camarade, de torturer le pauvre
être honni de Véteuil entier. Leurs parents eux-mêmes les
poussèrent à cette lâcheté, en riant sournoisement des
persécutions dont ils le poursuivaient.

Dès la première récréation, Guillaume sentit à l'attitude

goguenarde de ses nouveaux camarades qu'il se trouvait
en pays hostile. Deux grands, des gamins de quinze ans
s'approchèrent et lui demandèrent son nom. Quand il eu,
répondu, d'une voix timide, qu'il se nommait Guillaume,
toute la bande se moqua.

— Tu t'appelles Bâtard, entends-tu ! cria un collégien
au milieu des huées et des sales plaisanteries de ces jeunes
drôles qui avaient déjà des vices d'hommes faits.

L'enfant ne comprit pas l'insulte, mais il se mit à pleurer d'angoisse et de terreur au milieu du cercle impitoyable qui l'entourait. Il reçut quelques bourrades, demanda
pardon, ce qui aumusa fort ces messieurs, et lui valut de
nouveaux coups de poing.

Le pli était pris, la victime du collége était trouvée. A
chaque récréation, il attrapa des taloches, il s'entendit
appeler de ce surnom de Bâtard qui lui faisait monter le
sang aux joues, sans qu'il sût pourquoi. La crainte des
coups le rendit lâche; il vécut dans les coins, n'osant
bouger, en paria qui a un peuple contre lui et qui n'essaye
plus de se révolter. Ses professeurs s'unirent secrètement
à ses camarades ; ils sentirent qu'il serait habile de faire
cause commune avec les fils des gros bonnets de Véteuil,
et ils accablèrent l'enfant de punitions, goûtant eux-
mêmes une volupté méchante à torturer un être faible.
Guillaume s'abandonna; il fut un élève détestable, abruti
par les coups, par les gros mots et par les pensums. Lent,
maladif, hébété, il sanglotait au dortoir pendant des nuits
entières : c'était là sa seule protestation.

Il souffrit d'autant plus qu'il y avait en lui un cuisant
besoin d'aimer et qu'il trouvait uniquement des gens à haïr.
Sa sensibilité nerveuse le faisait crier d'angoisse à chaque
nouvelle insulte. « Mon Dieu ! murmurait-il souvent, quelle
faute ai-je donc commise ? » Et, dans sa justice d'enfant,
il cherchait ce qui pouvait lui attirer des châtiments si
rudes; en ne trouvant rien, il lui prenait des épouvantes
folles, il se rappelait les leçons menaçantes de Geneviève
et se croyait tourmenté par des démons pour des péchés

inconnus. A deux reprises, il lui vint la pensée de se noyer dans le puits du collége. Il avait alors douze ans.

Les jours de vacances, il lui semblait sortir d'une tombe. Souvent les gamins le poursuivaient à coups de pierres jusqu'aux portes de la ville. Il aimait maintenant le parc désert de la Noiraude où personne ne le battait. Jamais il n'osa parler à son père des persécutions qu'il avait à endurer. Il se plaignit seulement à Geneviève et lui demanda ce que signifiait ce surnom de Bâtard qui lui produisait la sensation brûlante d'un soufflet. La vieille femme l'écouta d'un air sombre. Elle était irritée qu'on lui eût enlevé son élève. Elle savait que l'aumônier du collége avait amené M. de Viargue à laisser baptiser l'enfant, et elle le regardait comme voué définitivement aux flammes de l'enfer. Quand Guillaume lui eut confié ses chagrins, elle s'écria, sans lui répondre directement : « Tu es un fils du péché, tu expies la faute des coupables ! » Il ne pût comprendre, mais le ton de la fanatique lui parut si plein de colère, qu'il ne la prit jamais plus pour confidente.

Ses désespoirs s'accrurent à mesure qu'il grandissait. Il arriva enfin à un âge où il sut quelle était sa faute. Ses camarades, avec leurs injures ignobles, lui firent son édu - cation du vice. Alors, il pleura des larmes de sang. On le frappa dans ses parents, en lui apprenant honteusement l'histoire de sa naissance. Il connut l'existence de sa mère par les noms sales qu'on donnait autour de lui à cette femme. Les enfants, quand ils se jettent dans la boue, s'y vautrent avec une sorte de vanité ; aussi les petits hommes du collége n'épargnèrent-ils au Bâtard aucune des in- famies qu'ils purent inventer sur la liaison de la femme du notaire et de M. de Viargue. Guillaume fut pris parfois de rages folles ; sous les coups des bourreaux, le martyr se révoltait à la fin, tombait sur le premier venu, le mor- dait comme une bête fauve ; mais le plus souvent il restait mou sous l'injure, il se contentait de pleurer silencieuse- ment.

Comme il allait avoir quinze ans, il se passa un fait

dont il garda le souvenir toute sa vie. Un jour que le collége allait en promenade et passait dans une rue de la
ville, il entendit ses camarades ricaner autour de lui et
murmurer de leur voix méchante :

— Eh! Bâtard, regarde donc : voici ta mère.

Il leva la tête et regarda.

Une femme suivait le trottoir, au bras d'un homme à
figure molle et placide. Cette femme examina Guillaume
d'un air curieux. Elle le frôla presque de ses vêtements
en passant. Mais elle n'eut pas un sourire, elle pinça la
bouche dans une sorte de grimace confite et rechignée.
L'homme qui l'accompagnait garda sa sérénité.

Guillaume, défaillant, n'entendit pas les railleries
de ses camarades qui pouffaient de rire, comme si
cette rencontre eût été la drôlerie la plus réjouissante
du monde. Il resta farouche et muet. Cette rapide vision
venait de le glacer, et il se sentait plus misérable qu'un
orphelin. Toute sa vie, quand il songea à sa mère, il évo-
qua l'image de cette femme passant avec une moue de
dévote, au bras de son mari trompé et content.

Sa grande douleur, dans ces années mauvaises, fut de
n'être aimé par personne. La tendresse farouche de Geneviève l'effrayait presque, et il trouvait bien froide l'affection muette de son père. Il se disait qu'il était seul, que
pas un être n'avait pitié de lui. Courbé sous les persécutions qu'il endurait, il se repliait dans des pensées ineffables de bonté; sa nature douce qui éprouvait de cuisants
besoins de caresses, cachait soigneusement, comme un
secret ridicule dont on aurait ri, les trésors d'amour
qu'elle ne pouvait répandre au dehors. Il se perdait au
fond du songe sans fin d'une passion imaginaire dans laquelle il se jetterait en entier, à jamais. Et il rêvait alors
une solitude bénie, un coin de terre où il y avait des arbres et des eaux, où il était seul à seul en compagnie
d'une chère passion; amante ou camarade, il ne distinguait pas bien; il avait simplement un immense désir
de consolation et de paix. Quand on venait de le battre,

encore tout meurtri, il évoquait son rêve, les mains
jointes, avec une sorte de frémissement religieux, et il
demandait au ciel quand il pourrait se cacher et se reposer dans une affection suprême.

Si sa fierté ne l'avait pas soutenu, il se serait peut-
être habitué à la lâcheté. Mais, heureusement, il avait en
lui du sang des de Viargue ; la faiblesse irrémédiable dont
sa naissance de hasard et la sottise bourgeoise de sa
mère le frappaient, se redressait par instants aux souffles
d'orgueil qui lui venaient de son père. Il se sentait meilleur, plus digne et plus grand que ses bourreaux; s'il les
redoutait, il avait pour eux un tranquille dédain; il restait fier sous leurs coups, ce qui exaspérait les jeunes
brutes auxquelles le mépris de leur victime n'échappait pas.

Guillaume eut cependant un ami au collège. Comme il
allait commencer sa seconde, un nouvel élève entra dans
la même classe que lui. C'était un grand garçon solide et
vigoureux, qui était son aîné de deux ou trois ans. Il
se nommait Jacques Berthier. Orphelin, n'ayant plus
qu'un oncle, avocat à Véteuil, il venait achever au collège de cette ville ses humanités qu'il avait commencées
a Paris. Son oncle voulait le surveiller de près, ayant appris que le cher garçon était précoce et courait déjà à
dix-sept ans les demoiselles du quartier latin.

Jacques supporta gaiement son exil. Il avait le plus
heureux caractère du monde. Sans grandes qualités, il
était ce qu'on nomme un bon enfant. Il rachetait d'ailleurs ses légèretés de nature par un dévouement rude.
Son entrée au collège fut un événement; il venait de Paris,
il parlait de la vie en garçon qui a déjà mordu au fruit
défendu. Les élèves eurent un subit respect pour lui, quand
ils surent qu'il avait couché avec des femmes. Ses manières aisées, sa force, ses bonnes fortunes, en firent le roi
du collège. Il riait haut, montrait volontiers ses bras vigou
reux et protégeait les faibles avec une bonhomie de prince.

Le jour même de son arrivée, il aperçut un grand co-
quin d'élève qui bousculait Guillaume. Il accourut, se-

coua l'élève d'importance en lui disant qu'il aurait affaire
à lui s'il tourmentait ainsi les enfants. Il prit ensuite le
bras du persécuté et se promena en sa compagnie pendant toute la récréation, au scandale des collégiens qui
ne comprenaient pas comment le Parisien pouvait choisir
un pareil ami.

Guillaume fut profondément touché du secours et de
l'amitié que Jacques lui offrait. Celui-ci avait été pris
d'une soudaine sympathie pour le visage souffrant de son
nouveau camarade. Quand il l'eut questionné, il comprit qu'il allait avoir une protection active à exercer. Cela
le décida.

— Veux-tu être mon ami? demanda-t-il à Guillaume en
lui offrant la main.

Le pauvre enfant pleura presque en serrant cette
main, la première qui se tendait vers lui.

— Je vous aimerai bien, répondit-il de la voix timide
d'un amant qui avouerait son amour.

A la récréation suivante, un groupe d'élèves entoura le
Parisien pour lui raconter l'histoire de Guillaume. On
comptait lui faire rosser le Bâtard en lui parlant du scandale de sa naissance. Jacques écouta tranquillement les
plaisanteries sales de ses camarades. Quand ils eurent
fini, il haussa les épaules.

— Vous êtes des imbéciles, leur dit-il. Si j'entends un
de vous répéter ce que vous venez de dire, je le giflerai.

Il ne sentit que plus de sympathie pour le paria, en
comprenant la profondeur de ses blessures. Il avait déjà
eu pour ami, au lycée Charlemagne, un enfant de l'amour,
un garçon d'une intelligence rare et charmante, qui rem-
portait tous les prix de sa classe et qui était adoré de
ses camarades et de ses maîtres. Cela lui fit accepter
comme une chose fort naturelle le récit du scandale qui
indignait si fort les jeunes brutes de Véteuil. Il alla reprendre le bras de Guillaume.

— Quelles oies que ces enfants-là! lui dit-il; ils sont
bêtes et méchants. Je sais tout; mais, va, ne crains rien:

si un d'eux te donne une chiquenaude, dis-le moi, et tu
verras.

A partir de ce jour, on respecta le Bâtard. Un élève
s'étant permis de l'appeler de ce surnom, reçut une telle
calotte que le collége entier vit qu'il n'y avait plus à
plaisanter et chercha une autre victime. Guillaume fit sa
seconde et sa rhétorique dans une paix profonde. Il con-
çut pour son protecteur une amitié ardente. Il l'aima
comme on aime une première maîtresse, avec une foi
absolue, un dévouement aveugle. Sa nature douce trouvait enfin une issue, ses tendresses longtemps contenues allaient toutes à ce dieu dont la main et le cœur
l'avaient secouru. Son amitié était mêlée d'une reconnaissance si vive, qu'il considérait un peu Jacques comme un
être supérieur. Il ne savait comment payer sa dette, il
restait humble et caressant devant lui. Il l'admirait jusque
dans ses moindres gestes ; ce grand garçon, énergique,
bruyant, lui causait une sorte de respect, lorsqu'il le
comparait à sa nature chétive et timide. Ses allures dé-
gagées, les récits qu'il lui faisait de sa vie à Paris, le per-
suadaient qu'il avait pour ami un homme extraordinaire
auquel étaient réservées les destinées les plus hautes. Et
il y avait ainsi, dans son affection, un singulier mélange
d'admiration, d'humilité et d'amour, qui lui laissa toujours pour Jacques une sorte de sentiment tendre et respectueux à la fois.

Celui-ci accepta en bon enfant l'adoration de son pro-
tégé. Il aimait à montrer sa force et à être flatté. D'ailleurs,
il fut séduit par les caresses dévouées de cette nature
faible et fière, qui écrasait les autres élèves de son mépris. Pendant les deux années qu'ils restèrent ensemble
au collége, ils furent inséparables.

Quand ils eurent terminé leur rhétorique, Jacques
partit pour Paris où il devait suivre les cours de l'École
de médecine. Guillaume, resté seul à Véteuil, demeura
longtemps inconsolable du départ de son ami. Il était
tombé dans une oisiveté complète, vivant à la Noiraude

comme au fond d'un désert. Il avait alors dix-huit ans. Son
père le fit un jour appeler et le reçut dans son laboratoire.
C'était la première fois qu'il passait le seuil de cette
pièce. Il trouva le comte debout au milieu de la vaste salle,
la poitrine couverte d'un long tablier bleu de droguiste. Il
lui parut terriblement vieilli; ses tempes s'étaient dé-
nudées, ses yeux caves brillaient d'un feu étrange au milieu de son visage maigre, tout couturé de rides. Il avait
toujours éprouvé pour lui un grand respect; ce jour-là,
il en eut presque peur.

— Monsieur, lui dit le comte, je vous ai fait demander
afin de vous communiquer mes projets à votre égard.
Veuillez d'abord me dire si, par hasard, vous ne vous
sentiriez pas de la vocation pour une occupation quelconque.

Au geste embarrassé et hésitant que fit Guillaume, il
reprit :

— C'est bien, mes ordres vous seront plus faciles à
accomplir... Je désire, monsieur, que vous ne soyez absolument rien, ni médecin, ni avocat, ni autre chose.

Et comme le jeune homme le regardait d'un air surpris :

— Vous serez riche, continua-t-il d'un ton légèrement
amer, vous pourrez être un sot et un heureux homme, si
vous avez la chance de comprendre la vie. Je regrette
déjà de vous avoir fait donner quelque instruction. Chas-
sez, mangez, dormez, tels sont mes ordres. Cependant, si
vous aviez du goût pour la culture, je vous permettrais
de piocher la terre.

Le comte ne raillait pas. Il parlait d'un accent bref,
avec la certitude d'être obéi. Il remarqua que son fils
jetait un coup d'œil dans le laboratoire, comme pour pro-
tester contre la vie oisive qu'il lui imposait. Sa voix se
fit menaçante.

— Surtout, dit-il, jurez-moi que vous ne vous occu-
perez jamais de science. Après ma mort, vous fermerez
cette porte et ne l'ouvrirez plus. C'est assez qu'un de

Viargue se soit oublié ici pendant une existence entière...
Je compte sur votre parole, monsieur : vous ne ferez
rien et vous tâcherez d'être heureux.

Guillaume allait se retirer, lorsque son père, comme
poussé par une douleur et une émotion subites, lui prit
les poignets et murmura en l'attirant vers lui :

— Entends-tu, mon enfant, obéis-moi : sois un simple
d'esprit, s'il est possible.

Il l'embrassa avec brusquerie et le congédia. Cette
scène émut singulièrement Guillaume ; il comprit que le
comte devait souffrir d'un mal secret ; dans les rares
rapports qu'ils avaient ensemble, il lui témoigna, à partir
de ce jour, un respect plus affectueux. D'ailleurs, il se
conforma strictement à ses ordres. Il resta trois années
à la Noiraude, chassant, courant le pays, s'intéressant aux
arbres et aux coteaux. Ces trois années, pendant lesquelles il vécut dans l'intimité de la campagne, ache-
vèrent de le prédestiner aux joies et aux souffrances
que lui gardait l'avenir. Perdu au fond des solitudes
vertes du parc, rafraîchi par ce frisson large qui court
sous les feuilles, il se purifia de sa vie de collège, il
grandit en tendresse et en miséricorde. Il reprit le rêve de
sa jeunesse, il espéra de nouveau trouver, au bord de
quelque fontaine, une créature qui le prendrait dans ses
bras et qui l'emporterait, en le baisant comme un enfant.
Ah ! quelles longues rêveries, et comme l'ombre et le
silence des chênes tombaient doucement sur son front!

Sans l'inquiétude vague que lui causaient ses désirs
inassouvis, il eût été parfaitement heureux. Personne ne
le persécutait plus ; quand il lui arrivait de traverser
Véteuil, il voyait ses anciens camarades le saluer avec
plus de lâcheté encore qu'ils ne l'avaient battu ; on savait
dans la ville qu'il hériterait du comte. Sa seule crainte,
crainte étrange mêlée d'un espoir cuisant, était de se
trouver face à face avec sa mère. Il ne la revit pas, et il
en fut désolé ; la pensée de cette femme lui revenait
chaque jour, l'oubli complet dans lequel elle le tenait,

était pour lui une monstruosité inexplicable dont il aurait voulu trouver le fond. Il demanda même à Geneviève s'il ne devait pas chercher à la voir. La protestante lui répondit rudement qu'il était fou.

— Votre mère est morte, ajouta-t-elle de sa voix inspirée ; priez pour elle.

Geneviève aimait toujours l'enfant du péché, malgré les terreurs que lui causait une pareille tendresse. Maintenant que cet enfant était devenu homme, elle se défendait davantage contre son cœur. Au fond, elle était d'un dévouement aveugle et absolu.

A deux reprises, Jacques vint passer ses vacances d'étudiant à Véteuil. Ce furent pour Guillaume des mois de joie folle. Les deux amis ne se quittaient pas ; ils chassaient des journées entières, ou pêchaient des écrevisses dans le petit ruisseau qui traverse le pays. Souvent, au fond de quelque trou perdu, ils s'asseyaient et causaient de Paris, surtout des femmes. Jacques en parlait légèrement, en homme qui ne les estimait guère, mais qui avait la galanterie de les traiter avec douceur et de ne point dire sur elles sa pensée toute crue. Et Guillaume alors lui reprochait chaleureusement sa sécheresse d'âme ; il mettait la femme sur un piédestal, en faisait une idole devant laquelle il chantait un éternel cantique de foi et d'amour.

— Laisse donc, s'écriait l'étudiant impatienté, tu ne sais pas ce que tu dis. Tu ennuieras singulièrement tes maîtresses, si tu restes toujours à genoux devant elles. Mais tu feras comme les autres, tu tromperas et tu seras trompé. C'est la vie.

— Non, non, répondait-il avec entêtement, je ne ferai pas comme les autres. Je n'aimerai jamais qu'une seule femme, et je l'aimerai tant que je défie le sort de troubler nos tendreses.

— Bah ! nous verrons.

Et Jacques riait de la naïveté de son cher provincial. Il le scandalisait presque par le récit de ses passions d'une nuit. Les voyages qu'il fit ainsi à Véteuil, resserrèrent encore l'amitié des deux jeunes gens. D'ailleurs, ils s'écrivaient de longues lettres. Peu à peu, cependant, les lettres de Jacques devinrent plus rares; la troisième année, il ne donna pas de signe de vie. Guillaume fut très-attristé de ce silence.

Il savait, par l'oncle de l'étudiant, que celui-ci devait quitter la France, et il aurait bien voulu lui serrer la main avant son départ. Il commençait à s'ennuyer mortellement à la Noiraude. Son père apprit la cause de ses allures lentes et désolées; il lui dit un soir en sortant de table :

— Je sais que vous désirez aller à Paris. Je vous autorise à y vivre un an, et je compte que vous y commettrez quelque sottise. Je vous ouvre un crédit illimité... Vous pouvez partir demain.

Le lendemain, Guillaume, en arrivant à Paris, apprit que Jacques s'en était éloigné la veille. Il lui avait écrit à Véteuil une lettre d'adieu que Geneviève lui renvoya. Dans cette lettre, très-gaie et très-affectueuse, son ami lui apprenait qu'on l'avait attaché comme chirurgien à notre corps d'expédition de la Cochinchine, et qu'il resterait sans doute longtemps hors de France. Guillaume revint immédiatement à la Noiraude, affligé de ce départ brusque et épouvanté par la pensée de se trouver seul dans une ville inconnue. Il se replongea au fond de sa chère solitude. Mais, deux mois plus tard, son père l'en tira de nouveau en lui ordonnant de retourner à Paris, où il entendait qu'il vécût pendant un an.

Guillaume alla habiter, rue de l'Est, à l'hôtel où demeurait déjà Madeleine.

IV

Lorsque Madeleine rencontra Guillaume, elle songeait à quitter l'hôtel et à chercher un petit logement qu'elle meublerait. Dans cette maison ouverte à tout venant, peuplée d'étudiants et de filles, elle n'était point assez chez elle, elle se trouvait exposée à recevoir des déclarations brutales qui lui rappelaient cruellement son abandon. Quand elle aurait déménagé, elle comptait travailler, utiliser son talent de brodeuse. D'ailleurs, ses deux mille francs de rente suffisaient à ses besoins. L'avenir l'inquiétait vaguement; elle sentait que la solitude à laquelle elle voulait se condamner, serait pleine de périls. Bien qu'elle se fût juré d'être forte, elle passait des journées si vides, si tristes, que, certains soirs, elle surprenait, au fond de son accablement, des pensées indignes de faiblesse.

Le soir de l'arrivée de Guillaume, elle le vit dans l'escalier. Il se rangea contre le mur d'un air si respectueux, qu'elle fut comme confuse et étonnée de son attitude. D'ordinaire, les locataires de l'hôtel lui marchaient presque sur les pieds, en lui jetant des bouffées de tabac au visage. Le jeune homme entra dans une chambre qui touchait la sienne ; une mince cloison séparait les deux

pièces. Madeleine s'endormit en écoutant, malgré elle, les
pas de l'inconnu qui prenait possession de son domicile.

Guillaume, tout respectueux qu'il était, avait parfaitement remarqué le teint nacré et les admirables cheveux
roux de sa voisine. S'il marcha longtemps dans sa
chambre, ce soir-là, ce fut que la pensée d'avoir une
femme si près de lui, lui causait une sorte de fièvre. Il
entendait craquer son lit, quand elle se retournait.

Le lendemain, les jeunes gens se sourirent, naturellement. Leur intimité marcha vite. Madeleine s'abandonna
d'autant plus aisément à sa sympathie pour ce garçon
tranquille et doux, qu'elle se crut en toute sûreté avec
lui. Elle le considéra un peu comme un enfant. Elle pensa
que, s'il commettait jamais la folie de lui parler d'amour,
elle le sermonnerait et aurait facilement raison de ses désirs. Elle croyait à sa force, elle voulait garder son serment
de veuvage. Les jours suivants, elle accepta le bras de
Guillaume, elle consentit à faire un bout de promenade en
sa compagnie. Au retour, elle alla dans la chambre du
jeune homme, et le jeune homme vint dans la sienne.
D'ailleurs pas la moindre parole tendre, pas le moindre
sourire inquiétant. Ils se traitaient en amis de la veille,
avec une réserve pleine d'un charmant délicat.

Au fond, leur être était vaguement troublé. Le soir,
lorsqu'ils se trouvaient dans leur chambre, ils s'écoutaient
marcher, ils rêvaient, sans pouvoir lire nettement les
sentiments qui les agitaient. Madeleine se sentait aimée, et
elle se laissait aller à cette douceur, tout en se disant
qu'elle n'aimait pas. A vrai dire, elle ignorait l'amour; sa
première liaison avait eu quelque chose de brusque qui lui
faisait goûter avec une jouissance infinie les attentions de
Guillaume; son cœur allait vers lui, malgré elle, peu à
peu, touché par une sympathie qui devenait de la tendresse. S'il lui arrivait encore de songer à ses blessures,
elle écartait les souvenirs cruels en rêvant à son nouvel
ami; la passion d'un tempérament sanguin l'avait épouvantée, l'affection caressante d'une nature nerveuse la

pénétrait d'une langueur attendrie, amollissait une à
une ses volontés. Quant à Guillaume, il vivait dans le
rêve ; il adorait la première femme qu'il rencontrait, et
cela était fatal. Dans les commencements, il ne se demanda
même pas d'où venait cette femme ; elle lui souriait la
première, ce sourire suffisait pour qu'il s'agenouillât et
lui donnât sa vie. Il s'étonnait joyeusement d'avoir rencontré tout de suite une amante ; il avait hâte d'ouvrir son
cœur si longtemps fermé, si plein de passion contenue ;
s'il n'embrassait pas Madeleine, c'est qu'il n'osait, mais il
croyait déjà la posséder.

Les jeunes gens passèrent ainsi une semaine. Guillaume
sortait à peine ; Paris lui faisait peur, et il s'était bien
gardé d'aller loger dans un des grands hôtels dont son
père lui avait donné les adresses. Il s'applaudissait maintenant de s'être caché derrière le Luxembourg, au fond
de ce quartier paisible où l'amour l'attendait. Il aurait
voulu emmener Madeleine aux champs, bien loin, non
qu'il eût dessein de la faire tomber plus vite entre ses
bras, mais parce qu'il aimait les arbres et qu'il désirait
se promener avec elle à leur ombre. Elle résistait, par
une sorte de pressentiment. Enfin, elle accepta d'aller
dîner avec lui dans un cabaret de la banlieue. Là, au restaurant du bois de Verrières, elle se livra.

Le lendemain, quand ils rentrèrent à Paris, les deux
amants étaient si étourdis de leur aventure, qu'ils oubliaient
parfois de se tutoyer. Ils éprouvaient même une certaine
gêne, un malaise qu'ils n'avaient pas ressenti, lorsqu'ils
étaient simplement camarades. Par un singulier sentiment
de honte, ils ne voulurent pas coucher tous deux dans
l'hôtel où la veille encore ils se trouvaient presque étrangers l'un à l'autre. Guillaume comprit que Madeleine
souffrirait des sourires des garçons de service, si elle venait habiter sa chambre. Il alla, dès le soir, loger dans un
hôtel voisin. D'ailleurs, maintenant qu'elle lui appartenait,
il voulait posséder la jeune femme à lui seul, au fond de
quelque retraite ignorée.

4

Il agit comme s'il était sur le point de se marier. Le banquier chez lequel son père lui avait ouvert un crédit illimité, lui indiqua sur sa demande un pavillon solitaire, qui était à vendre, rue de Boulogne. Guillaume courut visiter l'immeuble et l'acheta séance tenante. Il y mit sur-le-champ les tapissiers, le meubla en quelques jours. Tout cela fut l'affaire d'une semaine au plus. Un soir, il prit les mains de Madeleine, en lui demandant si elle voulait être sa femme.

Depuis la nuit passée au restaurant du bois de Verrières, il venait la voir chaque après-midi, comme un fiancé qui fait sa cour ; puis il se retirait discrètement. Sa demande toucha la jeune femme qui lui répondit en se jetant à son cou. Ils entrèrent dans le pavillon de la rue de Boulogne, ainsi que deux nouveaux mariés, au soir des noces. Ce fut réellement là qu'eut lieu leur nuit de mariage. Ils paraissaient avoir oublié le hasard qui les avait, un soir, jetés brusquement dans les bras l'un de l'autre ; ils semblaient croire qu'il leur était permis d'échanger des baisers pour la première fois. Nuit douce et heureuse où les amants purent s'imaginer que le passé était mort à jamais et que leur union avait la pureté et la force d'un lien éternel.

Ils vécurent là pendant six mois, séparés du monde, sortant à peine. Ce fut un véritable rêve de bonheur. Endormis dans leur tendresse, ils ne se souvenaient plus des faits qui avaient précédé leurs amours, ils ne s'inquiétaient pas des événements que pouvait garder l'avenir. Ils étaient plus loin et plus haut, dans un contentement complet de cœur, dans une paix de félicité que rien ne troublait. Le pavillon, avec ses chambres étroites garnies de tapis et tendues d'étoffes claires, leur offrait une adorable retraite, close, silencieuse, souriante. Et il y avait encore le jardin, un carré de terre grand comme la main, où ils s'oubliaient, malgré le froid, à causer pendant les belles après-midi d'hiver.

Madeleine croyait être née de la veille. Elle ne savait

pas si elle aimait Guillaume ; elle savait seulement qu'il
lui venait une grande douceur de cet homme, et qu'il
était bon de sommeiller dans cette douceur. Toutes ses
blessures s'étaient fermées ; elle n'éprouvait plus ces
secousses ni ces brûlures ardentes qui lui avaient déchiré
la poitrine ; elle avait chaud, d'une chaleur tiède et égale
qui reposait son cœur. Jamais elle ne s'interrogeait.
Comme un malade qui sort brisé d'une fièvre aiguë, elle
s'abandonnait à la langueur voluptueuse de sa convalescence, en remerciant du fond de l'âme celui qui venait de la
tirer de ses angoisses. Ce qui la touchait le plus, ce n'étaient
pas les étreintes folles du jeune homme ; ses sens se taisaient d'ordinaire, il y avait dans ses baisers plus de
maternité que de passion. C'était l'estime profonde qu'il
lui témoignait, la dignité avec laquelle il la traitait, en
femme légitime. Cela la relevait à ses propres yeux, elle
pouvait croire qu'elle avait passé des bras de sa mère aux
bras d'un époux. Ce rêve que sa honte faisait, flattait son
orgueil, la caressait dans toutes les pudeurs de son être.
Il lui était ainsi permis d'être fière, et elle puisait surtout
ses nouvelles tendresses, son calme et ses espoirs souriants, dans l'oubli complet des plaies qui ne saignaient
plus en elle.

Guillaume vivait au ciel. Enfin, sa chère rêverie d'enfant et d'adolescent se réalisait. Quand il était au collége,
meurtri de coups par ses camarades, il avait rêvé une
solitude heureuse, un coin perdu et caché au fond duquel
il passerait de longues journées oisives, sans jamais être
battu, caressé au contraire par quelque bonne et douce
fée qui resterait toujours près de lui ; et plus tard, à
dix-huit ans, lorsque des désirs vagues commençaient à
battre dans ses veines, il avait repris ce songe sous les
arbres du parc, aux bords des eaux claires, remplaçant
la fée par une amoureuse, courant les taillis, avec
l'espoir de rencontrer sa chère tendresse à chaque détour
des sentiers. Aujourd'hui, Madeleine était la bonne et
douce fée, l'amoureuse qu'il cherchait. Il la possédait

dans la solitude rêvée, loin du bruit, au fond d'une retraite où pas un être ne pouvait venir troubler son extase. C'était là, pour lui, la félicité suprême : se savoir hors du monde, ne plus craindre d'être blessé par personne, se livrer à toute la paix attendrie de son cœur, n'avoir auprès de lui qu'une créature, et vivre de la beauté et de l'amour de cette créature. Une pareille existence le consolait de sa jeunesse douloureuse; pas d'affection jusqu'à cette heure, un père hautain et ironique, une vieille fanatique dont les caresses l'effrayaient, un ami qui ne suffisait pas à calmer ses fièvres d'adoration. Et des persécutions écrasantes, une enfance de martyr et une adolescence d'exilé, une longue suite d'angoisses qui lui avaient fait désirer ardemment l'ombre et le silence complets, l'anéantissement de son être endolori dans une douceur sans fin. Aussi se reposait-il, se cachait-il entre les bras de Madeleine, en homme las et peureux. Toutes ses jouissances étaient faites de calme. Jamais une telle paix ne lui semblait devoir finir. Il s'imaginait que l'éternité s'étendait devant lui, l'éternité que l'on dort sous la terre et qu'il dormait dans les bras de la jeune femme.

Tous deux, ils se donnaient moins d'amour que d'apaisement. On eût dit qu'un hasard les avait poussés l'un vers l'autre pour qu'ils pussent essuyer le sang de leurs blessures. Ils éprouvaient un égal besoin de repos, et leurs tendresses étaient comme les remercîments qu'ils s'adressaient des heures tranquilles et heureuses qu'ils goûtaient ensemble. Ils jouissaient des jours présents avec un égoïsme d'affamés. Il leur semblait qu'ils existaient seulement depuis leur rencontre; jamais un souvenir ne leur venait dans leurs longues causeries d'amoureux; Guillaume ne s'inquiétait plus des années que Madeleine avait vécues avant de le connaître, et la jeune femme ne songeait pas à le questionner, comme font les amantes, sur sa vie d'autrefois. Il leur suffisait d'être côte à côte, de rire, d'être heureux comme des enfants qui n'ont ni le regret de la veille ni le souci du lendemain.

Madeleine apprit un jour la mort de Lobrichon. Elle se contenta de dire :

— C'était un vilain homme.

Elle garda son indifférence, et Guillaume ne parut prendre aucun intérêt à cette nouvelle. Quand il recevait des lettres de Véteuil, il les jetait dans un tiroir après les avoir lues ; jamais sa maîtresse ne lui demandait ce que contenaient ces lettres. Au bout de six mois d'une pareille vie, ils étaient aussi étrangers l'un à l'autre que le premier jour : ils s'étaient aimés sans chercher à se conaître.

Ce rêve s'acheva brusquement.

Un matin, comme Guillaume était allé chez son banquier, Madeleine ne sachant que faire se mit à feuilleter un album de photographies qui traînait sur un meuble, et qu'elle n'avait pas encore aperçu. Son amant avait retrouvé la veille cet album, au fond d'une malle. Il ne contenait que trois portraits, ceux de son père, de Geneviève et de son ami Jacques.

Quand la jeune femme aperçut ce dernier portrait, elle poussa un cri sourd. Les mains appuyées sur les feuillets ouverts de l'album, toute droite, frémissante, elle contemplait le visage souriant de Jacques d'un air épouvanté, comme si un fantôme venait se dresser devant elle. C'était lui, l'amant d'une nuit devenu l'amant d'une année, l'homme dont le souvenir endormi dans sa poitrine s'éveillait et la déchirait cruellement, à cette brusque apparition.

Ce fut un coup de foudre dans son ciel tranquille. Elle avait oublié ce garçon, elle était l'épouse fidèle de Guillaume. Pourquoi Jacques se levait-il entre eux ? Pourquoi était-il là, dans cette pièce où tout à l'heure encore son amant la tenait entre ses bras ? Qui l'avait amené jusqu'à elle pour troubler à jamais sa paix ? Ces questions faisaient monter la folie à sa tête éperdue.

Jacques la regardait de son air légèrement railleur. Il semblait la plaisanter sur ses amours attendries ; il lui disait : « Bon Dieu ! ma pauvre fille, comme tu dois t'en-

4.

nuyer ici ! Allons, viens à Chatou, viens à Robinson, viens
vite où il y a du monde et du bruit... » Elle croyait entendre le son de sa voix et son éclat de rire ; elle s'imaginait qu'il allait lui tendre les bras, par un geste qui lui était
familier. Dans un éclair, elle revit le passé, la chambre
de la rue Soufflot, toute cette vie qu'elle croyait si loin, et
dont quelques mois la séparaient. Elle avait donc rêvé ;
le bonheur d'hier ne lui était pas dû, elle mentait et elle
volait. Toute la boue dans laquelle elle avait marché, lui
montait au cœur et l'étouffait.

La photographie représentait Jacques dans le laisser-
aller de sa vie d'étudiant. Il était assis à califourchon sur
une chaise retournée, en manches de chemise, le cou et
les bras nus, fumant une pipe de terre blanche. Madeleine
distinguait un signe qu'il avait sur le bras gauche, et se
rappelait avoir bien souvent baisé ce signe. Ses souvenirs
lui causaient une sensation de brûlure vive ; elle retrouvait dans sa souffrance, comme un reste amer des voluptés que cet homme lui avait fait connaître. Il paraissait
chez lui, il était demi-nu, et peut-être allait-il la prendre
sur sa poitrine. Alors il lui sembla sentir, autour de sa
taille, l'étreinte si connue de son premier amant. Défaillante, elle se renversa dans un fauteuil, croyant qu'elle se
prostituait, regardant autour d'elle avec le frisson d'effroi
d'une femme adultère. Le petit salon gardait son silence
discret, son ombre adoucie ; il était plein de cette paix
voluptueuse que mettent six mois d'amour dans une
chambre close ; sur un panneau, au-dessus du canapé, se
trouvait le portrait de Guillaume qui souriait tendrement
à Madeleine. Et Madeleine pâlissait sous ce regard d'amour,
au milieu de l'air calme, en sentant Jacques la posséder
et lui déchirer les entrailles.

Elle se souvenait. Avant son départ, le jeune chirurgien
lui avait donné son portrait, une carte pareille à celle que
le hasard cruel venait de mettre sous ses yeux. Mais, la
veille de son entrée au pavillon, elle s'était fait un devoir
de brûler cette carte, ne voulant pas introduire l'image

de son premier amant dans la demeure de Guillaume. Et
cette carte ressuscitait, et Jacques pénétrait malgré elle
dans sa retraite ! Elle se leva, reprit l'album. Alors, derrière la photographie, elle lut cette dédicace : *A mon
vieux camarade, à mon frère Guillaume.* Guillaume, le
camarade, le frère de Jacques ! Madeleine, pâle comme
une morte, ferma l'album et revint s'asseoir. Les yeux
fixes, les mains pendantes, elle songea longtemps.

Elle se dit qu'elle devait être coupable de quelque
grande faute, pour être punie si cruellement de ses six
mois de bonheur. Elle s'était abandonnée entre les bras
de deux hommes, et ces deux hommes s'aimaient d'une
amitié fraternelle. Elle voyait une sorte d'inceste dans
son double amour. Autrefois, au quartier latin, elle avait
connu une fille que deux amis partageaient et qui passait
tranquillement de la couche de l'un dans la couche de
l'autre. Elle songea tout à coup à cette malheureuse,
se disant avec dégoût qu'elle était aussi infâme qu'elle.
Maintenant, elle le sentait bien, elle serait possédée par
le fantôme de Jacques en se livrant à Guillaume ; elle
goûterait peut-être un monstrueux plaisir dans les embrassements de ces amants qu'elle confondrait. Son avenir d'angoisse lui apparut si nettement alors, qu'elle eut
l'idée de fuir, de disparaître à jamais.

Mais des lâchetés la retinrent. La veille encore, elle
était si heureuse dans le milieu tiéde et calme que lui
faisait l'adoration de Guillaume. Ne pouvait-elle pas s'a-
paiser sous les caresses du jeune homme, oublier de nouveau, se croire digne et fidèle ? Puis elle se demar da s'il
ne vaudrait pas mieux tout dire à son amant, lui confier
son passé, s'en faire absoudre. La pensée d'une pareille
confidence l'épouvanta. Comment oserait-elle avouer à
Guillaume qu'elle était une ancienne maîtresse de son camarade, de son frère ? Il la repousserait, il la chasserait
de son lit, Il n'accepterait jamais l'infamie d'un pareil partage. Elle raisonnait comme si Jacques l'eût possédée
encore, tant elle le sentait vivant en elle.

Elle ne dirait rien, elle garderait toute la honte pour
elle. Mais elle ne put encore s'arrêter à ce parti; sa nature droite se révoltait à l'idée d'un mensonge éternel;
elle comprenait qu'elle n'aurait pas longtemps la force de
vivre souriante dans son infamie et dans ses angoisses. Il
valait mieux qu'elle se confessât sur-le-champ, ou bien
qu'elle prît la fuite. Ces pensées tumultueuses passaient
dans sa tête vide avec des bruits et des chocs douloureux.
Elle s'interrogeait, sans pouvoir prendre une décision.
Brusquement, elle entendit ouvrir la porte de la rue.
Un pas rapide monta l'escalier. Guillaume entra.

Il avait le visage bouleversé. Il se jeta sur le canapé et
éclata en sanglots. Madeleine, surprise, terrifiée, eut l'idée
qu'il savait tout. Elle se leva en frémissant.

Le jeune homme pleurait toujours, le visage entre les
mains, secoué par des crises de désespoir. Enfin, il tendit
les bras vers sa maîtresse, il lui dit d'une voix étouffée :

— Console-moi, console-moi. Ah! que je souffre !

Madeleine vint s'asseoir à côté de lui, n'osant comprendre, se demandant si c'était elle qui le faisait pleurer
ainsi. Elle oubliait ses propres souffrances devant une pareille douleur.

— Réponds, qu'as-tu? demanda-t-elle à son amant en
lui prenant les mains.

Il la regarda comme affolé.

— Je ne voulais pas sangloter dans la rue, balbutia-t-
il au milieu de ses larmes... Je courais, j'étouffais... J'avais
hâte d'être ici... Laisse-moi, cela me fait du bien, cela
me soulage...

Il essuya ses pleurs, puis il étouffa de nouveau et se
remit à pleurer.

— Mon Dieu! mon Dieu! je ne le verrai plus, murmura-t-il.

La jeune femme crut comprendre et fut prise d'une
grande pitié. Elle attira Guillaume dans ses bras, elle le
baisa au front, étanchant ses larmes, le consolant de son
regard navré.

— Tu as perdu ton père? demanda-t-elle de nouveau.

Il fit signe que non. Puis il joignit les mains, et, de cette voix humble des désespérés :

— Mon pauvre Jacques, dit-il en paraissant s'adresser à une ombre que lui seul aurait vue, mon pauvre Jacques, tu ne m'aimeras plus comme tu savais m'aimer... Je t'oubliais ici, je ne pensais même pas à toi quand tu es mort.

Au nom de Jacques, Madeleine, qui essuyait toujours les larmes de son amant, se leva toute droite, frissonnante. Jacques mort! Cela tomba dans son être avec un choc sourd. Elle resta hébétée, se demandant si ce n'était pas elle qui, sans le savoir, avait tué ce garçon pour en débarrasser sa vie.

— Tu ne le connaissais pas, reprit Guillaume, je ne t'avais jamais parlé de lui, je crois. J'étais ingrat, notre bonheur me rendait oublieux... C'était un cœur d'or, une nature dévouée. Je ne possédais pas d'autre ami en ce monde. Avant de te rencontrer, je ne connaissais qu'une affection, la sienne. Vous étiez les seuls êtres qui m'ayez donné leur cœur. Et je le perds...

Un sanglot l'interrompit. Il continua :

— Au collége, on me battait, c'est lui qui est venu me défendre. Il m'a sauvé des larmes, il m'a offert son amitié et sa protection, à moi, qui vivais comme un paria dans le mépris, dans la moquerie de tous. Lorsque j'étais enfant, je l'adorais comme un dieu, je me serais mis à genoux devant lui, s'il m'avait demandé des prières. Je lui devais tant, je m'interrogeais avec une telle ardeur pour savoir comment je pourrais lui payer un jour ma dette de reconnaissance! Et je l'ai laissé mourir loin de moi. Je ne l'ai pas assez aimé, je le sens bien.

L'émotion l'étouffa de nouveau. Au bout d'un court silence :

— Et plus tard, reprit-il, que de longues journées passées ensemble. Nous courrions les champs, la main dans la main. Je me souviens d'un matin où nous pê-

chions des écrevisses sous les saules; il me disait :
« Guillaume, il n'y a qu'une bonne chose ici-bas, l'ami-
tié. Aimons-nous bien, cela nous consolera plus tard. »
Cher et pauvre mort, il n'est plus là, et je suis seul. Mais
il vivra toujours en moi... Je n'ai plus que toi, Madeleine.
J'ai perdu mon frère.

Il sanglota encore, il tendit de nouveau les bras à la
jeune femme, dans un geste de suprême abandon.

Elle souffrait. La douleur, les regrets poignants de
Guillaume lui causaient un singulier sentiment de rébellion; elle ne pouvait entendre dans sa bouche l'éloge
passionné de Jacques, sans être tentée de lui crier :
« Tais-toi ! cet homme t'a pris ton bonheur, tu ne lui dois
rien. » Il lui manquait cette dernière angoisse : être mise
face à face avec son passé par celui-là même dont l'amour
lui imposait l'oubli. Et elle n'osait lui fermer les lèvres,
lui tout confesser, terrifiée par ce qu'elle apprenait, par
ce lien puissant d'amitié et de reconnaissance qui avait
uni ses deux amants. Elle écoutait le désespoir de Guillaume, comme elle eût écouté le bruit menaçant d'une
vague qui aurait monté vers elle pour l'engloutir. Immobile, muette, elle gardait une étrange froideur. Elle ne
trouvait en elle que de la colère. La mort de Jacques l'irritait. Elle avait d'abord éprouvé une sorte de déchirement sourd, puis elle s'était révoltée en voyant que cet
homme ne pouvait mourir pour elle. De quel droit, puisqu'il était mort, venait-il troubler sa paix ?

Guillaume lui tendait toujours les bras, en répétant :

— Ma pauvre Madeleine, console-moi... Je n'ai plus
que toi en ce monde.

Le consoler de la mort de Jacques ! cela lui paraissait
ridicule et cruel. Elle fut obligée de le reprendre dans
ses bras, d'essuyer encore les larmes qu'il répandait
sur son premier amant. Le rôle étrange qu'elle jouait en
ce moment, l'eût fait sangloter à son tour, si elle avait pu
trouver des sanglots. Elle fut vraiment dure et impitoyable : aucun regret, aucun attendrissement sur celui

qu'elle avait aimé, rien qu'une secrète irritation contre
la douleur de Guillaume. Elle resta fille de l'ouvrier
Férat.

— Il l'aimait plus que moi, pensait-elle; il me chasserait si j'avouais ce que je pense.

Puis, pour dire quelque chose, poussée aussi par une
curiosité âcre :

— Comment est-il mort? demanda-t-elle d'une voix
brève.

Alors Guillaume lui raconta que, forcé d'attendre chez
son banquier, il avait pris machinalement un journal. Ses
yeux étaient tombés sur un entrefilet qui annonçait
le naufrage de la frégate le *Prophète*, surprise par un
coup de vent aux approches du Cap. Le vaisseau s'était
brisé sur des récifs, et pas un homme n'avait reparu.
Jacques, qui se rendait en Cochinchine sur ce vapeur, ne
dormirait même point dans une tombe où l'on pourrait
aller prier. La nouvelle était officielle.

Lorsque l'angoisse des amants fut calmée, pendant la
nuit qui suivit, Madeleine songea d'une façon plus paisible aux faits brusques de la journée. Sa colère s'en
était allée, elle se sentait abattue et triste. Si elle avait
appris la mort de Jacques en d'autres circonstances,
nul doute que sa gorge ne se fût serrée et qu'elle n'eût
trouvé des larmes. Maintenant, seule au fond de l'alcôve,
au bruit de la respiration saccadée de Guillaume qui
dormait à son côté du sommeil lourd des malheureux,
elle pensa au mort, à ce cadavre que les vagues roulaient et battaient contre les rochers. Peut-être, en tombant à la mer, avait-il prononcé son nom. Elle se rappelait qu'un jour il s'était coupé assez profondément, rue
Soufflot, et qu'elle avait failli s'évanouir, à la vue du
sang qui ruisselait le long de sa main. Elle l'aimait en
ce temps-là, elle eût veillé pendant des mois pour le sauver d'une maladie. Et, maintenant, il se noyait, et elle
s'emportait contre lui. Il n'avait pu lui devenir à ce point
étranger; elle le retrouvait, au contraire, toujours là, dans

sa poitrine, dans chacun de ses membres, possédée à ce
point qu'elle croyait sentir son souffle lui courir sur la
peau. Alors elle frissonna du frisson qui la brûlait autrefois, quand le jeune homme nouait ses bras autour de
son corps. Elle éprouva une secousse indicible, comme
si on lui avait arraché un morceau de son être. Elle
se mit à pleurer, en se cachant la tête dans l'oreiller,
pour que Guillaume ne l'entendît pas. Toute sa faiblesse
de femme lui était revenue, il lui semblait qu'elle se
trouvait un peu plus seule sur la terre.

Cette crise dura longtemps. Madeleine la prolongea
involontairement en se rappelant les jours de tendresse de
Jacques; à chaque détail touchant qui lui revenait du
passé, elle était plus désespérée, elle se reprochait comme
un crime son indifférence irritée de la journée. Guillaume
lui-même, s'il eût connu son histoire, lui aurait dit de se
mettre à genoux, de pleurer avec lui. Elle joignait les
mains, demandait pardon au mort qu'elle évoquait, et
dont elle croyait entendre les cris d'agonie mêlés aux
clameurs de la mer.

Un désir violent la prit tout d'un coup. Elle n'essaya
pas de lutter contre cette envie irrésistible. .

Elle se leva doucement, avec des précautions infinies,
pour ne pas réveiller Guillaume. Lorsqu'elle eut posé les
pieds sur le tapis, elle l'examina avec inquiétude, redoutant qu'il ne lui demandât où elle allait. Mais il dormait,
les yeux encore pleins de larmes. Alors, elle alla chercher
la veilleuse et passa dans le salon, prise d'anxiété quand
le parquet criait sous ses pieds nus.

Elle marcha droit à l'album, l'ouvrit sur un guéridon, et
s'assit devant le portrait de Jacques. C'était Jacques
qu'elle venait chercher. Les épaules couvertes de ses cheveux roux dénoués, se serrant avec des frissons dans sa
longue chemise, elle regarda longtemps le portrait à la
lueur jaune et vacillante de la veilleuse. Un grand silence
tombait autour d'elle, et, quand elle prêtait l'oreille, secouée par des terreurs soudaines et sans cause, elle n'en-

tendait que la respiration fiévreuse de Guillaume, au fond de la pièce voisine.

Jacques ne lui parut pas avoir son air railleur du matin. Son cou et ses bras nus, sa chemise ouverte n'irritèrent plus ses souvenirs. Cet homme était mort; son image avait pris une indéfinissable expression d'amitié attendrie. Madeleine éprouva une grande douceur à le contempler. Il lui souriait de son sourire cordial d'autrefois, et il n'y avait pas jusqu'à son attitude libre qui ne la touchât profondément. Le jeune homme, assis à califourchon sur sa chaise, fumant sa pipe de terre blanche, semblait lui pardonner avec bonhomie. Il était tel qu'elle l'avait connu, bon enfant dans la mort; il lui apparaissait comme si elle eût poussé la porte de leur chambre de la rue Soufflot, gai et sans gêne, se faisant pardonner ses amours légères par sa belle humeur.

Elle pleura des larmes plus douces, elle s'oublia dans la contemplation de celui qui n'était plus. Ce portrait devenait une relique désormais, et elle pensait qu'elle n'avait rien à en redouter. Alors, elle se rappela ses luttes de la matinée, son indécision, son anxiété à prendre un parti. Le pauvre Jacques, au moment où elle se désespérait de le voir se lever entre elle et son amant, avait semblé lui envoyer la nouvelle de sa mort pour lui dire de vivre tranquille. Il ne viendrait plus la troubler dans ses nouvelles amours; il paraissait l'autoriser à enfouir au fond de son cœur le secret de leur liaison. A quoi bon faire souffrir Guillaume, et pourquoi ne pas tenter encore le bonheur? Elle devait se taire par pitié, par tendresse. Le portrait de Jacques murmurait: « Va, tâche d'être heureuse, mon enfant. Je ne suis plus là, jamais je n'apparaîtrai devant vous comme ta honte vivante. Ton amoureux est un enfant, je l'ai secouru, je te prie de le secourir à ton tour. Si tu es bonne, pense seulement quelquefois à moi. »

Madeleine fut convaincue. Elle garderait le silence, elle ne serait pas plus cruelle que le sort, qui avait voulu cacher à Guillaume le nom de son premier amant. D'ailleurs,

5

ne l'avait-il pas dit lui-même? la mémoire de Jacques
vivait en lui, et il fallait qu'elle y vécût haute et sereine.
Une confession souillerait à jamais cette mémoire. Ce serait une mauvaise action que de parler. Lorsque la jeune
femme se fut juré de rester muette, il lui sembla que le
portrait la remerciait de ce serment.

Elle baisa l'image.

Le jour se levait lorsqu'elle vint se remettre au lit. Guillaume, accablé, dormait toujours. Elle finit par s'assoupir,
apaisée, bercée par un lointain espoir. Ils oublieraient
cette journée d'angoisse, ils retrouveraient leur chère
paix, leurs chères amours.

Mais leur rêve était fini. Jamais le calme des premières
heures ne devait plus les assoupir dans leur retraite de la
rue de Boulogne. Pendant les jours qui suivirent, le fantôme lamentable du naufragé habita le pavillon, mettant
autour d'eux une tristesse lourde. Ils oubliaient leurs
baisers, ils restaient des matinées entières côte à côte,
sans presque parler, tout à leurs tristes souvenirs. La
mort de Jacques avait passé dans leur tiède solitude
comme un souffle glacial; maintenant ils frissonnaient,
il leur semblait que les pièces étroites où ils vivaient la
veille sur les genoux l'un de l'autre, étaient grandes, dé-
labrées, ouvertes à tous les vents. Le silence, l'ombre
qu'ils avaient ardemment cherchés, leur causaient un
vague sentiment de terreur. Ils se trouvaient trop seuls.
Un jour, Guillaume ne put retenir une parole cruelle.

— Ce pavillon a vraiment l'air d'une tombe, s'écria-t-il;
on y étouffe.

Il se repentit aussitôt, et, prenant la main de Madeleine :

— Pardonne-moi, ajouta-t-il, j'oublierai, je te reviendrai.

Il était de bonne foi, il ne savait pas que l'on fait rarement deux fois le même songe. Quand ils sortirent de
leur accablement, ils avaient perdu leur confiance aveugle
des premiers jours. Madeleine surtout s'éveilla toute

changée. Elle venait d'évoquer le passé, elle ne pouvait plus s'abandonner en ignorante dans les bras de Guillaume. La vie l'avait blessée, elle la blesserait encore, et il lui fallait, pensait-elle, se mettre en garde contre les blessures qui la menaçaient. Auparavant, elle ne songeait guère à la honte de son titre de maîtresse, il lui semblait naturel d'être aimée, elle aimait elle-même, souriante, oubliant le monde. A présent son orgueil souffrait, elle retrouvait ses angoisses de la rue Soufflot, elle considérait son amant comme un ennemi qui lui volait sa propre estime. Un rien lui faisait sentir qu'elle n'était pas chez elle rue de Boulogne. Cette pensée : « Je suis une femme entretenue, » se présenta un jour nettement à elle et la brûla comme un fer rouge ; elle s'enfuit, s'enferma dans une chambre, y pleura amèrement, écœurée d'elle-même.

Souvent Guillaume lui faisait des cadeaux. Il aimait à donner. Dans les commencements, elle avait reçu ces cadeaux avec la joie d'un enfant auquel on apporte des jouets. La valeur des objets importait peu. Elle était heureuse d'être la pensée constante de son amant. Elle acceptait les bijoux comme de simples souvenirs. Après la secousse qui l'éveilla de son rêve, elle fut singulièrement troublée en se voyant vêtue de robes de soie et parée de diamants qu'elle n'avait pas payés elle-même. Elle vécut dès lors dans une continuelle amertume, blessée par ce luxe qui ne lui appartenait pas. Elle souffrit des dentelles et de la mollesse de son lit, de l'ameublement riche du pavillon. Elle regarda tout ce qui l'entourait comme le prix de sa honte.

— Je me vends, pensait-elle parfois avec un horrible serrement de cœur.

Guillaume, dans leurs jours de tristesse, lui apporta un bracelet. Elle pâlit en apercevant le bijou, et resta silencieuse. Le jeune homme, étonné de ne pas la voir sauter à son cou comme par le passé, lui demanda doucement :

— Ce bracelet ne te plaît pas peut-être ?

Elle garda encore le silence; puis, d'une voix tremblante :

— Mon ami, dit-elle, tu dépenses beaucoup d'argent pour moi. Tu as tort. Je n'ai pas besoin de tous ces cadeaux. Je t'aimerais autant si tu ne me donnais rien.

Elle retint un sanglot. Guillaume l'attira vivement à lui, surpris et fâché, n'osant comprendre la cause de sa pâleur.

— Qu'as-tu? reprit-il. Ah! Madeleine, voilà de bien vilaines pensées... N'es-tu pas ma femme?

Elle le regarda en face, et son regard droit, presque dur, disait clairement : « Non, je ne suis pas ta femme. » Si elle eût osé, elle aurait proposé alors à son amant de payer sa nourriture et sa toilette sur ses petites rentes. Depuis sa faute, son orgueil était devenu intraitable ; elle sentait que tout la blessait, et cela l'irritait encore davantage.

Quelques jours après, Guillaume lui ayant apporté une robe, elle lui dit avec un rire nerveux :

— Je te remercie ; mais, à l'avenir, laisse-moi acheter ces choses-là. Tu n'y entends rien, et l'on te vole.

Dès lors, elle fit elle-même ses emplettes. Quand son amant voulut lui rembourser l'argent qu'elle dépensait, elle joua toute une comédie qui lui permit de le refuser. Elle resta ainsi toujours sur ses gardes, livrant de véritables batailles pour sauvegarder ses fiertés qu'un rien faisait souffrir. La vérité était que la vie commençait à lui devenir insupportable, rue de Boulogne. Elle aimait Guillaume, mais elle parvenait à se rendre si malheureuse elle-même par ses révoltes de chaque jour, que souvent elle croyait ne plus l'aimer, ce qui ne l'empêchait pas d'éprouver une grande épouvante quand il lui venait à la pensée qu'il pouvait l'abandonner à l'exemple de Jacques. Elle pleurait alors pendant des heures, en se demandant à quelle honte nouvelle elle tomberait.

Guillaume s'apercevait parfaitement qu'elle avait parfois les yeux rougis de larmes. Il devinait en partie les blessures qu'elle se faisait. Il aurait voulu être doux, la consoler en se montrant plus tendre, et, malgré lui, il devenait plus inquiet, plus fiévreux chaque jour. Pourquoi pleurait-elle ainsi? Se trouvait-elle malheureuse avec lui? Regrettait-elle un amant? Cette dernière supposition le rendait très-malheureux. Lui aussi perdait la foi, l'aveuglement de bonheur des premiers jours. Il songeait à ce passé de Madeleine qu'il ne connaissait pas, qu'il ne voulait pas connaître, et auquel cependant il ne pouvait s'empêcher de penser sans cesse. Les doutes cuisants qu'ils avaient eus le soir de leur promenade à Verrières, le reprenaient et le torturaient. Il s'inquiétait des années mortes, il épiait la jeune femme pour lire un aveu dans ses gestes, dans ses regards ; puis, lorsqu'il croyait surprendre en elle une pensée qui lui était étrangère, il se désolait de ne pas lui suffire. Maintenant qu'elle lui appartenait, elle devait être toute à lui. Il se disait qu'il l'aimait assez pour qu'elle se contentât de son amour. Il n'admettait pas ses rêveries, se sentait cruellement blessé par ses indifférences passagères. Souvent, quand il était auprès d'elle, elle ne l'écoutait plus, elle le laissait parler seul, regardant vaguement devant elle, perdue dans de secrètes pensées; alors il se taisait, il se croyait méconnu, et des fiertés subites changeaient presque son amour en mépris. « Mon cœur s'est trompé, songeait-il ; cette femme n'est pas digne de moi ; elle a déjà trop vécu pour savoir me récompenser de mon affection. »

Ils n'en arrivèrent jamais à de véritables querelles. Ils restèrent dans un état de guerre tacite. Mais les quelques mots amers qu'ils échangeaient parfois, ne les en laissaient pas moins abattus et désespérés.

— Tu as les yeux rouges, disait souvent Guillaume à Madeleine, pourquoi pleures-tu en cachette?

— Je ne pleure pas, tu te trompes, lui répondait la jeune femme en essayant de sourire.

— Non, non, je ne me trompe pas, reprenait-il, je t'entends bien quelquefois la nuit. Te trouves-tu malheureuse avec moi ?

Elle faisait signe que non de la tête, elle gardait son rire forcé, son attitude de femme persécutée. Alors le jeune homme lui prenait les mains, tâchait de les réchauffer dans les siennes, et comme ces mains restaient froides et inertes, il les laissait retomber en s'écriant :

— Je suis un pauvre amoureux, n'est-ce pas? Je ne sais point me faire aimer... Il y a des gens qu'on n'oublie pas.

Une pareille allusion atteignait douloureusement Madeleine.

— Tu es cruel, répondait-elle avec amertume. Je n'ignore pas ce que je suis, et c'est pour cela que je pleure. Que t'imagines-tu donc, Guillaume?

Il baissait la tête, et elle ajoutait avec force.

— Il vaudrait peut-être mieux que tu connusses mon passé. Tu saurais au moins à quoi t'en tenir, tu ne rêverais pas plus de honte qu'il n'y en a... Veux-tu que je te dise tout?

Il refusait violemment, il prenait sa maîtresse sur sa poitrine, la suppliant de lui pardonner. Cette scène, qui se renouvela fréquemment, n'alla jamais plus loin ; mais, une heure après, ils retombaient, lui, dans un désespoir égoïste de ne pas la posséder entièrement, elle, dans les regrets de son orgueil et dans la crainte d'être blessée.

D'autres fois, Madeleine se jetait au cou de Guillaume et y pleurait franchement. Ces crises de larmes, que rien n'expliquait, étaient encore plus pénibles pour le jeune homme. Il n'osait questionner sa maîtresse, il la consolait d'un air impatienté qui arrêtait ses pleurs et lui faisait prendre une attitude dure et implacable. Alors elle refusait de répondre, il fallait que son amant s'attendrît lui-même jusqu'à sangloter pour qu'ils se prissent dans les bras l'un de l'autre, se désespérant et se consolant mutuellement. Et ils n'auraient pu dire ce qui les rendait misérables ; ils étaient tristes à mourir sans savoir pourquoi ; il leur semblait qu'ils respiraient le malheur, qu'un accablement lent et continu les écrasait.

Une telle situation était sans issue. Il eût fallu une explication franche. Madeleine reculait, et Guillaume était trop faible. Pendant un mois, ils menèrent cette vie lourde.

Guillaume avait fait richement encadrer le portrait de Jacques. Ce portrait, placé dans la chambre des amants, troublait Madeleine. Quand elle se couchait, il lui semblait que les yeux du mort la regardaient monter sur le lit. La nuit, elle le sentait dans la chambre, elle étouffait ses baisers afin qu'il ne les entendît pas. Lorsqu'elle s'habillait, le matin, elle se hâtait pour ne pas rester nue au grand jour en face de la photographie. D'ailleurs, elle aimait cette image, le trouble qu'elle lui causait n'avait rien de douloureux. Ses souvenirs s'étaient attendris, elle ne songeait plus à Jacques en amante, mais en amie honteuse du passé. Elle était plus pudique pour lui que pour Guillaume, souffrant réellement de le voir assister à ses nouvelles amours. Parfois, elle croyait devoir lui demander pardon, elle s'oubliait devant le portrait, sans éprouver autre chose qu'un grand soulagement. Les jours où elle avait pleuré, où elle venait d'échanger quelques mots amers avec son amant, elle regardait Jacques d'un air plus doux encore. Elle le regrettait vaguement, oublieuse de ses anciennes souffrances.

Peut-être Madeleine aurait-elle fini par pleurer devant l'image comme une veuve inconsolable, si un événement n'était venu les tirer, elle et Guillaume, de la triste existence qu'ils menaient. Encore un mois, et ils se seraient querellés sans doute, ils auraient maudit le jour de leur rencontre. Ils furent sauvée par les faits.

Guillaume reçut une lettre de Véteuil qui l'appelait en toute hâte. Son père était mourant. Madeleine, émue de sa douleur, le serra dans une étreinte chaude d'affection, et, pour une heure, ils se retrouvèrent la main dans la main. Il partit, bouleversé, en disant à la jeune femme qu'il lui écrirait et qu'elle l'attendît.

V

M. de Viargue était mort. On avait caché la vérité à Guillaume pour adoucir le coup de la triste nouvelle.

Les circonstances qui accompagnèrent cette mort firent longtemps frissonner les domestiques de la Noiraude. La veille, le comte s'était enfermé comme d'habitude dans son laboratoire. En ne le voyant pas descendre le soir, Geneviève avait paru surprise ; mais il lui arrivait parfois de travailler tard, il montait alors des provisions, et la vieille femme ne le dérangeait pas pour le diner. Ce soir-là, cependant, elle eut le pressentiment de quelque malheur ; la fenêtre du laboratoire qui, d'ordinaire, luisait sur la campagne, rouge comme une bouche de l'enfer, resta noire toute la nuit.

Le lendemain, Geneviève, inquiète, alla écouter à la porte. Elle n'entendait rien, pas un bruit, pas un souffle. Effrayée de ce silence, elle appela, et ne reçut pas de réponse. Elle s'aperçut alors que la porte était simplement poussée; ce détail acheva de l'épouvanter, car le comte s'enfermait toujours à double tour. Elle entra. Au milieu de la pièce, le cadavre de M. de Viargue se trouvait étendu sur le dos, les jambes raidies, les bras ouverts et tout convulsionnés; la tête grimaçante, marbrée de plaques livides, était renversée en arrière, découvrant le

cou sur lequel couraient également de longues taches jau-
nâtres. Dans la chute, le crâne avait heurté le parquet;
un mince filet de sang coulait jusque sous le fourneau, où
il faisait une petite mare. L'agonie paraissait avoir duré
quelques secondes à peine.

Devant ce cadavre, Geneviève recula en poussant un
cri. Adossée au mur, elle balbutiait une prière vague. Ce
qui la terrifiait surtout, c'était les taches que le corps portait à la face et au cou, et qui ressemblaient à des meurtrissures : le diable avait enfin étranglé son maître, la marque
de ses doigts le prouvait de reste. Depuis longtemps, elle
s'attendait à ce dénoûment ; quand elle voyait le comte
s'enfermer, elle murmurait : « Il va encore invoquer le
Maudit; Satan lui jouera quelque mauvais tour; une de
ces nuits, il le prendra à la gorge pour avoir son âme tout
de suite. » Sa prédiction se réalisait, et elle frissonnait en
pensant à la terrible lutte qui avait dû amener la mort de
l'hérétique. Son imagination ardente lui montrait le diable, noir et velu, sautant à la gorge de sa victime, lui arrachant son âme et disparaissant par le trou de la cheminée.

Le cri qu'elle venait de pousser, attira les domestiques.
Ces gens que M. de Viargue avait soigneusement choisis
parmi les paysans les plus illettrés de la contrée, furent
persuadés comme elle que leur maître était mort en se
battant contre le démon. Ils le descendirent et le cou-
chèrent sur un lit, avec des frissons de peur, tremblant de voir sortir quelque animal immonde par la bouche
ouverte et noire du cadavre. Il resta acquis à plusieurs
lieues à la ronde que le comte était sorcier et que Satan
l'avait emporté. Le médecin qui vint constater le décès,
l'expliqua d'une autre façon ; il comprit à l'aspect des
taches livides marbrant la peau, qu'il y avait eu empoison-
nement, et sa curiosité de savant fut même singulièrement
piquée par la nature étrange de ces plaques jaunâ-
tres dont l'action d'aucun toxique connu n'avait pu déter-
miner l'apparition ; il pensa avec raison que le vieux chi-

5.

miste avait dû s'empoisonner à l'aide d'un agent nouveau
découvert par lui dans ses longues recherches. Ce médecin était un homme prudent : il dessina les taches par
amour de la science, et garda pour lui le secret de cette
mort violente. Il attribua le décès à un cas d'apoplexie
foudroyante, voulant éviter le scandale que n'aurait pas
manqué de soulever l'aveu du suicide de M. de Viargue.
On a toujours intérêt à ménager la mémoire des riches et
des puissants.

Guillaume arriva une heure avant l'enterrement. Sa
douleur fut grande. Le comte l'avait toujours traité avec
froideur ; en le perdant, il ne pouvait sentir se déchirer
en lui une affection que rien n'avait nouée fortement ;
mais le pauvre garçon était alors dans un état d'esprit si
fiévreux qu'il versa des larmes abondantes. Au sortir des
jours inquiets et pénibles qu'il venait de passer avec Madeleine, le moindre chagrin devait le pousser aux larmes.
Peut-être n'eût-il pas trouvé un sanglot deux mois auparavant.

Au retour de l'enterrement, Geneviève le fit monter
dans sa chambre. Là, avec sa cruauté tranquille de fanatique, elle lui dit qu'elle s'était rendue coupable de sacrilége en laissant ensevelir son père en terre sainte. Brutalement, elle lui conta à sa façon l'histoire de cette mort
qu'elle attribuait au diable. Elle ne lui aurait peut-être
pas donné ces détails sur la tombe à peine fermée du
comte, si elle n'avait désiré en tirer une morale ; elle ser-
monna le jeune homme, lui demanda le serment de ne
jamais conclure de pacte avec l'enfer. Guillaume jura tout
ce qu'elle voulut. Il l'écoutait d'un air hébété, tout secoué
par sa douleur, ne pouvant comprendre pourquoi elle lui
parlait de Satan, se sentant devenir fou au récit que sa
voix perçante lui faisait de la lutte de son père avec le
démon. Il entendit simplement ce qu'elle lui dit des
taches que le cadavre portait à la face et au cou. Il devint
très-pâle, n'osant encore accepter la pensée qui lui
venait.

On le prévint, à ce moment même, qu'une personne désirait lui parler. Guillaume trouva dans le vestibule le médecin qui avait constaté le décès. Alors, celui-ci, avec mille ménagements, lui apprit la sinistre vérité ; il ajouta que, s'il s'était permis de cacher le suicide au public, il avait cru devoir tout dire au fils du défunt. Le jeune homme, glacé par une pareille confidence, le remercia de son mensonge. Il ne pleurait plus, il regardait devant lui d'un regard terne et fixe : il lui semblait qu'un abîme s'ouvrait à ses pieds, insondable.

Il se retirait du pas chancelant des hommes ivres, lorsque le médecin le retint. Ce personnage n'était nullement venu, comme il le disait, pour lui faire connaître la vérité. Poussé par une envie irrésistible de pénétrer dans le laboratoire du comte, il avait compris que jamais meilleure occasion ne se présenterait ; le fils allait l'introduire dans ce sanctuaire, dont le père, de son vivant, lui avait toujours fermé la porte.

— Pardonnez-moi, dit-il à Guillaume, si je vous entretiens de ces choses dans un pareil moment. Mais je crains qu'il ne soit plus temps, demain, de nous livrer à certaines recherches. Les taches observées par moi sur M. de Viargue étaient d'une nature si particulière, que j'ignore absolument le poison qui a pu les produire... Je vous prie de vouloir bien m'autoriser à visiter la pièce dans laquelle on a trouvé le cadavre ; cela me permettra sans doute de vous donner des renseignements plus précis.

Guillaume demanda la clef du laboratoire et monta avec le médecin. S'il l'en avait prié, il l'aurait conduit n'importe où, aux écuries ou dans les caves, sans témoigner la moindre surprise, sans savoir seulement ce qu'il faisait. Mais quand il entra dans le laboratoire, l'aspect de cette pièce l'étonna tellement, qu'il fut tiré de sa stupeur par une sorte de secousse. La vaste salle était singulièrement changée, il la reconnaissait à peine. Lorsqu'il y était venu, il y avait environ trois ans, le jour où son père lui avait défendu tout travail, toute science, elle se trouvait dans un état parfait d'ordre et de propreté : les carreaux du fourneau luisaient ; le cuivre et la verrerie des appareils reflétaient la grande fenêtre claire ; autour des murs, s'allongeaient des planches couvertes de bocaux, de fioles, de récipients de toutes sortes ; sur la table, au milieu, s'étalaient d'énormes livres ouverts, des paquets de feuilles manuscrites. Il se souvenait encore de l'impression de surprise respectueuse produite sur lui par la vue de cet atelier d'étude, encombré, méthodiquement, pour ainsi dire, de tout un monde d'objets. Là dormaient les fruits d'une longue vie de labeur, les secrets précieux d'un savant qui avait interrogé la nature pendant plus d'un demi-siècle, sans vouloir confier à personne les résultats de son ardente curiosité. Guillaume, en pénétrant dans le laboratoire, s'attendait à retrouver à leur place les appareils et les planches, les livres et les manuscrits. Il entra dans une véritable ruine. Un vent d'orage semblait avoir traversé la pièce, souillant et brisant tout : le fourneau, noir de fumée, paraissait éteint depuis de longs mois, et l'amas de cendre froide qui l'emplissait, avait coulé en partie sur le parquet ; le cuivre des appareils était tordu, la verrerie, brisée ; les fioles et les bocaux des planches, cassés en mille éclats, s'empilaient dans un coin, pareils à ces tessons de bouteilles que l'on voit au fond de certaines ruelles ; les planches elles-mêmes pendaient, comme arrachées de leurs tasseaux par une main furieuse ; quant aux livres et aux manuscrits, déchirés, à demi-brûlés, ils faisaient un tas dans un autre coin. Et ces ruines ne dataient pas de la veille, depuis longtemps le laboratoire devait être ravagé : de grandes toiles d'araignées tombaient du plafond, une couche épaisse de poussière couvrait les débris qui traînaient partout.

Guillaume, à la vue d'un pareil délabrement, sentit son cœur se serrer. Il croyait comprendre. Son père lui avait jadis parlé de la science avec une jalousie sourde, une ironie amère. Il devait la considérer comme une maîtresse lubrique et cruelle qui le brisait de ses voluptés ; il ne voulait pas, par tendresse pour elle et par mépris pour la foule, qu'on la possédât après lui. Et le jeune homme s'imaginait douloureusement cette journée où le vieux savant, pris de rage, avait dévasté son laboratoire. Il le voyait jetant à coups de pied les appareils contre les murs, brisant les fioles sur le parquet, arrachant les planches, déchirant et brûlant ses manuscrits. Une heure, quelques minutes peut-être, avaient suffi pour anéantir les recherches âpres d'une existence entière. Puis, quand, pas une de ses découvertes, pas une de ses observations n'avait subsisté ; quand il s'était trouvé seul debout au milieu de son laboratoire en ruine, il avait dû s'asseoir et s'essuyer le front avec un étrange et terrible sourire.

Ce qui glaçait surtout Guillaume, c'était l'idée des atroces journées que cet homme avait passées ensuite au fond de cette pièce, de cette tombe où dormaient sa vie, ses travaux, ses amours. Pendant des mois, il s'y était enfermé comme jadis, ne touchant plus à rien, marchant de long en large, perdu dans le néant qu'il avait cru trouver. Il écrasait sous ses pieds les morceaux de ses chers instruments, il repoussait dédaigneusement les fragments de ses manuscrits, les tessons des fioles contenant encore quelques parcelles des corps analysés ou découverts par lui ; ou bien il achevait l'œuvre de destruction, renversait un pot resté plein, donnait un dernier coup de talon sur un appareil. Quelles pensées de suprême dédain, quelles railleries âcres, quel amour de la mort étaient montés à sa tête puissante, pendant les longues heures qu'il avait vécu oisif et songeur sur les ruines volontaires de son œuvre !

Rien ne restait. Guillaume, en faisant le tour de la pièce, finit cependant par apercevoir un objet que la main de son père avait respecté : c'était une sorte d'étagère accrochée au mur, une petite bibliothèque vitrée contenant des flacons pleins de liquides de couleurs diverses. Le comte, qui s'occupait beaucoup de toxicologie, avait enfermé là des poisons violents encore inconnus et trouvés par lui. La

petite bibliothèque provenait d'un salon du rez-de-chaussée
où Guillaume se souvenait de l'avoir vue dans son enfance;
elle était en bois des îles, garnie aux angles d'ornements
de cuivre, et marquetée très-délicatement sur les côtés.
Ce meuble précieux, d'une exécution riche et merveilleuse,
n'aurait pas déparé le boudoir d'une jolie femme. Le
comte, de son doigt trempé dans l'encre, avait écrit le
mot : *Poisons*, sur chaque glace, en grosses lettres noires.

Le jeune homme fut navré de l'ironie atroce que son
père avait mise dans la conservation parfaite de cette
armoire et de son contenu. Toute la vie, toute la science
du comte aboutissaient là : à quelques flacons de poisons
nouveaux. Il avait détruit ses autres découvertes, celles
qui auraient pu être utiles, et ne léguait à l'humanité, de
ses vastes recherches, des travaux de son puissant esprit, que des agents de souffrance et de mort. Ce soufflet donné au savoir, cette moquerie sinistre, ce mépris
des hommes, cet aveu suprême de douleur, disait clairement quelle avait dû être l'agonie de cet homme qui,
après cinquante ans d'études, semblait n'avoir trouvé, au
fond de ses cornues, que les quelques gouttes de la drogue
dont il s'était empoisonné.

Guillaume recula jusqu'à la porte. L'épouvante et le
dégoût le poussaient dehors. Cette pièce sale, pleine de
débris sans nom, avec ses toiles d'araignée et sa poussière
épaisse, exhalait une odeur fétide qui le prenait à la
gorge. Les tas immondes de tessons et de vieux papiers
traînant dans les coins, lui semblaient les ordures de cette
science dont le comte l'avait écarté, et qu'il paraissait
avoir dédaigneusement balayées avant de mourir, comme
on jette à la porte une vile créature que l'on aime, avec
un mépris plein encore de cuisants désirs. Et il croyait
entendre, lorsqu'il regardait l'armoire aux poisons, l'éclat
de rire douloureux du vieux chimiste rêvant pendant des
mois à son suicide. Puis là, au milieu du laboratoire, il
apercevait en frissonnant le mince filet de sang qui
s'était échappé du crâne de son père et qui avait coulé

jusque sous le fourneau. Ce sang commençait à se cailler.

Cependant le médecin furetait. Dès le seuil, il avait tout compris, il était entré dans une véritable colère.

— Quel homme ! quel homme ! murmurait-il. Il a tout détruit, tout saccagé... Ah ! si j'avais été là, je l'aurais attaché comme un fou furieux.

Et se tournant vers Guillaume :

— Votre père était une grande intelligence. Il devait avoir fait d'admirables découvertes. Et voyez ce qu'il en a laissé ! C'est de la folie, de la pure folie... Comprenez-vous cela? Un savant qui aurait pu être de l'Institut et qui a préféré garder pour lui le résultat de ses travaux !... Encore si je dénichais un de ses manuscrits, je le publierais, et cela nous ferait honneur, à lui et à moi.

Il alla fouiller le tas de papiers, sans songer à la poussière. Il se lamentait.

— Rien, pas une page entière. Jamais je n'ai vu un fou pareil.

Quand il eut visité le tas de papiers, il passa au tas de tessons, et là continua à se plaindre et à s'exclamer. Il approchait de son nez les culs brisés des fioles, flairant, tâchant de surprendre les secrets du chimiste. Il se décida enfin à revenir au milieu de la pièce, furieux de n'avoir rien pu apprendre. C'est alors qu'il aperçut l'armoire aux poisons. Il y courut en jetant un cri de joie. Mais la clef n'était pas sur la serrure, il dut se contenter d'examiner les flacons au travers des glaces.

— Monsieur, dit-il gravement en s'adressant à Guillaume, je vous prie en grâce de vouloir me laisser analyser ces matières... Je vous adresse cette demande au nom de la science, au nom même de la mémoire de M. de Viargue.

Le jeune homme secoua la tête, et, montrant les débris qui couvraient le parquet :

— Vous le voyez, répondit-il, mon père a désiré ne laisser aucune trace de ses travaux. Ces flacons resteront là.

Le médecin insista, mais il ne put ébranler sa résolution. Il se remit à tourner dans le laboratoire, plus exaspéré que jamais. Arrivé devant le filet de sang, il s'arrêta et demanda si ce sang avait appartenu à M. de Viargue. Sur la réponse affirmative de Guillaume, son visage parut s'éclairer. Il s'agenouilla devant la mare qui s'était formée sous le fourneau ; là, délicatement, du bout des ongles, il essaya de détacher un caillot déjà presque sec. Il espérait, en soumettant ce sang à une minutieuse analyse, découvrir quel agent toxique avait employé le comte.

Lorsque Guillaume eut compris le but du travail auquel il se livrait, il s'avança vers lui, les lèvres tremblantes, et, le prenant par le bras :

— Venez, monsieur, lui dit-il d'une voix brève. Vous voyez bien que j'étouffe ici... Il ne faut pas troubler la paix des morts. Laissez ce sang, je vous l'ordonne.

Le médecin laissa le caillot de très-mauvaise grâce. Poussé par le jeune homme, il sortit en protestant. Guillaume, qui l'attendait depuis un instant avec une impatience fiévreuse, respira enfin, quand il fut dans le corridor. Il ferma la porte du laboratoire, tout disposé à tenir le serment qu'il avait fait à son père de ne jamais y mettre les pieds.

Lorsqu'il fut descendu, il trouva dans le salon du rez-de-chaussée un juge de paix de Véteuil. Ce personnage lui expliqua, d'un ton courtois d'ailleurs, qu'il venait poser les scellés sur les papiers du mort, au cas où l'on ne pourrait lui présenter un testament en règle. Il eut même la délicatesse de faire entendre au jeune homme qu'il connaissait son lien de parenté avec le défunt, son titre de fils adoptif, et qu'il ne doutait pas de l'existence d'un testament entièrement en sa faveur. Il termina son petit discours par un gracieux sourire : ce testament se trouverait certainement au fond de quelque tiroir, mais la loi était la loi, il pouvait y avoir des legs d'une nature particulière, et il fallait attendre. Guillaume ferma la bouche à cet homme en lui montrant un testament qui l'instituait léga-

taire universel. Le comte avait dû attendre la majorité de
son fils pour pouvoir l'adopter et lui transmettre son nom ;
l'adoption entraînant la nécessité de léguer, il lui avait
été permis de traiter l'enfant naturel en enfant légitime.
Le juge de paix se confondit en excuses ; il répéta que la
loi était la loi, et se retira, en donnant, avec force saluts, le nom de M. de Viargue à celui qu'il nommait légèrement M. Guillaume quelques minutes auparavant, bien
qu'il ne pût ignorer le droit qu'il avait de porter le titre de
son père adoptif.

Les jours qui suivirent, Guillaume fut accablé d'occupations. On ne lui laissa pas une heure pour songer à sa
position nouvelle. De tous côtés, on le tracassa de condo-
léances, de requêtes, d'offres de service. Il finit par s'enfermer dans sa chambre, après avoir prié Geneviève de
répondre à la foule qui l'importunait. Il se déchargea entièrement sur elle du soin de ses affaires. Le comte, dans
son testament, avait laissé à la vieille femme une rente
qui lui eût permis d'achever paisiblement sa vie. Mais elle
s'était presque fâchée, refusant l'argent, disant qu'elle
mourrait debout et qu'elle entendait ne pas abandonner
sa besogne. Au fond, le jeune homme fut très-satisfait de
trouver quelqu'un qui lui évitât les soucis matériels de la
vie. Son esprit lent et faible détestait l'activité ; les plus
petites misères de l'existence devenaient pour lui des obstacles gros de colère et de dégoût.

Quand il put enfin rentrer dans sa solitude, il fut pris
d'une grande tristesse. La fièvre ne le soutenait plus, il
se sentit écrasé par un morne accablement. Il avait pu
oublier pendant quelques jours le suicide de son père ; il
y songea de nouveau ; il revit, dans ses pensées de chaque heure, le laboratoire dévasté, taché de sang, et le
souvenir implacable de cette pièce sinistre amena avec
lui, un à un, les souvenirs cruels de sa vie. Ce drame récent lui paraissait se rattacher fatalement à la longue série de maux qui l'avaient déjà torturé. Il se rappelait avec
angoisse le hasard de sa naissance, sa jeunesse fiévreuse

et terrifiée, son enfance de martyr, son existence entière
vouée à la douleur. Et il fallait encore que son père lui
jetât l'horreur de sa mort violente et l'ironie de ses négations ! Tous ces faits lamentables tombant dans la douceur
de cette nature nerveuse, en écrasaient les délicatesses,
en épouvantaient les besoins d'affection et de paix. Guillaume étouffait au milieu de cet air lourd de malheur
qu'il respirait depuis le berceau ; il se repliait sur lui-
même, il devenait plus frissonnant, plus faible à mesure
que les événements s'acharnaient à le frapper. Il finissait par se considérer comme une victime du sort, et
il aurait acheté les tranquillités mornes de l'oubli au prix
de n'importe quel abandon. Lorsqu'il se vit maître d'une
fortune, lorsqu'il dut commencer à jouer son rôle d'homme,
ses hésitations et ses craintes s'accrurent encore ; il ignorait le monde, il tremblait devant l'avenir en se demandant
quelles nouvelles blessures l'attendaient. Pendant ses
heures de rêveries, il sentait vaguement que ses façons
d'être, les circonstances et le milieu dans lesquels il avait
grandi, allaient forcément le pousser au fond de quelque
trou, dès les premiers pas qu'il hasarderait.

Il s'estima très-malheureux, et cela doubla son amour
pour Madeleine. Il se remit à songer à elle avec une sorte
de dévotion religieuse. Elle seule, pensait-il, savait ce qu'il
valait et l'aimait selon ses mérites. S'il s'était mieux interrogé, il eût cependant trouvé en lui une peur secrète
de cette liaison avec une femme dont il ignorait le passé ;
l se serait dit que c'était encore là une des fatalités de sa
vie, une des conséquences des faits qui le menaient.
Peut-être même aurait-il reculé en se rappelant l'histoire
de sa propre mère. Mais il avait un tel besoin d'être aimé,
qu'il se jetait en aveugle dans l'amour du seul être qui lui
eut encore donné quelques mois de tendresse et de calme.
Il écrivait chaque jour à Madeleine de longues lettres, se
plaignant de son isolement, lui jurant que leur séparation
cesserait bientôt. Un instant, il résolut d'aller de nouveau
s'enfermer avec sa maîtresse dans le petit pavillon de la

rue de Boulogne; puis il se souvint des mauvais jours qu'ils y avaient passés, il craignit de n'y plus trouver leur félicité première. Le lendemain, il écrivit à la jeune femme en la priant instamment de venir le rejoindre à Véteuil.

Madeleine fut heureuse de cet arrangement. Elle aussi craignait la solitude du pavillon, toute peuplée du souvenir de Jacques. Depuis quinze jours qu'elle y vivait isolée, elle s'y désespérait. Dès le premier soir, elle avait caché le portrait de l'homme dont le souvenir la possédait toujours; en le gardant sans cesse sous les yeux, dans sa chambre à coucher, maintenant qu'elle était libre, elle aurait cru chaque nuit se livrer à un fantôme. Il lui arrivait même de s'emporter contre Guillaume qui la laissait ainsi dans une maison habitée par son ancien amant. Elle éprouva une véritable joie en fermant la porte du petit hôtel; il lui sembla qu'elle y emprisonnait le spectre de Jacques.

Guillaume l'attendait à Mantes. Il la mena à quelques pas de la gare pour lui exposer le plan de leur vie nouvelle. Elle paraîtrait venir en villégiature dans le pays, et il feindrait de lui louer le pavillon situé au bout du parc; là, il la verrait quand il voudrait. Madeleine hocha la tête; il lui répugnait d'habiter encore chez son amant, elle cherchait de bonnes raisons pour refuser l'hospitalité qu'il lui offrait. Elle finit par lui dire qu'ils seraient moins libres en vivant tous les deux presque dans le même logis, que cela ferait jaser et qu'il valait mille fois mieux lui laisser habiter quelque petite maison voisine de la Noiraude. Le jeune homme comprit la sagesse de ces réflexions, en songeant au scandale produit jadis dans la contrée par la liaison du comte avec la femme du notaire. Il fut alors décidé entre eux qu'il allait retourner seul dans le cabriolet qui l'avait amené, et qu'elle prendrait la diligence pour arriver à Véteuil en étrangère. Dès qu'elle aurait arrêté une demeure, elle avertirait Guillaume.

Madeleine eut la bonne fortune de trouver sur-le-champ

ce qu'elle cherchait. Le maître de l'hôtel dans lequel elle
descendit, possédait à un quart de lieue de la Noiraude
une sorte de ferme; il y avait fait construire une habitation bourgeoise, ce dont il éprouvait un vif regret; il n'habitait presque jamais cette habitation et pleurait l'argent
qu'elle lui avait coûté. Lorsque la jeune femme, le soir
même de son arrivée, parla de son désir de rester dans le
pays, si elle trouvait aux environs de la ville un logis qui
lui convint, il offrit aussitôt de lui louer sa maison. Le
lendemain matin, il la lui fit visiter. C'était un pavillon
élevé d'un étage, contenant quatre pièces; les pluies du
dernier hiver en avaient à peine jauni les murailles blanches, sur lesquelles se rabattaient les persiennes grises
des fenêtres; les tuiles rouges du toit paraissaient toutes
gaies au milieu des arbres; une haie vive entourait les
quelques mètres de jardin réservé; plus loin, à une portée de fusil, se trouvait la ferme, un tas de bâtisses longues et noires d'où sortaient des chants de coq et des bê-
lements de troupeau. Madeleine fut enchantée de sa trou-
vaille, d'autant plus qu'on lui louait le pavillon tout
meublé, ce qui lui permettait de l'occuper immédiatement.
Elle l'arrêta au prix de cinq cents francs pour les six mois
de la belle saison, calculant qu'elle aurait encore de quoi
payer elle-même ses dépenses journalières. Le soir, elle
était installée. Elle fredonnait en vidant ses malles, elle
avait des envies de rire et de courir comme un enfant. Depuis qu'elle avait aperçu la petite maison au toit rouge,
aux persiennes grises, blanche et souriante au milieu des
feuillages verts, elle se disait : « Je sens que je serai heureuse ici, dans ce coin perdu. »

Vers neuf heures, elle reçut la visite de Guillaume auquel elle avait écrit le matin. Elle lui fit les honneurs de
sa maison avec une sorte de gaminerie joyeuse, le promenant dans tous les coins, n'oubliant pas une armoire.
Elle voulut même qu'il visitât le jardin, bien que la nuit
fût très-sombre. « Là, disait-elle d'un air d'orgueil, il y a
des fraisiers; là, des violettes; ici, je crois avoir aperçu

des radis. » Guillaume ne distinguait rien; mais, dans l'ombre, il tenait la taille de Madeleine, il baisait ses bras nus, il riait de ses rires. Arrivée au fond du jardin, la jeune femme reprit d'une voix grave : « A cet endroit, j'ai vu un grand trou dans la haie; c'est par ce trou, monsieur, que vous entrerez chaque jour, pour ne pas me compromettre. » Et il fallut absolument que le jeune homme essayât s'il pouvait passer par le trou. Depuis longtemps les amants n'avaient goûté ensemble des heures aussi douces.

Madeleine ne s'était pas trompée : elle devait être heureuse dans ce coin perdu. Il lui sembla qu'un nouvel amour lui montait au cœur, un amour franc et rieur d'écolier. Le portrait de Jacques dormait au fond de l'hôtel de la rue de Boulogne, où elle l'avait enfermé avec tous les pénibles souvenirs des années mortes. Par moments, elle croyait sortir à peine du pensionnat, tant elle se sentait le rire facile et l'esprit insouciant. Ce qui la charmait, c'était d'être enfin chez elle; elle disait : « Ma maison, ma chambre, » avec une joie enfantine; elle faisait la ménagère, calculait le prix des plats qu'elle mangeait, s'inquiétait de la hausse des œufs et du beurre. Jamais Guillaume ne la rendait si contente que les jours où il acceptait ses invitations à dîner; ces jours-là, elle lui défendait d'apporter même des fruits de la Noiraude, elle voulait prendre à sa charge tous les frais, elle était ravie de ne plus recevoir et de donner à son tour. Elle put dès lors aimer son amant d'égal à égale, d'une affection libre: cette idée honteuse, qu'elle était une femme entretenue, ne venait plus révolter les fiertés de sa nature, et son cœur s'épanchait franchement, sans se serrer, à la pensée brusque de sa situation. Quand Guillaume entrait, elle se jetait à son cou; son sourire, ses regards, tout son abandon disait : « Je me livre, je ne me vends pas. »

Là était l'explication des tendresses nouvelles des amoureux. Guillaume fut surpris et charmé de découvrir ainsi dans Madeleine une femme qu'il ne connaissait point. Jus-

libre qui lui faisaient adorer les longues promenades.
Presque chaque jour, elle sortait, marchait des lieues entières, sans jamais se plaindre de la fatigue. D'habitude,
elle donnait rendez-vous à Guillaume dans un petit bois
que traversait le ruisseau où son amant jadis pêchait des
écrevisses. Dès qu'ils se trouvaient réunis, ils s'en allaient doucement sur l'herbe molle, cachés par les arbres
des deux rives, remontant cette sorte de vallée couverte
de feuilles et toute frissonnante de fraîcheur. A leurs pieds
coulait le ruisseau, un filet d'argent qui fuyait silencieusement sur le sable; il y avait, de loin en loin, de petites
chutes dont les bruits de cristal semblaient sortir d'une
flûte champêtre. Et, des deux côtés, les grands troncs
s'élevaient, pareils à des fûts de colonnes bizarres,
mangés d'une lèpre de mousse et de lierre; des ronces
avaient poussé entre ces troncs, jetant de l'un à l'autre
leurs longs bras épineux, bâtissant là des murailles vertes
qui fermaient l'allée et en faisaient une rue interminable
de feuillage. Au-dessus, la voûte était peuplée de roite-
lets, semblables à de grosses mouches bourdonnantes;
par endroits, les branches s'écartaient et laissaient voir,
au fond de toute cette verdure, un coin de ciel bleu. Guillaume et Madeleine aimaient ce désert étroit, ce berceau
naturel dont ils ne trouvaient jamais le bout; pendant des
heures ils s'oubliaient à en suivre les détours; le froid de
l'eau, le silence des arbres les pénétraient d'une volupté
exquise. Les bras à la taille, il se serraient davantage dans
les coins où l'ombre était plus épaisse. Parfois ils jouaient
comme des enfants; ils se poursuivaient, s'accrochant aux
ronces, glissant sur l'herbe. Brusquement la jeune femme
disparaissait; elle s'était cachée derrière quelque buisson;
son amant, qui voyait parfaitement un coin de sa jupe
claire, feignait de la chercher d'un air très-inquiet; puis,
d'un saut, il venait la saisir et la tenait là, renversée à
terre, toute secouée de rires, dans ses bras.

D'autrefois, Madeleine déclarait qu'elle était glacée et
qu'elle voulait marcher au soleil; l'ombre finissait tou-

jours par peser à cette nature puissante. Ils allaient au
soleil, au grand soleil de juillet. Ils écartaient la muraille
de ronces et se trouvaient au bord d'immenses champs
de blé dont les vagues blondes ondulaient jusqu'à l'horizon,
endormies de chaleur sous le ciel de midi. L'air brûlait.
Madeleine marchait à l'aise dans cette fournaise ardente ;
elle laissait voluptueusement le soleil mordre son cou et
ses bras nus ; un peu pâle, le front couvert de petites
gouttes de sueur, elle s'abandonnait aux caresses de
l'astre. Cela, disait-elle, lui donnait de nouvelles forces
quand elle était lasse ; elle se sentait mieux vivre sous le
poids écrasant du ciel en flammes, que ses fortes épaules
portaient légèrement. Mais Guillaume souffrait beaucoup
de la chaleur ; lorsqu'elle le voyait haleter, elle l'entraînait de nouveau dans l'allée ombreuse, au bord du ruisseau clair et froid.

Et ils reprenaient alors leur promenade attendrie, goûtant un nouveau charme dans ce silence et cette fraîcheur
qu'ils avaient un moment quittés. Ils arrivaient ainsi à une
sorte de rotonde où ils s'arrêtaient et se reposaient d'habitude. L'allée s'élargissait, le ruisseau formait un petit
lac à la surface nette comme de l'acier, la ligne des
arbres s'arrondissait mollement, découvrant une large
nappe de ciel. On eût dit une salle de verdure. Au bord
de la flaque d'eau poussaient de grands joncs flexibles ;
puis un tapis d'herbe courte s'étalait, montant de l'eau au
pied des arbres, et là se perdait dans de hautes brous-
sailles qui entouraient la clairière d'un mur impénétrable.
Mais la joie de cette retraite sauvage et douce était une
source qui s'échappait d'un rocher ; le bloc énorme, couvert au sommet de ronces pendantes, surplombait un peu,
se creusait dans une ombre bleuâtre ; le mince filet sortait,
avec des souplesses de couleuvre, du fond de cette grotte
pleine de plantes grimpantes, et dont les parois suintaient
d'humidité. Guillaume et Madeleine s'asseyaient là, écoutant le bruit régulier des gouttes qui tombaient une à une
de la voûte ; il y avait dans ce bruit un bercement sans fin,

6

une sensation vague de sommeil et d'éternité qui plaisaient à leurs amours heureuses. Peu à peu, ils cessaient
de parler, gagnés par la monotonie de la chanson continue
des gouttes d'eau, croyant entendre les battements de leur
cœur, rêvant et souriant, la main dans la main.

La jeune femme apportait toujours quelques fruits. Elle
sortait de son rêve, et mangeait ses provisions à belles
dents, faisant mordre son amant dans ses pêches et ses
poires. Guillaume s'émerveillait à la voir devant lui ;
chaque jour, elle lui semblait d'une beauté plus éclatante ;
il suivait, avec des surprises d'admiration, l'épanouissement de santé et de force que l'air libre amenait en elle.
La campagne en faisait véritablement une autre femme.
Elle paraissait avoir grandi encore. Saine, vigoureuse, les
membres solides, elle était devenue une puissante fille, à
la poitrine large, au rire clair. Sa peau, légèrement bru-
nie, avait gardé sa transparence. Ses cheveux roux, à
peine noués, tombaient sur sa nuque en un seul flot épais
et ardent. Tout son être prenait des attitudes d'une vigueur superbe.

Guillaume ne pouvait se lasser de regarder cette créature bien portante dont les baisers, calmes et forts, apaisaient ses propres fièvres. Il sentait qu'une sérénité suprême se faisait en elle ; elle avait retrouvé ses volontés,
elle vivait sans secousse, obéissant à la simplicité native
de son être ; ce milieu de solitude et de grand soleil lui
convenait, elle s'y épanouissait dans sa grâce et dans sa
puissance, se montrait telle que la satisfaction de ses besoins d'estime et de paix l'aurait toujours faite. Pendant
les longues heures qu'ils passaient à la Source, nom dont
ils avaient baptisé leur retraite, le jeune homme contemplait Madeleine, allongée sur l'herbe, la nuque rougie par
le reflet de ses cheveux ; il suivait, sous la robe légère,
les lignes fermes de ses membres, et, par moments, il
se soulevait pour la prendre dans une étreinte, à bras le
corps, avec un soudain orgueil de possession. Rien de
sale d'ailleurs ; c'étaient de saines et paisibles amours.

Les jours où les amants ne se rendaient pas à la Source,
ils allaient en cabriolet à quelques kilomètres, puis laissaient leur voiture dans une auberge et battaient la campagne au hasard des routes. Ils choisissaient simplement
les chemins les plus étroits, ceux qui devaient les conduire à l'inconnu. Lorsqu'ils avaient marché pendant des
heures, entre deux haies de pommiers, sans rencontrer
âme qui vive, ils étaient heureux comme des maraudeurs
qui auraient échappé à l'œil du garde champêtre. Ces
larges plaines normandes, grasses et monotones, leur
semblaient être l'image de leurs tendresses tranquilles ;
jamais ils ne se fatiguaient des mêmes horizons de prai-
ries et de cultures. Souvent ils s'égaraient dans les terres,
ils couraient les fermes. Madeleine adorait les animaux
domestiques ; une couvée de poussins qui picoraient autour de leur mère gloussant et gonflant ses ailes, la faisait
rire des après-midi entiers ; elle entrait dans les étables
pour caresser les vaches ; les jeunes chevreaux bondis-
sants la ravissaient ; tout le petit monde d'une basse cour
la retenait, lui donnait des envies folles d'avoir chez elle
des poules, des canards, des pigeons, des oies, et si le
sourire de Guillaume ne l'avait retenue, elle ne serait jamais rentrée à Véteuil sans rapporter quelque bête dans
ses jupes. Elle avait encore une passion, celle des enfants :
dès qu'elle en apercevait un se roulant dans la cour d'une
ferme, sur le fumier, au milieu des volailles, elle le regardait en silence, un peu pensive, avec un sourire attendri ;
puis, comme attirée, elle s'approchait et prenait le mar-
mot entre ses bras, sans se soucier de son visage bar-
bouillé de terre et de confitures. Elle demandait du lait,
gardant l'enfant jusqu'à ce qu'on l'eût servie, le faisant
sauter, appelant son amant pour qu'il admirât les grands
yeux de la chère créature. Quand elle avait bu, elle se
retirait à regret, elle se retournait, regardait une dernière
fois.

L'automne vint. Des nuées sombres couraient dans le
ciel mort, poussées par des vents glacés ; la campagne

s'endormait. Les amants voulurent aller une dernière fois
à la Source. Ils trouvèrent leur solitude bien désolée. Une
pluie de feuilles jaunes jonchait l'herbe; les murailles de
verdure tombaient; la rotonde, ouverte à tous les yeux, n'é-
tait plus formée que par les troncs maigres des arbres dont
les branches hautes détachaient leur lamentable nudité sur
le ciel gris. Le petit lac, la source elle-même se ternissaient,
salis par les derniers orages. Guillaume comprit que l'hiver approchait, et qu'il leur fallait cesser leurs promenades. Il rêvait tristement à cette mort de l'été en regardant Madeleine. La jeune femme, assise en face de lui,
songeuse, cassait les bouts de bois mort dont le gazon
était semé.

Depuis la veille, Guillaume voulait offrir à sa maîtresse
de l'épouser. Cette idée de mariage immédiat lui était venue dans une ferme, en voyant Madeleine caresser un de
ces bambins qu'elle adorait. Il avait songé que si jamais
elle devenait enceinte, il aurait un bâtard pour fils. Ses
souvenirs d'enfance l'épouvantaient toujours à ce mot de
bâtard.

D'ailleurs, tout le poussait fatalement au mariage.
Comme il le disait autrefois à Jacques, il devait aimer une
seule femme, la première qu'il rencontrerait; il devait
l'aimer de son être entier, et s'en tenir à cet amour, par
haine du changement, par terreur de l'inconnu. Il s'était
endormi dans la tendresse de Madeleine; maintenant qu'il
avait chaud, qu'il se trouvait bien dans cette tendresse, il
comptait y rester à jamais. Son esprit lent, sa douceur
se plaisaient à penser : « J'ai un gîte où je me suis réfugié
pour la vie. » Le mariage légitimerait simplement une
union qu'il regardait déjà comme éternelle.

L'idée qu'il pouvait avoir un fils, lui fit seulement désirer
de hâter un dénouement prévu. Puis, l'hiver venait, il
aurait froid, seul au fond de son grand château désert; il
ne vivrait plus ses journées dans l'haleine chaude de son
amante. Pendant ces longs mois glacés, il lui faudrait
courir sous la pluie pour aller frapper à la porte de Made-

leine. Quelle joie tiède, au contraire, s'ils habitaient le même logis! Ils passeraient les mauvais jours au coin du foyer; ils auraient une lune de miel frileuse dans une alcôve bien close, d'où ils ne sortiraient, au printemps suivant, que pour retourner au soleil. Et il y avait encore, dans sa résolution, l'envie d'aimer Madeleine au grand jour, de lui donner une marque d'estime qui la touche-rait. Il croyait deviner qu'ils ne souffriraient pas de leur intimité, qu'ils ne se blesseraient plus, lorsqu'ils se se-raient engagés l'un envers l'autre.

Cependant, au fond du projet que caressait Guillaume, dormait un vague sentiment de crainte qui le tenait inquiet et hésitant. Pendant les mois d'oubli qu'il venait de passer, il ne s'était jamais abandonné aux terreurs de l'avenir que le suicide de son père avait éveillées en lui; les faits ne l'écrasaient plus; son amour, après tant de secousses, lui semblait un repos souverain, un apaisement de ses souf-frances et de ses appréhensions. C'est qu'il vivait alors du présent, des heures qui s'écoulaient, apportant chacune leur joie. Mais depuis qu'il pensait au lendemain, l'in-connu de ce lendemain lui donnait une fièvre sourde. Peut-être, à son insu, tremblait-il devant un engagement éternel avec une femme dont il ignorait encore l'histoire. En tous cas, il n'y avait que du trouble en lui, ses hésita-tions ne se formulaient pas, son cœur le poussait.

Il était venu à la Source, bien décidé à parler. Mais les arbres étaient si nus, le ciel si triste, qu'il se taisait, fris-sonnant sous les premiers souffles de l'hiver. Madeleine elle aussi avait froid; un foulard au cou, les pieds ramenés sous ses jupes, elle continuait à casser les bouts de bois mort du gazon, sans savoir ce qu'elle faisait, regardant avec mélancolie les nuages chargés de pluie qui couraient silencieusement. Enfin, à l'heure du retour, Guillaume lui dit son projet; sa voix tremblait un peu, il semblait sol-liciter une grâce.

La jeune femme l'écouta d'un air surpris, presque effrayée. Quand il eut fini:

6.

— Pourquoi ne pas rester comme nous sommes, dit-elle. Je ne me plains pas, je suis heureuse…. Nous ne nous aimerions pas d'avantage si nous étions mariés…. Peut-être même dérangerions-nous notre bonheur.

Et, comme il ouvrait la bouche pour insister, elle ajouta d'une voix brève :

— Non, vraiment. Cela me fait peur.

Elle se prit à rire, afin d'atténuer la dureté et l'étrangeté de ses paroles. Elle-même restait étonnée de les avoir prononcées et d'y avoir mis un tel accent. La vérité était que la proposition de Guillaume lui causait une singulière révolte ; il lui semblait qu'il sollicitait quelque chose d'impossible, comme si elle ne se fût pas appartenue et qu'elle se fût déjà trouvée en la possession d'un autre homme. Elle avait eu la voix et le geste d'une femme mariée auquel un amant demanderait de vivre maritalement avec lui.

Le jeune homme, presque blessé, aurait peut-être retiré son offre, s'il ne s'était cru maintenant obligé de plaider la cause de leurs amours. Il s'échauffa en parlant, il oublia peu à peu le serrement de cœur qu'il avait éprouvé au refus net de sa maîtresse, il se répandit en paroles douces et caressantes, faisant le tableau de la belle vie calme qu'ils mèneraient, quand ils seraient mariés. Pendant longtemps, il laissa ainsi couler son cœur de ses lèvres, demi-courbé, dans une attitude de prière et d'adoration.

— Je suis orphelin, disait-il, je n'ai au monde que toi. Ne me refuse pas d'engager ta vie à la mienne, sinon je croirai que le ciel continue à me poursuivre de sa colère, je me dirai que tu ne m'aimes pas assez pour vouloir assurer ma félicité. Si tu savais combien j'ai besoin de ton affection ! Toi seule m'as calmé, toi seule m'as ouvert un refuge dans tes bras. Et aujourd'hui je ne sais comment te remercier, je t'offre tout ce que j'ai, rien en comparaison des bonnes heures que tu m'as données et que tu me donneras encore. Va, je le sens bien, je resterai toujours ton obligé, Madeleine. Nous nous aimons, le mariage ne saurait accroître notre amour ; mais il nous permettra de nous adorer ouvertement. Et quelle existence sera la nôtre ! une existence de paix et d'orgueil, une confiance sans bornes pour l'avenir, une affection de tous les instants... Je t'en prie, Madeleine.

La jeune femme écoutait, comme prise de malaise, avec une impatience contenue qui mettait sur ses lèvres un singulier sourire. Quand son amant ne trouva plus de paroles et s'arrêta, la gorge serrée par l'émotion qui le gagnait, elle garda un moment le silence. Puis, de sa voix mauvaise :

— Tu ne peux cependant pas, s'écria-t-elle, épouser une femme dont tu ignores l'histoire... Il faut que je te dise qui je suis, d'où je viens, ce que j'ai fait avant de te connaître.

Guillaume s'était levé et lui avait déjà mis la main sur la bouche.

— Tais-toi ! reprit-il avec une sorte de terreur. Je t'aime, je ne veux pas en savoir davantage... Va, je te connais bien. Tu es peut-être meilleure que moi ; tu as, à coup sûr, plus de volonté et plus de force. Tu ne saurais avoir fait le mal. Le passé est mort ; je te parle d'avenir.

Madeleine se débattait dans son étreinte de suprême tendresse et de foi absolue. Quand elle put parler :

— Écoute, dit-elle, tu es un enfant, il faut que je raisonne pour toi... Tu es riche, tu es jeune, un jour tu me reprocherais d'avoir accepté trop vite ton offre... Moi, je n'ai rien, je suis une pauvre fille ; mais je tiens à garder mon orgueil, je ne voudrais pas que tu vinsses m'accuser plus tard d'être entrée chez toi en intrigante... Tu vois, je suis franche... Je puis être pour toi une adorable maîtresse ; si je devenais ta femme, le lendemain tu te dirais que tu aurais dû épouser une fille mieux dotée et plus digne que moi.

Si Madeleine avait voulu pousser le jeune homme, elle n'aurait pu trouver de meilleure façon. Les suppositions qu'elle faisait, le mirent presque en larmes. Maintenant il avait une colère d'enfant, il se jurait de vaincre quand même les résistances de sa maîtresse.

— Tu ne me connais pas, cria-t-il, tu me fais beaucoup de mal, Madeleine... Pourquoi me parles-tu ainsi ? Ignores-tu ce que je pense, ce que je rêve, depuis un an que nous vivons ensemble ? Je voudrais m'endormir sur ton sein et ne m'éveiller jamais. Tu sais bien que c'est là le désir de tout mon être ; tu as tort de me prêter les idées des autres hommes... Je suis un enfant, dis-tu ; eh bien, tant mieux ! tu ne peux avoir peur d'un enfant qui se confie à toi.

Il continua d'un ton plus doux, il reprit sa prière attendrie. Il parla tant que son cœur fut plein. Madeleine faiblissait. Elle était touchée par cette voix tremblante qui lui offrait si humblement le pardon, l'estime du monde. Cependant il y avait toujours, au fond d'elle, une vague révolte. Quand son amant termina en disant : « Tu es libre, pourquoi me refuses-tu le bonheur ? » elle fit un brusque mouvement.

— Libre ! répondit-elle d'une voix étrange, oui, je suis libre...

— Eh bien ! ajouta Guillaume, ne parle donc plus du passé. S'il y a eu un autre amour dans ta vie, cet amour est mort, j'épouse une veuve.

Ce mot de veuve frappa la jeune femme. Elle pâlit légèrement. Son front dur, ses yeux gris exprimaient une anxiété douloureuse.

— Rentrons, dit-elle, la nuit vient... Je te répondrai demain.

Ils rentrèrent. Le ciel était devenu noir, le vent soufflait lugubrement dans les arbres de l'allée. Lorsque Guillaume quitta la jeune femme, il la serra sur sa poitrine, en silence, ne trouvant plus rien à lui dire, et voulant déjà prendre possession de son être par cette dernière étreinte.

Madeleine passa une nuit d'insomnie. Quand elle fut

seule, elle réfléchit à la proposition de son amant. L'idée
d'un mariage la flattait, tout en lui causant une sorte de
surprise effrayée. Jamais cette idée ne lui était venue.
Elle n'aurait osé faire un pareil rêve. Alors, en songeant
à la vie calme et digne que lui offrait Guillaume, elle
s'étonna beaucoup de s'être révoltée. Au souvenir des
paroles caressantes du jeune homme, elle eut honte d'a-
voir montré tant de dureté; elle se demanda quel sentiment secret l'avait poussée à refuser une union qu'elle
aurait dû accepter avec humilité et reconnaissance. Pourquoi ses craintes, ses hésitations? N'était-elle pas libre,
comme Guillaume l'avait dit? Quelle nécessité lui faisait dé-
daigner le bonheur inespéré qui venait à elle? Elle se perdit
dans ces questions, elle ne découvrit dans sa chair qu'un
malaise vague. Elle se serait bien fait une réponse, qui lui
semblait sotte, ridicule, et qu'elle évitait. La vérité était
qu'elle songeait à Jacques. Elle avait senti le souvenir de
cet homme s'éveiller confusément dans son être, tandis
que son amant lui parlait. Mais ce ne pouvait être ce souvenir qui la troublait. Jacques était mort, elle ne lui devait rien, pas même un regret. De quel droit serait-il
resssuscité en elle pour lui rappeler qu'elle lui appartenait? Les doutes qui, à cette heure, lui venaient sur sa
liberté, l'irritaient profondément. Maintenant que le fantôme de son premier amour s'était dressé, elle luttait
corps à corps avec lui, elle voulait le vaincre pour se
prouver qu'il ne la possédait pas. Et elle avait conscience,
en dépit de ses rires de dédain, que Jacques seul avait pu
la rendre dure pour Guillaume. Cela était monstreux,
inexplicable. Quand ces idées lui apparurent nettement,
dans les cauchemars de son insomnie, elle décida, avec
toute la violence de sa nature, qu'elle ferait taire le mort
en épousant le vivant. Elle s'endormit an petit jour. Elle
rêva que le naufragé sortait des vagues livides de la mer
et venait l'arracher des bras de son mari.

Lorsque Guillaume arriva le matin, tremblant et inquiet, il trouva Madeleine encore endormie. Il la prit

doucement dans ses bras. La jeune femme s'éveilla en sursaut et se jeta sur sa poitrine, comme pour s'y réfugier et lui dire : « Je suis à toi. » Ce furent de longs baisers, des étreintes passionnées. Ils semblaient tous deux avoir besoin de se livrer, de se posséder, pour croire à la force de leur union.

Dès l'après-midi, Guillaume s'occupa des formalités du mariage. Lorsque, le soir, il annonça à Geneviève qu'il allait épouser une jeune dame des environs, la protestante le regarda de ses yeux méchants.

— Cela vaudra mieux, lui dit-elle.

Il comprit qu'elle savait tout. On l'avait sans doute aperçu avec Madeleine, et les bavardages devaient aller bon train dans le pays. Le mot de Geneviève lui fit encore presser le jour des noces. Quelques semaines suffirent. Les amants se marièrent au commencement de l'hiver, presque secrètement. Cinq ou six curieux de Véteuil les regardèrent seuls monter en voiture à la sortie de la mairie et de l'église. Lorsqu'ils furent rentrés à la Noiraude, ils s'enfermèrent après avoir remercié leurs témoins. Ils étaient chez eux, liés à jamais.

VI

Les quatre années qui suivirent furent calmes et heureuses. Les époux les passèrent à la Noiraude. Ils eurent, la première année, des projets de voyage ; ils voulaient aller promener leurs amours en Italie ou sur les bords du Rhin, comme il est d'usage. Mais toujours, au moment du départ, ils reculèrent, ils trouvèrent inutile de chercher si loin un bonheur qu'ils avaient sous la main. Ils ne se rendirent même pas une seule fois à Paris. Les souvenirs qu'ils avaient laissés dans leur petit hôtel de la rue de Boulogne, les inquiétaient. Enfermés au fond de leur chère solitude, ils se croyaient protégés contre les misères de ce monde, ils défiaient la souffrance.

Guillaume était en pleine félicité. Le mariage réalisait le rêve de son adolescence. Il vivait une vie unie, sans secousse, toute de paix et de tendresse. Depuis que Madeleine habitait la Noiraude, il espérait, il songeait à l'avenir sans frisson. L'avenir serait ce qu'était le présent, un long sommeil d'affection, une suite de jours pareils et également heureux. Il fallait à son esprit inquiet cette assurance de tranquillité continue ; son souhait le plus cher était d'arriver ainsi à la mort, après une existence morte, exempte d'événements, faite d'un sentiment unique. Il se reposait et il comptait ne jamais sortir de son repos.

Madeleine, elle aussi, se reposait. Elle se reposait déli-
cieusement des troubles de sa vie d'autrefois dans le
calme de sa vie présente. Rien ne la blessait plus. Elle
pouvait s'estimer, oublier la honte de son passé. Maintenant, elle partageait la fortune de son mari sans scrupule,
elle régnait en femme légitime. La solitude de la Noiraude,
de ce grand bâtiment noir et délabré, lui plaisait. Elle ne
voulut pas que Guillaume fit accommoder le vieux logis à
la façon moderne. Elle laissa simplement réparer un appartement au premier étage, ainsi que la salle à manger
et le salon du rez-de-chaussée. Les autres pièces restèrent
closes. En quatre ans, les époux ne montèrent pas une
fois l'escalier jusqu'aux greniers. La jeune femme aimait à
sentir tout ce vide autour d'elle ; cela semblait l'isoler
davantage, la protéger contre les blessures du dehors.
Elle s'oubliait volontiers dans la vaste salle du bas ; il lui
tombait du haut plafond un silence qui la calmait ; les
coins pleins d'ombre de cette pièce la faisaient rêver à
des immensités de ténèbres paisibles. Le soir, quand la
lampe était allumée, elle éprouvait un apaisement profond à se trouver toute petite au milieu de cet infini. Pas
un bruit ne venait de la campagne ; un recueillement de
cloître, ce recueillement de la province endormie, s'emparait de la Noiraude. Alors Madeleine songeait parfois
à une des soirées bruyantes qu'elle avait jadis passées chez
Jacques, rue Soufflot ; elle entendait le bruit étourdissant
des voitures sur le pavé de Paris, elle voyait les clartés
crues des becs de gaz ; elle vivait de nouveau, pendant
une seconde, dans la petite chambre d'hôtel pleine de
fumée de tabac, de chocs de verres, d'éclats de rire et de
baisers. Ce n'était qu'un éclair, comme une bouffée d'air
chaud et nauséabond qui la frappait à la face. Elle regardait autour d'elle, épouvantée, étouffant déjà. Et elle
respirait en se retrouvant dans la grande salle sombre
et déserte ; elle s'éveillait du mauvais rêve, confiante
et attendrie, se replongeant, avec une volupté plus
grande, au fond de l'ombre et du silence traînant au-

tour d'elle. Que cette vie morte était douce pour sa nature droite et froide, après les secousses de chair dans les
quelles le hasard l'avait jetée ! Elle remerciait le plafond
glacial, les murailles muettes, toute cette demeure qui
l'enveloppait d'un suaire ; elle tendait ses mains à Guillaume comme pour lui rendre grâce : il l'avait guérie
en lui redonnant sa dignité perdue, il était son sauveur
bien aimé.

Les époux passèrent ainsi leurs hivers dans une solitude presque complète. Ils ne quittèrent pas la salle du
rez-de-chaussée ; un grand feu, des quartiers d'arbres
brûlaient sur les briques de l'immense cheminée, et ils
restaient là des journées entières, faisant le jour ce qu'ils
avaient fait la veille. Ils menaient une vie d'horloge, tenant à leurs habitudes avec un entêtement de gens parfaitement heureux qui redoutent la moindre secousse. A
peine s'occupaient-ils ; ils ne s'ennuyaient jamais, ou du
moins le sentiment d'ennui morne qui les berçait, leur
semblait être leur félicité elle-même. D'ailleurs, pas de
caresses passionnées, pas de voluptés pour oublier la
marche lente des heures. Deux amants s'enferment parfois, demeurent une saison dans les bras l'un de l'autre,
à contenter leurs désirs, changeant les journées en nuits
d'amour. Guillaume et Madeleine se souriaient simplement ; leur solitude restait chaste ; s'ils s'emprisonnaient,
ce n'était pas qu'ils eussent des baisers à cacher, c'était
qu'ils aimaient le grand silence de l'hiver, la paix du
froid. Il leur suffisait de vivre seuls, face à face, et de se
donner le calme de leur présence.

Puis, dès que venaient les beaux jours, ils ouvraient
les fenêtres. Ils descendaient au parc. Au lieu de s'isoler
dans la vaste salle, ils se cachaient au fond de quelque
taillis. Rien n'était changé. Ils vécurent de la sorte leurs
belles saisons, sauvages et retirés, fuyant le bruit. Guillaume préférait l'hiver, l'air tiède et moite du foyer ; mais
Madeleine adorait toujours le soleil, le grand soleil qui
lui mordait la nuque et qui donnait à son sang des batte-

ments tranquilles et forts. Souvent elle entraînait son
mari dans la campagne ; ils allaient revoir la Source, ils
suivaient l'allée du ruisseau en se rappelant leurs courses
d'autrefois ; ou bien ils couraient de nouveau les fermes,
s'égarant, s'enfonçant dans les terres, loin des villages.
Mais leur pélerinage le plus cher était d'aller passer l'a-
près-midi à la petite maison que Madeleine avait habitée.
Quelques mois après leur mariage, ils avaient acheté cette
maison. Ils ne pouvaient s'imaginer qu'elle ne leur appartînt pas, ils éprouvaient un invincible besoin d'y entrer,
chaque fois qu'ils passaient devant elle. Quand elle fut à
eux, ils se calmèrent, se disant que personne n'irait y
chasser les souvenirs de leurs tendresses. Et, lorsque
l'air devenait doux, ils s'y rendaient presque chaque jour,
pour quelques heures. C'était comme leur maison de campagne, bien qu'elle se trouvât à dix minutes seulement de
la Noiraude. Ils y vivaient encore plus solitaires, ayant
défendu qu'on vînt jamais les y déranger. Parfois même
ils y couchaient. Ces nuits-là, ils oubliaient le monde
entier. Souvent Guillaume disait :

— Si quelque malheur nous frappe un jour, nous vien-
drons oublier ici ; nous y serons forts contre la souffrance.

Les mois s'écoulaient ainsi, les saisons succédaient aux
saisons. Dès la première année de leur union, ils avaient
eu une grande joie. Madeleine était accouchée d'une fille.
Guillaume accueillit avec une profonde gratitude cette
enfant qu'il aurait pu avoir de sa maîtresse et que lui
donnait sa femme légitime. Il vit dans ce retard de la
maternité de Madeleine une bonne pensée du ciel. La
petite Lucie peupla à elle seule leur solitude. Sa mère,
toute forte qu'elle était, ne put la nourrir. Elle lui choisit
pour nourrice une jeune femme qui l'avait servie avant
son mariage. Cette femme, dont le père dirigeait la ferme
voisine de la petite maison, allaita l'enfant aux portes
de la Noiraude. Les parents allaient prendre des nouvelles chaque jour. Plus tard, lorsque Lucie eut grandi,
ils la laissèrent souvent des semaines entières à la ferme

où elle se plaisait et vivait sainement. Ils la voyaient toutes les après-midi, quand ils venaient s'enfermer dans le pavillon. Ils la prenaient avec eux, goûtant une jouissance exquise à mettre cette tête blonde au milieu de leurs souvenirs. La chère fille donnait un parfum d'enfance aux chambres étroites où ils s'étaient aimés, et ils écoutaient, attendris, son babil, dans le recueillement du passé. Lorsqu'ils étaient tous trois réunis au fond de leur retraite, Guillaume prenait sur ses genoux Lucie qui riait de ses lèvres roses et de ses yeux bleus.

— Madeleine, disait-il doucement voilà le présent, voilà l'avenir.

Et Madeleine avait des sourires calmes. La maternité achevait d'équilibrer son tempérament. Jusque-là, il lui était resté des brusqueries de fille, des gestes fous d'amoureuse; ses cheveux roux tombaient sur sa nuque avec une libre impudeur; ses hanches accusaient leurs balancements, et dans ses yeux gris, sur sa bouche rouge, passaient des hardiesses de désir. Maintenant, tout son être s'était apaisé, le mariage avait mis en elle une sorte de maturité précoce; son corps prenait un léger embonpoint, il avait des mouvements plus doux, plus mesurés; ses cheveux roux, soigneusement noués, n'étaient plus qu'un admirable signe de force, que de puissants bandeaux encadrant sa face devenue placide. La fille faisait place à la mère, à la femme féconde, assise dans la plénitude de sa beauté. Ce qui donnait surtout à Madeleine sa démarche mesurée, son grand air de paix et de santé, son teint clair et uni comme une eau tranquille, c'était la satisfaction intérieure de son être. Elle se sentait libre, elle vivait fière, satisfaite d'elle-même; sa nouvelle existence était un milieu favorable dans lequel elle se développait largement. Déjà, pendant les premiers mois qu'elle avait passés à la campagne, elle s'était épanouie en joie et en vigueur; mais elle avait alors gardé quelque chose de brutal qui maintenant devenait de la sérénité.

Guillaume trouvait un grand repos dans la force souriante de Madeleine. Lorsqu'elle le prenait contre sa poitrine, elle lui donnait de sa puissance. Il aimait à poser
la tête sur son sein, à écouter les battements réguliers
de son cœur. C'étaient ces battements qui réglaient sa
vie. Une femme ardente et nerveuse l'eût jeté dans des
angoisses cruelles, lui dont le corps et l'esprit frissonnaient au moindre heurt. Le souffle mesuré de Madeleine
le fortifiait au contraire. Il devenait homme. Sa faiblesse
n'était plus que de la douceur. La jeune femme l'avait
absorbé ; elle le portait en elle maintenant. Ainsi qu'il ar-
rive dans toute union, l'être fort avait pris fatalement possession de l'être faible, et désormais Guillaume appartenait à celle qui le dominait. Il lui appartenait d'une façon
étrange et profonde. Il en recevait une influence continuelle, ayant ses tristesses et ses joies, la suivant dans
chaque changement de sa nature. Lui, il disparaissait, il
ne s'imposait jamais. Il aurait voulu se révolter qu'il se
serait trouvé comme emporté dans la volonté de Madeleine. A l'avenir, sa tranquillité dépendait de cette femme,
dont l'existence devait forcément devenir la sienne. Si elle
gardait sa paix, il vivrait paisiblement de son côté ; si elle
s'affolait, il se sentirait fou comme elle. C'était une péné-
tration complète de chair et de cœur.

D'ailleurs, la vie s'ouvrait large et tranquille, les époux
regardaient sans crainte devant eux. Quatre années de
félicité les rassuraient contre toute secousse. Guillaume
était heureux de s'abandonner, de se sentir respirer et
grandir dans les volontés de sa femme ; il lui disait parfois
avec un sourire : « C'est toi qui es l'homme, Madeleine. »
Elle l'embrassait alors, confuse de ce pouvoir qu'elle prenait malgré elle, par la force de son tempérament. A les
voir descendre au parc, ayant au milieu d'eux la petite
Lucie dont ils tenaient chacun une main, on eût deviné
les joies sereines de leur union. L'enfant était comme un
lien qui les attachait. Quand la fillette ne les accompagnait pas, Guillaume paraissait frêle à côté de Madeleine ;

mais il y avait tant d'affection dans leur démarche lente, que la pensée d'un heurt entre ces deux êtres souriants ne serait venue à personne.

Pendant ces premières années, ils ne reçurent que de rares visiteurs. Ils connaissaient peu de monde et se liaient difficilement, n'aimant point les visages nouveaux. Leurs hôtes les plus assidus furent des voisins de campa-gne, M. de Rieu et sa femme, qui habitaient Paris l'hiver et venaient passer la belle saison à Véteuil. M. de Rieu avait jadis été l'ami le plus intime du père de Guillaume. C'était un grand vieillard, d'allure aristocratique, roide et ironique ; ses lèvres pâles s'éclairaient par instants de fins sourires, aigus comme des lames d'acier. Frappé d'une surdité presque complète, il avait reporté dans son regard toute l'acuité du sens qui lui manquait. Il voyait les plus minces choses, même celles qui se passaient derrière lui. D'ailleurs, il semblait ne rien voir, il gardait sa hauteur ; à peine un pli de ses lèvres témoignait-il qu'il avait vu, qu'il avait entendu. Quand il entrait quelque part, il s'as-seyait dans un fauteuil, et là restait des heures entières, comme perdu au fond de son éternel silence. Il renversait la tête sur le dossier, gardait une parfaite rigidité de traits, fermait les yeux à demi, paraissait dormir ; la vé-rité était qu'il suivait la conversation, qu'il étudiait les moindres jeux de physionomie des causeurs. Cela l'amu-sait singulièrement ; il prenatt à cette distraction une joie féroce, notant les sales et méchantes pensées qu'il croyait surprendre sur le front de ces gens qui le considéraient comme une borne devant laquelle on pouvait sans crainte se confier les plus graves secrets. Pour lui, il n'y avait pas de sourires, pas d'expressions délicates et jolies ; il n'y avait que des grimaces. N'entendant pas les sons, il trou-vait grotesques les contractions brusques, les airs fous des figures. Lorsque deux personnes parlaient en sa pré-sence, il les examinait curieusement, ainsi que deux bê-tes qui se seraient montré les dents. « Laquelle des deux mangera l'autre ? » pensait-il. Cette étude continuelle,

cette observation et cette science de ce qu'il nommait les
grimaces des visages, lui avait donné un mépris souverain pour les hommes. Aigri par sa surdité, ce dont il ne
voulait pas convenir, il se disait parfois qu'il était heureux d'être sourd et de pouvoir s'isoler dans un coin. Son
orgueil de race se tournait en raillerie impitoyable ; il
avait l'air de croire qu'il vivait au milieu d'un peuple de
misérables pantins, pataugeant dans la boue comme des
chiens errants, rampant lâchement devant le fouet et se
dévorant pour un os trouvé parmi des ordures. Sa face
morte et hautaine protestait contre la turbulence des autres faces, ses rires pointus étaient les ricanements d'un
homme que l'infamie amuse et qui dédaigne de se fâcher
contre des brutes privées de raison.

Il éprouvait cependant quelque amitié pour le jeune
ménage ; mais cela n'allait pas jusqu'à désarmer sa curiosité moqueuse. Quand il venait à la Noiraude, il regardait son jeune ami Guillaume avec quelque pitié ; il s'a-
percevait parfaitement de ses airs d'adoration devant Madeleine, et ce spectacle d'un homme aux genoux d'une
femme lui avait toujours paru monstrueux. D'ailleurs, les
époux qui causaient peu et dont les visages gardaient une
placidité relative, lui semblaient être les créatures les
plus raisonnables qu'il eût encore rencontrées. Il les
visitait avec plaisir. Sa victime, son sujet éternel d'observation et de moquerie amères, était sa propre femme.

Hélène de Rieu, qui l'accompagnait le plus souvent à la
Noiraude, avait dépassé la quarantaine. C'était une petite
personne ronde, d'un blond fade, qui prenait de l'embonpoint, à son grand désespoir. Imaginez une poupée d'enfant qui serait devenue vieille. Maniérée, adorant la puérilité, elle avait tout un arsenal de moues, de coups d'œil,
de sourires ; elle jouait de son visage comme d'un instrument exquis dont l'harmonie céleste devait séduire tout
le monde ; jamais elle ne laissait sa physionomie tranquille, baissant la tête d'une façon languissante, la rele-
vant au ciel avec des feintes subites de passion et de poé-

sie, la tournant, la dodelinant, selon ses besoins d'attaque ou de défense. Elle luttait âprement contre l'âge qui l'engraissait et la ridait ; frottée d'onguents et d'huiles de toilette, sanglée dans des corsets qui l'étouffaient, elle s'imaginait rajeunir. Ce n'était encore là que des ridicules ; mais la chère dame avait des vices. Elle considérait son mari comme un bonhomme de bois avec lequel elle s'était mariée pour se poser dans le monde. Elle se croyait très-excusable de ne l'avoir jamais aimé. « Allez donc parler d'amour à un homme qui ne vous entend pas ! » disait-elle parfois à ses intimes. Et elle prenait alors des airs de femme malheureuse et incomprise. La vérité était qu'elle se consolait largement. Ne voulant pas perdre les phrases amoureuses qu'elle ne pouvait réciter à M. de Rieu, elle les portait à des gens qui avaient de bonnes oreilles. Elle choisissait toujours des amants d'un âge tendre et délicat, dix-huit à vingt ans au plus. Il fallait à ses goûts de petite fille des jouvenceaux aux joues roses, sentant encore le lait de leur nourrice. Si elle eût osé, elle aurait débauché les collégiens qu'elle rencontrait, car il entrait dans sa passion pour les enfants un appétit de voluptés honteuses, un besoin d'enseigner le vice et de goûter d'étranges plaisirs dans les molles étreintes de bras faibles encore. Elle était douillette ; elle aimait les baisers timides qui chatouillent sans appuyer. Aussi la trouvait-on toujours en compagnie de cinq ou six adolescents ; elle en cachait sous son lit, dans ses armoires, partout où elle pouvait en placer. Son bonheur consistait à avoir une demi-douzaine d'amants dociles attachés à ses jupes. Elle les mettait vite sur les dents, en changeait tous les quinze jours, vivait dans un perpétuel renouvellement d'amoureux. On eût dit une maîtresse de pension traînant avec elle ses élèves. Jamais elle ne manquait d'adorateurs, en prenait n'importe où, parmi cette foule de jeunes imbéciles dont le rêve est d'avoir pour maîtresse une femme âgée et mariée. Ses quarante ans, ses airs ridicules de fillette, sa graisse blanche et fade qui faisaient reculer les hommes mûrs, étaient un attrait invincible pour les drôles de seize ans.

Aux yeux de son mari, Hélène était une petite machine singulièrement curieuse. Il l'avait épousée dans un jour d'ennui. Il l'aurait chassée le lendemain de sa maison, s'il avait pensé qu'elle valût sa colère. Le travail laborieux de la physionomie de cette coquette lui causait de vives jouissances ; il cherchait les rouages secrets qui faisaient aller les yeux et les lèvres de la petite machine. Ce visage pâle, enduit de fard, qui ne restait jamais en repos, lui paraissait d'un comique lugubre, avec ses clignements de paupières, ses pincements de bouche, tout son jeu rapide et muet pour lui. C'était en contemplant longuement sa femme, qu'il avait fini par se convaincre que l'humanité se trouvait composée de marionnettes stupides et méchantes. Quand il fouillait les rides de la poupée vieillie, il découvrait, sous ses grimaces, des infamies et des sottises qui la lui faisaient considérer comme une bête qu'il aurait fallu fouailler. Il préférait se distraire à l'étudier et à la mépriser. Il la traitait en animal domestique ; ses vices le laissaient aussi indifférent que les miaulements d'une chatte en rut ; mettant son honneur bien au-dessus des hontes d'une pareille créature, il assistait, avec un dédain superbe et une froide ironie, au spectacle de la procession d'adolescents défilant dans la chambre de sa femme. On eût dit qu'il se plaisait à étaler son mépris des hommes, ses négations de toutes vertus, en tolérant ainsi les saletés qui se passaient sous son propre toit, en paraissant accepter la débauche et l'adultère comme des choses générales et naturelles. Son silence, son sourire cruellement moqueur disaient : « Le monde est un ignoble trou de fange ; j'y suis tombé et je dois y vivre. »

Hélène ne se gênait guère avec son mari. Elle tutoyait ses amants devant lui, persuadée qu'il ne l'entendait pas. M. de Rieu lisait le tutoiement sur ses lèvres, et il montrait alors une exquise politesse pour les jeunes gens, s'amusant de leur trouble, les forçant à lui crier dans les oreilles des choses gracieuses. Jamais il ne témoignait le moindre étonnement de voir son salon s'emplir chaque mois de visages nouveaux ; il accueillait les pensionnaires d'Hélène avec une bonhommie paternelle qui cachait de terribles sarcasmes. Il leur demandait leur âge, s'informait de leurs études. « Nous aimons les enfants, » disait-il souvent d'un ton d'amitié goguenarde. Quand le salon se vidait, il se plaignait de l'abandon où la jeunesse laisse les vieillards. Un jour même, la cour de sa femme se trouvant peu nombreuse, il lui amena un garçon de dix-sept ans ; mais il était bossu, et Hélène s'empressa de le congédier. Parfois, M. de Rieu se montrait plus cruel ; il pénétrait brusquement un matin chez Hélène, il la tenait haletante pendant une heure à lui parler du beau temps et de la pluie, tandis que quelque innocent étouffait sous les couvertures vivement tirées à l'entrée imprévue du mari. On lui prêtait à Véteuil un mot de mari trompé qui court toutes les petites villes ; surprenant sa femme en flagrant délit avec un échappé de collége, il se serait contenté de dire à l'amant, de sa voix froide et polie : « Ah ! monsieur, si jeune, et sans y être forcé ! il faut avoir bien du courage. » Mais M. de Rieu n'était pas homme à mettre le nez dans un flagrant délit ; il tenait à paraître aussi aveugle qu'il était sourd ; cela lui permettait de garder sa hauteur, son attitude terriblement calme. Ce qui rendait ses jouissances plus délicates, c'était la sottise de sa femme qui le supposait assez niais pour ne se douter de rien. Il faisait le bonhomme, l'égratignait au sang avec une exquise politesse, goûtait en gourmet l'amertume des paroles à double sens qu'il lui adressait et dont lui seul comprenait la fine cruauté. Il jouait à toute heure de cette femme, et se serait véritablement ennuyé si elle s'était repentie. Au fond, M. de Rieu voulait savoir jusqu'où le mépris peut aller.

Il y avait eu entre cette nature ironique et l'esprit détraqué de M. de Viargue, une sorte de sympathie qui expliquait l'ancienne amitié des vieillards. Tous deux étaient

7.

arrivés au même degré de dédain et de négation : le
savant, en croyant toucher le néant du doigt ; le sourd, en
s'imaginant découvrir sous le masque humain la gueule
d'une bête lubrique. Lorsque le comte vivait, M. de Rieu
était la seule personne qui pénétrât dans son laboratoire.
Ils y passaient des journées entières. Le suicide du chimiste ne parut pas surprendre son vieil ami. Il revint la
saison suivante à la Noiraude, sans plus d'émotion ; seulement, il se permit d'y conduire sa femme, accompagnée
de ses jeunes gens.

Il y avait quelques mois alors que Madeleine et Guillaume
étaient mariés. Hélène leur amena sa dernière conquête,
un garçon de Véteuil qu'elle avait pris en pension pour
charmer les loisirs de sa villégiature. Ce garçon se nommait Tiburce Rouillard ; il était un peu honteux de son
nom et très-fier de son prénom. Fils d'un ancien marchand
de bestiaux qui devait lui laisser une fortune assez ronde,
le sieur Tiburce avait une ambition démesurée ; il végétait
à Véteuil, et comptait aller faire son chemin à Paris. Plat,
rusé, capable de toutes les lâchetés utiles, il sentait sa
force. C'était un de ces coquins qui se disent : « Je sera
dix fois millionnaire , » et qui finissent toujours par
gagner leurs dix millions. Madame de Rieu, en le prenant
en sevrage, avait cru, comme d'habitude, avoir affaire à
un enfant. La vérité était que l'enfant se trouvait déjà
pourri de vices ; s'il jouait l'ignorance et la timidité, c'était
qu'il avait intérêt à se montrer ignorant et timide. Hélène
venait enfin de se donner un maître. Tiburce, qui avait
semblé se jeter étourdiment sur son passage, calculait son
étourderie depuis longtemps. Il se disait qu'une liaison avec
une pareille femme, habilement exploitée, le conduirait à
Paris, où elle lui ouvrirait toutes les portes ; il se rendrait
indispensable aux appétits débauchés de sa maîtresse ;
de gré ou de force, il en ferait l'instrument de sa fortune,
le jour où il la tiendrait sous sa main en esclave soumise.
Si ce calcul ne l'eût pas poussé, il aurait éclaté de rire au
nez d'Hélène dès leur premier rendez-vous. Cette vieille

femme, de goûts très-orduriers et parlant d'idéal, lui
paraissait grotesque ; il sortait de ses bras écœuré, mais
c'était un garçon de courage qui se serait vautré dans un
ruisseau pour y ramasser une pièce de vingt francs.

Madame de Rieu se montrait enchantée de son jeune
ami. Il la nourrissait encore de ses plus délicates flatteries,
il était d'une docilité rare. Jamais elle n'avait trouvé une
candeur plus épicée de vices naissants. Elle adorait le
drôle au point que son mari devait prendre mille précautions pour ne pas les surprendre à tout instant au cou l'un
de l'autre. Elle promenait Tiburce ainsi qu'un jeune
chien, l'appelant, le cajolant du regard et de la voix.
Lorsqu'elle l'introduisit à la Noiraude, il regarda cela
comme un premier service qu'elle lui rendait. Il avait
jadis été au collége en même temps que Guillaume, et il
s'était montré un de ses bourreaux les plus acharnés ;
moins âgé que lui de deux ou trois ans, il profitait de
ses épouvantes de paria pour goûter la joie méchante de
battre un enfant plus grand que lui. Aujourd'hui, il se
repentait de cette erreur de jeunesse ; il avait pris pour
précepte qu'on doit seulement assommer les pauvres,
ceux dont on ne saurait avoir besoin plus tard. Avant de
connaître Hélène, il s'était vainement ingénié à pénétrer
à la Noiraude. Guillaume lui rendait à peine ses saluts.
Quand sa maîtresse l'eut fait entrer dans les plis de sa
jupe, il se mit à plat ventre devant son ancienne victime;
il l'appela « de Viargue » tout court, en appuyant sur la
particule nobiliaire, comme jadis il appuyait sur le surnom
de Bâtard qu'il lui jetait si volontiers à la face. Son plan
était de se poser dans Véteuil, en vivant familièrement
avec les riches et les nobles de la contrée. Il ne lui eût
pas déplu d'ailleurs d'employer Guillaume et Madeleine à
sa fortune future. Il essaya même de courtiser la jeune
femme; il connaissait vaguement l'histoire de ses secrètes
amours, ce qui la lui faisait juger de vertu facile. S'il avait
pu la séduire, il aurait eu deux femmes au lieu d'une à
son service. Il rêvait déjà de jouer habilement de leur ri-

valité pour stimuler leur zèle et mettre son amour à l'en-
chère. Mais Madeleine reçut ses déclarations avec un
tel mépris qu'il dut abandonner son projet.

Le jeune ménage voyait avec répugnance Tiburce
Rouillard s'installer à la Noiraude. Il y avait encore, au
fond de cette nature rusée, une sottise provinciale, un
orgueil bête qui s'étalait et que Guillaume supportait difficilement. Quand le fat l'appelait son ami, avec une sorte
de contentement personnel, il lui prenait des envies de le
jeter à la porte. Il aurait certainement fini par là, s'il
n'avait redouté d'amener un scandale dont les éclats
auraient atteint M. de Rieu. Madeleine et lui supportaient
donc l'intrus le plus patiemment possible. Ils étaient
d'ailleurs perdus tous deux dans la paix de leur tendresse,
s'occupant fort peu des visiteurs qu'ils oubliaient dès que
la porte se refermait sur eux.

Une fois par semaine, le dimanche, ils étaient certains
de voir arriver le ménage à trois qui venait passer la soirée
à la Noiraude. Hélène, au bras de Tiburce, entrait la première ; M. de Rieu suivait, d'un air grave et désintéressé.
Toute la société descendait au parc, et il fallait voir alors,
sous le berceau de verdure où l'on s'asseyait, les mines
languissantes de la dame et les empressements respectueux du jeune homme. Le mari, placé en face d'eux, les
examinait, les yeux demi-clos. A certains sourires bas et
cruels qui plissaient les lèvres imberbes de Tiburce, il
avait deviné le caractère vil, les volontés mauvaises de ce
garçon. Sa science d'observateur lui disait que sa femme
était tombée entre les mains d'un maître qui la bat-
trait un jour. Le drame promettait d'être curieux, et il
jouissait à l'avance du heurt futur de ces deux pantins ; il
croyait voir des griffes aux doigts encore caressants de
l'amant ; il attendait l'heure où Hélène pousserait un cri
d'angoisse en sentant ces griffes entrer dans son cou. Elle
serait châtiée par le vice ; elle tremblerait et s'humilierait
aux pieds d'un enfant, elle qui avait tant mangé de jeune
chair. M. de Rieu, silencieux et railleur, rêvait à cette

vengeance que le hasard lui envoyait. Par moments, le
visage glacé et grimaçant la tendresse du fils de l'ancien
marchand de bestiaux, l'épouvantait presque lui-même. Il
le traitait avec une grande cordialité, et paraissait le soigner comme un dogue qu'il aurait dressé à mordre les
gens.

Madeleine, qui connaissait les amours de madame de
Rieu, la regardait toujours avec une sorte d'étonnement.
Comment cette femme pouvait-elle vivre paisible dans ses
débauches? Quand elle se posait cette question, elle
croyait véritablement avoir affaire à un monstre, à une
créature malade et exceptionnelle. C'est que Madeleine
était un de ces tempéraments sains et froids qui ne sauraient accepter que les situations nettes. Si elle avait un
instant mis les pieds dans la boue, c'était par hasard, et
longtemps elle avait souffert de sa chute. Son orgueil
n'aurait pu s'accommoder des secousses, des blessures de
l'adultère; il lui fallait un milieu d'estime et de paix, un
air où elle marchât le front haut. Tandis qu'elle contemplait Hélène, elle songeait aux peurs qui devaient l'agiter,
lorsqu'elle cachait un amant dans son lit. N'étant point
passionnée, elle ne s'expliquait pas les charmes cuisants
de la passion; elle n'en voyait que les souffrances : l'effroi
et la honte devant le mari, les baisers souvent cruels de
l'amant, la vie troublée à chaque heure par les tendresses
et les colères de ces deux hommes. Jamais sa nature
franche n'aurait accepté une pareille existence de lâcheté
et de mensonge; elle se serait révoltée à la première angoisse. Les caractères mous, les corps faibles plient seuls
sous les coups et finissent par se creuser dans l'anxiété
elle-même un trou voluptueux où ils s'endorment volontiers. En regardant la face grasse et luisante d'Hélène,
Madeleine pensait : « Si jamais je me livre à un autre
homme que Guillaume, je me tuerai. »

Pendant quatre saisons, les visiteurs vinrent à la Noiraude. Le père de Tiburce retenait brutalement son fils à
Véteuil, où il l'avait placé chez un avocat, et le jeune

homme se rongeait les poings de ne pouvoir suivre sa
maîtresse à Paris. Hélène fut si touchée de sa douleur,
qu'elle passa à deux reprises plusieurs mois d'hiver à la
campagne; d'ailleurs, chaque printemps, elle le reprenait
avec un empressement plus vif; elle s'acoquinait, elle ne
trouvait plus d'autre amant qui la contentât. Tiburce commençait à la détester singulièrement. Quand elle arriva, en
plein mois de décembre, il eut envie de faire la sourde
oreille; il se souciait bien de ses baisers écœurants; il
se désespérait parce qu'il ne pouvait l'utiliser. Quatre
saisons d'amour inutile avec cette femme qui aurait pu
être sa mère, l'avaient irrité au point qu'il se serait soulagé, un jour, en la quittant, après l'avoir injuriée et battue, si l'ancien marchand de bestiaux n'avait eu la bonne
pensée de mourir d'un coup de sang. Quinze jours plus
tard, le jeune Rouillard allait à Paris dans le même wagon
qu'Hélène, plus respectueux, plus tendre que jamais.
M. de Rieu couvait le couple de son regard demi-clos.

Quand les de Rieu étaient absents, surtout pendant les
longues soirées d'hiver, Guillaume et Madeleine se trouvaient seuls en face de Geneviève. Elle vivait avec eux
sur un pied d'égalité, s'asseyant à la même table, habitant
les mêmes pièces. Elle avait alors quatre-vingt-dix ans;
toujours droite, plus sèche et plus anguleuse, elle
gardait toute l'ardeur sombre de son esprit; son nez
aminci, ses lèvres rentrées, les rides qui lui couturaient
la face, donnaient à son visage les raideurs et les ombres
profondes d'un masque sinistre. Le soir, lorsque la besogne du jour était achevée, elle venait s'asseoir dans la
salle où se trouvaient les jeunes époux; elle apportait sa
Bible garnie de fer, l'ouvrait toute grande, et, sous les
clartés jaunes de la lampe, psalmodiait à voix basse les
versets. Elle lisait ainsi des heures entières, avec un murmure sourd et continu, coupé par le bruit sec des feuillets qu'elle tournait. Dans le silence, sa voix bourdon-
nante semblait réciter l'office des morts; elle se traînait
en lamentations sourdes, pareille à la plainte monotone

d'un flot. La vaste pièce était toute frissonnante de ce murmure qui paraissait sortir de bouches invisibles, cachées au fond des ténèbres du plafond.

Certains soirs, Madeleine éprouvait de secrètes épouvantes, en saisissant au passage quelques lambeaux des lectures de Geneviève. Celle-ci choisissait de préférence les pages les plus sombres de l'Ancien-Testament, des récits de sang et d'horreur qui l'exaltaient et donnaient à ses accents une sorte de fureur contenue. Elle parlait avec une implacable joie de la colère et de la jalousie du Dieu terrible, de ce Dieu des Prophètes, le seul qu'elle connût; elle le montrait écrasant la terre de ses volontés, châtiant de son bras cruel les êtres et les choses. Quand elle arrivait à des versets de meurtre et d'incendie, elle ralentissait la voix, pour mieux goûter les terreurs de l'enfer, les éclats de la justice impitoyable du ciel. Sa grande Bible lui montrait toujours Israël prosterné et frissonnant aux pieds de son juge, et elle sentait courir dans sa chair le frémissement sacré qui secouait les Juifs, elle s'oubliait à pousser des sanglots étouffés, croyant recevoir sur les épaules des gouttes ardentes de la pluie de Sodome. Parfois, elle résumait ses lectures dans une parole sinistre; elle condamnait ainsi que Jehova; son fanatisme sans miséricorde jetait voluptueusement les pêcheurs à l'abîme. Frapper les coupables, les tuer, les brûler, lui semblait une besogne sainte, car elle regardait Dieu comme un bourreau qui s'était donné la mission de fouailler le monde impie.

Cet esprit dur accablait Madeleine. Elle devenait toute pâle, elle qui avait une année de son existence à se faire pardonner. Le pardon était venu, elle se croyait absoute par l'amour et l'estime de Guillaume, et voilà qu'elle entendait au milieu de sa paix des paroles inexorables de châtiment. Dieu n'oubliait-il donc jamais les fautes? devait-elle rester écrasée jusqu'à la mort sous le péché de sa jeunesse? Aurait-elle à payer un jour sa dette de repentir? Ces pensées tombant dans sa vie calme, lui fai-

saient songer à l'avenir avec des inquiétudes sourdes ; elle
s'épouvantait alors de ses tranquillités présentes, de cette
eau dormante qui la berçait ; des abîmes se creusaient peut-
être sous la nappe claire et unie, un souffle suffirait pour
la jeter en plein ouragan, pour l'étouffer dans les flots
amers. Le ciel que Geneviève lui ouvrait, ce tribunal
sombre d'inquisiteurs, cette sorte de chambre de torture
où il y avait des cris d'agonie et des odeurs de chair
brûlée, lui apparaissait comme une vision sanglante. Jadis, au pensionnat, lors de sa première communion, on
lui avait enseigné que le paradis était une délicieuse bou-
tique de confiserie, pleine de gourmandises distribuées
aux élus par des anges blonds et roses ; elle avait souri
plus tard de sa foi de petite fille, et elle n'était plus jamais
entrée dans une église. Aujourd'hui, elle voyait la bou-
tique de confiserie se changer en cour d'assises ; elle ne
pouvait pas plus croire aux éternels bonbons qu'aux éternels fers rouges des chérubins ; mais les lamentables tableaux qu'évoquait l'esprit détraqué de la fanatique, s'ils
ne lui donnaient pas la peur de Dieu, la troublaient étrangement en lui faisant songer à sa vie d'autrefois. Elle
comprenait que le jour où Geneviève connaîtrait son péché, elle la condamnerait à un de ces supplices dont elle
parlait avec tant de volupté ; forte et orgueilleuse de sa
vie pure, elle se montrerait implacable. Parfois, Madeleine s'imaginait que la vieille femme la regardait d'une
façon rude ; alors elle baissait la tête, elle rougissait presque, elle tremblait comme une coupable qui n'a pas de
pardon à espérer. Tout en ne pouvant croire à Dieu, elle
croyait à des puissances, à des nécessités fatales. Geneviève se dressait, sèche et roide, impitoyable et cruelle,
pour lui crier : « Tu portes en toi l'angoisse de ton existence passée ; un jour cette angoisse te remontera à la
gorge et t'étranglera. » Il lui semblait que la fatalité habitait la Noiraude, et marchait autour d'elle, en récitant de
lugubres versets de pénitence.

Lorsqu'elle se trouvait seule avec Guillaume, dans

leur chambre à coucher, elle songeait à ses frissons secrets de la soirée, elle parlait malgré elle du vague effroi
que lui causait la protestante.

— Je suis un enfant, disait-elle à son mari avec un
sourire contraint, Geneviève m'a effrayée aujourd'hui...
Elle murmurait à côté de nous des choses horribles... Ne
pourrais-tu pas lui dire d'aller lire sa Bible autre part?

— Bah! répondait Guillaume en riant franchement, cela
l'irriterait peut-être. Elle croit faire notre salut en nous
mettant de moitié dans ses lectures. D'ailleurs, je la prie-
rai demain de lire à voix plus basse.

Madeleine, assise sur le bord du lit, le regard perdu,
paraissait revoir les visions évoquées par la fanatique. De
légers mouvements agitaient ses lèvres.

— Elle parlait de sang et de colère, reprenait-elle d'une
voix lente... Elle n'a pas la bonté indulgente de la vieillesse, elle serait inexorable... Comment peut-elle être si
rude en vivant avec nous, dans notre bonheur, dans notre
calme?... Vraiment, Guillaume, il y a des moments où
cette femme me fait peur.

Le jeune homme continuait à rire.

— Ma pauvre Madeleine, disait-il en prenant sa femme
entre ses bras, tu es nerveuse ce soir. Allons, couche-
toi, et ne fais pas de mauvais rêves... Geneviève est une
vieille folle, tu as grand tort de t'arrêter à ses litanies
funèbres. C'est une habitude à prendre : autrefois, je ne
pouvais lui voir ouvrir sa Bible sans être terrifié; aujourd'hui, il me manquerait quelque chose si elle ne me
berçait pas de son murmure monotone... Ne goûtes-tu
pas une grande douceur, le soir, à nous aimer dans ce silence frissonnant de plaintes ?

— Si, parfois, répondait la jeune femme, lorsque je ne
distingue pas les mots et que la voix se traîne comme un
souffle de vent... Mais quels récits d'horreur ! que de
crimes et que de châtiments !

— Geneviève, poursuivait Guillaume, est une nature
dévouée; elle nous évite bien des ennuis en dirigeant

tout au château; elle m'a vu naître, elle a vu naître mon
père... Sais-tu qu'elle doit avoir plus de quatre-vingt-dix
ans, et qu'elle est encore ferme et droite? elle travaillera
à cent ans passés... Il faut l'aimer, Madeleine; c'est une
vieille servante de la famille.

Madeleine ne l'écoutait pas. Elle était plongée dans une
rêverie inquiète. Puis, avec une anxiété soudaine :

— Crois-tu, demandait-elle, que le ciel ne pardonne
jamais?

Son mari, surpris et attristé, l'embrassait alors en lui
demandant d'une voix émue pourquoi elle doutait du
pardon. Elle ne répondait pas directement, elle murmurait :

— Geneviève dit qu'il faut au ciel son compte de sanglots... Il n'y a pas de pardon.

Cette scène se renouvela plusieurs fois. C'était d'ailleurs la seule secousse qui tirât par moments les jeunes
époux de leur sérénité. Ils passèrent ainsi les quatre premières années de leur mariage, dans une solitude à peine
troublée par les visites des de Rieu, dans un bonheur que
les lamentations de Geneviève ne pouvaient ébranler sérieu-
sement. Il leur fallait un coup plus rude pour les jeter de
nouveau à la douleur.

Ce fut au commencement de la cinquième année, vers
les premiers jours de novembre, que Tiburce accompagna
Hélène à Paris. Guillaume et Madeleine, certains de n'ê-
tré plus dérangés, s'apprêtèrent à passer leur hiver dans
la grande salle paisible où ils avaient vécu si tranquillement déjà quatre mauvaises saisons. Un instant, ils par-
lèrent d'aller habiter à Paris leur petite maison de la rue
de Boulogne; mais ils remirent ce voyage à l'année suivante, comme ils faisaient chaque année; ils ne voyaient
plus la nécessité de quitter Véteuil. Pendant deux mois,
jusqu'en janvier, ils menèrent leur existence close, égayée
par le babil de leur fille qui grandissait. Une paix souveraine les endormait, et ils comptaient bien ne s'éveiller
jamais,

VII

Vers le milieu de janvier, Guillaume dut se rendre à Nantes. Une affaire d'intérêt dont ils n'avaient pu confier le soin à personne, devait l'y retenir toute la soirée. Il partit en cabriolet, et dit à Madeleine qu'il rentrerait vers les onze heures. La jeune femme l'attendit en compagnie de Geneviève.

Après le dîner, quand la table fut desservie, la protestante étala sa grande Bible, comme d'habitude. Elle lut çà et là les pages qui lui tombèrent sous les yeux. Vers la fin de la soirée, le livre s'ouvrit à ce touchant poème de la pécheresse versant des parfums sur les pieds de Jésus, qui lui pardonne ses péchés et lui dit d'aller en paix. La fanatique choisissait rarement un passage du Nouveau-Testament ; ces récits de rédemption, ces paraboles d'une poésie tendre et exquise ne contentaient pas les ardeurs sombres de son esprit. Ce soir-là, soit qu'elle obéît au hasard qui avait ouvert la Bible à un passage de miséricorde, soit qu'elle fût émue par une pensée vague et inconsciente, elle psalmodia l'histoire de Marie-Madeleine d'une voix recueillie, presque douce.

Elle murmurait dans le silence de la salle : « Et une femme de la ville, qui avait été de mauvaise vie, ayant su qu'il était à table dans la maison du Pharisien, y apporta un vase d'albâtre, plein d'une huile odoriférante. Et se tenant derrière, aux pieds de Jésus, elle se mit à pleurer; elle lui arrosait les pieds de ses larmes, et les essuyait avec ses cheveux; elle lui baisait les pieds, et elle les oignait avec cette huile... »

Elle continua ainsi, élevant le ton, laissant tomber un à un les versets, lentement, comme des pleurs étouffés.

Madeleine, jusque-là, avait fait son possible pour ne pas l'entendre. Une soirée en tête-à-tête avec elle, l'effrayait. Elle lisait elle-même un livre, au coin de la cheminée, s'enfonçant dans sa lecture, attendant Guillaume avec impatience. Les quelques mots qu'elle saisissait malgré elle de la psalmodie de Geneviève, lui causait une sorte de malaise. Mais quand celle-ci commença l'histoire de la pécheresse repentante et pardonnée, elle leva la tête, elle écouta, prise d'une émotion poignante.

Les versets tombaient un à un, et Madeleine croyait que la grande Bible parlait d'elle, de sa honte, de ses pleurs, de ses parfums de tendresse. Ce poëme de douleur et d'adoration n'était-il pas le sien? Elle s'était agenouillée, et Guillaume lui avait pardonné. Une douceur ineffable la pénétrait peu à peu, à mesure que le récit se déroulait, comme coupé par des soupirs profonds, des soupirs de remords et d'espérance. Elle suivit phrase à phrase, attendant avec ferveur la dernière parole de Jésus. Enfin le ciel lui disait qu'il suffisait d'avoir beaucoup aimé, d'avoir beaucoup pleuré pour goûter la joie de la rédemption. Elle songea à sa vie passée, à sa liaison avec Jacques; le souvenir de cet homme qui la brûlait encore parfois, ne lui causa plus qu'un attendrissement de repentir. Toutes les cendres de cet amour étaient froides, et un souffle de miséricorde venait de les emporter. Comme la Madeleine, dont elle portait le nom, elle pouvait vivre au désert, se purifiant dans son amour. C'était une suprême absolution qu'elle recevait. Si parfois, lorsque Geneviève lisait, il lui avait semblé entendre des bouches invisibles, cachées dans l'ombre de la vaste salle, la menacer d'un châtiment terrible, elle croyait, en ce moment, saisir des voix caressantes qui lui donnaient des assurances d'oubli et de félicité.

Quand la protestante arriva à ce verset : « Puis, Jésus dit à la femme : Tes péchés te sont pardonnés, » Madeleine eut un sourire de céleste joie. Elle sentait des larmes de remerciement lui monter aux yeux. Elle ne put s'empêcher de témoigner tout le bonheur qu'elle venait d'éprouver.

— C'est une belle histoire, dit-elle à Geneviève, je suis heureuse de l'avoir entendue... Vous me la lirez quelquefois.

La fanatique avait levé la tête; elle regardait la jeune femme de son regard dur, sans répondre. Elle paraissait surprise et mécontente de son goût pour les poèmes tendres du Nouveau-Testament.

— Que je préfère ce récit, continua Madeleine, aux pages cruelles que vous lisez le plus souvent ! Allez, le pardon est doux à accorder, doux à recevoir. La pécheresse et Jésus vous le disent.

Geneviève s'était levée. Elle se révolta aux accents émus de la jeune femme; ses yeux prirent un éclat sombre; puis, fermant la Bible bruyamment, elle cria de sa voix fatale :

— Dieu le Père n'aurait pas pardonné.

Cette parole terrible, pleine d'un fanatisme farouche, ce blasphème qui niait toute bonté, glaça Madeleine. Il lui sembla qu'un manteau de plomb lui retombait sur les épaules. Geneviève la repoussait brutalement dans l'abîme dont elle venait de sortir; le ciel n'avait pas de pardon, elle était une sotte d'avoir rêvé la douceur de Jésus. Elle fut prise, à ce moment, d'un véritable désespoir. « Qu'ai-je à redouter ? pensait-elle, cette femme est folle. » Et, malgré elle, le pressentiment d'un coup qui l'aurait menacée, la faisait regarder autour d'elle d'un air inquiet. La vaste salle dormait dans la lueur jaune de la lampe, le feu luisait sur les briques de la cheminée. Tout ce qui

entourait la jeune femme, ce grand silence d'une nuit
d'hiver, cette lumière voilée qui traînait autour d'elle, lui
paraissait cacher un malheur insondable.

Geneviève était allée à la fenêtre.

— Voici Guillaume, dit-elle en revenant au milieu de
la pièce.

Une clarté rouge avait couru sur les vitres, le bruit
d'une voiture s'arrêtant devant le perron, s'était fait entendre. Madeleine, qui attendait son mari avec impatience
quelques minutes auparavant, resta assise au lieu de courir à sa rencontre, regardant la porte avec une étrange
anxiété. Son cœur battait douloureusement sans qu'elle
pût dire pourquoi.

Guillaume entra vivement. Il avait l'air fou, mais d'une
folie de joie. Il jeta son chapeau au loin, sur un meuble,
et s'essuya le front, bien qu'il fît grand froid au dehors.
Il allait, il venait; enfin, il s'arrêta devant Madeleine;
dès qu'il eut retrouvé la voix :

— Devine qui j'ai retrouvé à Mantes? lui demanda-t-il
avec une terrible envie de lui dire tout de suite son secret.

La jeune femme, toujours assise, ne répondit pas. Le
bonheur bruyant de son mari la surprenait, l'effrayait
presque.

— Voyons, répéta-t-il, devine... cherche... Je te le
donne en mille.

— Mais je ne sais, dit-elle enfin, nous n'avons pas d'ami
dont la rencontre puisse te rendre si joyeux.

— C'est ce qui te trompe, j'ai rencontré un ami, le
seul, le meilleur...

— Un ami, reprit-elle, vaguement épouvantée.

Guillaume ne put garder sa bonne nouvelle plus longtemps. Il prit les mains de sa femme, et, brusquement :

— J'ai retrouvé Jacques, s'écria-t-il avec une explosion
de triomphe.

Madeleine ne poussa pas un cri, ne fit pas un geste.
Elle devint affreusement pâle.

— Ce n'est pas vrai, murmura-t-elle ; Jacques est mort.

— Eh ! non, il n'est pas mort. C'est toute une histoire ; je te la conterai... Quand je l'ai aperçu à la station de Mantes, j'ai eu peur de lui. Je le prenais pour un revenant.

Et il se mit à rire, d'un rire d'enfant heureux. Il avait laissé aller les mains de Madeleine qui étaient retombées inertes sur les genoux de la jeune femme. Elle restait écrasée sous le coup, sans voix, morte. Elle aurait voulu se lever pour fuir, qu'elle n'aurait pu remuer un membre. Dans l'hébêtement de son être, elle n'entendait que les paroles atroces de Geneviève : « Dieu le Père n'aurait pas pardonné. » Dieu le Père, en effet, ne pardonnait pas. Elle avait bien senti que le malheur rôdait autour d'elle, près de l'étreindre à la gorge. Stupide, elle regardait les murs, comme si elle n'eût point connu la vaste salle ; la paix de cette pièce lui semblait terrible, maintenant que l'épouvante battait dans son cerveau avec un bruit assourdissant. Elle finit par fixer ses regards sur la protestante ; elle se disait : « C'est cette femme qui est la fatalité, c'est elle qui est allée ressusciter Jacques pour le mettre entre mon mari et moi. »

Guillaume, que la joie aveuglait, s'était approché de Geneviève.

— Il faudra préparer la chambre bleue, lui dit-il.

— Jacques vient demain ? demanda la vieille femme qui traitait toujours le chirurgien en petit garçon.

A cette question, qui retentit dans son accablement, Madeleine se leva enfin. Appuyée sur le dossier de son siège, chancelante :

— Pourquoi viendrait-il demain ? dit-elle rapidement d'une voix fiévreuse. Il ne viendra pas... Il a vu Guillaume à Mantes, c'est tout ce qu'il voulait... Il est allé à Paris, n'est-ce pas ?... Il doit avoir des affaires, des gens à visiter...

Elle balbutiait, elle ne savait plus ce qu'elle disait. Guillaume partit d'un joyeux éclat de rire.

— Mais Jacques est là, dit-il, il sera ici dans une seconde... Tu penses bien que je ne l'ai pas lâché... Il aide
à dételer le cheval qui s'est blessé... Les chemins sont
atroces, et la nuit est d'un noir !

Puis il alla ouvrir la fenêtre et cria :

— Eh ! Jacques, dépêche-toi ?

Une voix forte, qui venait des ténèbres de la cour,
répondit :

— Oui, oui,

Cette voix frappa Madeleine en pleine poitrine, comme
une masse de fer. Elle se laissa glisser de nouveau sur
son siége en poussant un soupir étouffé, un râle d'agonie.
Oh ! qu'elle aurait voulu mourir ! Qu'allait-elle dire quand
Jacques entrerait, quelle serait son attitude entre ces
deux frères, son mari d'aujourd'hui et son amant d'autrefois ? Elle devenait folle à l'idée de la scène qui allait
se passer. Elle pleurerait de rage et de douleur, elle se
cacherait le visage entre les mains, tandis que Jacques et
Guillaume s'écarteraient avec dégoût ; elle se traînerait à
leurs pieds, follement, n'osant plus se réfugier dans les
bras de son mari, désespérée d'avoir jeté sa honte comme
un abîme entre ces amis d'enfance. Et elle se répétait ces
paroles : « Jacques est là, il sera ici dans une seconde. »
Chaque seconde qui s'écoulait était pour elle un siècle
d'angoisse. Les yeux fixés sur la porte, elle baissait les paupières au moindre bruit, pour ne pas voir. Cette situation,
cette attente qui dura au plus une minute, renferma
toutes les souffrances d'une vie.

Guillaume continuait à marcher joyeusement de long
en large. Il finit cependant par s'apercevoir de la pâleur
de Madeleine.

— Qu'as-tu donc? lui demanda-t-il en s'approchant.

— Je ne sais, balbutia-t-elle, j'ai été souffrante toute
la soirée.

Puis faisant un effort, elle se souleva, elle appela tout
ce qui lui restait d'énergie pour fuir, pour retarder la
terrible explication.

— Je vais me retirer, dit-elle d'une voix un peu plus ferme. Ton ami nous retiendrait longtemps à causer, et j'ai vraiment besoin de sommeil. Ma tête éclate... Tu me le présenteras demain.

Guillaume, qui se faisait une fête de mettre face à face les deux seules affections de sa vie, fut contrarié du malaise subit de sa femme. Depuis Mantes, il avait fouetté rudement son cheval ; la pauvre bête s'était même luxé une jambe en glissant dans une ornière. Il éprouvait une envie d'enfant d'être à la Noiraude ; il aurait voulu pousser déjà la porte de la salle à manger, s'imaginant, avec des attendrissements de joie, la scène émue qui s'y passerait. Un instant, il eut la fantaisie puérile de jouer une petite comédie ; il présenterait Jacques comme un étranger, et jouirait de l'étonnement de Madeleine, quand elle apprendrait le nom de l'inconnu. C'est qu'il était en réalité fou de contentement; son cœur allait être plein désormais, plein d'un amour et d'une amitié qui feraient de son existence un long bonheur. Il se voyait unissant les mains de Madeleine et de Jacques, disant à l'une et disant à l'autre : « Voici ton frère, voici ta sœur ; aimez-vous, aimons-nous tous les trois jusqu'au dernier souffle. » Ses tendresses nerveuses se plaisaient dans ce rêve.

Il insista pour retenir sa femme. Il lui était dur de remettre au lendemain les jouissances de cœur qu'il se promettait depuis Mantes. Mais Madeleine paraissait si souffrante, qu'il la laissa se retirer. Elle allait sortir par la porte qui donnait sur le vestibule, lorsqu'elle crut entendre un bruit de pas. Elle se rejeta en arrière, d'un mouvment brusque et effaré, comme si elle eût voulu échapper à une agression subite; puis elle se hâta de disparaître par une porte qui conduisait au salon. Elle avait à peine refermé cette porte, que Jacques entra.

— Ton cheval est fort mal arrangé, dit-il à Guillaume. Je suis un peu vétérinaire, je crois la bête perdue.

Il disait cela simplement pour parler, regardant, cher-

8

chant dans la pièce, d'un air curieux. Lui qui comprenait
un peu l'amour en garnement, il était très-intrigué de
savoir quelle femme avait pu épouser son ami, ce cœur
délicat et faible dont les enthousiasmes amoureux le faisaient bien rire autrefois. Guillaume comprit l'interrogation muette de son regard.

— Ma femme est souffrante, dit-il, tu la verras demain.

Puis, se tournant vers Geneviève qui n'avait pas encore
quitté la salle :

— Vite, reprit-il, fais préparer la chambre bleue. Jacques doit-être brisé de fatigue.

La protestante s'était aperçue de l'émotion poignante
de Madeleine. Une curiosité âpre l'avait seule retenue
dans la pièce. Depuis longtemps, son esprit d'inquisiteur
flairait le péché chez la jeune femme. Cette belle et forte
créature, aux cheveux roux, aux lèvres rouges, exhalait pour elle une odeur charnelle, infernale. Malgré
les répugnances de sa religion pour les images, la fanatique possédait dans sa chambre une gravure de la tenta-
tion de saint Antoine dont le tohu-bohu démoniaque plaisait à sa nature visionnaire. Ces diablotins qui tourmen-
taient le pauvre saint avec d'atroces grimaces, cette bouche
de l'enfer qui s'ouvrait pour engloutir la vertu à la moindre défaillance, étaient un symbole fidèle de ses croyances religieuses. Dans un coin, des femmes étalaient lasci-
vement leur gorge nue devant le vertueux ermite, et le
hasard avait voulu qu'une de ces femmes eut une lointaine ressemblance avec Madeleine. Cette ressemblance
frappait singulièrement l'imagination ardente de Geneviève ; elle s'épouvantait en retrouvant dans la jeune
épouse de Guillaume, le sourire gras, la chevelure insolente de la courtisane, du monstre vomi par l'abîme.
Souvent même elle l'appelait, dans sa pensée, avec une
exaltation d'exorciste, de l'épithète latine : *Lubrica*, qui
se trouvait écrite sur la marge de la gravure, au-dessous
de la diablesse. Tout le bas de cette image, grossièrement
imprimée, était ainsi couvert de noms figurés personni-

fiant un vice dans chaque démon. Lorsque, à la nouvelle de la résurrection de Jacques, le visage de Madeleine eut de brusques contractions, Geneviève fut convaincue que c'était le diable dont elle se trouvait possédée, qui la forçait à faire malgré elle ces grimaces de douleur. Elle crut apercevoir enfin la bête immonde cachée sous cette peau nacrée, dans cette chair de perdition, et n'aurait pas été trop étonnée de voir le corps superbe et voluptueux de la jeune femme se changer en un monstrueux crapaud. Si elle ne comprit pas le drame qui secouait la malheureuse, elle eut conscience que le péché l'étouffait. Aussi se promit-elle de la surveiller pour la mettre hors d'état de nuire, dans le cas où elle tenterait de faire rentrer, à la Noiraude, Satan qui en était sorti avec l'âme de M. de Viargue, par la cheminée du laboratoire.

Elle se décidait à monter pour préparer la chambre bleue, lorsque Jacques prit gaiement ses mains sèches. Il s'excusa de ne pas l'avoir aperçue en entrant, et renouvela connaissance avec elle. Il lui fit compliment sur sa bonne mine, lui dit qu'elle rajeunissait, finit même par amener un sourire à ses lèvres pâles. Il avait l'entrain un peu lourd d'un garçon bien portant qui a vécu libre et joyeux, sans secousse de cœur. Quand Geneviève se fut retirée, les deux amis s'assirent devant le foyer à demi-éteint. Un brasier rose luisait sur les cendres. La grande salle reprenait sa paix endormie.

—Tu dors debout, dit Guillaume en souriant ; mais je ne te garderai pas longtemps. Ta chambre sera vite prête... Ah ! mon pauvre Jacques qu'il est bon de se retrouver ! Causons, veux-tu ? Causons comme autrefois devant cette cheminée où nous réchauffions nos mains glacées, au retour de nos fameuses pêches. En avons-nous pris de ces écrevisses !

Jacques souriait, lui aussi. Ils causèrent des jours écoulés, du présent, de l'avenir ; leurs souvenirs et leurs espérances allaient au hasard de la conversation.

Déjà, pendant le trajet de Mantes à Véteuil, Guillaume

avait accablé son ami de questions, sur la façon dont il s'était sauvé des flots, sur son long silence, sur ce qu'il comptait faire désormais. Il connaissait l'histoire de Jacques, et se la faisait répéter, avec de nouvelles expansions et de nouveaux étonnements.

Le journal que Guillaume avait lu, se trompait. Deux hommes sortirent vivants des débris du *Prophète*, le chirurgien et un matelot, qui eurent la bonne fortune de s'accrocher à une chaloupe qu'emportaient les vagues. Ils seraient morts de faim, si le vent ne les avait poussés à la côte. Là, ils furent jetés avec une telle violence sur des galets, que le matelot s'y écrasa net et que Jacques y resta évanoui, les côtes à demi rompues. Transporté dans une maison voisine, ce dernier demeura mourant près d'une année; le médecin ignare qui le soignait, faillit le tuer plus de dix fois. Quand il fut guéri, au lieu de retourner en France, il continua son voyage et alla tranquillement en Cochinchine, où il reprit son service. Il écrivit une seule fois à son oncle; l'enveloppe contenait une seconde lettre, adressée à Guillaume, que l'avocat de Véteuil devait porter à la Noiraude. Mais le digne homme était mort en laissant à son neveu une dizaine de mille francs de rente; la correspondance de Jacques fut égarée, et jamais il n'eut le courage de reprendre la plume; il avait pour l'encre et le papier l'horreur des gens d'action. Il n'oublia pas précisément son ami, il remit de jour en jour les quelques mots qu'il voulait lui adresser, puis finit par se dire, avec sa belle insouciance de bon vivant, qu'il serait toujours temps de lui donner des nouvelles quand il rentrerait en France. L'annonce de son héritage le laissa assez froid; il était alors l'amant d'une femme indigène dont l'étrange beauté le charmait. Plus tard, cette femme le lassa. Dégoûté du service, il résolut alors de revenir manger ses rentes à Paris. Il était débarqué la veille à Brest. D'ailleurs, il comptait rester un seul jour à Véteuil; il se rendait en toute hâte à Toulon où se mourait un de ses camarades de campagne, qu'un autre vaisseau venait de ramener dans ce port; ce garçon l'ayant sauvé d'un mauvais pas, il se faisait un devoir d'aller veiller à son chevet.

Ces détails surprirent beaucoup Guillaume, qui croyait écouter une histoire des *Mille et une Nuits*. Il ne se serait jamais imaginé que tant de faits pussent se passer en si peu de temps, lui dont la vie s'était endormie dans une seule pensée de calme et d'affection. Sa nature douce et oisive s'effrayait même un peu de cette multiplicité d'événements.

La causerie des deux amis continuait, joyeuse et cordiale.

— Comment! s'écria Guillaume, pour la vingtième fois peut-être, tu ne me restes qu'un jour, tu arrives et tu pars de nouveau?... Voyons, donne-moi une semaine.

— C'est impossible, répondit Jacques; je me ferais un crime de laisser mon pauvre camarade seul à Toulon.

— Mais tu reviendras?

— Certes, dans un mois, dans quinze jours, peut-être.

— Et pour ne plus repartir?

— Pour ne plus repartir, mon cher Guillaume. Je serai à toi, tout à toi. Si tu le désires, je passerai ici la prochaine belle saison... En attendant, je reprendrai le chemin de fer demain soir. Tu as une journée, fais de moi ce qu'il te plaira.

Guillaume n'entendait pas; il regardait son ami avec attendrissement, et paraissait caresser une rêverie heureuse.

— Ecoute, Jacques, dit-il enfin, je fais un songe que tu peux réaliser: viens vivre avec nous. Cette maison est si vaste, que parfois nous y frissonnons de froid; la moitié des chambres sont inhabitées, et ces pièces vides, qui m'épouvantaient jadis, me causent encore un vague malaise. Quand tu seras là, je sens que la Noiraude se trouvera toute peuplée. Tu prendras un étage entier si tu veux; tu y vivras à ta guise, en garçon. Ce que je te demande, c'est ta présence, ce sont tes bons rires et tes franches poignées de main; ce que je t'offre, c'est notre tranquille félicité, notre paix de toutes les heures. Si tu savais comme il fait tiéde et bon dans les coins où se cachent deux amants! N'es-tu pas tenté de te reposer au fond de notre trou perdu? Habite cette demeure, je t'en prie; consens à y passer des années, loin du bruit, loin du monde; apprends à goûter notre sommeil, et tu verras que tu ne voudras jamais plus te réveiller. Tu nous apporteras ta gaieté, nous te donnerons de notre rêverie. Je resterai ton frère, et ma femme deviendra ta sœur.

Jacques écoutait en souriant les paroles émues de Guillaume. Toute son attitude raillait doucement.

— Mais, regarde-moi donc! s'écria-t-il pour toute réponse.

Il prit la lampe et s'éclaira la face. Son visage s'était comme épaissi et durci; les vents de la mer, le grand soleil l'avaient couvert d'un hâle couleur de brique; les traits s'en trouvaient empâtés par l'existence rude que le chirurgien avait menée. Il paraissait avoir grandi, être devenu plus gros; ses épaules carrées, sa poitrine large, ses membres solides en faisaient une sorte de lutteur, aux poings énormes, à la tête bestiale. Il revenait légèrement brute; les quelques délicatesses de son enfance s'étaient émoussées dans son métier de coupeur de membres; il avait tant mangé, tant ri, si bien vécu de la vie animale, pendant ses années de service, qu'il n'éprouvait plus de besoins de cœur, et qu'il lui suffisait de contenter sa chair. Au fond, il restait bon enfant, mais il était incapable de comprendre l'amitié à la façon passionnée, absolue de Guillaume. Il rêvait une vie de plaisirs positifs, une vie exempte de tout lien, passée ici et là, au fond des alcôves les plus tièdes, autour des meilleures tables. Son ami qui ne l'avait pas encore examiné attentivement, fut surpris de le retrouver si mûr, si enfoncé dans sa graisse; il n'était plus qu'un enfant débile à côté de lui.

— Eh bien! je te regarde, répondit-il d'un air inquiet, prévoyant où il voulait en venir.

— Et tu ne me renouvelles plus ton offre, n'est-ce pas?

mon cher Guillaume, reprit Jacques avec un gros rire. Je mourrais dans ton air calme, j'aurais certainement un coup de sang avant la fin de la première année.

— Non, non, le bonheur fait vivre.

— Mais ton bonheur ne sera jamais le mien, enfant que tu es! Cette demeure serait une tombe pour moi, ton amitié ne me sauverait pas de l'ennui écrasant de ces grandes pièces vides dont tu me parles... Je suis franc, je sais que nous ne pouvons nous fâcher.

Et comme il voyait Guillaume tout désolé de son refus :

— Je ne dis pas, continua-t-il, que je n'accepterai jamais ton hospitalité. Je viendrai vous voir, passer un mois avec vous de temps à autre. Je t'ai déjà demandé à m'installer chez toi l'été prochain. Mais, dès les premiers froids, j'irai me chauffer à Paris... M'enterrer ici sous la neige, ah! mais non, mon brave!

Sa voix forte, sa gaieté sanguine blessaient le pauvre Guillaume qui ne pouvait se consoler de voir son cher rêve évanoui.

— Et que comptes-tu faire à Paris? demanda-t-il,

— Je ne sais pas, répondit Jacques. Rien sans doute. Il y a assez longtemps que je travaille. Puisque mon oncle a eu l'excellente idée de me laisser des rentes, je vais vivre joyeusement au soleil. Oh! je ne serai pas embarrassé de mon temps. Je mangerai bien, je boirai sec, j'aurai pour me désennuyer plus de belles filles que je n'en voudrais... Et voilà, mon cher garçon!

Il eut un nouvel éclat de rire. Guillaume hochait la tête.

— Tu ne seras pas heureux, dit-il. A ta place, je me marierais, je viendrais ici, dans cette retraite paisible où le bonheur est sûr. Entends ce grand silence qui nous environne, regarde la lueur paisible de cette lampe : c'est là ma vie. Dis-toi quelle existence douce tu mènerais dans ce calme parfait, si tu avais au cœur une tendresse, et que tu eusses devant toi, pour contenter cette tendresse, des jours, des mois, des années semblables, également tranquilles... Marie-toi et viens.

Cette idée de mariage et de retraite dans une chartreuse d'amour, finit par paraître singulièrement comique à l'ancien chirurgien.

— Ah! quel tempérament d'amoureux! s'écria-t-il. Il ne veut pas croire qu'il n'y a que lui sur la terre bâti de cette façon... Mais, mon pauvre ami, on n'en fait plus des maris comme toi. Si je me mariais, je battrais peut-être ma femme au bout de huit jours, bien que je ne sois pas méchant. Comprends donc que nous n'avons pas le même sang dans les veines. Tu as pour la femme un respect ridicule; moi, je la considère comme un régal exquis, mais dont il ne faut pas se donner chez soi des indigestions. Si je me mariais et si je me retirais ici, je plaindrais sincèrement la triste créature que j'y enfermerais en ma compagnie.

Guillaume haussa les épaules.

— Tu te fais plus noir que tu n'es, dit-il. Tu adorerais ta femme, tu la regarderais comme une idole le jour où elle te donnerait un enfant. Ne te moque pas de mon respect ridicule; ce sera tant pis pour toi si tu ne l'as jamais. On ne doit aimer qu'une femme en sa vie, celle qui vous aime, et vivre tous deux de ce mutuel amour.

— Voilà une phrase que je reconnais, répondit Jacques avec quelque ironie; tu me l'as dite déjà sous les saules du ruisseau. Allons, tu n'a pas changé, je retrouve mon enthousiaste d'autrefois... Que veux-tu, je n'ai pas changé davantage, je comprends l'amour autrement. Une liaison éternelle me ferait peur, j'ai toujours évité de m'acoquiner à une jupe, et je m'arrange de façon à désirer toutes les femmes pour n'en aimer aucune. Le plaisir à sa douceur, mon cher trappiste...

Il s'arrêta un instant, puis il demanda tout à coup, de sa voix brutale et joyeuse :

— Es-tu heureux, toi, avec ta femme?

Guillaume qui s'apprêtait à plaider en faveur de ses sentiments d'éternelle tendresse, fut calmé par cette

question personnelle qui éveillait en lui la sensation délicieuse de ses quatre dernières années de bonheur.

— Oh! oui, heureux, bien heureux, répondit-il d'une
voix attendrie. Tu ne peux t'imaginer une telle félicité,
toi qui refuses de la goûter. C'est un bercement sans fin :
il me semble que je suis redevenu enfant et que j'ai trouvé
une mère. Depuis quatre ans, nous vivons dans une pure
joie. J'aurais voulu que tu fusses là pour apprendre à
aimer. Ce silence, cette ombre qui t'effrayent, nous ont
endormis dans un rêve divin. Et jamais nous ne nous ré-
veillerons, mon ami ; j'ai la certitude et l'avant-goût d'une
éternité de paix.

Jacques, tandis qu'il parlait, le regardait avec curiosité.
Il avait un vif désir de l'interroger sur sa femme, sur la
bonne âme qui consentait à se noyer dans un pareil fleuve
de lait.

— Ta femme est jolie ? demanda-t-il crûment.

— Je ne sais pas, répondit Guillaume, je l'aime beaucoup... Tu la verras demain.

— Est-ce à Véteuil que tu l'as connue?

— Non. Je l'ai rencontrée à Paris. Nous nous sommes
aimés, et je l'ai épousée.

Il sembla à Jacques qu'une légère rougeur montait aux
joues de son ami. Il eut vaguement conscience de la vérité. Il n'était pas homme à s'arrêter dans son interroga-
toire.

— Est-ce qu'elle a été ta maîtresse avant d'être ta
femme? demanda-t-il encore.

— Oui, pendant un an, répondit simplement Guillaume.

Jacques se leva, fit quelques pas en silence. Puis il revint
se planter devant son ami, et, d'une voix grave :

— Autrefois, dit-il, tu m'écoutais quand je te grondais.
Laisse-moi reprendre pour un instant mon ancien rôle de
protecteur... Tu as fait une sottise, mon brave : on
n'épouse jamais sa maîtresse. Tu ignores la vie; un jour
tu comprendras ta faute, tu te souviendras de mes paroles. Ces sortes de mariages sont exquis, mais ils

tournent toujours mal : on s'adore pendant quelques années et l'on se déteste le restant de ses jours.

A son tour, Guillaume s'était levé vivement.

— Tais-toi ! s'écria-t-il avec une soudaine fermeté. Je t'aime bien comme tu es, mais je ne veux pas que tu nous juges à l'exemple des autres ménages. Quand tu auras vu ma femme, tu te repentiras de tes paroles.

— Je m'en repens déjà, si tu le désires, dit l'ancien chirurgien en gardant son air grave. Mettons que l'expérience m'ait rendu sceptique et que je ne comprenne rien à tes raffinements de tendresse. J'ai parlé comme je pense. Il est un peu tard pour te donner des conseils; mais, à l'occasion, tu pourras tirer quelque profit de mon avertissement.

Il y eut un silence pénible. A ce moment, un domestique vint annoncer que la chambre bleue était prête. Guillaume retrouva son bon sourire; il tendit la main à son ami, dans un geste cordial et caressant.

— Monte te coucher, reprit-il. Demain il fera jour, tu verras ma femme et ma petite Lucie... Va, je te convertirai; je te ferai épouser quelque brave fille, et tu finiras par venir t'enterrer dans cette vieille maison. Le bonheur est patient, il t'y attendra.

Les deux jeunes gens marchaient en causant. Quand ils furent dans le vestibule, au pied de l'escalier, Jacques prit à son tour la main de son vieux camarade.

— Ne m'en veux pas de mes paroles, dit-il en montrant une grande effusion; je ne désire que ton bonheur.... Tu es heureux, n'est-ce pas?

Il montait déjà les marches du premier étage.

— Eh! oui, répondit Guillaume avec un dernier sourire, tout le monde est heureux ici... A demain.

Comme il rentrait dans la salle à manger, il aperçut Madeleine droite au milieu de la pièce. La jeune femme avait entendu toute la conversation des deux amis. Elle était restée derrière la porte du salon, clouée là par la voix de Jacques. Cette voix, dont elle retrouvait les

moindres inflexions, la secouait étrangement. Elle suivait
les phrases, se rappelant les gestes et les mouvements de
tête dont le causeur devait les accompagner. La porte qui
la séparait de son ancien amant, n'existait pas pour elle ;
elle s'imaginait l'avoir devant les yeux, vivant, agissant,
comme au temps où il la prenait sur sa poitrine dans la
chambre de la rue Soufflot. La présence, le voisinage de
cet homme lui causait une volupté amère ; sa gorge se
serrait d'angoisse à ses gros rires, sa chair brûlait des
fièvres qu'il lui avait fait connaître le premier. Elle était,
avec une secrète horreur, attirée vers lui ; elle aurait voulu
fuir, elle ne pouvait, elle goûtait une jouissance involontaire à le voir ressusciter. Plusieurs fois elle se baissa,
d'un mouvement instinctif, cherchant à l'apercevoir par
le trou de la serrure, pour le mieux reconnaître. Les
quelques minutes qu'elle demeura ainsi, défaillante,
appuyant les mains contre la porte, lui parurent une
éternité de tourments. « Si je tombe, pensait-elle, ils
viendront, et je mourrai de honte. » Certaines phrases
de Jacques la frappèrent au cœur ; quand il déclara
qu'on ne devait jamais épouser sa maîtresse, elle se
mit à sangloter, étouffant ses larmes, craignant d'être
entendue. Cette causerie, ces projets de bonheur qu'elle
allait fouler aux pieds, ces confidences qui la blessaient
au plus profond de son être, furent pour elle un supplice
indicible. Elle saisissait à peine la voix douce de Guillaume ; elle n'avait dans les oreilles que cette voix gron-
dante de Jacques qui éclatait terriblement au milieu de
son ciel calme. Elle se sentait foudroyée.

Quand les deux amis allèrent jusqu'au pied de l'escalier, elle fit un suprême effort, en se disant qu'il fallait en
finir. Après ce qu'elle venait d'entendre, il lui était impossible d'accepter jusqu'au lendemain une pareille situation. Sa nature droite se révoltait. Elle revint dans la salle
à manger. Ses cheveux roux s'étaient dénoués ; son
visage, horriblement pâle, avait de brusques contractions,
ses yeux dilatés semblaient des yeux ternes et fixes de

femme folle. Guillaume, surpris de la retrouver là, fut
effrayé de son désordre. Il courut à elle.

— Qu'as-tu, Madeleine? lui demanda-t-il; tu ne t'es
pas couchée?

Elle répondit d'une voix sourde, en montrant la porte
du salon :

— Non, j'étais là.

Elle fit un pas vers son mari, lui posa les mains sur les
épaules, et, le regardant de ses yeux froids :

— Jacques est ton ami? demanda-t-elle d'un ton bref.

— Oui, répondit Guillaume étonné, tu le sais bien, je
t'ai dit quel lien puissant nous attachait l'un à l'autre....
Jacques est mon frère, et je désire que tu l'aimes comme
une sœur.

A ce mot de sœur, elle eut un étrange sourire. Elle
ferma les yeux un instant; puis levant les paupières, plus
pâle et plus résolue :

— Tu rêves de lui faire partager notre vie, reprit-elle;
tu voudrais qu'il vînt habiter avec nous pour l'avoir toujours à ton côté?

— Certes, dit le jeune homme, c'est là mon plus cher
désir... Je serais si heureux avec toi et lui, je m'appuierais
sur vous, je vivrais entre les seuls êtres qui m'aiment au
monde... Dans notre jeunesse, nous avions juré, Jacques
et moi, d'avoir tout en commun.

— Ah! vous aviez fait ce serment, murmura Madeleine,
frappée au cœur par la phrase innocente de son mari.

Jamais l'idée de partage entre Jacques et Guillaume ne
l'avait tant écœurée. Elle dut garder le silence; sa gorge
se séchait, elle n'aurait plus trouvé que des cris pour
confesser la vérité. A ce moment, Geneviève entra dans la
pièce, sans que les époux fissent attention à elle; elle vit
leur trouble, elle se tint droite au fond de l'ombre; ses yeux
ardents luisaient, ses lèvres remuaient silencieusement,
comme si elle eût prononcé à voix basse des paroles de
conjuration.

Pendant toute la confession de Madeleine, elle resta

là, immobile, implacable, pareille à la figure roide et muette du Destin.

— Pourquoi me fais-tu ces questions? demanda enfin Guillaume, vaguement épouvanté par l'attitude de sa femme.

Cette dernière ne répondit pas sur-le-champ. Elle continuait à peser de ses mains sur les épaules de son mari, à le regarder de près, dans les yeux, avec une fixité cruelle. Elle espérait qu'il lirait la vérité sur son visage et qu'elle n'aurait pas ainsi à avouer sa honte tout haut. Un aveu immédiat lui coûtait horriblement. Elle ne savait quels mots employer. Il fallait cependant qu'elle se décidât.

— J'ai connu Jacques à Paris, dit-elle lentement.

— N'est-ce que cela? s'écria Guillaume, qui ne comprit pas. Tu m'as fait une peur!... Eh bien! si tu as connu Jacques à Paris, il sera pour nous deux une vieille connaissance, voilà tout.... Crois-tu que je songe à rougir de toi? J'ai déjà conté notre histoire à mon ami, je suis fier de nos amours.

— J'ai connu Jacques, répéta la jeune femme, d'une voix plus rauque.

— Eh bien?...

L'aveuglement, la confiance absolue de son mari torturaient Madeleine. Il ne voulait pas comprendre, il la forçait à être brutale. Elle eut un élan de rage.

— Écoute, s'écria-t-elle violemment, tu m'as suppliée de ne jamais te parler de mon passé. Je t'ai obéi, j'ai presque oublié. Mais voilà que le passé ressuscite et m'écrase, moi qui vivais tranquille ici. Je ne puis pourtant pas me taire; il faut que je te parle de cela, pour que tu empêches Jacques de me voir.... Je l'ai connu, comprends-tu?

Guillaume s'affaissa sur une chaise, au coin de la cheminée. Il crut qu'il recevait un coup sur le crâne, il tendit les mains en avant comme pour s'accrocher dans sa chute. Tout son corps se glaçait. Le tremblement nerveux qui lui avait fait fléchir les jambes, le secouait des pieds

9

à la tête, et donnait à ses dents un petit claquement sec et
régulier.

— Lui!... oh! malheureuse! malheureuse! répéta-t-il
d'une voix brisée.

Il joignit les mains, dans une attitude de prière. Ses
cheveux légèrement dressés sur ses tempes, ses prunelles
agrandies, ses lèvres blanches et fiévreuses, toute sa face
bouleversée par une angoisse poignante, semblait prier
le ciel de ne point le frapper avec tant de cruauté. Il y avait
en lui plus d'épouvante que de colère. Jadis il prenait
cette attitude au collége quand ses camarades venaient de
le rouer de coups, et qu'il se désespérait dans un coin, en
se demandant quelle faute il avait pu commettre. Il ne
trouvait, au fond de son cœur saignant, pas un reproche,
pas une insulte qu'il pût jeter à Madeleine pour soulager
sa douleur ; il se contentait de la regarder en silence de
ses grands yeux d'enfant suppliants et terrifiés.

La jeune femme souhaitait qu'il la battît. Elle se serait
révoltée sous sa main, elle aurait retrouvé son énergie.
Ses regards désespérés, sa pose de victime la jetèrent
toute pantelante à ses pieds.

— Pardon, balbutia-t-elle en se traînant à terre, pleu-
rante, les cheveux sur la face, secouée par des crises de
sanglots, pardon, Guillaume. Tu souffres, mon ami. Ah!
Dieu est sans pitié. Il châtie ses créatures en maître jaloux
et implacable. Geneviève avait raison de frissonner devant
lui et de m'épouvanter de sa colère. Je ne croyais pas
cette femme, j'espérais que le ciel pardonnait quelquefois.
Il ne pardonne jamais. Je disais : Le passé est mort, je
puis vivre en paix. Le passé, c'était cet homme que la mer
avait englouti. Il était enseveli avec ma honte au fond des
vagues, roulé dans les profondeurs de l'Océan, battu contre
les rochers, disparu pour toujours. Eh bien! non, il ressuscite, il revient du gouffre avec ses gros rires; la fatalité le jette à la côte et l'envoie nous voler notre bonheur.... Comprends-tu cela, toi, Guillaume? Il était mort,
et il n'est plus mort.... C'est bête et cruel à en mourir....

Va, le ciel ne fait que de ces miracles-là. Il se serait bien
gardé de tuer Jacques tout à fait. Il avait besoin de ce revenant pour me châtier.... Quelle faute avons-nous donc
commise? Nous nous sommes aimés, nous avons été heureux. C'est de notre félicité que nous sommes punis. Dieu
ne veut pas que sa créature vive paisible. Cela me soula-
gerait de blasphémer.... Geneviève a raison.... Le passé,
la faute ne meurt pas.

— Malheureuse! malheureuse! répétait Guillaume.

— Rappelle-toi, je ne voulais pas accepter le mariage
que tu m'offrais. Lorsque tu m'as suppliée de m'unir à toi,
tu te souviens, ce triste soir d'automne, au bord de la
source que les pluies avaient rendue fangeuse, une voix
me criait de ne pas compter sur la clémence du ciel. Je te
disais : Restons comme nous sommes; nous nous aimons,
cela suffit; nous nous aimerions peut-être moins si nous
étions mariés. Et toi tu insistais, disant que tu désirais me
posséder tout entière, ouvertement; tu me parlais d'une
vie de paix, tu prononçais les mots d'estime, de tendresse
éternelle, de foyer commun. Ah! que ne me suis-je mon-
trée impitoyable, que n'ai-je écouté la terreur secrète qui
m'avertissait! Tu m'aurais accusée alors de ne point t'aimer, mais aujourd'hui je fuirais devant Jacques, je dispa-
raîtrais de ton existence, sans salir tes affections d'enfant,
sans t'entraîner avec moi dans la boue. Je pensais qu'en
restant ta maîtresse, si jamais je devenais infâme à tes
yeux, si jamais nous nous rencontrions face à face avec
ma honte, tu pourrais me chasser comme une fille et employer ton dégoût à m'oublier. Je serais encore une créature perdue qui passe d'un lit dans un autre, et que ses
amants jettent à la porte, à la première rougeur que son
ignominie leur fait monter au front. Et voilà que nous
avons une petite fille.... Oh! pardonne, mon ami. J'ai été
bien lâche de te céder.

— Malheureuse! malheureuse! répétait toujours Guillaume.

— Oh! oui, j'ai été lâche, mais il faut tout comprendre,

Si tu savais combien j'étais lasse, combien j'avais besoin
de repos!... Va, je ne me fais pas meilleure que les autres;
seulement, je sais que j'ai gardé mes fiertés, j'ai cédé par
besoin d'estime, par envie de guérir les blessures de mon
orgueil. Quand tu m'as donné ton nom, il m'a semblé que
tu me lavais de toute souillure. Il paraît que la boue fait
des taches ineffaçables.... D'ailleurs, j'ai lutté, n'est-ce
pas? J'ai passé toute une nuit à me demander si je ne
commettrais pas une mauvaise action en acceptant ton
offre. Le matin, je devais refuser. Tu es arrivé comme je
dormais encore, et tu m'as prise dans tes bras; je me souviens, tes vêtements sentaient l'air frais du matin; tu avais
marché au milieu des herbes humides pour accourir plus
vite, et tout mon courage s'en est allé. Cependant j'avais
vu Jacques dans mon insomnie. Le spectre me disait que je
lui appartenais toujours, qu'il assisterait à notre mariage,
qu'il habiterait notre alcôve.... Je me suis révoltée, j'ai
voulu me prouver que j'étais libre, et j'ai été lâche, lâche,
lâche.... Ah! que je dois t'écœurer, et que tu fais bien de
me haïr.

— Malheureuse! malheureuse! disait la voix basse et
monotone de Guillaume.

— Plus tard, j'ai été sotte, je me suis applaudie avec im-
pudence d'avoir commis une lâcheté. Pendant quatre ans,
le ciel a eu la raillerie cruelle de me récompenser de mon
action mauvaise. Il voulait me frapper en plein calme pour
rendre le coup mortel.... Je vivais tranquille dans cette
pièce, je me persuadais par moments que j'y avais toujours vécu. Je me croyais honnête quand j'embrassais
notre petite Lucie.... Quelles tièdes journées, quelles caresses bienfaisantes, que de tendresse folle et de bonheur
volé! Oui, je volais tout cela: ton amour, ton estime, ton
nom, la sérénité de notre vie, les baisers de ma fille. Je
ne méritais rien de bon, rien de digne. Comment ai-je pu
ne pas comprendre que la destinée s'amusait de moi, et
qu'elle devait un jour ou l'autre m'arracher ces joies qui
n'étaient pas faites pour une créature de mon espèce? Non,

je m'étalais stupidement dans ma félicité, dans mon vol ; je finissais par m'imaginer que ces jours heureux m'étaient dus ; j'avais la naïveté de me dire que ces jours seraient éternels. Et puis tout a croulé !... Eh bien ! ce n'est que justice. Je suis une misérable. Mais toi, Guillaume, tu ne dois pas souffrir. Je ne veux pas que tu souffres, entends-tu.... Je vais m'en aller, tu m'oublieras, tu n'entendras jamais plus parler de moi....

Et elle sanglotait, affaissée au milieu de ses jupes, écartant ses cheveux que les larmes lui collaient aux joues. Le désespoir de cette puissante créature, dont un coup brusque brisait l'énergie habituelle, était plein d'un sourd grondement de colère. Elle se faisait humble, mais des rages soudaines la prenaient, et alors elle aurait voulu injurier le destin. Elle se serait calmée plus vite si son orgueil eût moins souffert. Une seule pensée douce l'attendrissait réellement : elle avait pitié de Guillaume. Ses genoux ayant glissé, elle se trouvait assise à terre ; tandis qu'elle parlait avec l'accent saccadé d'un moribond qui a le délire, elle levait les yeux vers son mari d'une façon suppliante, comme pour le prier de ne pas s'abandonner ainsi à l'angoisse.

Guillaume, hébété, stupide, la regardait d'un air morne se traîner sur le carreau. Il s'était pris la tête entre les mains, il répétait : La malheureuse ! la malheureuse ! avec le balancement de cou d'un idiot qui n'aurait trouvé que cette parole au fond de son crâne vide. Il n'y avait, en effet, rien que cette plainte dans son pauvre être endolori. Il ne savait plus même pourquoi il souffrait ; il se berçait de ces litanies lamentables, de ce mot dont le sens avait fini par lui échapper. Quand sa femme cessa de parler, la voix étranglée par la douleur, il parut tout surpris du grand silence qui régna. Il se souvint alors, il eut un geste de souffrance indicible.

— Tu savais pourtant que Jacques était mon ami, mon frère, dit-il d'une voix étrange, d'une voix qui n'était plus la sienne.

Madeleine secoua la tête d'un air de souverain mépris.

— Je savais tout, reprit-elle. J'ai été lâche, te dis-je, lâche et infâme. Tu te souviens du jour où tu es revenu en larmes, rue de Boulogne? Tu apportais la nouvelle de la mort de Jacques. Eh bien! avant ton arrivée, j'avais découvert le portrait de cet homme. Dieu m'est témoin que, ce jour-là, j'ai voulu fuir pour t'épargner la douleur de m'avoir partagée avec ton frère... C'est le destin qui m'a tentée. Notre aventure est une sinistre plaisanterie du ciel.... Quand j'ai cru que le passé n'était plus, quand j'ai appris que Jacques ne pouvait se lever entre nous, j'ai faibli, je n'ai pas eu le courage de sacrifier mes tendresses, je me suis dit pour m'excuser que je ne devais point te désoler en me séparant de toi. Et, à partir de cette heure, j'ai menti, j'ai menti par mon silence.... La honte ne m'étouffait pas. J'aurais gardé ce secret à jamais; tu serais mort peut-être dans mes bras sans savoir qu'avant toi j'avais serré ton frère sur ma poitrine.... Mes étreintes te glaceraient aujourd'hui, et tu songes avec dégoût à nos cinq années d'amour. Moi, j'ai accepté tranquillement toute cette infamie. C'est que je suis mauvaise.

Elle s'arrêta brusquement, haletante, prêtant l'oreille; son visage anxieux exprimait un effroi subit. La porte de la salle donnant sur le vestibule était demeurée à demi ouverte, et il lui avait semblé entendre un bruit de pas dans l'escalier.

— Écoute, murmura-t-elle, Jacques descend.... Sais-tu bien qu'il pourrait venir d'un moment à l'autre?

Guillaume fut comme éveillé en sursaut. Pris de la même anxiété, il tendit également l'oreille. Ils restèrent ainsi un instant, tous deux demi-courbés, assourdis et étouffés par les battements de leur cœur. On eût dit qu'un assassin était là, dans les ténèbres du vestibule, et qu'à chaque seconde ils s'attendaient à le voir pousser violemment la porte et se précipiter sur eux, un couteau au poing. Guillaume frissonnait plus encore que Madeleine. Maintenant qu'il connaissait la vérité, il ne pouvait supporter l'idée de se retrouver face à face avec Jacques; une explication immédiate révoltait son esprit délicat et faible. La supposition que sa femme faisait, la pensée que son ami allait peut-être redescendre, achevait de l'affoler, après la crise qui venait de le briser. Quand il eut vainement écouté, il reporta ses regards sur Madeleine, il la contempla à ses pieds avec un abattement, un abandon poignants. Tout son être éprouvait un besoin suprême de consolation.

D'un mouvement instinctif, il se laissa glisser entre les bras de la jeune femme, qui le reçut et le serra contre sa poitrine.

Longtemps, ils pleurèrent. Ils semblaient vouloir se lier à jamais d'une étreinte, s'attacher si fortement l'un à l'autre que Jacques ne pût les séparer. Guillaume avait noué ses mains derrière le dos de Madeleine, et il sanglotait, le front appuyé sur son épaule, comme un enfant. Il lui pardonnait par ses larmes, par cet abandon subit qui venait de le jeter là. Sa faiblesse disait : « Tu n'es pas coupable; c'est le hasard qui a tout fait. Tu le vois, je t'aime encore, je ne te juge pas indigne de ma tendresse. Ne parle plus de séparation. » Et sa faiblesse disait aussi : « Console-moi, console-moi; prends-moi sur ton sein et berce-moi pour soulager mes souffrances. Ah! que je pleure et que j'ai besoin de trouver un refuge dans tes bras! Ne me quitte pas, je t'en prie. Je mourrais si j'étais seul, je ne pourrais supporter le poids de ma douleur. J'aime mieux encore saigner sous tes coups que de te perdre. Panse les blessures que tu m'a faites, sois bonne maintenant, sois caressante. » Madeleine entendait parfaitement ces paroles dans le silence, dans les soupirs étouffés de son mari. Elle dut avoir pitié de cette nature nerveuse et la consoler. D'ailleurs, une grande douceur lui venait de ce pardon absolu, de cette miséricorde muette, toute de larmes et de baisers. Son mari lui aurait dit : « Je te pardonne, » elle eût hoché tristement la tête; mais il ne lui disait rien, il s'abandonnait, il se

cachait sur sa poitrine, il frissonnait de peur en lui demandant l'aide de son affection, et elle se calmait peu à
peu, elle se soulageait à le sentir si perdu en elle, si reconnaissant de ses étreintes.

Elle se dégagea la première. Il était déjà une heure du
matin. Il fallait prendre un parti.

— Nous ne pouvons attendre son réveil, dit-elle en
évitant de nommer Jacques. Que comptes-tu faire?

Guillaume la regarda d'un air si bouleversé qu'elle
désespéra de tirer de son trouble une décision énergique.
Elle ajouta cependant :

— Si nous lui disions tout, il s'en irait, il nous laisserait tranquilles. Tu pourrais monter.

— Non, non, balbutia le jeune homme, pas maintenant, plus tard.

— Veux-tu que je monte auprès de lui, moi?

— Toi!

Guillaume prononça ce mot avec un étonnement épouvanté. Madeleine s'était offerte, poussée par sa nature
nette et courageuse. Mais il ne comprenait point la
logique de son offre, il la regardait comme une véritable
monstruosité. La pensée de sa femme se retrouvant seul
à seule avec son ancien amant, blessait ses délicatesses,
le torturait d'une vague jalousie.

— Que faire alors? demanda Madeleine.

Il ne répondit pas sur-le-champ. Il lui avait semblé entendre de nouveau un bruit de pas dans l'escalier, et il
écoutait pâle d'anxiété, comme lors de leur première
panique. Le voisinage de Jacques, l'idée de cet homme
venant à lui et lui tendant la main, lui causait une angoisse de plus en plus cuisante. Une seule pensée battait
dans sa tête, celle de fuir, de se soustraire à une explication, de se réfugier au fond de quelque solitude où il pourrait se calmer. Toujours sa nature, dans les situations pénibles, cherchait à gagner du temps et à aller reprendre
plus loin son rêve de paix. Quand il releva la tête :

— Allons-nous-en, dit-il d'une voix basse; mon cervéau éclate, je suis incapable en ce moment de prendre un parti... Il ne doit passer ici qu'une journée. Quand il sera parti, nous aurons un mois devant nous pour retrouver et assurer notre bonheur.

Cette fuite qu'il lui proposait répugnait au sens droit de Madeleine. Elle comprenait que cela n'arrangerait rien et les laisserait tout aussi frissonnants.

— Il vaudrait mieux en finir, reprit-elle.

— Non, viens, je t'en prie, murmura Guillaume avec insistance... Nous irons coucher dans notre petite maison; demain nous y passerons la journée, nous y attendrons son départ... Tu sais combien nous avons été heureux dans ce coin perdu: l'air tiède de cette retraite nous apaisera; nous oublierons. nous nous aimerons comme au temps où j'allais te voir en cachette... Si l'un de nous le revoit, je sens que notre félicité est morte.

Madeleine fit un geste de résignation. Elle était toute secouée elle-même, et elle sentait son mari si affolé qu'elle n'osait plus exiger de lui une décision héroïque.

— Soit, dit-elle, partons. Allons où tu voudras.

Les époux regardèrent autour d'eux. Le feu était mort, la lampe ne répandait plus qu'une lueur vacillante et jaunâtre. Cette vaste salle, où ils avaient passé tant de chaudes soirées, s'étendait sombre, glaciale, lugubre. Au dehors, un grand vent s'était élevé, heurtant les fenêtres qui gémissaient. Il semblait que l'ouragan d'hiver passait dans la pièce, emportant avec lui toute la joie, toute la paix de la vieille demeure. Comme Guillaume et Madeleine se dirigeaient vers la porte, ils aperçurent dans l'ombre Geneviève, droite, immobile, qui les suivait de ses yeux luisants.

Pendant la longue scène de désespoir à laquelle elle venait d'assister, la vieille femme avait gardé son attitude rigide et implacable. Elle goûtait une volupté farouche à écouter ces sanglots et ces cris de la chair. La confession de Madeleine lui ouvrait un monde de désirs et de regrets, de jouissances et de douleurs qui n'avaient

9.

jamais secoué son corps vierge, et dont le tableau lui faisait songer aux joies cruelles des damnés. Elle se disait qu'ils devaient rire et pleurer ainsi, ceux que les flammes léchent et caressent de leurs langues ardentes. Dans son horreur, il y avait une curiosité poignante, la curiosité d'une femme qui a vieilli au milieu de besognes grossières, sans connaître d'homme, et qui entend brusquement le récit d'une vie de passion. Peut-être même envia-t-elle un instant les plaisirs amers du péché, les brûlures infernales dont la poitrine de Madeleine se trouvait déchirée. Elle ne s'était pas trompée : cette créature venait de Satan, le ciel l'avait mise sur la terre pour la damnation des hommes. Elle la regardait se tordre et s'écheveler, comme elle eût regardé les tronçons d'un serpent remuer dans la poussière : les larmes qu'elle répandait lui paraissaient être les larmes de rage d'un démon qui se voit démasqué ; ses cheveux roux dénoués, son cou gras et blanc gonflé de soupirs, tous ses membres vautrés à terre lui semblaient fumer d'une odeur charnelle et nauséabonde. Elle retrouva Lubrica, le monstre aux seins larges, aux bras tentateurs, l'infâme courtisane cachant un tas de boue infecte sous le satin de sa peau nacrée et voluptueuse.

Quand Madeleine s'avança vers la porte, elle fit un pas en arrière pour éviter son contact.

— Lubrica, Lubrica, murmurait-elle entre ses dents... L'enfer t'a vomie, et tu tentes le saint en découvrant ton impure nudité. Ta chevelure rouge, tes lèvres rouges brûlent encore du feu éternel. Tu as blanchi ton corps et tes dents dans les brasiers du gouffre. Tu t'es engraissée du sang de tes victimes. Tu es belle, tu es forte, tu es impudique parce que tu te nourris de chair... Mais un souffle de Dieu te fera tomber en poussière, Lubrica, fille maudite, et tu pourriras comme une chienne crevée sur le bord d'un chemin...

Les époux ne purent saisir que quelques-unes de ces paroles qu'elle mâchonnait fièvreusement, comme une

prière d'exorcisme qui devait la protéger contre les attaques du démon. Ils croyaient tous les gens du château
couchés, ils furent surpris et effrayés de la trouver là.

Elle devait avoir tout entendu. Guillaume allait la prier
de garder le silence, lorsqu'elle le devança en lui demandant de sa voix sèche de sermoneuse :

— Que dirai-je demain à ton ami? lui avouerai-je ta
honte?

— Tais-toi, folle, cria le jeune homme avec une sourde
irration.

— Cette femme a raison, dit Madeleine, il faut expliquer notre absence.

— Eh! qu'elle dise ce qu'elle voudra!... Je ne sais plus,
moi... Qu'elle prétexte la mort d'un de tes parents, une
mauvaise nouvelle subite qui nous a obligés à partir sur-
le-champ.

Geneviève le regardait avec une grande tristesse. Elle
reprit :

— Je mentirai pour toi, mon enfant. Mais mon mensonge ne te sauvera pas des tourments que tu te prépares.
Prends garde! l'enfer s'ouvre, je viens de voir l'abîme se
creuser devant toi, et tu y tomberas si tu te livres à l'impure...

— Tais-toi, folle, cria de nouveau Guillaume.

Madeleine reculait sous le regard ardent de la fanatique.

— Elle n'est point folle, balbutia-t-elle, et tu ferais
bien d'écouter sa voix, Guillaume... Laisse-moi partir
seule; c'est moi qui dois courir les chemins par cette nuit
d'hiver. Entends souffler le vent... Reste, oublie-moi, ne
fâche pas le ciel en voulant partager mon infamie.

— Non, je ne veux pas te quitter, répondit le jeune
homme avec une énergie subite. Nous souffrirons ensemble, si nous devons souffrir. Mais j'espère, je t'aime.
Viens, nous nous apaiserons, nous serons pardonnés.

Alors la voix de Geneviève s'éleva, brève et fatale :

— Dieu le Père ne pardonne pas! dit-elle.

Cette parole qu'elle avait entendue avant l'arrivée de Jacques, comme une prophétie de malheur, et qu'elle entendait de nouveau, au moment où elle allait chercher l'oubli, glaça Madeleine d'un frisson d'épouvante. Toute la force qui la tenait encore debout, s'en alla. Elle chancela, elle s'appuya sur l'épaule de son mari.

— Entends-tu? murmura-t-elle, Dieu ne pardonne jamais, jamais... Nous n'échapperons pas au châtiment.

— N'écoute pas cette femme, lui dit Guillaume qui l'entraînait; elle ment, le ciel est bon, il a des pardons pour ceux qui aiment et qui pleurent.

Elle hochait la tête, elle répétait :

— Jamais, jamais...

Puis elle poussa ce cri profond d'angoisse :

— Ah ! les souvenirs sont lâchés, je les sens qui me poursuivent.

Ils traversèrent le vestibule, ils sortirent de la Noiraude. Vaguement ils comprenaient le ridicule cruel d'une pareille fuite. Mais dans l'effarement du coup brusque qui venait de les écraser, ils ne pouvaient résister à ce mouvement instinctif des animaux blessés, courant se cacher au fond de quelque trou. Ils ne raisonnaient pas. Ils se sauvaient devant Jacques et lui abandonnaient leur demeure.

VIII

La nuit était d'un noir d'encre. Il faisait un froid humide, sale. Le vent, qui s'était élevé, poussait par ondées des flots de pluie ; au loin, dans l'obscurité sinistre , il se plaignait lugubrement en secouant les arbres du parc, et ces plaintes ressemblaient à des lamentations de voix humaines, aux râles d'une foule agonisante. La terre détrempée, couverte de flaques d'eau, mollissait sous les pas comme un tapis d'immonde pourriture.

Guillaume et Madeleine, se serrant l'un près de l'autre, avançant contre le vent qui leur soufflait au visage son haleine glacée, glissaient au milieu des mares, tombaient dans les trous. Quand ils furent sortis du parc, ils tournèrent instinctivement la tête, ils regardèrent tous deux du côté de la Noiraude ; une même pensée les poussait à s'assurer si Jacques dormait, si les fenêtres de la chambre bleue n'étaient pas éclairées. Ils ne virent que les ténèbres, que la masse noire et opaque de la nuit ; la Noiraude paraissait avoir été emportée derrière eux par l'ouragan. Alors ils se mirent à marcher, péniblement, en silence. Ils ne distinguaient pas le sol, ils entraient dans les terres où ils enfonçaient jusqu'à la cheville. Le chemin de la petite maison leur était bien connu , mais l'obscurité

se trouvait si complète qu'il leur fallut près d'une demi-
heure pour parcourir ce chemin long au plus d'un quart
de lieue. A deux reprises, ils se perdirent. Comme ils allaient arriver, une ondée les surprit, qui les mouilla et
acheva de les aveugler. Ce fut ainsi qu'ils entrèrent dans
leur retraite, fangeux, grelottants, écœurés par l'odeur de
cette mer de boue qu'ils venaient de traverser.

Ils eurent toutes les peines du monde à allumer une
bougie. Ils s'enfermèrent, ils montèrent dans la chambre
à coucher, au premier étage. C'était là qu'ils avaient
passé tant de nuits heureuses, là qu'ils comptaient retrouver le calme tiède de leurs amours. Quand ils eurent
ouvert la porte de cette pièce, ils s'arrêtèrent navrés ; ils
avaient oublié, la veille, de fermer la fenêtre, et la pluie
était entrée poussée par le vent ; au milieu, sur le parquet, s'étendait une grande mare d'eau. Ils durent épon-
ger cette eau, mais le bois resta mouillé. L'hiver habitait
cette chambre dans laquelle il pénétrait librement depuis
la veille ; les murs, les meubles, les objets qui traînaient
suaient l'humidité. Guillaume descendit chercher du bois.
Lorsqu'un grand feu brûla sur les chenets, les époux es-
pérèrent qu'ils allaient se réchauffer et s'apaiser dans l'air
chaud et silencieux de leur solitude.

Ils laissaient toujours là quelques vêtements. Ils chan-
gèrent de linge, ils s'assirent devant la cheminée. L'idée
de se coucher côte à côte, encore frémissants et terrifiés,
dans la couche froide où ils avaient passé jadis des nuits
si brûlantes de passion, leur causait une répugnance
secrète. Quand trois heures sonnèrent :

— Je sens que je ne pourrais dormir, dit Guillaume. J'at
tendrai le jour dans ce fauteuil... Tu dois être lasse, cou-
che-toi, Madeleine.

La jeune femme fit signe que non, d'un léger mouvement de tête. Ils retombèrent dans leur silence.

Au dehors la tempête soufflait, plus violente et plus
âpre. Des coups de vent s'abattaient sur la maison avec
des hurlements de bête, ébranlant les fenêtres et les por-

tes; on eût dit qu'une bande de loups assiégeait le pavillon et le secouait tout entier de ses griffes furieuses. A chaque nouvelle bourrasque, le frêle logis semblait devoir être emporté. Puis des ondées crevaient, qui apaisaient pour un instant les clameurs du vent, et qui battaient sur le toit un roulement sourd et continu de tambours menant des funérailles. Les époux souffraient des éclats de l'ouragan; chaque secousse, chaque lamentation les agitaient d'un malaise vague; des inquiétudes subites les prenaient, ils prêtaient l'oreille comme si des voix humaines se fussent plaintes en bas, sur la route. Quand un souffle plus brusque faisait craquer toutes les boiseries de la maison, ils levaient la tête en sursaut, ils regardaient autour d'eux avec des surprises d'effroi. Etait-ce bien là leur chère retraite si tiède, si parfumée? Il leur semblait qu'on avait changé les meubles, changé les tentures, changé la demeure elle-même. Ils promenaient sur chaque chose des regards de défiance, ne reconnaissant rien. S'il leur venait un souvenir, ce souvenir les blessait; ils songeaient qu'ils avaient goûté là des jouissances exquises. et la sensation lointaine de ces jouissances prenait une amertume écœurante. Guillaume disait autrefois, en parlant du pavillon : « Si quelque malheur nous frappe un jour, nous irons oublier dans cette solitude. Nous y serons forts contre la souffrance. » Et aujourd'hui, qu'un coup terrible les écrasait et qu'ils accouraient s'y réfugier, ils n'y trouvaient que le spectre lamentable de leurs amours, ils y restaient accablés sous le poids des heures présentes et sous le regret cuisant des années mortes.

Peu à peu, une prostration morne s'emparait de leur être. La course qu'ils venaient de faire dans la boue, sous le vent et sous la pluie, avait calmé leur fièvre, dégagé leur tête du flot de sang qui s'y était porté. Leurs cheveux trempés d'eau mettaient comme des glaçons sur leur front brûlant. Maintenant, la chaleur du feu alourdissait leurs membres, brisés de fatigue. A mesure que la flamme du

foyer pénétrait leur chair, tout à l'heure glacée, il leur
semblait que leur sang devenait plus épais, coulait avec
une difficulté plus grande. Leurs souffrances, moins
aiguës, tournaient en eux comme des meules lentes. Ils
n'éprouvaient plus qu'une espèce d'écrasement continu ;
les brûlures vives, les déchirements secs s'étaient apaisés,
et ils s'abandonnaient à cet étouffement de leur être,
comme une personne lasse qui se laisse aller au sommeil.
D'ailleurs, ils ne dormaient point; leurs pensées se
noyaient dans leur hébétement, mais elles flottaient toujours, confuses et pesantes, tournant sur elles-mêmes,
avec des souffrances vagues, au fond de leur cerveau endolori.

Ils n'auraient pu prononcer une parole sans une incroyable fatigue. Assis devant le feu, ils s'affaissaient dans
leur fauteuil, muets, comme à mille lieues l'un de
l'autre.

Madeleine, en changeant de vêtements, avait retiré ses
jupons et ses bas couverts de boue. Elle avait ensuite mis
une chemise sèche et s'était simplement enveloppée dans
un long peignoir de cachemire bleu. Les pans de ce peignoir, en retombant sur les bras du fauteuil où elle se
trouvait assise, découvraient ses jambes nues que la
flamme dorait. Ses pieds, à peine entrés dans de petites
pantoufles, prenaient des tons roses sous les reflets
ardents du brasier. Plus haut, le peignoir s'écartait encore,
montrant la gorge que la chemise ouverte cachait à peine.
La jeune femme rêvait en regardant les bûches embrasées. On eût dit qu'elle ignorait sa nudité et qu'elle ne
sentait pas sur sa peau les caresses cuisantes du feu.

Guillaume la contemplait. Peu à peu, il laissa aller sa
tête sur le dossier du fauteuil; et là ferma les yeux à
demi, paraissant sommeiller, mais ne quittant pas Madeleine du regard. Il s'absorba dans le spectacle de cette
créature demi-nue, dont les formes grasses et fermes
n'éveillaient en lui qu'une inquiétude douloureuse ; il
n'éprouvait aucun désir, il lui trouvait une attitude de

courtisane, une face dure et épaisse de femme rassasiée. La flamme qui frappait de biais sur son visage, y creusait de fortes ombres, rendues plus noires par les arêtes luisantes du nez et du front ; les traits s'accusaient rudement, toute la physionomie, muette et comme figée, prenait un air de cruauté. Et, le long des joues jusqu'au menton, la chevelure rousse, encore roide d'eau de pluie, tombait par masses lourdes, encadrant la figure de lignes rigides. Ce masque froid, ce front de morte, ces yeux gris et ces lèvres rouges que le sourire n'éclairait pas, causaient au jeune homme un étonnement plein de malaise. Il ne reconnaissait plus cette face qu'il avait vue si riante et si puérile. C'était comme un nouvel être qui se montrait à lui, et il interrogeait chaque trait pour y lire les pensées qui transformaient ainsi la jeune femme. Lorsque ses regards s'égaraient plus bas, sur la poitrine et sur les jambes nues, il y regardait danser la lueur jaune du foyer avec une sorte d'effroi. La peau blondissait ; par moments, on eût dit qu'elle se couvrait de taches de sang qui coulaient rapidement sur les rondeurs des seins et des genoux, disparaissant, puis revenant encore marbrer l'épiderme tendre et délicat.

Madeleine se pencha vers le foyer et se mit à tisonner, toujours songeuse, sans trop savoir ce qu'elle faisait. Elle resta ainsi courbée, le visage presque dans la flamme. Son large peignoir que rien n'attachait, avait glissé le long de ses épaules, jusqu'au milieu du dos.

Et Guillaume sentit alors son cœur se serrer à la vue de cette puissante nudité. Il suivait le mouvement souple et fort du buste découvert, les lignes flexibles du col penché et des épaules tombantes ; il allait ainsi, en descendant le long du renflement de l'échine et en tournant autour du corps, jusque sous le bras, à cet endroit où un bout de sein rose apparaissait dans l'ombre de l'aisselle. La blancheur de la peau, cette blancheur laiteuse des femmes rousses, faisait ressortir le noir d'un signe que Madeleine avait au bas du cou. Et il s'arrêtait douloureu-

sement à ce signe qu'il avait baisé tant de fois. Tout ce
buste adorable, cette chair nacrée qui s'arrondissait
mollement avec des douceurs de teintes exquises, lui
torturait le cœur d'une angoisse indicible. C'est qu'au
fond de sa stupeur, des souvenirs s'éveillaient, non
comme des éclairs brusques de mémoire, mais comme
des masses qui se mouvaient avec lenteur dans son cerveau. L'état de demi-sommeil où il se trouvait, lui faisait
cent fois répéter mentalement la même phrase. Il rêvait
éveillé un cauchemar écrasant dont il ne pouvait se débarrasser. Il songeait aux cinq années d'amour qu'il avait
passées dans la possession de Madeleine, aux nuits tièdes
qu'il avait dormies sur sa poitrine blanche ; il se rappelait la douceur des étreintes et des baisers échangés.
Jadis il se livrait entier, il était d'une tendresse et d'une
foi absolues ; jamais la pensée ne lui venait qu'il pouvait
ne pas être tout pour cette femme, car elle lui suffisait à
lui-même, le monde disparaissait quand elle l'endormait contre son sein. Et maintenant un doute atroce le
rongeait ; il se revoyait baisant ces épaules soyeuses, il
sentait sous ses lèvres les frissons de cette peau, et il se
demandait avec angoisse si ses lèvres seules la faisaient
frissonner, si elle n'était pas toute chaude, toute frémissante encore des caresses d'un autre. Lui, il se donnait vierge, il ne pouvait mêler à ses voluptés présentes
la sensation toujours vivante de voluptés passées ; mais
Madeleine n'avait point son ignorance ; elle retrouvait
sans doute, à son contact, les fièvres qu'un premier amant
lui avait fait connaître. Certes, elle devait songer à cet
homme dans ses bras, et il allait jusqu'à se dire qu'elle
goûtait peut-être un plaisir monstrueux à évoquer les
jouissances du passé pour doubler celles du présent.
Quelle duperie infâme et cruelle ! Tandis qu'il croyait être
l'époux, le seul être aimé, il n'était sans doute qu'un
passant dont la bouche avivait simplement la brûlure
douce des anciens baisers à peine refroidis. Qui sait ?
cette femme le trompait à toute heure avec un fantôme,

elle se servait de lui comme d'un instrument dont les soupirs amoureux lui rappelaient des mélodies connues ; il disparaissait pour elle, c'était avec l'absent qu'elle s'unissait en pensée, c'était envers lui qu'elle se montrait reconnaissante de tant d'heures voluptueuses. Cette comédie ignoble avait duré pendant quatre ans. Pendant quatre ans, il avait joué sans le savoir un rôle odieux ; il s'était laissé voler son cœur, voler sa chair. A ces pensées, à cette rêverie honteuse que le cauchemar faisait battre dans son crâne, il contemplait la nudité de la jeune femme avec un suprême dégoût ; il lui semblait apercevoir sur la gorge et sur les épaules blanches des taches immondes, des meurtrissures ineffaçables et toutes saignantes.

Madeleine tisonnait toujours. Sa face gardait sa rigidité impénétrable. Peu à peu, à chaque mouvement de son bras remuant la braise, le peignoir glissait davantage.

Guillaume ne pouvait détacher les yeux de ce corps qui se dépouillait par petites secousses, et qui se montrait dans son ampleur insolente et superbe. Il lui apparaissait largement impur. Chacun des mouvements du bras qui dessinaient les muscles gras de l'épaule, lui faisait l'effet d'un spasme lubrique. Jamais il n'avait tant souffert. Il pensait : « Je ne suis pas le seul à connaître ces fossettes qui se creusent au bas de son cou quand elle avance les mains. » L'idée d'avoir partagé cette femme avec un autre, et de n'être venu que le second, lui était insupportable. Comme tous les tempéraments délicats et nerveux, il avait une jalousie raffinée qu'un rien blessait. Il exigeait une possession complète. Le passé l'épouvantait parce qu'il redoutait de trouver des rivaux dans les souvenirs, des rivaux secrets, insaisissables, contre lesquels il ne pouvait lutter. Son imagination l'emportait, rêvait alors des choses horribles. Pour comble de misère il fallait que le premier amant de Madeleine fût Jacques, son ami, son frère. C'était là ce qui le torturait. Il eût été simplement irrité contre un

autre homme; contre Jacques, il éprouvait un sentiment
indéfinissable de révolte douloureuse et impuissante.
L'ancienne liaison de sa femme avec celui qu'il avait regardé comme un dieu dans sa jeunesse, lui semblait une
de ces grandes ignominies dont l'horreur confond la raison humaine. Il voyait là un inceste, un sacrilége. Il pardonnait à Jacques, tout en pleurant des larmes de sang;
il pensait à lui avec une terreur vague, comme à un être
hors de sa portée qui l'avait blessé à mort sans le savoir,
et auquel il ne rendrait jamais blessure pour blessure.
Quant à Madeleine, au milieu de la surexcitation de ses
mauvais rêves qui exagérait ses sensations les plus fugi-
tives, elle lui semblait à jamais morte pour lui; par un
étrange déplacement de la réalité, il se disait qu'elle était
la femme de Jacques et qu'il ne devait plus la toucher de
ses lèvres. La seule pensée d'un baiser l'écœurait; cette
chair lui répugnait, elle lui paraissait appartenir à une
créature qu'un désir de débauche pouvait seul jeter dans
ses bras. Si la jeune femme l'eût appelé à elle, il aurait
reculé comme pour éviter un crime. Et il continuait à
s'oublier dans le spectacle poignant de sa nudité.

Madeleine laissa tomber le tisonnier. Elle se renversa
dans le fauteuil, cachant son dos, découvrant sa poitrine.
Elle garda son silence, sa face morne, et se mit à regarder, sans la voir, une coupe de bronze qui se trouvait sur
un coin de la cheminée.

Mais, si Guillaume pardonnait à Jacques, ses blessures
n'en restaient pas moins vives. Ses deux seules affections
l'avaient trahi; le hasard s'était plu à rendre ses cruautés
plus aiguës en le soufffletant à la fois dans toutes ses tendresses, en préparant de longue main, avec un raffinement inouï, le drame qui, à cette heure, lui broyait la
chair et le cerveau. Maintenant il n'avait plus personne à
aimer; le lien fatal qui s'était noué jadis entre Jacques et
Madeleine, lui paraissait si solide, si vivant, qu'il les accusait d'adultère, comme s'ils se fussent, la veille encore,
livrés l'un à l'autre. Il les chassait avec indignation de sa

mémoire, et il se retrouvait seul au monde, dans la solitude froide de sa jeunesse. Alors toutes les souffrances de sa vie lui revenaient au cœur ; il sentait le soufle terrifiant de Geneviève passer sur son berceau, il se revoyait au collége, meurtri de coups, il songeait à la mort violente de son père. Comment avait-il pu s'abuser au point de croire que le ciel se faisait miséricordieux ? Le ciel s'était moqué de lui en le caressant pendant une heure d'un rêve de paix. Puis, quand il commençait à s'apaiser, quand il comptait sur une existence chaude de tendresse, le ciel l'avait brusquement poussé dans un abîme noir et glacé, rendant ainsi sa chute plus atroce. Il le sentait bien à présent, cela était fatal : tout le vouait à l'angoisse. Son histoire, qui lui semblait criante d'injustice, ne devait être qu'un enchaînement logique de faits. Mais il n'acceptait pas sans révolte l'écrasement continu des événements. Ses fiertés s'exaspéraient. Puisqu'il retombait toujours seul au fond de sa solitude, c'est qu'il était meilleur, de nature plus sensible et plus délicate que les autres hommes. Il savait aimer, et la foule ne savait que le blesser. Cette pensée d'orgueil le consolait ; il y trouvait une véritable énergie qui le tenait debout, prêt à lutter encore contre le destin. Lorsque la certitude de sa noblesse lui revint, il se calma un peu, il regarda les épaules de Madeleine avec un reste de mépris mêlé d'une pitié attendrie.

La jeune femme songeait toujours. Guillaume se demandait à quoi elle pouvait songer ainsi. A Jacques sans doute. Cette pensée le torturait ; il cherchait vainement à lire sur son visage les pensées qui la tenaient affaissée et muette. La vérité était que Madeleine ne songeait à rien ; elle dormait à moitié, les yeux ouverts, accablée, n'entendant au fond de son être que le bourdonnement confus de ses angoisses qui se calmaient. Les époux restèrent là jusqu'au matin, dans leur silence, dans leur immobilité. Ils n'échangèrent pas une parole. Un sentiment d'immense abandon rendait écrasante d'ennui la solitude qu'ils étaient venus chercher. Malgré le feu qui leur brûlait

les jambes, ils sentaient des souffles glacés leur courir sur
les épaules. Au dehors, l'ouragan s'apaisait avec des lamentations adoucies et prolongées, pareilles à des hurlements plaintifs de bête souffrante. Ce fut une nuit sans
fin, une de ces nuits de mauvais rêves où l'on souhaite
âprement une aube qui semble ne jamais devoir se
lever.

Le jour vint, un jour sale, crapuleux. Il grandit avec
une lenteur morne. Les vitres de la fenêtre se tachèrent
d'abord d'une lueur fumeuse de brouillard; puis la chambre
s'emplit peu à peu comme d'une vapeur jaunâtre, qui en-
veloppa les meubles sans les éclairer; cette vapeur déco-
lorait, ternissait les tentures bleues de la pièce, et l'on eût
dit qu'un flot de boue coulait sur le tapis. La bougie,
presque terminée, pâlissait au milieu de cette buée
épaisse.

Guillaume se leva, s'approcha de la fenêtre. La campagne s'étendait, ignoble, écœurante. Le vent était complétement tombé, la pluie elle-même cessait. La plaine
se trouvait transformée en un véritable lac de fange, et le
ciel, couvert de nuages bas et rampants, avait la même
teinte grise que la plaine. C'était comme un immense trou
blafard dans lequel les arbres souillés, les maisons noir-
cies, les coteaux amollis, creusés par les eaux, traînaient,
pareils à des débris sans nom. Il semblait qu'une main
furieuse eût pétri l'horizon entier, en eût fait un immonde
mélange d'eau pourrie et d'argile brune. Le jour terne
qui agonisait sur cette immensité boueuse, avait une clarté
louche, sans reflet, dont la teinte sale faisait monter le
dégoût à la gorge.

Cette heure trouble d'une matinée d'hiver est poignante
pour les gens qui ont veillé toute la nuit. Guillaume regardait l'horizon sale avec un hébêtement douloureux. Il
avait froid, il s'éveillait, il éprouvait un malaise de chair
et d'esprit. Il lui semblait qu'on venait de le rouer de
coups et qu'il reprenait à peine connaissance. Madeleine,
frissonnante comme lui, lasse et brisée, vint aussi regar-

der la campagne. Elle laissa échapper un geste d'écœurement, en la voyant si fangeuse.

— Que de boue ! murmura-t-elle.

— Il a beaucoup plu, fit remarquer Guillaume sans
trop savoir ce qu'il disait.

Au bout d'un silence, comme ils restaient toujours devant la fenêtre :

— Vois donc, reprit la jeune femme, le vent a brisé un
arbre de notre jardin... La terre des plates-bandes a coulé
dans les allées... On dirait un cimetière.

— C'est la pluie qui a tout dévasté, répéta son mari de
sa voix monotone.

Ils laissèrent retomber les petits rideaux de mousseline
qu'ils tenaient soulevés, ne pouvant supporter davantage
la vue d'un pareil cloaque. Ils eurent un brusque frisson
et se rapprochèrent du feu. Le jour avait grandi, leur
chambre leur apparut désolée, toute salie par les clartés
louches du dehors. Jamais ils ne l'avaient vue pleine d'une
telle tristesse. Leur cœur se serra, ils comprirent que ce
sentiment de dégoût et d'ennui qui traînait autour d'eux,
ne venait pas seulement du ciel morne, mais aussi de
leur propre misère, de l'écroulement brusque de leur
bonheur. L'avenir sombre rendait amer le présent et gâ-
tait les douceurs du passé. Ils pensèrent : « Nous avons eu
tort de venir ici ; nous aurions dû nous réfugier dans
quelque chambre inconnue où nous n'aurions pas trouvé,
vivant et cruel, le souvenir de nos anciennes amours. Si
cette couche où nous avons dormi, si ces fauteuils où nous
nous sommes assis, ne nous paraissent plus avoir les tiédeurs de jadis, c'est que nos corps eux-mêmes les glacent.
Tout est mort en nous. »

Cependant ils se calmaient. Madeleine s'était couvert
les épaules. Guillaume sortait de ses cauchemars pour revenir à une appréciation plus calme de la vie réelle.
Dans ses mauvais rêves, secoué par la fièvre de ce demi-
sommeil qui hallucine les moindres souffrances, il s'était
perdu au fond de pensées monstrueuses, dépassant le

possible, allant jusqu'au bout des suppositions infâmes
qu'il faisait. Maintenant, le froid du matin le tirait de sa
stupeur, son esprit allégé se débarrassait de ses visions
Il était repris par la banalité ordinaire des faits. Il ne
voyait plus Madeleine entre les bras de Jacques, il ne se
torturait plus en évoquant le spectacle de cet étrange
adultère qui unissait d'une étreinte chaude sa femme et
son ami. Chaque détail se remettait à son plan, le drame
perdait son actualité poignante. Il apercevait les amants
d'une façon vague, dans un passé lointain, sans que
sa chair eût des révoltes trop cuisantes. Dès lors, sa
position lui parut acceptable; il rentra dans le cours
commun de l'existence, il se retrouva marié avec Madeleine, aimé d'elle, prêt à lutter pour la conserver toujours.
Il souffrait bien encore du coup brutal qui venait de les
affoler tous deux, mais la douleur première de ce coup
s'apaisait elle-même. Tout son être refroidi s'amollissait,
passait aisément sur les obstacles qui lui avaient d'abord
semblé odieux et insurmontables.

C'est ainsi qu'il se remit à espérer. Il regarda avec des
sourires tristes Madeleine, chez laquelle un travail presque semblable s'accomplissait. Il y avait en elle cependant une masse lourde qui l'étouffait et dont elle ne pouvait se débarrasser. Elle s'excitait à l'espérance, mais
toujours elle se brisait contre cette masse. C'était comme
un poids fatal qui devait rester dans sa poitrine jusqu'à
ce qu'elle en mourût. Les sourires qu'elle rendait à Guillaume ressemblaient à ceux d'une moribonde sentant déjà
sur sa face le froid de la mort et ne voulant désoler personne.

Ils restèrent une partie de la matinée devant le feu à
causer tranquillement de choses et d'autres. Ils évitèrent
de toucher à leurs blessures encore vives, remettant à
plus tard le souci de prendre une décision. Pour l'instant,
ils désiraient endormir simplement leurs souffrances. Au
milieu de leur causerie, Guillaume eut une soudaine ins-
piration. La veille, la nourrice de Lucie était venue cher-

cher l'enfant à la Noiraude ; elle devait mettre au four le
pain de la ferme, ce qui amusait fort la petite fille, gourmande de galette. D'ordinaire, elle ne manquait pas une
des cuissons. Son père, songeant qu'elle était sans doute
encore là, à côté d'eux, éprouva un vif désir de la voir, de
la mettre entre Madeleine et lui, comme une espérance de
paix. Il avait, dans son angoisse, oublié leur enfant ; il
goûta un grand soulagement à la retrouver ainsi qu'un
lien vivant qui les attachait l'un à l'autre. N'était-elle pas
un gage de l'éternité de leur union ? Un de ses sourires
suffirait pour les guérir, pour leur prouver que rien au
monde ne saurait les séparer.

— Madeleine, dit Guillaume, tu devrais aller chercher
Lucie à la ferme... Elle passerait la journée avec nous.

La jeune femme comprit son intention. Elle aussi n'avait
plus songé à sa fille, et son nom seul venait de lui causer
une sensation de joie profonde. Elle était mère, elle oublierait tout, même ce poids qui l'étouffait.

— Tu as raison, répondit-elle... D'ailleurs, nous ne
pouvons passer la journée sans manger... Nous déjeune-
rons avec des œufs et du laitage.

Elle riait, comme au projet d'une partie fine. Elle était
sauvée, pensait-elle. Deux minutes lui suffirent pour se
vêtir plus chaudement ; elle passa une jupe, jeta un châle
sur ses épaules, et courut à la ferme. Pendant ce temps,
Guillaume poussa devant le feu un guéridon qu'il couvrit
d'une serviette. Ces préparatifs d'un déjeuner en tête-à-
tête avec sa femme, le reportèrent aux jours heureux de
leurs amours, lorsqu'elle lui offrait quelque repas dans sa
petite maison. La chambre lui parut reprendre ses charmes discrets d'autrefois ; elle était close, tiède, parfumée.
Il oubliait toute la boue du dehors, en se disant qu'ils
allaient avoir bien chaud, et qu'ils passeraient une délicieuse journée, loin du monde, seuls avec leur chère
Lucie. Le jour gris et morne lui semblait même une douceur de plus.

Madeleine resta longtemps. Elle revint enfin. Guillaume

10

descendit à sa rencontre pour la débarrasser des boîtes à lait et du pain dont elle était chargée. La petite Lucie portait elle-même un large morceau de galette qu'elle serrait de toutes ses forces sur sa poitrine.

L'enfant avait alors trois ans et demi. Elle était très-grande pour son âge ; ses membres gros et courts en faisaient une fille des champs, poussée librement en plein air. Blonde comme sa mère, elle souriait avec des grâces puériles, et son sourire adoucissait sa face un peu forte. D'une intelligence précoce, elle babillait des journées entières, singeant déjà les grandes personnes, trouvant des demandes et des questions qui faisaient rire aux larmes ses parents. Quand elle aperçut son père au bas de l'escalier, elle lui cria :

— Prends-moi, monte-moi.

Elle ne voulait pas lâcher sa galette, et n'osait s'aventurer à gravir les marches sans se tenir à la rampe. Guillaume la prit sur un de ses bras, heureux de la porter, lui souriant, la couvant des yeux. Ce petit corps tiède qui s'appuyait contre son épaule, le réchauffait jusqu'au cœur.

— Imagine-toi que cette demoiselle n'était pas levée, dit Madeleine, et qu'il a fallu un grand quart d'heure pour la décider à me suivre. On lui avait promis, disait-elle, de lui faire cuire des pommes, ce matin. J'ai dû en mettre deux dans ma poche, en lui jurant de les lui faire cuire ici devant le brasier du foyer.

— C'est moi qui les ferai rôtir, reprit Lucie ; je sais très-bien comment on s'y prend.

Dès que son père l'eut posée sur le tapis, dans la chambre, elle tourna autour de Madeleine jusqu'à ce qu'elle eût réussi à fourrer la main au fond de la poche de sa jupe. Quand elle tint les deux pommes, elle les piqua avec la pointe d'un couteau et s'accroupit gravement devant le feu. Elle écarta la cendre, plaça les fruits sur la plaque de marbre, puis se recueillit, ne les quittant plus des yeux. Elle avait posé son grand morceau de galette sur ses genoux.

Guillaume et Madeleine souriaient en la regardant.
Elle faisait des mines de ménagère pressée qui les amusaient. Ils avaient tant besoin de se reposer de leurs secousses de chair dans la puérilité innocente de cette
enfant! Ils auraient joué avec elle pour oublier, pour se
croire encore petits et naïfs eux-mêmes. Le calme enfantin de Lucie, la senteur fraîche qui s'échappait d'elle, les
attendrissaient, mettaient autour d'eux un calme souverain. Et ils espéraient, ils se disaient que l'avenir serait
paisible et pur ; l'avenir, c'était cette chère créature, ce
bon ange de paix et de pureté.

Ils s'étaient assis devant le guéridon. Ils mangèrent de
fort bon appétit. Ils osèrent même parler du lendemain,
faisant des projets, voyant déjà leur fille grandie, mariée,
heureuse. Le souvenir de Jacques avait été chassé par
l'enfant.

— Tes pommes brûlent, dit Madeleine en riant.

— Oh! que non! répond Lucie... Je vais faire chauffer
ma galette.

Elle avait levé la tête, elle regardait sa mère d'un air
sérieux qui vieillissait sa physionomie. Quand elle ne
souriait pas, ses lèvres devenaient fermes, presque dures,
ses sourcils se fronçaient légèrement. Guillaume la contemplait. Peu à peu, il pâlit, il l'examina avec une terreur croissante.

— Qu'as-tu donc? lui demanda Madeleine d'une voix
inquiète.

— Rien, répondit-il.

Et il contemplait toujours Lucie, ne pouvant en détacher ses regards, se penchant en arrière dans son fauteuil, comme pour échapper à un spectacle qui l'épouvantait. Son visage exprimait une souffrance contenue, atroce.
Il eut même un geste vague de la main, un geste qui
cherchait à écarter l'enfant. Madeleine, effrayée de sa
pâleur, ne pouvant comprendre ce qui le secouait ainsi,
repoussa le guéridon et vint s'asseoir sur le bras de son
fauteuil.

— Réponds-moi, dit-elle. Qu'as-tu? Nous étions si tranquilles... Tu souriais tout à l'heure... Voyons, Guillaume, je croyais que notre bonheur était revenu, que nous recommencions une nouvelle existence... Avoue-moi les mauvaises pensées qui te viennent à l'esprit. Je les dissiperai, je te guérirai. Je veux que tu sois heureux.

Il hocha la tête, il frissonna.

— Regarde donc Lucie, dit-il d'une voix très-basse, comme s'il avait eu peur que quelqu'un ne l'entendît.

L'enfant, toujours assise sur le tapis, devant la cheminée, présentait gravement à la flamme sa galette piquée au bout d'une fourchette. Ses lèvres se pinçaient, ses sourcils se fronçaient; elle était toute à l'importance de sa besogne.

— Eh bien? demanda Madeleine.

— Tu ne vois pas? reprit Guillaume d'un accent de plus en plus altéré.

— Je ne vois rien.

Alors le jeune homme se cacha le visage entre les mains. Il pleurait. Puis il parut faire un effort et balbutia :

— Elle ressemble à Jacques.

Madeleine tressaillit. Ses yeux, grands de folie, se fixèrent sur sa fille avec une anxiété qui faisait trembler tout son corps. Guillaume avait raison : Lucie ressemblait vaguement à Jacques, et cette ressemblance devenait frappante lorsque l'enfant plissait la bouche et le front. L'ancien chirurgien avait d'ordinaire cette moue d'homme positif. La jeune femme ne voulut pas convenir sur le moment de cette terrible vérité.

— Tu te trompes, murmura-t-elle. Lucie me ressemble. Nous nous serions déjà aperçu de ce que tu dis, si cela existait réellement.

Elle évitait de nommer Jacques. Mais Guillaume la sentait frissonner à côté de lui. Il reprit :

— Non, non, je ne me trompe pas. Tu le sais bien...

L'enfant grandit, elle sera bientôt tout son portrait. Jamais je ne lui avais vu cet air grave... Je deviens fou.

Il perdait réellement la tête, essuyant de la main la sueur froide qui coulait de ses tempes, se serrant le front comme pour l'empêcher d'éclater. Sa femme n'osait plus parler ; elle se soutenait sur son épaule, défaillante, continuant à regarder Lucie qui ne s'occupait en aucune façon de ce qui se passait autour d'elle. Ses pommes chantaient, sa galette fumante prenait une belle couleur brune.

— Tu pensais donc à lui ? demanda sourdement Guillaume.

— Moi, moi... balbutia Madeleine.

Elle comprenait ce qu'il voulait dire. Il croyait qu'elle avait évoqué le souvenir de Jacques, au moment où elle concevait Lucie entre ses bras. Les cauchemars du jeune homme renaissaient dans son cerveau éperdu ; il pensait de nouveau à cet étrange adultère moral dont sa femme avait dû se rendre coupable en laissant son imagination prendre les baisers de son mari pour les baisers de son amant. De là, la ressemblance de sa fille avec cet amant. A cette heure, il possédait une preuve ; il ne pouvait plus douter du rôle odieux qu'il avait joué. Son enfant ne lui appartenait pas ; elle était le fruit de l'union honteuse de Madeleine avec un fantôme. Quand la jeune femme eut deviné ces accusations dans son regard affolé :

— Mais c'est monstrueux, ce que tu penses là, reprit-elle. Reviens à la raison ; ne me fais pas plus infâme que je ne suis... Jamais je n'ai songé à cet homme, lorsque j'étais avec toi.

— Lucie lui ressemble, répéta impitoyablement Guillaume.

Madeleine se tordait les mains.

— Je ne sais pas comment cela se fait, disait-elle. C'est le hasard qui me tue... Oh! non, jamais, jamais je n'ai commis ce que tu t'imagines. Cela est ignoble.

Guillaume haussait les épaules. Il avait l'entêtement

10.

brutal de la souffrance. L'idée que la ressemblance de
Lucie avec le premier amant de sa mère était un cas assez
fréquent, tenant à certaines lois physiologiques inconnues
encore, ne pouvait lui venir, en un pareil moment d'angoisse. Il en restait à l'explication cruelle qui le torturait.
Toute la personne de Madeleine s'indignait. Elle aurait
voulu le persuader de son innocence, mais elle voyait
avec désespoir qu'il lui était impossible de donner une
preuve. Il accusait ses pensées; elle n'avait que des pro-
testations et des serments pour se défendre. Pendant quelques minutes, ils gardèrent tous deux un silence plein de
sanglots et de cris contenus.

— Ah! mes pommes sont cuites! dit tout à coup la
petite Lucie.

Elle était restée jusque-là dans une extase recueillie,
rendue muette par le spectacle de ses pommes et de sa
galette. Elle se leva alors en battant des mains, prit une
assiette sur le guéridon, et revint y poser proprement
les fruits. Mais ils étaient si chauds qu'elle fut obligée d'attendre. Elle s'assit de nouveau sur le tapis, les regardant
fumer avec une convoitise qui les lui faisait de temps à
autre toucher du bout des doigts. Quand ils lui parurent
bons à manger, il lui prit un scrupule. Elle refléchit qu'il
serait peut-être convenable d'en offrir à ses parents. Il y
eut en elle une courte lutte entre sa gourmandise et son
bon cœur; puis elle accourut tendre l'assiette à son père.

— En veux-tu, papa? demanda-t-elle d'une voix hésitante qui sollicitait un refus.

Depuis qu'elle faisait sa cuisine, de l'air affairé d'une
femme accablée de besogne, elle n'avait plus levé les
yeux. Lorsqu'elle vit son père qui pleurait et qui la regardait d'une façon désespérée, elle devint toute sérieuse.
Elle remit par terre son assiette.

— Tu pleures, tu n'as pas été sage? reprit-elle.

Et elle s'approcha de Guillaume, sur les genoux duquel elle posa ses petites mains. Elle se haussait sur la
pointe des pieds, avec des envies de s'aider d'un bras du

fauteuil pour arriver à son visage. La vue du groupe douloureux que formaient ses parents, l'effrayait un peu; elle
ne savait trop si elle devait rire ou éclater en sanglots.
Elle demeura un instant inquiète, la face levée, contemplant son père d'un air de pitié attendrie. Puis elle lui
tendit les mains.

— Prends-moi, lui dit-elle en donnant une inflexion
caressante à ce mot, qui lui était familier.

Il la regardait toujours, se renversant en arrière, plus
pâle et plus frissonnant. Comme elle ressemblait à
Jacques, surtout lorsqu'elle faisait sa moue de petite fille
grave! Il sentait ses mains d'enfant lui brûler les genoux,
il aurait voulu l'éloigner pour ne plus se torturer en étudiant chacun de ses traits. Mais Lucie avait un projet:
elle désirait se pendre à son cou et le consoler. D'ailleurs
elle commençait à avoir une peur véritable, elle n'aurait
pas été fâchée de se réfugier dans ses bras. Quand elle
lui eut répété à plusieurs reprises : « Prends-moi, prends-
moi, » sans qu'elle le vît se pencher vers elle, elle se
décida à grimper sur lui. Elle était déjà parvenue à se
dresser sur les coudes, lorsque Guillaume, perdant la
tête, la repoussa assez violemment.

Elle recula en chancelant et tomba sur son derrière. Le
tapis amortit sa chute. Elle ne pleura pas tout de suite.
La surprise fut telle qu'elle regarda simplement son père
avec un étonnement effrayé. Elle pinçait les lèvres, elle
fronçait les sourcils, comme l'ancien chirurgien.

Madeleine s'était élancée vers elle, en la voyant tomber.
La tête de l'enfant avait passé à quelques lignes du guéridon où elle aurait pu se fracasser.

— Ah! Guillaume, s'écria la jeune femme, tu es cruel...
je ne te savais pas méchant... Bats-moi, mais ne bats
pas cette pauvre créature.

Elle prit Lucie sur sa poitrine. L'enfant éclata alors en
sanglots, comme si l'on venait de la rouer de coups. Elle
ne s'était fait aucun mal, mais il suffisait qu'on la plai-
gnît pour qu'elle crût devoir verser un torrent de larmes.

Sa mère la promena de long en large. Elle chercha à
l'apaiser, lui disant que ce n'était rien, que c'était guéri,
et elle l'embrassait bruyamment sur les joues.

Guillaume éprouvait un regret cuisant de sa brutalité.
Dès qu'il avait vu chanceler Lucie, il s'était mis lui-même
à sangloter de honte et de douleur. Voilà qu'il tuait les enfants maintenant ! Sa nature douce s'indignait, il sentait
plus vivement les souffrances qui le rendaient ainsi brusque et violent. Quand il songeait que la tête de la petite
fille aurait pu se heurter au guéridon, il restait glacé du
frisson froid des assassins. Et cependant les pleurs de
Lucie l'irritaient, les baisers de Madeleine lui semblaient
monstrueux. L'idée lui vint qu'elle devait croire embrasser Jacques en embrassant sa fille. Alors, défaillant,
brisé par cette dernière supposition, il alla se jeter sur le
lit ; il cacha sa tête dans un oreiller, pour ne plus voir,
pour ne plus entendre. Il resta là immobile, écrasé.

Mais il ne dormait pas. Malgré lui, il entendait les pas
de Madeleine. Dans la nuit pleine d'éclairs de ses paupières closes, il apercevait toujours la moue de Lucie, ses
lèvres fermes et ses sourcils froncés. Jamais il n'oserait
plus embrasser cette face d'enfant, qui avait par moments
une gravité d'homme ; jamais il ne pourrait, sans souffrir
horriblement, voir sa femme caresser cette tête blonde. Il
n'avait plus de fille, plus de lien vivant qui l'attachât à
Madeleine. Son dernier espoir de salut se changeait en
une douleur suprême. Désormais il serait ridicule de tenter encore le bonheur. Ces pensées battaient comme un
glas de mort dans son cerveau, détraqué par l'angoisse.
Le désespoir fatigua sa chair. Il s'endormit.

Quand il se réveilla, il faisait nuit noire. Il se souleva,
endolori, ne sachant plus ce qui avait pu lui briser ainsi
le corps. Puis il se souvint. Il souffrit de nouveau, mais
d'une souffrance lourde. La crise était passée, il n'éprouvait
plus qu'un accablement muet et sans espoir. Il n'y avait
pas de bougie allumée, les clartés jaunes du foyer éclairaient seules la chambre où traînaient de larges ombres.

Il aperçut Madeleine étendue dans un fauteuil, devant le feu ; elle le regardait de ses yeux grands ouverts, fixement. Lucie n'était plus là ; sa mère avait dû la reconduire à la ferme, et Guillaume ne s'informa pas de ce qu'elle était devenue. Il paraissait avoir oublié qu'elle existât.

— Quelle heure est-il ? demanda-t-il à sa femme.

— Huit heures, répondit-elle d'une voix calme.

Il y eut un court silence.

— As-tu dormi ? demanda de nouveau le jeune homme.

— Oui, un peu.

Madeleine, en effet, s'était assoupie pendant quelques minutes. Mais quelle longue après-midi d'accablements ! Elle venait de passer des heures poignantes, dans cette chambre où elle avait dormi si paisible jadis. Maintenant elle s'abandonnait, ne sachant comment lutter contre sa destinée. « Je me tuerai demain, s'il le faut, » pensait-elle, et la certitude de pouvoir échapper à la honte et à la souffrance quand elle le voudrait, lui avait presque fait retrouver toute sa paix. Elle parlait d'une voix douce, comme une mourante résignée qui se livre au bon plaisir de la mort et dont rien ne peut accroître les maux.

Guillaume fit quelques pas dans la chambre. Il alla écarter les rideaux des vitres. Le temps était devenu clair, il aperçut, au milieu des champs, la masse sombre de la Noiraude ; les fenêtres du rez-de-chaussée étaient seules éclairées. Jacques devait être parti.

Alors le jeune homme se rapprocha de sa femme, toujours assise devant le feu. Il parut réfléchir et hésiter un moment.

— Nous allons passer un mois à Paris, lui dit-il enfin.

Elle n'eut pas un geste de surprise, elle leva à peine la tête.

— Nous partirons dans une heure, continua-t-il.

— C'est bien, répondit-elle simplement.

Que lui importait d'aller à Paris ou de rester à Véteuil ?

Ne devait-elle pas souffrir partout de sa blessure ? Elle comprenait que Guillaume voulait éviter de voir Lucie pendant quelque temps, et elle l'approuvait de chercher l'oubli. Même, au bout d'un instant, cette pensée de voyage éveilla en elle un vague espoir de guérison ; elle l'avait acceptée d'abord d'une façon passive, elle s'y attacha ensuite comme à une dernière tentative de salut.

Les époux, en refermant la porte de la petite maison, éprouvèrent un grand serrement de cœur. Ils étaient accourus pour y trouver la paix de leurs anciennes tendresses, et ils en sortaient meurtris, plus bouleversés qu'auparavant. Ils y avaient sali leurs souvenirs, jamais ils ne pourraient revenir y passer une journée heureuse. Et ils se demandaient où allait les jeter ce vent de malheur qui les flagellait.

A la Noiraude, ils apprirent que Jacques était parti depuis une demi-heure au plus. Ils dînèrent rapidement, touchant à peine aux plats. Geneviève ne leur adressa pas un mot ; elle regardait Madeleine d'un air sombre. Comme neuf heures sonnaient, Guillaume fit atteler le cabriolet. Il était trop tard pour prendre le chemin de fer, et, le jeune homme, par une fantaisie de cerveau malade, voulait aller de nuit à Paris, dans sa propre voiture. Le silence des routes noires et désertes les calmerait, pensait-il. Il dit à Madeleine de se couvrir chaudement. Quelques minutes plus tard, ils se trouvaient sur la route de Mantes.

XI

Il faisait un froid vif. Le vent de l'autre nuit avait emporté les nuages, et il gelait de nouveau à pierre fendre. La lune, dans son plein, éclairait tout le ciel d'un reflet bleuâtre d'acier poli. Les terrains, sous cette clarté, limpide comme une eau froide de source, s'étendaient jusqu'à l'horizon avec une singulière netteté de détails. Surpris au milieu du dégel, ils paraissaient s'être roidis pendant les secousses suprêmes de l'ouragan ; ils avaient des arêtes aiguës, des flots de boue figée, des rigidités de cadavre glacé par la mort dans les dernières convulsions de l'agonie. Les moindres branches noires, les plus petites pierres blanches des murailles, se détachaient avec une grande vigueur, comme des découpages de couleur appliqués sur la vaste teinte grise uniforme.

Le cabriolet choisi par Guillaume était une voiture à deux places, couverte d'une capote de cuir qui se baissait à volonté. Il l'avait achetée autrefois pour courir la campagne avec Madeleine ; dans ces excursions, il lui déplaisait d'emmener un cocher, il préférait conduire lui-même. Il n'y avait, sur l'étroite banquette, d'espace que pour lui et sa maîtresse, et pendant qu'il excitait le cheval de légers coups de langue, il sentait les jambes tièdes de 'a

jeune femme se mêler aux siennes. Que de promenades
joyeuses ils avaient faites dans ce cabriolet dont les cahots
les amusaient fort en les jetant l'un contre l'autre ! Cette
nuit-là, la voiture roulait sur la route avec des chocs monotones ; dans le grand silence des champs glacés, les
époux n'entendaient que le trot régulier du cheval frappant de ses sabots la terre durcie, avec des bruits métal-
liques. Sur le sol, blanc d'une poussière de gelée, les
lanternes allongeaient deux rayons jaunes qui couraient
en avant avec des sauts brusques, le long des fossés, et
ces rayons, traversant la campagne claire, pâlissaient sous
la lune comme des lueurs de bougies allumées dans le
crépuscule.

Guillaume et Madeleine avaient tiré sur leurs genoux
une grosse couverture de laine grise. Lui, conduisait sans
parler, jetant seulement de temps à autre une petite ex-
clamation qui faisait dresser les oreilles au cheval. Elle,
paraissait dormir dans son coin. Enveloppée de fourrures,
les pieds tenus chauds par la couverture de laine, les
mains cachées, elle n'avait froid qu'au visage ; d'ailleurs,
l'air vif qui lui piquait les yeux et les lèvres, ne lui déplaisait pas ; il la tenait éveillée et rafraîchissait son front
brûlant. Elle regardait machinalement les clartés des lanternes courant rapidement sur la route. Son esprit s'égarait dans une rêverie qui avait les sauts brusques de ces
clartés. Elle s'étonnait profondément des scènes qui venaient de se passer. Comment avait-elle pu s'affoler
ainsi ? Elle vivait d'ordinaire avec des volontés droites et
fortes, son imagination restait froide, ses sens la laissaient
paisible. Une minute de raison aurait peut-être suffi pour
tout arranger, et elle était devenue folle tout d'un coup,
elle si raisonnable. Certes, Jacques devait être la cause
de son effarement soudain ; mais elle n'aimait plus Jacques ; elle ne pouvait comprendre pourquoi elle le retrouvait si vivant dans sa chair, pourquoi sa résurrection l'a-
vait détraquée à ce point. Elle cherchait des explications,
allant d'un fait à un autre, se perdant dans les apparentes

contradictions de sa nature. Au fond de son être, vaguement, elle sentait s'agiter la vérité; mais elle reculait devant le caractère étrange des sensations qu'elle éprouvait.

Lorsque Madeleine s'était oubliée dans les bras de Jacques, sa chair vierge avait pris l'empreinte ineffaçable du jeune homme. Il y eut alors mariage intime, indestructible. Elle se trouvait en pleine séve, à cet âge où l'organisme de la femme se mûrit et se féconde au contact de l'homme ; son corps puissant, son tempérament mesuré se laissa pénétrer d'autant plus profondément qu'il était riche de sang et sain d'humeurs ; elle s'abandonna avec tout son calme, toute sa franchise, à cette transmission charnelle établie entre son amant et elle, si bien que sa nature froide devint ainsi une cause nouvelle qui rendit plus complète et plus durable la possession de son être entier. On eût dit que Jacques, en la serrant contre sa poitrine, la moulait à son image, lui donnait de ses muscles et de ses os, la faisait sienne pour la vie. Un hasard l'avait jetée à cet homme, un hasard la retenait dans son étreinte, et, pendant qu'elle était là, par aventure, toujours sur le point de devenir veuve, des fatalités physiologiques la liaient étroitement à lui, l'emplissaient de lui. Lorsque, après une année de ce travail secret du sang et des nerfs, le chirurgien s'éloigna, il laissa la jeune femme éternellement frappée à la marque de ses baisers, possédée à ce point qu'elle n'était plus seule maîtresse de son corps ; elle avait en elle un autre être, des éléments virils qui la complétaient et l'asseyaient dans sa force. C'était là un phénomène purement physique.

Aujourd'hui, le lien de tendresse était rompu, mais le lien de chair restait tout aussi profondément noué. Si son cœur n'aimait plus Jacques, son corps se souvenait fatalement, lui appartenait toujours. Le sentiment d'affection avait eu beau s'effacer, l'effet charnel de la possession n'en gardait pas moins sa force ; les traces de la liaison qui l'avait rendue femme, survivaient à son amour. Elle

11

demeurait l'épouse de Jacques, bien qu'elle n'éprouvât plus pour lui qu'une sorte de haine sourde. Les caresses de Guillaume, cinq années d'autres embrassements, n'avaient pu chasser de ses membres l'être qui y était entré, à l'heure de sa puberté. Elle se trouvait formée, rendue virile à jamais, et les baisers d'une foule auraient vainement essayé de faire disparaître les premiers baisers qu'elle avait reçus. Son mari ne possédait réellement que son cœur; quand elle s'offrait à ses lèvres, elle ne pouvait plus se donner, elle se prêtait.

Elle s'était simplement prêtée depuis son mariage. Elle en avait une preuve vivante, irrécusable. La petite Lucie ressemblait à Jacques. Guillaume, même en ayant une fille de Madeleine, ne pouvait l'avoir à son image. Fécondé par lui, le sein de la jeune femme donnait à l'enfant les traits de l'homme dont il gardait l'empreinte. La paternité semblait sauter par-dessus le mari pour remonter à l'amant. A coup sûr le sang de Jacques entrait pour beaucoup dans la fécondation de Madeleine; il restait le premier père, celui qui avait fait une épouse de la vierge.

La jeune femme sentit bien son servage, le jour où Guillaume lui offrit de l'épouser. Elle n'était pas libre, des répugnances instinctives révoltaient sa chair à la pensée d'un nouveau mariage dans lequel elle ne pouvait plus se livrer entière. Un refus net monta malgré elle à sa gorge. Ses tendresses s'étonnèrent de ce refus. N'aimait-elle pas Guillaume, ne vivait-elle pas avec lui depuis une année? Elle ne voulut point écouter le cri de son être, la rébellion de son sang qui l'avertissait : s'il lui avait été permis de prendre un second amant, il lui était défendu de se lier pour toujours à un autre homme que Jacques. Et, pour ne pas avoir obéi à ce cri de son corps esclave, elle pleurait à cette heure des larmes de sang.

Il y avait là un phénomène si intime, si profond d'étrangeté et de terreur, que Madeleine écartait encore une pareille explication de ses révoltes. La certitude d'être possédée à jamais par un homme qu'elle n'aimait plus l'aurait affolée ; elle se serait plutôt jetée tout de suite sous les roues de la voiture, terrifiée à l'idée des atroces souffrances qui l'attendaient : elle traînerait misérablement son corps esclave ; elle sentirait tonjours en elle le sang détesté de Jacques ; elle ne pourrait plus s'oublier entre les bras aimés de Guillaume, sans croire se prostituer. D'ailleurs, elle ignorait les fatalités de chair qui lient parfois une vierge à son premier amant, d'une façon si étroite, qu'elle ne saurait ensuite rompre ce mariage de hasard, et qu'il lui faut accepter pour la vie l'époux d'une heure, sous peine de ne plus commettre qu'un long adultère. Afin de se tranquilliser, elle songeait aux quatre années de tendresse paisible qu'elle venait de vivre. Mais elle comprenait que Jacques n'était jamais sorti d'elle, il dormait simplement au fond de sa poitrine, une seconde avait suffi pour l'y réveiller vivant et fort. Là se trouvait la cause du soudain effarement de Madeleine, de cette créature calme et énergique. Jacques seul pouvait troubler sa raison droite, ses sens qui se taisaient d'ordinaire ; il lui tenait aux entrailles ; le son de sa voix, son simple souvenir la jetaient dans une vive surexcitation. Quand il s'était dressé devant elle, elle avait perdu la tête ; elle devait la perdre de nouveau chaque fois qu'elle le sentirait s'agiter dans sa chair. Cette intuition, que sa paix ne lui appartenait plus, l'effrayait singulièrement ; elle qui se plaisait dans la tranquillité de sa nature froide, songeait avec effroi et dégoût à ses frissons de la veille, et se désespérait en pensant que ces frissons la brûleraient peut-être encore, si jamais elle rencontrait Jacques. Les épileptiques n'éprouvent pas une épouvante plus écœurée à l'idée des crises qui les menacent. Elle était comme eux, morne, glacée, toujours sous le coup de convulsions ignobles.

Madeleine, affaissée dans le coin du cabriolet, regardant courir sur la route blanche les lueurs jaunes des lanternes, ne se disait pas ces pensées crûment. Elle évitait au contraire de se faire une certitude. Son esprit s'égarait dans

des questions qu'elle ne voulait pas résoudre. Elle était
lasse ; elle remettait à plus tard son examen de conscience ;
alors elle prendrait des mesures énergiques, elle lutterait.
Elle songeait uniquement à ces choses parce qu'elle ne
pouvait s'empêcher d'y songer. C'était une rêverie vague,
brusque, que berçaient rudement les cahots de la voiture.
La jeune femme avait chaud aux pieds et aux mains; elle
s'enfonçait, à son insu, dans les tiédeurs de la couverture
de laine grise et dans la mollesse des coussins du cabriolet.
Elle se serait heureusement endormie, sans l'air vif qui
lui piquait les lèvres et les yeux. Et quand elle regardait
devant elle, au-dessus des oreilles du cheval, elle apercevait la campagne rigide et glacée qui s'allongeait avec
des sécheresses de cadavre sous le suaire blanc de la lune.
Ces roideurs des horizons morts lui faisaient rêver alors
les douceurs d'une immobilité éternelle.

Guillaume croyait que Madeleine dormait. Il conduisait
machinalement, écoutant le silence de la nuit, heureux
de se trouver sur cette route déserte, dans ce froid sec
qui calmait sa fièvre. Depuis Véteuil, il songeait à la
phrase de Jacques : « On ne doit jamais épouser sa maîtresse. » Cette phrase s'était réveillée au fond de sa mémoire, sans qu'il sût pourquoi, et elle s'imposait à lui
avec une singulière ténacité. Il la discutait, la retournait,
s'en trouvait secrètement effrayé, tout en refusant de la
considérer comme une règle nécessaire de conduite.

Jamais il n'avait eu l'idée sotte de travailler à la rédemption d'une pécheresse. En épousant Madeleine, il ne
rêvait nullement de la réhabiliter, de lui refaire, comme
on dit, une virginité à l'aide de son estime et de son
amour. Il l'épousait parce qu'il l'aimait, simplement. Il
était d'une nature trop nerveuse, il obéissait à ses affections
avec trop de jouissance exquise, pour s'égarer dans des
considérations ridicules de moraliste. Son cœur le poussait, sa raison ne lui créait pas une tâche que ses abandons complets de chair et d'esprit lui auraient d'ailleurs
empêché d'accomplir. Certes, il regrettait le passé de son

amante, il désirait qu'elle l'oubliât, mais cela par une pensée d'égoïsme, par une rébellion de tempérament qui lui rendait intolérable l'idée de ne pas la posséder à lui seul. Ce sont uniquement les jeunes niais ou les vieillards blasés qui forment parfois le projet de racheter une âme. Guillaume ignorait la vie, et ne se perdait cependant dans aucun ciel d'idéal menteur. Il n'avait cru en aucun temps que Madeleine eût besoin d'être sauvée, il cherchait seulement à se faire aimer, voyant en ce monde la seule nécessité d'une tendresse absolue, éternelle. Si même le rêve d'une réhabilitation se fût présenté à lui, il ne s'y serait pas arrêté, il aurait pensé que l'amour lavait de lui-même toute souillure.

Aussi n'entendait-il pas bien ces mots : « On ne doit jamais épouser sa maîtresse. » Pourquoi? Il lui semblait au contraire qu'il était sain de s'endormir entre les bras d'une femme connue et adorée. Ses cauchemars de l'autre nuit n'avaient même pu lui ôter cette croyance. S'il avait souffert, c'était par une cruauté du hasard. Il sentait que Madeleine l'aimait toujours, il ne regrettait pas de l'avoir épousée. Un seul désir le tenait, celui de se montrer meilleur pour elle, plus tendre et plus délicat, maintenant qu'elle pleurait. Il ne la jugeait pas plus coupable qu'il ne se jugeait imprudent. Le malheur les frappait, ils devaient s'unir davantage, se consoler dans les bras l'un de l'autre. Leur tendresse les sauverait.

Peu à peu, son être roidi de souffrance se détendait ainsi dans de nouveaux espoirs. L'extrême douleur amenait une réaction qui le rejetait sur le sein de Madeleine, avec des désirs de s'y cacher, d'y demander un abri contre les blessures du dehors. Il ne trouvait encore, à son côté, que cette femme dont les étreintes pussent lui faire oublier les maux de la vie. Oubliant qu'elle était la cause de ses dernières angoisses, il rêvait de chercher en elle des joies suprêmes, assez poignantes pour l'absorber tout entier et mettre à néant le reste du monde. Que leur fallait-il? un coin perdu où il leur fût permis de s'enfouir tous les deux dans leur affection. Et il se laissait aller à ce songe d'une existence solitaire, caressé depuis sa jeunesse, et qui lui paraissait de plus en plus doux, à mesure qu'il se sentait plus cruellement frappé par sa destinée. Ses besoins de calme croissaient, son désir de conserver l'amour de Madeleine devenait de la lâcheté : elle l'eût battu, à certains moments, qu'il se serait pendu à son cou pour la supplier d'essuyer ses larmes. Cependant il avait toujours des réveils de fierté qui l'isolaient et lui faisaient songer avec épouvante à la solitude de son cœur ; ses tendresses nerveuses le condamnaient à vivre à part, dans un désir inassouvi de noblesse sereine et d'amour absolu.

Tout en rêvant à la vie nouvelle qu'ils allaient mener à Paris, Guillaume sentait le corps de Madeleine le pénétrer d'une chaleur croissante. Leurs pieds s'étaient mêlés sous la couverture grise, le contact tiède de la jeune femme entrait beaucoup dans le rêve de tranquillité et de tendresse qu'il se remettait à faire. A son insu, son espoir venait de sa jouissance à la retrouver si voisine de lui. Elle lui tenait chaud. Et le cabriolet roulait toujours dans la nuit glacée, au milieu de la grande paix du froid.

Les voyageurs approchaient de Mantes. Ils n'avaient pas ouvert la bouche depuis Véteuil, perdus chacun dans sa rêverie, regardant au loin les nappes de clarté blanche que la lune étalait sur les pièces de terre labourée. Comme ils passaient devant une maison bâtie au bord de la route, un chien se mit à hurler d'une façon lamentable. Madeleine tressaillit.

— Tu dormais? demanda Guillaume.

— Oui, répondit-elle en sentant combien ses longs silences rêveurs devaient peser à son mari. Cette bête m'a réveillée... Où sommes-nous?

Il lui montra de la main quelques toits que la lune bleuissait à l'horizon.

— Voici Mantes, dit-il.

Il fouetta le cheval. A ce moment, une femme qui se trouvait cachée derrière une haie, descendit sur la route et courut après le cabriolet. Lorsqu'elle l'eut atteint, elle s'accrocha à une des lanternes, elle accompagna ainsi la voiture en courant toujours. Elle prononçait des paroles confuses que le bruit des roues empêchait d'entendre.

— C'est quelque mendiante, dit Madeleine, en se penchant et en apercevant le costume misérable de cette femme.

Guillaume lui jeta une pièce de cinq francs. Elle la reçut au vol, mais elle ne lâcha pas tout de suite la lanterne. Quand Madeleine s'était penchée, elle avait poussé un cri étouffé. Maintenant elle la regardait avec une étrange fixité.

— Retirez-vous, lui cria Guillaume, qui sentait sa femme frissonner sous le regard de la pauvresse.

Lorsqu'elle se fut enfin décidée à lâcher prise, il rassura sa compagne.

— Oh! je n'ai pas eu peur, dit Madeleine encore toute tremblante... Mais pourquoi me regardait-elle ainsi? Le mouchoir noué autour de son visage m'a empêché de distinguer ses traits. Elle avait l'air vieux, n'est-ce pas?

— Oui, répondit son mari. J'ai entendu parler d'une fille de la contrée, qui s'était sauvée à Paris, et qui en est revenue à moitié folle... C'est peut-être elle.

— Quel âge peut-elle avoir?

— Ma foi, je ne sais pas... T'imaginerais-tu qu'elle nous connaît?... Elle demandait simplement une autre pièce de cinq francs.

Madeleine garda le silence. Elle éprouvait un vague malaise en songeant aux regards fixes que la mendiante avait attachés sur elle. Elle pencha la tête hors de la voiture, et la vit qui courait toujours à quelques pas des roues. Cela lui causa une véritable terreur, mais elle n'osa reparler de cette femme à son mari.

Le cabriolet entrait dans les rues de Mantes. Guillaume caressait un projet qui lui était subitement venu à l'esprit. Onze heures allaient sonner, il songeait qu'ils n'arriveraient guère à Paris avant le jour. Ce long voyage de nuit com-

mençait à l'effrayer ; peut-être serait-il plus sage de coucher à Mantes, dans une auberge. Quand cette idée se fut
présentée à lui, il s'y complut, poussé par son secret désir de posséder Madeleine au fond de quelque retraite
ignorée. La nuit dernière, lorsque leurs souvenirs les torturaient dans la petite maison voisine de la Noiraude, il
avait souhaité d'habiter une chambre inconnue où ils ne
retrouveraient rien du passé. Ce rêve, qu'il venait de faire
de nouveau sur la route déserte, lui était facile à réaliser
en ce moment. Il n'avait qu'à frapper à la porte du premier hôtel qu'il rencontrerait : il trouverait là la chambre
banale, la pièce de hasard où il pourrait tenter l'oubli.
L'idée de coucher à Mantes dictée d'abord par la prudence
devenait ainsi un de ses souhaits les plus chers.

— Veux-tu que nous nous arrêtions ici ? demanda-t-il à
Madeleine. Tu dois être fatiguée. Nous repartirions demain matin.

La jeune femme croyait toujours entendre derrière le
cabriolet les pas de la pauvresse. Elle accepta le projet
de Guillaume avec une grande vivacité.

— Oui, oui, répondit-elle, couchons ici. Je tombe de
sommeil.

Alors Guillaume chercha à s'orienter. Il connaissait,
aux portes de Mantes, une vaste auberge où il était certain de trouver de la place. Cette auberge, à l'enseigne
du *Grand-Cerf*, avait eu ses jours de célébrité parmi les
rouliers et les commis voyageurs, avant l'établissement
du chemin de fer. Elle se composait d'un véritable village,
avec ses écuries, ses hangars, ses cours, ses trois corps
de bâtiment de hauteur inégale. Traversée par des corridors sans fin, coupée par d'innombrables escaliers ralliant
au hasard les étages, elle s'emplissait autrefois de la vie
d'un monde de voyageurs. Aujourd'hui, elle restait presque toujours vide. Son propriétaire avait bien essayé d'en
faire un hôtel accommodé à la façon moderne ; mais il
n'était parvenu qu'à rendre l'ameublement de ses chambres et de ses salons profondément ridicule. Il voyait tous

ses anciens clients le quitter pour aller loger chez un de ses confrères qui venait de faire bâtir, près de la gare, une sorte de maison meublée, ornée de glaces et de pendules de zinc, à l'instar de Paris.

Guillaume aimait d'instinct les maisons modestes et solitaires. Il se rendit au *Grand-Cerf*. Le lendemain devait être un jour de marché, les gens de l'auberge étaient encore debout. Un garçon vint ouvrir toute grande la porte cochère qui conduisait dans la cour principale. Guillaume descendit de voiture pour faire entrer lui-même le cheval en le tenant par la bride. Le garçon était allé chercher une bougie et la clef d'une chambre, les nouveaux venus lui ayant témoigné le désir de se coucher immédiatement.

Madeleine ne mit pied à terre que dans la cour. Elle y resta à peine deux minutes. Encore secouée par les cahots du cabriolet, toute frissonnante de la rencontre qu'ils avaient faite, elle regardait autour d'elle d'un air d'inquiétude. Elle pensait reconnaître cette maison inconnue où l'amenait son mari. En face d'elle se dressait un pigeonnier de briques rouges qu'elle devait avoir vu quelque part; il y avait là aussi une porte d'écurie peinte en jaune qui lui semblait une vieille connaissance. Mais sa lassitude, sa vague terreur rendaient ses souvenirs très-confus. Il lui aurait été impossible de faire un appel énergique à sa mémoire. Ces murs noirs, ces masses sombres de bâtiments éclairées par des nappes de lune, prenaient dans la nuit un air d'étrange tristesse, et elle se croyait certaine de les voir pour la première fois. La porte de l'écurie et le pigeonnier seuls l'étonnaient, l'effrayaient même, en se trouvant là, dans un lieu où elle ne se souvenait pas d'être venue. D'ailleurs, ce ne fut qu'un éclair, une sensation rapide d'anxiété qui redoubla son malaise et ses craintes sourdes.

Le garçon revint en courant. Il guida les voyageurs dans un dédale de petits escaliers dont les marches usées penchaient d'une façon inquiétante. Il s'excusait, il disait que si monsieur et madame étaient entrés du côté des

11.

cuisines, ils auraient pu gagner leur chambre par le grand escalier. Madeleine regardait toujours autour d'elle, mais elle ne reconnaissait plus rien dans ce labyrinthe d'étages et de couloirs.

Enfin le garçon ouvrit une porte. Il crut devoir s'excuser encore.

— Cette chambre donne sur la cour, dit-il; mais elle était toute prête, et monsieur m'a paru si pressé... D'ailleurs, le lit est bon.

— C'est bien, répondit Guillaume. Veuillez allumer du feu; on gèle ici.

Le garçon mit quelques bûches sur les chenets de fer qui garnissaient la cheminée. Il y avait dans un coin une petite provision de bois. Madeleine et Guillaume se promenaient de long en large avec quelque impatience, en attendant d'être seuls. La jeune femme s'était débarrassée de sa capeline et du foulard qu'elle avait noué à son cou. Quand le garçon, courbé devant le foyer, se redressa après avoir bruyamment soufflé la flamme de la bouche, il s'arrêta net devant elle, examinant avec surprise son visage éclairé en plein par la bougie. Madeleine, les yeux fixés sur le bout de ses bottines qu'elle était venue présenter au feu, ne vit pas son étonnement. Il eut un sourire discret, il regarda Guillaume d'un air malin.

— Soignez bien mon cheval, lui dit celui-ci en le congédiant. Je descendrai sans doute avant de me mettre au lit pour voir s'il a tout ce qu'il lui faut.

La chambre où allaient coucher les époux, était une vaste pièce carrée. Le papier qui tapissait les murs, paraissait déteint depuis longtemps; il tournait au gris sale, sans qu'il fût possible de retrouver les anciennes rosaces dont il avait dû être semé. Une crevasse traversait le plafond; cette crevasse, suintant d'humidité, se bordait de taches couleur de rouille, et le plâtre, nu et froid, se trouvait ainsi coupé, d'un bout à un autre, par une bande jaunâtre. La pièce était carrelée de larges carreaux peints en rouge sang. Quant à l'ameublement, il

consistait en une commode ventrue, garnie de poignées
de cuivre, une armoire immense, un lit singulièrement
étroit pour deux personnes, une table ronde et des chai-
ses. Au lit et aux fenêtres pendaient des rideaux de cotonnade bleue, bordés d'une guirlande de fleurs blanches.
Sur le marbre nu de la commode, il y avait une pendule
de verre filé, une de ces merveilles puériles que les
paysans se lèguent précieusement de père en fils ; cette
pendule représentait un château, percé de fenêtres,
orné de galeries et de balcons ; par les fenêtres on apercevait, à l'intérieur, des boudoirs et des salons, dans lesquels de petites poupées étaient couchées sur des divans.
Mais tout le luxe avait été réservé pour garnir la cheminée ; on voyait là deux bouquets de fleurs artificielles,
soigneusement placés sous globe, puis une douzaine
de tasses à thé dépareillées, rangées sur le bord de la
tablette de plâtre, dans un ordre parfait ; entre les bouquets, au milieu, s'élevait un échafaudage singulier, une
sorte de monument fait à l'aide de ces boîtes que l'on
gagne dans les foires, et qui ont, sur leur couvercle, des
bergères et des bergers roses ; on en comptait bien une
douzaine, de formes et de grandeurs différentes, les petites sur les grandes, très-habilement superposées, de façon
à former une espèce de tombeau d'architecture bizarre. Les
arts étaient encore représentés dans la chambre par une
série d'images racontant l'histoire de Pyrame et de Thisbé ;
encadrées de minces baguettes noires, recouvertes de
vitres criblées de nœuds verdâtres, ces images s'ali-
gnaient, au nombre de huit, le long des murailles,
qu'elles tachaient de plaques jaunes, bleues et rouges ; les
teintes, mises à plat, violentes et crues, relevaient singulièrement les tons blafards du papier ; la naïveté enfantine du dessin avait une saveur toute campagnarde ; au
bas de chaque tableau se trouvait une longue légende et
il eût bien fallu une bonne heure si l'on avait voulu lire
l'histoire entière.

Cette chambre, que l'aubergiste avait cru rendre tout à

fait confortable en étalant un tapis de carpette sous la
table ronde, exhalait cette odeur indéfinissable que l'on
retrouve dans tous les hôtels meublés. Elle sentait le renfermé, le moisi, un vague parfum de vieux linge, d'étoffes
usées, de poussière humide. Grande, délabrée, glaciale,
elle ressemblait à une salle commune où tout le monde
serait venu sans que personne y laissât un peu de son
cœur et de ses habitudes ; elle avait la banalité vide, la nudité bête d'un dortoir de caserne. Jeunes et vieux, hommes
et femmes s'étaient couchés pour une nuit dans ce lit étroit
qui restait froid comme une banquette d'antichambre.
Bien des chagrins, bien des joies avaient peut-être vécu
là pendant quelques heures, mais la pièce n'avait rien
gardé des larmes et des rires qui devaient l'avoir traversée. Sa vulgarité, son ombre, son silence étaient pleins
d'une sorte de tristesse honteuse, de cette tristesse écœurée qu'ont les alcôves des filles misérables dans lesquelles
passent les baisers de tout un quartier. En cherchant, on
eût trouvé, au fond d'une tasse de la cheminée, un bâton
de cosmétique oublié par un commis voyageur joli garçon,
et, derrière une autre tasse, quelques épingles à cheveux
qui avaient attaché le chignon d'une dame du quartier
Latin égarée à Mantes.

Guillaume rêvait une solitude plus tiède, une retraite
plus digne. Il fut navré un moment à la vue de cette
chambre ignoble ; mais il n'avait pas le choix, et, d'ailleurs, il trouvait ce qu'il désirait : une pièce inconnue, un
trou où personne ne pouvait venir troubler sa paix. Il se remit peu à peu, et finit même par sourire en songeant qu'ils
avaient quitté la Noiraude pour venir coucher dans un pareil taudis. Il s'était assis devant le feu. Il attira sur ses
genoux Madeleine, qui tendait toujours ses pieds à la
flamme, absorbée, ne voyant rien autour d'elle.

— Tu es lasse, ma pauvre Madeleine ? lui demanda-t-il
d'une voix caressante.

— Non, répondit-elle... J'ai pris froid en montant ici...
Je vais me chauffer les pieds avant de me coucher.

Elle frissonnait. Elle songeait, toujours, malgré elle, à cette pauvresse qui avait suivi leur voiture.

— Tu ne m'en veux pas trop de t'avoir amenée ici? demanda de nouveau Guillaume. Nous dormirons sans doute fort mal, mais nous partirons de bon matin... Moi, je suis bien dans cette chambre. N'es-tu pas heureuse du grand calme et du grand silence qui nous environnent?

Elle ne répondit pas, elle murmura :

— Cette femme m'a effrayée tout à l'heure, sur la route... Elle me regardait d'un air mauvais.

— Bon Dieu! que tu es enfant, s'écria son mari. Tu avais peur de Geneviève, maintenant c'est une mendiante qui t'effraye. D'ordinaire, tu n'es pas poltronne cependant... Va, cette femme dort bien tranquillement au fond de quelque fossé.

— Tu te trompes, Guillaume. Elle nous a suivis, et je crois l'avoir vue entrer en même temps que nous dans cette auberge.

— Eh bien, c'est qu'elle venait demander à coucher dans l'écurie... Allons, calme-toi, Madeleine, dis-toi que nous sommes seuls, séparés du monde, au bras l'un de l'autre.

Il avait noué ses mains autour de sa taille et la tenait étroitement serrée contre sa poitrine. Elle restait morne et inerte sous son étreinte, regardant brûler les bûches d'un air soucieux, ne répondant pas au regard d'adoration qu'il levait sur elle. La flamme les éclairait tous deux d'un reflet rougeâtre. La bougie, posée sur un coin de la commode, ne faisait dans la grande pièce humide qu'une tache de lumière trouble.

— Comme tout est paisible ici, reprit doucement Guillaume. On n'entend pas un bruit; on peut se croire au fond de quelque solitude heureuse... N'est-ce pas? on dirait un de ces anciens cloîtres où l'on s'oubliait pendant des vies entières, dans la monotonie du même son de cloche. Cette maison morte doit apaiser les fièvres du cœur.

Ne te sens-tu pas plus tranquille, Madeleine, depuis que tu respires l'air glacé de cette chambre?

La jeune femme pensait au pigeonnier de briques rouges et à la porte jaune de l'écurie.

— Il me semble, murmura-t-elle, que j'ai vu autrefois une cour semblable à celle de cette auberge... Je ne sais plus... Il doit y avoir longtemps.

Elle s'arrêta, anxieuse, comme si elle eût redouté de fouiller ses souvenirs. Son mari eut un léger sourire.

— Tu dors et tu rêves, Madeleine, dit-il de sa voix tendre. Va, nous sommes dans l'inconnu. Depuis hier, je rêvais de nous exiler ainsi, de nous mettre hors du monde. Cette chambre est triste, mais elle a pour nous un grand charme : elle ne nous parle que de l'heure présente, elle nous calme de son vide et de sa banalité. Je m'applaudis d'avoir eu l'idée de nous arrêter en chemin. Demain, nous aurons retrouvé notre bonheur... Espère, Madeleine.

Elle hochait la tête, sans quitter les flammes des yeux, elle balbutiait :

— Je ne sais ce que j'ai... j'étouffe, j'éprouve un vague malaise... j'ai eu peur, vois-tu, et je crois encore être menacée d'un danger...

Guillaume mit plus de tendresse dans son étreinte; le regard qu'il levait sur le visage effrayé de sa femme, devint d'une douceur exquise.

— Que crains-tu? continua-t-il. N'es-tu pas dans mes bras? Personne ici ne peut venir nous affoler. Ah! quelle joie je goûte à me dire que pas un être sur la terre ne sait que nous sommes dans cette chambre! Être ignoré de tous, vivre ainsi au fond d'une retraite cachée, se dire qu'aucune créature, amie ou ennemie, ne peut venir frapper à votre porte, n'est-ce pas la suprême paix dont nous avons besoin? J'ai toujours fait le songe de vivre au désert, et bien des fois j'ai cherché dans la campagne quelque trou perdu pour m'y enfouir. Lorsque je ne voyais plus les paysans ni les fermes, lorsque je me trouvais seul en face du ciel, certain de n'être aperçu par aucun passant, je me sentais triste, triste à mourir, mais d'une tristesse qui me plaisait, qui me retenait là pendant des heures. Et je suis ici avec toi, Madeleine, comme j'étais autrefois seul au milieu des champs... Retrouve ton sourire, ton bon sourire.

Elle hocha de nouveau la tête, passant la main sur son front, comme pour écarter les inquiétudes sourdes qui la tenaient ainsi froide et abattue. Guillaume poursuivit :

— J'ai toujours eu la haine et l'effroi du monde. Le monde ne peut que nous blesser. En partant de Véteuil, j'avais l'intention d'aller étourdir nos souffrances dans le tapage de Paris ; mais combien le calme de cette solitude est plus salutaire !... Il n'y a que deux êtres qui s'aiment, dans cette chambre. Vois, je te tiens entre mes bras, je puis tout oublier, tout pardonner. Personne n'est là dont les regards moqueurs m'empêchent de te serrer sur ma poitrine, personne qui raille l'abandon que je te fais de mon être entier. Je veux que nous nous adorions plus loin et plus haut, au-dessus des amours vulgaires et convenues de la foule, dans une tendresse absolue qui n'ait point le souci des misères et des hontes d'ici-bas. Que nous importe le passé, et pourquoi nous inquiéter des blessures du dehors ! Il suffit que nous nous aimions, que nous demeurions au cou l'un de l'autre, perdus en nous-mêmes, sans jamais voir ce qui se passe autour de nous. Tant qu'il restera un coin où nous puissions nous cacher, il nous sera permis de chercher et de trouver le bonheur. Disons-nous que nous ne connaissons plus un être, que nous sommes seuls sur la terre, sans famille, sans enfant, sans amis, et abîmons-nous dans la pensée de notre affection solitaire. Il n'y a plus que nous au monde, Madeleine, et je me livre à toi ; je suis heureux d'être faible, de te dire que je t'aime encore... Tu as désolé ma vie, et je t'aime, Madeleine...

Il s'animait peu à peu en parlant. Sa voix, basse et ardente, avait des ferveurs de prière ; elle se traînait avec des humilités subites, puis vibrait d'une façon douce,

pénétrante. Il était dans une de ces heures de réaction où
le cœur se vide après être resté longtemps fermé.
Comme il le disait, il aimait la solitude, parce qu'il pouvait y être faible à son aise. Si Madeleine lui avait alors
rendu son regard d'adoration, il eût poussé peut-être ses
lâchetés d'amour jusqu'à s'agenouiller devant elle. Il goûtait une jouissance étrange, après ses angoisses de la
veille, à s'abandonner aux bras de cette femme, loin de
tous les yeux. Ce rêve qu'il faisait, de s'absorber à jamais
dans elle, d'oublier le reste du monde sur son sein, ce
songe d'une existence d'affection et de sommeil était le
cri éternel de ses délicatesses nerveuses blessées à chaque
instant par les rudesses de la vie.

Lentement, Madeleine se sentait soulagée par le murmure de tendresse, par les étreintes chaudes de Guillaume. Ses yeux gris s'éclairaient, ses lèvres s'ouvraient
et devenaient roses. Elle ne souriait pas encore. Elle
éprouvait simplement une grande douceur à se voir aimée
d'une façon si absolue. Elle cessa de contempler le feu.
Elle tourna la tête du côté de son mari.

Quand celui-ci eut rencontré ses regards, il reprit avec
un attendrissement plus grand :

— Si tu voulais, Madeleine, nous nous en irions ainsi
par les chemins, voyageant au jour le jour, couchant où
le hasard nous pousserait, et repartant le lendemain pour
l'inconnu. Nous quitterions la France, nous gagnerions à
petites journées les pays de soleil et d'air pur. Et, dans
ce renouvellement continuel des horizons, nous nous sen-
tirions plus seuls, plus unis. Personne ne nous connaîtrait,
pas un être n'aurait le droit de nous adresser la parole.
Nous ne dormirions jamais qu'une nuit dans les auberges
trouvées au bord des routes; nos amours ne pourraient s'y
fixer, nous nous détacherions bientôt du monde entier
pour ne plus nous attacher que l'un à l'autre. Je rêve l'exil,
Madeleine, l'exil qu'il me serait permis de vivre sur ton
sein; je désirerais n'emporter que toi, me sentir battu par
le vent, me faire un oreiller de ta poitrine, là où la tem-

pête m'aurait jeté. Rien n'existerait pour moi que cette poitrine blanche dans laquelle j'écouterais battre ton cœur. Puis, quand nous serions perdus au milieu d'un peuple dont nous ignorerions la langue, nous n'entendrions plus que nos causeries, nous pourrions regarder les passants comme des bêtes muettes et sourdes; alors nous serions vraiment isolés, nous traverserions les foules sans nous soucier de ces troupeaux, du pas indifférent dont nous traversions autrefois, pendant nos promenades, les bandes de moutons qui broutaient les chaumes. Et nous marcherions ainsi à jamais... Veux-tu, Madeleine?

Un sourire était peu à peu monté aux lèvres de la jeune femme. Son être roidi se détendait. Elle s'abandonnait sur l'épaule de Guillaume. Elle avait passé un bras autour de son cou, le regardant d'un air apaisé.

— Que tu es enfant! murmura-t-elle. Tu rêves éveillé, mon ami, tu m'offres là un voyage dont nous aurions assez au bout de huit jours... Pourquoi pas tout de suite nous faire construire une de ces maisons ambulantes, comme en ont les bohémiens?

Et elle trouva même un petit rire de moquerie légère et tendre. Guillaume se fût peut-être chagriné, si elle n'avait accompagné son rire d'un baiser. Il hocha doucement la tête.

— C'est vrai, je suis un enfant, dit-il, mais les enfants savent aimer, Madeleine. Je sens que maintenant la solitude est nécessaire à notre bonheur. Tu parles des bohémiens, ce sont des gens heureux qui vivent au soleil, et que j'ai enviés plus d'une fois, quand j'étais au collége. Les jours de sortie, j'en voyais presque toujours des bandes à la porte de la ville, campées dans un terrain vague où les charrons du voisinage tenaient leurs chantiers de bois. Je m'amusais à courir sur les longues poutres étendues sur le sol, en regardant les bohémiens qui faisaient bouillir leur marmite. Les enfants se roulaient à terre, les hommes et les femmes avaient des figures étranges, l'intérieur des voitures, que je cherchais à apercevoir, m'ap-

paraissait comme un monde d'objets bizarres. Et je restais
là, tournant autour de ces gens, ouvrant des yeux curieux
et effrayés. Je sentais encore sur mes épaules les meurtrissures des coups de poing que mes camarades m'avaient
donnés la veille, je rêvais parfois de m'en aller bien loin,
dans une de ces maisons roulantes. Je me disais : Si l'on
me bat encore cette semaine, je m'en irai dimanche prochain avec les bohémiens, je les supplierai de m'emmener
au fond de quelque pays où l'on ne me frappera pas. Mon
imagination d'enfant se plaisait au rêve de cet éternel
voyage en plein air. Mais je n'ai jamais osé... Ne te moque pas, Madeleine.

Elle souriait toujours, elle encourageait du regard les
confidences de son mari. Ces puérilités la calmaient, lui cachaient un instant le drame qui les torturait tous deux.

— Il faut dire, continua Guillaume gaiement, que j'étais
un enfant singulièrement sauvage. Les coups m'avaient
rendu sombre, insociable. La nuit, au dortoir, lorsque je
ne pouvais dormir, je voyais, en fermant les yeux, des
coins de paysages, d'étranges solitudes, qui se bâtissaient
brusquement dans ma tête, et que j'arrangeais ensuite
peu à peu, tels que les désirait ma nature farouche et
tendre. C'étaient le plus souvent des gouffres de rochers;
en bas, au fond des gorges noires, grondaient des tor-
tents; puis les flancs des collines montaient, roides, gri-
sâtres, dans un ciel d'un bleu implacable, où tournaient
lentement des aigles; et, parmi les blocs énormes, au bord
de l'abîme, je mettais une dalle blanche où je me voyais
en pensée, assis et comme mort, au milieu de la désolation et de la nudité de l'horizon. D'autre fois, mes rêveries se faisaient plus douces : je créais une île grande
comme la main, jetée au sein d'un large fleuve tranquille;
je distinguais à peine les rives lointaines, pareilles à deux
bandes verdâtres perdues au milieu du brouillard ; le ciel
était d'un gris pâle, les peupliers de mon île montaient
droit dans les vapeurs blanches de l'eau; alors je m'aper-
cevais couché sur l'herbe molle, bercé par la grande voix

sourde et continue du fleuve, rafraîchi par les souffles gras de cette nature humide. Ces paysages que j'évoquais et que je me plaisais à modifier sans cesse, ôtant une roche, ajoutant un arbre, m'apparaissaient avec une netteté singulière; ils me consolaient, ils m'emportaient dans des pays inconnus où je croyais vivre des vies entières de silence et de paix. Lorsque j'ouvrais les yeux, lorsque tout s'effaçait et que je me retrouvais au fond du dortoir morne, éclairé d'une lueur blâfarde par une lampe de nuit, mon cœur se serrait d'angoisse, j'écoutais la respiration de mes camarades, redoutant de les entendre se lever et de les voir venir me battre pour me punir d'avoir essayé de leur échapper dans mes rêves.

Il s'arrêta, rendant à Madeleine les baisers qu'elle lui mettait sur le front. Elle était émue par le récit qu'il lui faisait des souffrances de sa jeunesse. Dans cette heure d'épanchement, elle pénétrait les délicatesses de ce tempérament nerveux, elle se jurait d'aimer Guillaume comme il le méritait, avec des tendresses raffinées et absolues.

— Plus tard, reprit-il, lorsque la pensée me prit de me sauver en compagnie des bohémiens, je cédais uniquement à l'espérance de retrouver le long des routes les paysages que j'avais vus en rêve. Je croyais fermement que je les rencontrerais quelque part, je m'imaginais les avoir devinés tels qu'ils devaient être. C'était sans doute un bon ange qui me les avait révélés, car j'écartais l'idée d'avoir pu les créer de toutes pièces, et j'aurais véritablement ressenti un grand chagrin, si l'on m'eût prouvé qu'ils n'existaient qu'au fond de mon cerveau. Ils m'appelaient, ils me disaient d'aller me reposer parmi eux, ils me promettaient une vie d'éternelle paix.

Il s'arrêta de nouveau, hésitant, n'osant continuer. Puis, avec un sourire timide, de l'air embarrassé d'un homme fait qui avoue un enfantillage :

— Et te le dirai-je, Madeleine? murmura-t-il; je crois toujours qu'ils existent, ces horizons où j'ai vécu bien des

nuits de mon enfance. Le jour, on me martyrisait; je regardais les murailles froides du collége avec des désespoirs de prisonnier enfermé dans une salle de torture; la
nuit, je courais les champs, je me soûlais d'air libre, goûtant une joie profonde à ne plus voir de poing levé sur
ma tête. Je menais deux vies, d'une réalité aussi poignante. Va, mes rêves ne peuvent m'avoir trompé. Si nous
cherchions, nous trouverions, quelque part sur la terre,
mon gouffre de rochers, mon île jetée au milieu d'un large
fleuve tranquille. Et c'est pour cela, Madeleine, que je
veux m'en aller au hasard, persuadé de rencontrer un jour
mes solitudes rêvées. Si tu savais combien elles étaient
douces et calmes dans mes songes! Nous y dormirions
d'un bon sommeil, nous y vivrions à jamais loin du monde,
loin de tout ce qui nous a blessé. Ce serait la vie devenue
rêve... Veux-tu que nous nous mettions en quête de ces
coins heureux? Je les reconnaîtrai, je te dirai: C'est là
qu'il faut nous aimer. Et ne ris pas, Madeleine: ils existent, je les ai vus.

La jeune femme ne riait plus. Des larmes montaient à
ses yeux, ses lèvres tremblaient d'émotion. Les paroles
de Guillaume, le chant léger qu'il murmurait à son oreille
la faisaient pleurer. Combien il l'aimait, et quelle profondeur d'ineffable tendresse elle trouvait en lui! A son insu,
le regret de ne pouvoir se donner à lui entière et sans ar-
rière-pensée, redoublait son attendrissement; mais elle
ne croyait alors ressentir dans tout son être que la caresse
de ces paroles tombant une à une sur son cœur. Elle baisait de temps à autre son mari au visage, tandis qu'il parlait; elle se laissait aller sur sa poitrine, ployant sous
son étreinte, le tenant elle-même étroitement par le cou.
Les bûches embrasées, qui jetaient de grandes flammes
jaunes, les éclairaient d'une lumière tiède. Et, derrière
eux, la vaste chambre inconnue dormait.

— Enfant, enfant, répéta Madeleine. Va, si nous ne pouvons réaliser ton rêve, nous saurons toujours bien nous
aimer.

— Pourquoi ne pas fuir? reprit Guillaume avec insistance.

Elle eut de nouveau un léger sourire.

— Parce que nous ne pouvons aller habiter tes châteaux en Espagne, mon cher poëte, répondit-elle. Le bonheur doit être en nous, il est inutile de nous en remettre au hasard pour le trouver. Je vois que tu as tout oublié, je sens que j'oublie à mon tour : il nous reste encore de bonnes heures à vivre ensemble.

Et, comme son mari s'attristait, elle ajouta gaiement :

— A présent, nous serons heureux partout. Je défie le malheur.... Je ne sais quel frisson m'avait prise sur la route. Je dormais à moitié, le froid devait m'avoir saisie. Puis, cette auberge m'a produit un étrange sentiment de répugnance.... Mais, depuis que nous sommes là, à nous chauffer et à causer, je trouve que tu as raison : on est bien ici, dans ce grand silence qui nous environne. C'est que tes paroles ont calmé mes angoisses.... J'espère.

Guillaume se consola vite en l'entendant parler de la sorte.

— Oui, espère, Madeleine, dit-il. Vois comme nous sommes unis l'un à l'autre. Rien ne nous séparera plus.

— Rien, reprit la jeune femme, si nous nous aimons toujours ainsi. Nous pouvons retourner à Véteuil, aller à Paris, nous nous retrouverons en tous lieux avec notre amour.... Aime-moi sans cesse comme tu viens de m'aimer, et je guérirai, je te le jure.... Je suis à toi, entends-tu, à toi tout entière.

Ils se serrèrent dans une étreinte plus étroite. Pendant quelques minutes, ils échangèrent des baisers muets. Minuit sonna à la pendule.

— Déjà minuit! s'écria Madeleine. Il faut nous coucher pourtant, si nous voulons nous éveiller de bonne heure.

Elle quitta les genoux de Guillaume, qui se leva en disant :

— Je vais descendre un instant à l'écurie. Je veux voir
comment ce garçon a soigné mon cheval.... Tu n'auras
pas peur seule dans ma chambre?

— Peur de quoi? reprit la jeune femme en riant. Tu
sais bien que je ne suis pas poltronne.... Tu me retrouve-
ras sans doute couchée. Dépêche-toi.

Ils se donnèrent un dernier baiser. Guillaume descendit,
laissant la clef sur la porte.

Quand Madeleine fut seule, elle resta un moment absorbée, contemplant le feu avec le vague sourire que les
paroles tendres de son mari avaient mis sur ses lèvres.
Comme elle venait de le dire, elle éprouvait un grand
apaisement, elle se sentait bercée par de nouveaux espoirs.
Jusque-là, elle n'avait pas jeté un regard dans la chambre;
elle était venue, en entrant, droit à la cheminée pour se
chauffer les pieds, et y était demeurée, assise sur les genoux de Guillaume. Lorsqu'elle sortit de son immobilité,
elle voulut ranger, avant de se coucher, les quelques paquets que le garçon avait montés et jetés au hasard. Elle
leva les yeux, elle regarda autour d'elle.

Tout son malaise lui revint alors, sans qu'elle pût d'a-
bord s'expliquer la terreur vague qui la reprenait. Elle
était secouée par la même sensation de répugnance et
d'anxiété qu'elle avait déjà ressentie dans la cour de l'auberge. Il lui semblait reconnaître la chambre; mais la
bougie éclairait si faiblement les murs qu'elle ne distinguait rien nettement. Elle se traita de folle, de peureuse,
pensant qu'elle rêvait debout. Tout en raisonnant pour se
rassurer, elle poussait les paquets dans un coin. Il manquait un sac de nuit. Elle le chercha des yeux et l'aperçut
sur le marbre de la commode, où le garçon l'avait déposé.
Il masquait entièrement la pendule de verre filé. Quand
Madeleine eut pris le sac et qu'elle eut découvert cette
pendule, elle resta clouée devant elle, horriblement pâle.

Elle ne s'était pas trompée : elle connaissait l'auberge,
elle connaissait la chambre. Elle y avait couché autrefois
avec Jacques. L'étudiant était un canotier enragé; souvent

il allait par eau jusqu'à Rouen, avec des amis qui emmenaient leurs maîtresses. Madeleine avait fait un de ces voyages. Arrivée à Mantes, elle s'était trouvée indisposée, et toute la bande avait envahi l'auberge du *Grand-Cerf.*

Immobile, hébétée, la jeune femme examina la pendule. Un pareil objet ne pouvait lui laisser aucun doute ; les châteaux de verre filé sont rares ; elle reconnaissait, d'ailleurs, les galeries légères, les fenêtres ouvertes par lesquelles on apercevait les chambres et les salons de l'intérieur. Elle se souvenait d'avoir longtemps ri avec Jacques des petites poupées qui habitaient ces pièces. Ils avaient même retiré le globe et s'étaient amusés à changer les poupées d'appartement. Il lui semblait que ces faits dataient de la veille, qu'elle revoyait la pendule après une absence de quelques heures. La bougie, placée à côté de cette verrerie frêle, pénétrait de ses rayons les minces colonnades, les salles étroites aux murailles transparentes, mettant une pointe de lumière dans chaque goutte de verre qui avait coulé, changeant en aiguilles de feu les rampes des balcons. On eût dit un palais féerique, un palais que des millions de lampions imperceptibles illuminaient de feux jaunes et verts. Et Madeleine regardait ce scintillement d'étoiles d'un air terrifié, comme si ce joujou fragile eût renfermé une arme terrible et menaçante.

Elle recula, elle prit le bougeoir et fit le tour de la chambre. A chaque pas, elle trouva un souvenir. Elle reconnut une à une les images coloriées qui racontaient l'histoire de Pyrame et de Thisbé. Certaines taches du papier peint attirèrent ses regards, chaque meuble lui parla du passé. Quand elle arriva devant le lit, elle s'imagina que les draps n'avaient pas même été changés et qu'elle allait coucher avec Guillaume dans ces toiles encore chaudes du corps de Jacques.

Ce fut cette pensée qui la brisa. Elle avait marché dans la pièce d'un pas de somnambule, les yeux grands ouverts, les lèvres pincées, examinant chaque chose avec une minutie de folle, paraissant attacher un immense intérêt à ne

laisser échapper aucun détail. Mais lorsqu'elle eut touché
les rideaux de cotonnade bleue à bordure de fleurs pâles,
qu'un bâton tenait suspendus au-dessus du lit, elle sentit
ses jambes fléchir tout à coup, elle dut s'asseoir. Maintenant sa pensée se fixait à cette couche étroite, bombée au
milieu comme une pierre blanche de tombe. Elle se disait
que jamais elle ne consentirait à coucher là avec Guillaume.

Elle se prit le front entre les mains, croyant que son cerveau allait éclater. Une rage sourde montait en elle. L'a-
charnement que les souvenirs mettaient à la poursuivre
et à la frapper, l'exaspérait. Ne pourrait-elle donc plus
dormir une nuit tranquille, ne lui serait-il plus permis
d'oublier? Jacques l'atteignait jusque dans l'inconnu, jusque dans cette chambre d'auberge où le hasard venait de
la pousser. Et elle avait eu la sottise d'espérer, de pré-
tendre qu'elle se sentait apaisée et guérie. Elle aurait plutôt
dû écouter son épouvante, son malaise qui l'avertissait du
coup dont elle était menacée. Cette fois, elle en sortirait
folle. Qu'allait-elle dire à son mari, à cet homme dont les
paroles tendres la berçaient d'un rêve menteur, quelques
minutes auparavant? Aurait-elle le courage de lui crier :
« Viens, tu t'es trompé, cette chambre est maudite, je l'ai
habitée avec mon premier amant! » Ou bien se tairait-elle,
accepterait-elle de se prostituer entre les bras de Guillaume, en songeant à Jacques? Dans son anxiété, elle regardait la porte, elle écoutait les bruits vagues de la maison, redoutant d'entendre les pas de son mari, frissonnant à l'idée de le voir entrer et de ne savoir que lui
dire.

Comme elle prêtait l'oreille il lui sembla que quelqu'un
marchait doucement dans le couloir et s'arrêtait à sa porte.
On frappa d'une façon discrète.

— Entrez, cria-t-elle machinalement, troublée, ne sachant ce qu'elle disait.

Ce fut Jacques qui entra.

X

Lorsque Jacques s'éveilla à la Noiraude, il fut très-surpris du brusque départ de Guillaume et de sa femme. Il n'eut, d'ailleurs, pas le moindre soupçon du terrible drame qu'amenait sa présence. Geneviève lui conta, en quelques mots, l'histoire de la mort subite d'un parent, qui avait obligé ses maîtres à partir dans la nuit. Il ne pouvait songer un moment à discuter la véracité de cette histoire. « Bah ! se dit-il, je verrai mes tourtereaux à mon retour de Toulon. » Et il ne pensa plus qu'à tuer la journée le plus gaiement possible.

Il alla promener son ennui dans les petites rues silencieuses de Véteuil, où il eut la mauvaise chance de ne pas rencontrer un seul de ses anciens camarades de collége. L'heure de son départ menaçait de ne jamais arriver. Vers le soir, comme il lui restait à peine quelques minutes pour prendre la diligence, il fut accosté par un brave homme qui s'exclama en le reconnaissant, et se mit à lui raconter longuement les derniers instants de son oncle. Quand il la lâcha, la voiture était partie. Jacques perdit une heure à chercher un cabriolet de louage ; il entra tout juste à Mantes pour entendre le sifflet du train qui s'éloignait. Ce retard le contraria beaucoup Ayant appris qu'il pourrait

12

prendre le lendemain, de bonne heure, un train qui lui permettrait, en arrivant à Paris, d'aller s'embarquer immédiatement à la gare de Lyon, il résolut de coucher au *Grand Cerf*, où il avait jadis fait quelques parties fines.

Il s'y retrouva en pays de connaissance; le personnel était resté presque le même, et le domestique qui le conduisit à sa chambre se permit de lui rappeler, avec la familiarité des garçons d'hôtel, le court séjour qu'il avait fait à l'auberge en compagnie de Madeleine; il se souvenait fort bien de cette dame, une belle fille, disait-il, et dont la bourse était toujours ouverte.

Il pouvait être alors dix heures. Jacques s'oublia à fumer devant son feu jusqu'à onze heures passées. Comme il allait se coucher, il entendit gratter à sa porte. Il alla ouvrir. Le garçon de service entra d'un air singulier. Il avait, balbutia-t-il, quelque chose à dire à monsieur, mais il n'osait pas, il fallait que monsieur promît à l'avance de lui pardonner son indiscrétion; d'ailleurs, s'il se mêlait des affaires des autres, c'était qu'il pensait faire plaisir à monsieur, dont il connaissait le récent retour en France, et qui ne serait sans doute pas fâché d'avoir des nouvelles d'une certaine personne. Jacques impatienté le pria de s'expliquer.

Alors, avec autant de crudité qu'il avait mis jusque-là de ménagement, le garçon lui apprit la présence de madame Madeleine dans l'auberge où elle venait d'arriver en compagnie d'un homme. Il eut un petit rire malin en ajoutant qu'il avait donné aux voyageurs la chambre n° 7, dont monsieur devait bien se souvenir. L'ancien chirurgien ne put s'empêcher de sourire également. Ses délicatesses étaient trop émoussées par ses amours de hasard, pour qu'il songeât à se blesser d'une pareille confidence. Il adressa même deux ou trois questions au garçon, lui demanda si Madeleine était toujours belle, si son compagnon paraissait vieux, et finit par le congédier en lui faisant entendre que le voisinage de la jeune femme n'allait pas l'empêcher de dormir à poings fermés.

Il se vantait. Quand le garçon ne fut plus là, il se mit à marcher de long en large dans sa chambre, songeant malgré lui à ses vieilles amours. Il n'était pas d'un naturel rêveur ; pendant sa longue absence, le souvenir de son ancienne maîtresse, ne l'avait guère troublé. Cependant il n'apprenait pas sans une certaine émotion qu'elle se trouvait là, dans une pièce voisine, en compagnie d'un autre homme. Elle était la seule femme avec laquelle il eût vécu maritalement durant une année, et la certitude de l'avoir possédée vierge, la distinguait à ses yeux des nombreuses créatures aimées une nuit et jetées à la porte le lendemain. D'ailleurs, il se disait philosophiquement que c'était la vie, qu'il aurait dû s'attendre à revoir Madeleine au bras d'un autre. Il n'eut pas un instant l'idée de s'accuser d'avoir jeté la jeune femme dans une vie de hasards ; elle voyageait, elle devait avoir trouvé un amant riche. Sa rêverie aboutit à un vif désir de lui serrer la main en vieux camarade ; il ne l'aimait plus, seulement il aurait goûté une véritable joie à s'entretenir quelques minutes avec elle. Quand la pensée de cette poignée de main cordiale lui fut venue, il oublia le léger déchirement de cœur qu'il venait d'éprouver, il songea uniquement à inventer un moyen pour pénétrer un instant auprès de Madeleine. Cette entrevue lui paraissait toute simple, elle plaisait à son caractère bon enfant. Il s'attendait, d'ailleurs, à ce que son ancienne maîtresse lui sautât au cou. La supposition qu'elle pouvait être mariée, si elle lui était venue, lui eût paru fort comique, car il la revoyait toujours chez lui, rue Soufflot, au milieu de ses amis fumant leur pipe de terre blanche. Il résolut simplement d'agir avec prudence, pour ne pas lui nuire dans l'esprit de son nouvel amant.

Sa chambre se trouvait au bout du couloir ; trois pièces la séparaient du n° 7. Il avait entre-baillé sa porte, écoutant, réfléchissant à la difficulté de mettre son projet à exécution. Devant partir le lendemain de bonne heure, il désespérait d'arriver à son but, lorsqu'il entendit un bruit de porte qui s'ouvrait. Il allongea la tête ; il vit alors vaguement dans l'ombre un homme sortir du nº 7 et s'éloigner du côté de l'escalier. Quand le bruit des pas de cet homme se fut perdu, il eut un rire silencieux.

— Monsieur n'est plus là, pensa-t-il, c'est l'instant d'aller présenter mes amitiés à madame.

Et il vint à pas de loup frapper à la porte de Madeleine. Lorsqu'il fut entré, lorsque celle-ci l'aperçut devant elle, elle se leva d'un mouvement brusque. D'ailleurs, cette apparition ne lui porta pas le coup rude dont l'aurait écrasée la vue soudaine de Jacques en d'autres circonstances. Elle s'y attendait presque. Depuis qu'elle avait reconnu la chambre, depuis que les souvenirs du passé l'affolaient de nouveau, elle s'imaginait avoir devant elle son ancien amant. Il venait, et cela lui semblait naturel, il était là chez lui. Elle ne se demanda même pas comment il se faisait qu'il se trouvât au *Grand-Cerf* et qu'il y eût appris sa présence. Elle sentit simplement tout son être se glacer. Droite, rigide, les yeux fixés sur Jacques, elle attendit qu'il parlât le premier, dans un calme étrange.

— Eh ! oui, c'est bien Madeleine, dit-il enfin en baissant la voix.

Il souriait, il la regardait d'un air heureux.

— Ce Joseph a une excellente mémoire... Tu te rappelles, ce garçon qui nous a servis, lorsque nous nous sommes arrêtés dans cette auberge... Il vient de me dire que tu étais ici et qu'il t'avait reconnue... J'ai voulu te serrer la main, ma chère enfant.

Et il s'avança vers elle, les mains tendues, cordialement, souriant toujours. La jeune femme recula.

— Non, non, murmura-t-elle.

Il parut surpris de ce refus, mais il ne perdit pas sa belle humeur.

— Tu ne veux pas que je te serre la main? reprit-il. Et pourquoi? Tu ne t'imagines pas au moins que je viens troubler tes nouvelles amours. Je suis un ami, Madeleine, un vieux camarade, rien de plus... J'ai attendu que monsieur ne fût plus là, et je me retirerai avant qu'il ne revienne... Est-ce le gros Raoul?

Le gros Raoul était cet étudiant qui avait offert à Madeleine de se mettre en ménage avec lui, quelques minutes après le départ du chirurgien. Elle frissonna au nom de cet homme. La supposition que faisait Jacques, la possibilité d'une liaison entre elle et un de ses anciens amis la blessait profondément. « Si je lui disais tout? » pensait-elle. Acculée, saignante, elle retrouvait l'énergie et la décision de son caractère; elle allait, en quelques mots brefs, avouer la vérité à son premier amant, le supplier de ne jamais chercher à la revoir, lorsque celui-ci continua de sa voix joyeuse :

— Tu ne réponds pas?... Bon Dieu! comme tu es discrète!... Est-ce toi qui as choisi cette chambre?... Tu te souviens de cette chambre, n'est-ce pas?... Ah! ma pauvre enfant, les belles et bonnes journées!... Sais-tu que tu joues un mauvais tour à ce monsieur en l'amenant ici?

Il eut un gros rire. Madeleine, écrasée, le regardait d'un air de stupeur profonde.

— Je n'ai jamais été fat, ajouta-t-il; je crois que tu m'as parfaitement oublié... Cependant, je ne voudrais pas être à la place de ce monsieur... Là, entre nous, pourquoi diable as-tu choisi cette chambre?... Tu ne réponds pas? Nous nous sommes donc quittés fâchés?

— Non, dit-elle d'un ton sourd.

Elle chancelait, elle s'appuyait à la cheminée pour ne pas tomber. Elle sentait qu'elle n'aurait plus le courage de parler; jamais elle n'oserait nommer Guillaume, maintenant que Jacques avait ri de l'homme qui devait passer la nuit avec elle dans la chambre où ils s'étaient jadis aimés. Et il fallait encore qu'il la soupçonnât, par une brutale plaisanterie de viveur, d'avoir choisi cette chambre avec intention. Il lui semblait que son premier amant la rejetait d'un mot dans la boue dont elle n'aurait pas dû

12.

sortir ; elle se croyait salie d'une tache si ineffaçable, qu'elle baissait la tête honteusement, comme une coupable. D'ailleurs, la présence de Jacques produisait sur elle l'effet d'effarement qui, la veille, l'avait déjà tirée de sa froideur et de son énergie ordinaires ; il lui venait de ce tempérament sanguin des secousses profondes ; ce garçon puissant auquel elle appartenait toujours par des liens intimes de chair, brisait ses volontés du son seul de sa voix, la rendait d'un regard toute pantelante, faible et vaincue. Quand elle éprouva dans son être cet amollissement de femme soumise, elle eut peur de ses pensées premières de lutte, elle s'abandonna. Jacques ignorait tout, c'était le hasard qui le poussait sur son passage ; elle boirait sa honte jusqu'au bout, elle attendrait qu'il s'éloignât.

Le jeune homme ne pouvait deviner les pensées qui la faisaient pâlir et frissonner. Il s'imagina qu'elle le supposait capable d'attendre l'homme avec lequel elle se trouvait, et de se livrer alors à une scène ridicule.

— Mais ne tremble donc pas! lui dit-il en continuant à rire. Me prends-tu pour un ogre? Je t'ai déjà dit que je voulais te serrer simplement la main. Je parais et je disparais... Va, je n'ai pas envie de voir ce monsieur. Sa vue ne m'intéresserait nullement. Au moindre bruit, je me sauve...

Il alla écouter à la porte qu'il avait laissée ouverte. Puis il revint, sans que l'attitude de Madeleine lui fît rien perdre de sa gaieté. Cette entrevue originale l'amusait. Il n'en sentait nullement le côté cruel et grossier.

— Sais-tu, reprit-il, que j'ai failli rester là-bas, couché proprement au fond de la mer. Mais les poissons n'ont pas voulu de moi... Je reviens vivre à Paris. Oh! je t'y rencontrerai bien, et je suis sûr que tu ne me feras pas cette mine épouvantée... Et toi, que deviens-tu? que fais-tu?

— Rien, répondit Madeleine.

Elle était sans force, l'écoutant et répondant machinalement. Elle se disait qu'il allait s'en aller et qu'elle réfléchirait ensuite. Dans son effarement, la pensée que son mari pouvait remonter d'un moment à l'autre, ne lui venait même plus à l'esprit.

— Ah ! dit-il un peu décontenancé, tu ne fais rien. Mon Dieu ! que tu es froide ! Moi qui croyais que tu allais me sauter au cou... Tu l'aimes donc ?

— Oui.

— Tant mieux ! Je déteste les gens qui ont le cœur vide... Et il y a longtemps que tu es avec lui ?

— Cinq ans.

— Diable ! voilà un amour sérieux... Ce n'est pas le gros Raoul, bien sûr ?... Georges alors ? Non ?... Ah ! peut-être le petit blond, Julien Durand ? Pas davantage ?... C'est donc quelqu'un que je ne connais pas ?

Elle pâlit encore, elle eut un frémissement qui fit passer sur sa face une expression d'indicible souffrance. Jacques pensa qu'elle croyait entendre les pas de son amant.

— Eh ! ne frissonne pas ainsi, reprit-il, je t'ai promis de me sauver dès qu'il reviendrait. Cela me fait plaisir de causer un peu avec toi... Alors tu ne vois plus du tout les garçons que je viens de nommer ?

— Non.

— C'étaient de bons enfants, des camarades d'un jour auxquels j'ai parfois songé, loin de la France...Te rappelles-tu les joyeuses journées que nous avons passées avec eux ? Nous partions le matin pour le bois de Verrières, nous en revenions le soir, chargés de branches de lilas. Je me souviens encore des énormes saladiers de fraises que nous mangions, surtout de la petite chambre où nous avons couché si souvent : dès cinq heures, j'ouvrais les volets, et le soleil t'éveillait en te frappant sur les yeux... J'avais toujours pensé qu'un de mes excellents amis devait avoir pris ma place dans ton cœur.

Madeleine fit un geste suppliant. Mais Jacques finissait

par être un peu piqué de son attitude froide; il continua brutalement :

— Va, tu peux m'avouer la vérité, je ne m'en fâcherai pas... Cela a dû être, ne dis pas non... Eh! c'est la vie : on se prend, on se quitte, on se retrouve. Il n'y a pas de semaine où je ne rencontre quelque ancienne... Tu as tort de prendre la chose au tragique et de me traiter en ennemi... Tu étais si gaie, si insouciante!

Il la contemplait, il s'émerveillait de la revoir grasse et bien portante, dans l'épanouissement large de sa beauté.

— Tu as beau me faire la moue, dit-il en plaisantant, je te trouve embellie. Tu es devenue femme, Madeleine, et tu as dû être heureuse... Là, regarde-moi un peu : ah! mes beaux cheveux roux, ma douce peau nacrée!

Il s'était rapproché, une lueur de désir passa dans ses yeux.

— Voyons, tu ne veux pas m'embrasser avant que je ne m'en aille?

Madeleine se renversa pour échapper à ses mains qui se tendaient vers elle.

— Non, laissez-moi, je vous en prie, balbutia-t-elle d'une voix mourante.

Jacques fut frappé du désespoir qu'il y avait dans son accent. Il devint subitement sérieux; le fond bon enfant de son caractère s'émut, il eut vaguement conscience qu'il venait d'être sans le vouloir brutal et cruel. Il fit en silence quelques pas vers la porte. Puis s'arrêtant et se retournant :

— Tu as raison, Madeleine, dit-il. Je suis un sot, j'ai eu tort de venir ici... Pardonne-moi mes rires comme je te pardonne ta froideur. Mais j'ai bien peur que tu n'aies ni cœur ni mémoire. Si tu aimes réellement cet homme, ne reste pas avec lui dans cette chambre.

Il parlait d'une voix grave, et elle retint des sanglots quand il lui montra les murs de la pièce d'un geste énergique.

— Je suis un farceur, moi, continua-t-il, j'aime un peu partout, sans grande délicatesse. Et cependant j'entends encore ce lit, ces meubles, cette chambre entière me parler de toi... Souviens-toi, Madeleine.

Les pensées qu'il évoquait, firent de nouveau luire un désir dans ses regards.

— Voyons, dit-il en se rapprochant, une seule poignée de main, et je m'en vais.

— Non, non, répéta la jeune femme affolée.

Il la tint quelques secondes frissonnante devant lui, haussa les épaules et sortit. Il s'en alla en la traitant de sotte. Son court regret d'être venu et de s'être montré peut-être un peu brutal, s'était noyé dans une sourde irritation contre cette ancienne maîtresse qui refusait même de lui serrer la main. S'il avait eu un éclair de sensiblerie, en montrant la chambre, cette émotion tendre venait d'une jalousie vague qu'il eût rougi d'avouer franchement.

Madeleine, restée seule, se mit à tourner dans la pièce, machinalement, changeant les paquets de place, sans trop savoir ce qu'elle faisait. Il y avait en elle une sorte de clameur assourdissante qui lui empêchait d'entendre ses pensées. Elle eut un instant l'idée de courir après Jacques pour lui conter son mariage avec Guillaume ; elle croyait, maintenant qu'elle ne le voyait plus devant elle, se sentir la force d'un pareil aveu. D'ailleurs, elle n'était pas poussée à cet acte de courage par la pensée de venir en aide à son mari, de lui assurer un avenir paisible ; elle ne songeait qu'à elle, elle se révoltait à la fin sous le mépris familier et rieur de son premier amant, elle voulait lui montrer qu'elle vivait en honnête femme et qu'on devait la respecter. Cette rébellion de son orgueil lui cachait la situation vraie ; elle ne se demandait plus ce qu'elle allait dire à Guillaume quand il remonterait. Exaspérée par l'acharnement des faits à la frapper, elle trouvait simplement en elle de la colère, un besoin égoïste de se soulager d'une façon immédiate et violente.

Comme elle allait et venait avec des gestes brusques, elle entendit derrière elle crier la porte que Jacques avait laissée entre-bâillée. Elle se retourna, croyant que c'était son mari qui rentrait. Alors elle aperçut sur le seuil la mendiante de la route, la femme en haillons qui avait suivi le cabriolet jusqu'au *Grand-Cerf.*

Cette femme s'approcha d'elle, la regardant avec attention.

— Je ne m'étais pas trompée, dit-elle. Je t'avais reconnue, Madeleine, bien que ton visage fût dans l'ombre. Me reconnais-tu, toi?

Madeleine avait eu un mouvement de vive surprise en apercevant en pleine lumière la figure de la pauvresse. Elle se roidit encore, se fit implacable.

— Oui, je vous reconnais, Louise, répondit-elle, d'une voix où grondait toutes les colères, toutes les révoltes de son être.

Il ne lui manquait plus que l'apparition de cette femme pour la rendre folle. Louise était cette ancienne camarade qui l'avait emmenée voir sa fille, à quelques lieues de Paris, la veille du départ de Jacques. On la connaissait dans le quartier Latin sous le surnom de Vert-de-Gris, que lui avaient fait donner ses soûleries d'absinthe et les teintes verdâtres de ses joues devenues molles et malsaines. On se montrait alors Vert-de-Gris comme une célébrité dont les échappés de collège se disputaient les faveurs. Effarée, frappée d'hystérie par la boisson, elle se pendait, dans les bals publics, au cou de tous les hommes; c'était la débauche ivre, avachie, n'ayant plus même conscience des puanteurs du ruisseau au milieu duquel elle se vautrait. Un instant, lorsqu'elle eut une fille, elle parut se désoûler un peu. Jacques, qui aimait son esprit poissard, ne se fit aucun scrupule de la donner pour compagne à Madeleine, d'autant plus qu'elle était à ce moment la maîtresse d'un de ses amis; elle voulait se ranger, disait-elle, vivre avec un seul homme. Puis elle avait roulé de nouveau dans la boue, ne pouvant prendre longtemps sa maternité au sérieux, se plaisantant elle-même d'avoir cru à ces bêtises-là pendant quelques mois. Madeleine, lorsqu'elle logeait rue de l'Est, l'avait vue 'une nuit se traîner sur un trottoir, ivre-morte, entre deux étudiants qui la battaient, et cette créature sale était demeurée dans sa mémoire comme le souvenir le plus écœurant de sa vie d'autrefois.

Aujourd'hui, Vert-de-Gris paraissait tombée aux dernières hontes. Elle devait avoir trente et quelques années, mais on lui en eût donné aisément cinquante. Elle portait une misérable robe en lambeaux, dont la jupe déchique-.ée et trop courte, montrait ses pieds chaussés de vieux souliers d'homme ; un châle de tartan était noué autour de son corps, et ses bras sortaient de ce châle, demi-nus, violets de froid. Son visage, entouré d'un mouchoir atta-ché sous le menton, avait une expression d'ignoble hébê-tement; la boisson en avait fait un masque crapuleux, aux lèvres décolorées et pendantes, aux yeux clignotants et rougis. Elle balbutiait d'une voix rauque, avec des ho-quets, accompagnant ses paroles de gestes vagues qui gardaient un reste des grâces ordurières de ses anciennes danses échevelées. Mais ce qui rendait surtout lamentable et immonde cette créature dissoute par la débauche, c'était son air d'égarement, le frisson continuel qui la se-couait; l'absinthe avait rongé sa chair et son esprit, elle agissait et parlait dans une sorte de stupeur que traver-saient des ricanements nerveux, des exaltations soudaines. Madeleine se rappela ce que lui avait dit son mari sur cette femme qui courait les routes comme une échappée de Charenton. Elle la crut tout à fait folle, elle n'en fut que plus dégoûtée.

— Oui, je vous reconnais, répéta-t-elle d'un ton rude. Que me voulez-vous?

Louise la regardait toujours de ses yeux troubles. Elle eut un rire d'idiot.

— Tu ne me tutoies plus, tu fais la fière... Est-ce parce que je n'ai pas une robe de soie comme toi?... Mais tu sais bien, ma fille, qu'il y a des hauts et des bas dans la vie.

Demain tu peux être aussi misérable que je le suis aujourd'hui.

Chacune de ces paroles blessait Madeleine, l'irritait davantage. Tout son passé se dressait devant elle, elle se disait que cette femme avait raison, qu'elle aurait pu tomber à ce degré d'infamie.

— Vous vous trompez, reprit-elle violemment. Je suis mariée... Laissez-moi.

Mais la folle continuait à s'exclamer :

— Tu as une vraie chance. Ce n'est pas à moi que ces choses-là arrivent... Quand je t'ai vue en voiture avec un homme, j'ai cru que tu avais mis la main sur un millionnaire... Alors c'est ton mari, ce monsieur qui m'a jeté une pièce de cent sous?

Madeleine ne répondit pas; elle souffrait horriblement. Cependant Vert-de-Gris faisait des efforts pour réfléchir et discuter un scrupule qui venait de la prendre. Elle fouilla enfin dans une de ses poches

— Attends, balbutia-t-elle, je vais te rendre tes cent sous... L'argent d'un mari, c'est sacré... Je pensais que ce monsieur était ton amant, et il n'y avait pas de mal, n'est-ce pas? à accepter cent sous de l'amant d'une ancienne amie.

La jeune femme fit un geste de refus.

— Gardez cet argent, dit-elle, c'est moi qui vous le donne... Que me voulez-vous encore?

— Moi, rien, répondit Louise d'un air hébété.

Puis elle se souvint, elle se remit à ricaner.

— Ah! si, cria-t-elle, je me rappelle maintenant... Mais, vraiment, tu n'es pas gentille, Madeleine. Je n'ai pas la tête forte, et tu me troubles avec tes grands airs. Je voulais causer, rire un peu, parler du bon temps... Cela m'a fait bien plaisir, lorsque je t'ai reconnue dans cette voiture. Je t'ai suivie, parce que je n'osais te serrer la main devant le monsieur qui était là. Et j'avais une envie d'être seule avec toi, tu penses! Car, ici, je ne vois plus personne de notre ancien monde. Je suis contente de savoir que tu es heureuse.

Elle s'était assise, elle geignait de sa voix rauque, bavardant avec une familiarité qui froissait toutes les délicatesses de Madeleine. Elle avait des gestes mous, se tassait dans ses haillons, enveloppait son ancienne amie de regards ternes où passaient des attendrissements d'ivrogne. Son accent canaille, qu'elle cherchait à rendre caressant, l'attitude cordiale de son corps amolli, en faisaient un spectacle infâme, insoutenable.

— Tu vois, continua-t-elle, moi je n'ai pas eu de bonheur... Je suis tombée malade à Paris, j'avais trop bu d'absinthe, paraît-il : ma tête me semblait vide, tout mon corps tremblait comme une feuille. Regarde mes mains, elles tremblent toujours... A l'hôpital j'ai eu peur des carabins; je les entendais dire autour de moi que c'était fini, que je n'en avais pas pour longtemps dans le ventre. Alors j'ai demandé à m'en aller, et l'on m'a laissée partir. Je voulais revenir à Forgues, un petit village qui est à une lieue d'ici, et où mon père était charron. Un de mes anciens amants m'a payé ma place au chemin de fer...

Elle reprit haleine, elle ne pouvait plus parler que par phrases courtes.

— Imagine-toi, poursuivit-elle, que mon père était mort. Il avait fait de mauvaises affaires. Je trouvai à sa place un autre charron qui me jeta à la porte. Voilà bientôt six mois de cela. J'aurais bien désiré retourner à Paris, mais je n'avais plus un sou, mes vêtements ne tenaient plus sur moi... J'étais finie, comme ils disaient à l'hôpital. Les hommes ne m'auraient pas ramassée avec des pincettes. Alors je suis restée dans le pays. Les paysans ne sont pas méchants, ils me donnent à manger... Quelquefois, sur les routes, les gamins me poursuivent à coups de pierre.

Sa voix était devenue sombre. Madeleine, glacée, l'écoutait, n'ayant plus le courage de la chasser. Vert-de-Gris finit par secouer la tête d'un air d'insouciance; elle

13

retrouva le ricanement qui d'habitude découvrait ses
dents jaunes.

— Bah! dit-elle, j'ai eu mon temps, ma petite… Te
rappelles-tu comme les hommes couraient après moi?
Nous avons fait de bonnes parties ensemble à Verrières.
Je t'aimais beaucoup, parce que tu ne me disais jamais de
sottises. Je me souviens pourtant d'un jour où je te boudai
à la campagne : mon amant t'avait embrassée, et je faisais
semblant d'être jalouse. Tu sais, je m'en moquais pas mal.

Madeleine pâlit affreusement. Les souvenirs évoqués
par cette créature l'étouffaient.

— A propos, demanda l'autre tout à coup, et le tien
d'amant, ce grand garçon, Pierre, Jacques, je ne sais plus,
qu'en as-tu fait? Voilà un homme qui était gai! Il faut
que je te dise une chose : il me faisait la cour, il me trouvait drôle. Maintenant ça ne peut plus te fâcher de savoir
cela… Est-ce que tu le revois quelquefois?

La jeune femme, à bout de forces, ne put supporter davantage l'angoisse que lui causait la présence de Vert-de-
gris. La colère lui remontait à la gorge, tout son être
s'exaspérait.

— Je vous ai dit que j'étais mariée, répondit-elle. Allez-
vous en, allez-vous en.

La folle eut peur. Elle se leva comme si elle eût entendu les clameurs des gamins qui la poursuivaient à
coups de pierres dans les champs.

— Pourquoi me dis-tu de m'en aller? balbutia-t-elle.
Je ne t'ai jamais fait de mal ; j'ai été ton amie ; nous ne
nous sommes pas quittées fâchées.

— Allez-vous en, répétait toujours Madeleine. Je ne
suis plus celle que vous avez connue. J'ai une petite fille.

— Moi aussi, j'avais une petite fille… Je ne sais plus…
J'ai oublié de payer les mois de nourrice, et on me l'a
prise… Tu n'es pas gentille, tu me reçois comme un
chien. Je disais bien autrefois que tu étais une pimbêche,
avec tes airs sucrés.

Et comme Madeleine en marchant vers elle la poussait

lentement vers la porta, elle s'affola tout à fait, elle cria d'une voix aigre :

— Ce n'est pas parce que tu as eu de la chance qu'il faut mépriser les autres. Tu n'étais pas plus princesse que moi, entends-tu? lorsque nous vivions toutes les deux au quartier. Si ton monsieur m'avait rencontrée, ce serait moi qui porterais tes robes de soie aujourd'hui, et toi qui courrais pieds nus les chemins... Dis-toi cela, ma fille.

A ce moment, Madeleine entendit dans le couloir les pas de Guillaume qui revenait. Une rage la prit. Elle saisit Louise par un poignet et la ramena violemment au milieu de la chambre en lui criant :

— Tenez, vous avez raison. Voici mon mari qui monte. Restez pour lui dire que je suis infâme.

— Eh! non, répondit l'autre en se dégageant. C'est qu'à la fin tu m'as mise en colère. Tu es trop fière, vois-tu... Je m'en vais. Je ne veux pas te faire arriver du mal.

Mais comme elle allait sortir, Guillaume entra. Il s'arrêta surpris devant la mendiante, il adressa un regard d'interrogation à sa femme. Celle-ci s'était appuyée contre la grande armoire. L'exaspération la roidissait ; elle n'avait pas une rougeur au front, pas un trouble de honte dans le regard ; froide, résolue, le visage crispé par une énergie mauvaise, elle semblait s'apprêter à une lutte.

— C'est une de mes anciennes amies, Guillaume, dit-elle d'une voix brève. Elle est montée pour causer avec moi... Invite-la donc à venir nous voir à la Noiraude.

Ces paroles frappèrent douloureusement le jeune homme. Il devina, au son de la voix de Madeleine, que leur paix était morte de nouveau. Sa figure douce exprima une angoisse muette. S'avançant vers Louise, il lui demanda d'un ton bas et ému :

— Vous avez connu Madeleine?

— Oui, monsieur, répondit la malheureuse... Mais ne l'écoutez pas. Si j'avais su, je ne serais pas montée.

— Voulez-vous de l'argent?

Elle eut un geste superbe de refus.

— Non, merci. Si vous étiez mon amant, je ne dis pas...
Je m'en vais, bonsoir.

Quand elle eut refermé la porte, les époux se regardèrent un instant en silence. Ils sentaient qu'un choc inévitable devait les heurter, qu'ils ne sauraient ouvrir les lèvres sans se blesser fatalement ; ils auraient voulu ne point parler, et, malgré eux, ils étaient poussés à aller au devant des nouvelles souffrances qui les menaçaient. Ce fut une minute cruelle de méfiance et d'anxiété. Guillaume, dans la surprise désespérée que lui causait cette attaque imprévue du malheur, attendait avec une résignation pleine d'effroi. Il avait laissé Madeleine paisible, souriante, rêvant un avenir de tendresse, et il la revoyait frémissante, irritée, les yeux fixés sur lui d'un air dur et implacable ; la difficulté qu'il éprouvait à s'expliquer ce brusque changement, redoublait ses inquiétudes, lui laissait entrevoir quelque terrible secousse dont allait forcément recevoir le contre-coup. Il s'était approché de sa femme, tâchant de la détendre, mettant dans ses regards toute la douceur miséricordieuse qu'il avait encore en lui, Mais elle restait exaspérée par les deux scènes rapides qui venaient coup sur coup de l'écraser ; dix minutes avaient suffi pour lui faire revivre tout son passé ; maintenant elle gardait en elle l'épouvante et le froid des apparitions de Jacques et de Vert-de-Gris. Depuis la sortie de son ancien amant, elle ne s'inquiétait plus des maux que son mari endurerait, elle cherchait simplement une issue aux révoltes de son être entier. La venue de Louise avait achevé de lui donner l'égoïsme féroce de la souffrance. Une seule pensée battait dans le tumulte de sa colère : « Puisque je suis infâme, puisqu'il n'y a pas de pardon pour moi, que tout m'écrase, je serai ce que le ciel veut que je sois. »

Ce fut elle qui parla la première.

— Nous avons été lâches, dit-elle brusquement à Guillaume.

— Pourquoi me dis-tu cela ? demanda celui-ci.

Elle secoua la tête d'un air méprisant.

— Il ne fallait pas fuir comme des coupables. Nous aurions été forts de notre droit, de nos cinq années d'affection... Maintenant il n'est plus temps de lutter, nous sommes vaincus, notre paix est morte.

Guillaume voulut tout savoir. Il reprit :

— Que s'est-il donc passé, Madeleine ?

— Ne le devines-tu pas ? s'écria la jeune femme ; n'as-tu pas vu cette malheureuse ? Elle m'a rappelé ce passé qui m'étouffe et que je cherche vainement à oublier.

— Eh bien ! elle est partie ; calme-toi. Il n'y a rien de commun entre toi et cette créature. Je t'aime.

Madeleine eut un rire bref. Elle haussa les épaules en répondant :

— Rien de commun ! J'aurais voulu que tu fusses là. Elle t'aurait dit que je me traînerais à cette heure sur le pavé de Paris, si tu ne m'y avais pas ramassée.

— Tais-toi, Madeleine, ne parle pas ainsi. Tu es mauvaise ; tu ne dois pas salir nos tendresses.

Mais la jeune femme s'excitait elle-même par les mots grossiers qu'elle sentait monter à ses lèvres. Elle s'irritait de voir son mari défendre leurs amours, elle cherchait avec colère des preuves accablantes de son infamie, pour les lui jeter à la face et l'empêcher d'essayer encore de la calmer. Elle ne trouva qu'un mot.

— J'ai vu Jacques, dit-elle.

Guillaume ne comprit pas. Il la regarda d'un air hébété.

— Il était là tout à l'heure, continua-t-elle ; il m'a tutoyée ; il a voulu m'embrasser.

Et elle fixait un regard droit sur son mari qui pâlissait. Il s'assit sur la table. Il balbutia :

— Jacques était parti.

— Eh ! non, il dort dans une chambre voisine. Je l'ai vu.

— Cet homme est donc partout ? dit alors Guillaume dans un élan de colère et d'épouvante.

— Parbleu ! répondit Madeleine avec un geste superbe

de certitude... Est-ce que tu espères tuer le passé ? Ah! vraiment, cette chambre te semblait un coin perdu, une solitude reculée où personne ne pouvait venir se dresser entre nous ; tu me disais qne nous étions seuls, hors du monde, plus haut et plus loin, et que nous allions passer ici une nuit d'amour paisible. Eh bien! l'ombre et le silence de cette chambre étaient menteurs, l'angoisse nous attendait dans ce logis inconnu où nous ne devions rester que quelques heures.

Son mari l'écoutait, abattu, les yeux à terre, désespérant d'arrêter le flot furieux de ses paroles.

— Et moi, continua-t-elle, j'étais assez niaise pour croire qu'il y a des lieux où l'on oublie. Je me berçais de tes rêves... Vois-tu, Guillaume, il n'y a plus de lieux où nous puissions être seuls. Nous aurions beau fuir, nous cacher au fond des retraites les plus closes, le destin saurait nous y atteindre, nous y trouverions ma honte qui nous affolerait. C'est que je porte la souffrance en moi : il suffira maintenant d'un souffle d'air pour aviver mes plaies. Dis-toi que nous sommes traqués comme des bêtes blessées qui cherchent vainement un abri de buisson en buisson, et qui finissent par mourir dans quelque fossé.

Elle s'arrêta un instant, puis elle reprit d'un ton plus irrité :

— C'est notre faute, je le répète. Nous ne devions pas avoir la lâcheté de fuir. En quittant la Noiraude, le soir où cet homme est venu, souviens-toi, je te disais que les souvenirs étaient lâchés et qu'ils me poursuivaient. C'est là la meute hurlante qui nous traque. Je les entendais courir furieusement derrière moi, je les sens à cette heure me mordre, entrer leurs ongles dans ma chair. Ah! que je souffre ! les souvenirs me déchirent.

En poussant ce cri, elle porta les mains à sa poitrine, comme si elle eût réellement senti des dents de chien s'y enfoncer. Guillaume était las de souffrir ; les paroles cruelles de sa femme commençaient à lui causer une sorte d'impatience nerveuse. La volupté âpre qu'elle prenait à

se révolter, blessait ses faiblesses, ses besoins de tranquillité. Il s'irritait lui-même. Il aurait voulu lui imposer
silence. Il crut cependant devoir tenter une fois encore
de la calmer ; mais il le fit mollement.

— Nous oublierons, dit-il, nous irons chercher le bonheur plus loin.

Madeleine se mit à rire. Elle nouait ses mains, elle
avançait sa face pâle.

— Ah! tu crois, cria-t-elle, que je vais pouvoir me
heurter à chaque pas et conserver ma tête calme et saine.
Je ne me sens pas cette force. Il me faut de la paix ou je
ne réponds plus de ma raison.

— Voyons, ne te débats pas ainsi, reprit son mari, qui
vint à elle et chercha à lui prendre les mains. Tu vois
combien je souffre. Épargne-moi. Cessons cette scène
cruelle... Demain, quand nous serons apaisés, nous trou-
verons peut-être une guérison... Il est tard, couchons-
nous.

Il n'espérait plus, il voulait simplement s'isoler dans le
noir et le silence de la nuit ; il lui semblait qu'il souffrirait moins, lorsqu'il serait étendu entre les draps, et que,
la bougie éteinte, il n'entendrait plus la voix brève de
Madeleine. Il s'approcha du lit, écarta les rideaux, rejeta
un coin des couvertures. La jeune femme, toujours adossée
contre la grande armoire, le regardait faire d'un air
étrange. Quand la couche fut découverte et qu'elle aperçut la blancheur éblouissante de la toile :

— Je ne me coucherai pas, dit-elle... Jamais je ne me
mettrai avec toi dans ce lit.

Il se retourna, surpris, ne comprenant pas la raison de
cette nouvelle révolte.

— Je ne t'ai pas dit, continua-t-elle, j'ai déjà habité
cette chambre avec Jacques... J'ai dormi là, dans ses
bras.

Et elle montrait le lit d'un geste significatif. Guillaume
recula, revint s'asseoir sur la table. Il y garda le silence,

anéanti. Cette fois, il s'abandonnait au bon plaisir du destin : tout l'accablait d'une façon par trop cruelle.

— Il ne faut pas m'en vouloir si je te dis la vérité, reprit âprement Madeleine. Je t'évite une honte. Tu refuses, n'est-ce pas ? de m'étreindre dans le lit où Jacques m'a déjà possédée... Nous y ferions d'horribles rêves, et j'y mourrais peut-être d'écœurement.

Le nom de son premier amant, qu'elle venait de prononcer pour la seconde fois, ramena ses idées sur l'entrevue récente. Sa tête s'égarait ; elle ne pensait plus que par sauts brusques.

— Il était devant moi tout à l'heure, dit-elle. Il raillait, il m'insultait. Je suis une pauvre fille pour lui, une fille qu'il a le droit d'injurier. Il ignore qu'on me respecte maintenant, il ne m'a jamais vue à ton bras... Un instant, j'ai voulu lui avouer la vérité. Et je n'ai pas pu... Veux-tu savoir pourquoi je n'ai pas pu, pourquoi je l'ai laissé rire et me tutoyer ? Non, je ne puis te dire cela... Eh ! qu'ai-je besoin de le cacher ! Tu dois tout savoir, tu ne me parleras plus de guérison... Cet homme m'a soupçonnée d'avoir traîné un nouvel amant dans cette chambre, pour y goûter un sale plaisir à évoquer le passé.

Guillaume n'eut pas un frisson ; il mollissait sous les coups. Après un court silence :

— Cette chambre, murmura Madeleine, je la connais bien, va...

Elle quitta enfin l'armoire où elle s'adossait depuis le commencement de la scène, elle vint au milieu de la pièce. Là, violente et muette, le cou gonflé du grondement qu'elle retenait, elle se mit à regarder autour d'elle, lentement, avec une terrible fixité. Guillaume, qui avait levé la tête en l'entendant marcher, fut épouvanté par l'expression de ses yeux ; il ne put s'empêcher de dire :

— Tu m'effraies, Madeleine... Ne regarde pas ainsi ces murs.

Elle secoua la tête. Elle continua à tourner sur elle-même, à examiner de loin chaque objet.

— Je les connais, je les connais, répéta-t-elle d'une voix basse et chantante. Ah! ma pauvre tête éclate. Il faut me pardonner, vois-tu. Les paroles montent malgré moi à mes lèvres; je voudrais les retenir, et je sens qu'elles vont m'échapper. Le passé m'emplit... C'est une effroyable chose que de se souvenir... Par pitié, tue, tue ma pensée!

Elle avait haussé la voix, elle criait maintenant :

— Je voudrais ne plus penser, être morte, ou vivre encore et être folle... Oh! perdre la mémoire, exister comme une chose, ne plus écouter dans mon cerveau le bruit affreux des souvenirs!... Cela échappe à ma volonté; mes pensées me tenaillent sans relâche, elles coulent en moi avec le sang de mes veines, et je les entends qui battent au bout de chacun de mes doigts... Pardonne-moi, Guillaume, je ne puis me taire.

Elle fit quelques pas d'un air si hagard que son mari crut qu'elle devenait réellement folle. Il tendit les mains, l'appelant, essayant de l'arrêter.

— Madeleine, Madeleine, dit-il d'une voix suppliante.

Mais elle ne l'écouta pas. Elle était arrivée près du mur qui faisait face à la cheminée, elle répétait toujours :

— Non, je voudrais ne plus penser, car ce que je pense est horrible, et je pense tout haut... Je reconnais tout ici.

Et elle levait les yeux, elle contemplait la muraille qu'elle avait devant-elle. L'apparition de Jacques, de cet homme dont la vue la troublait d'une émotion si profonde, avait déterminé en elle une crise de chair et d'esprit; cette crise était allée en croissant; maintenant elle l'exaltait, la poussait à une singulière hallucination. La jeune femme, oubliant la présence de son mari, emplie du passé, se croyait revenue aux jours d'autrefois; une fièvre chaude détraquait son être calme d'ordinaire; elle recevait des moindres objets qui l'entouraient, une sensation aiguë, intolérable, qui l'énervait au point de lui arracher en paroles et en cris chacune de ses impressions.

13.

Elle revivait les heures vécues avec Jacques dans ce lieu,
et, ainsi qu'elle le disait, elle les revivait tout haut, malgré
elle, comme si elle se fût trouvée seule.

Le feu qui flambait jetait sur les murs de larges clartés
rougeâtres. L'ombre seule de Guillaume, toujours assis
sur la table, montait jusqu'au plafond, noire, colossale ; le
reste, les plus petits coins de la chambre se trouvaient
vivement éclairés. Le lit, à demi découvert, blanchissait ;
les meubles avaient sur leurs arêtes des filets de lumière,
et des foyers en flammes dansaient dans leurs panneaux
luisants ; les images prenaient des tons crus, les vêtements rouges et jaunes de Pyrame et de Thisbé tachaient
le papier peint d'éclaboussures de sang et d'or ; la pendule de verre filé, le château frêle s'illuminait des caves
aux greniers, comme si les poupées couchées dans les
appartements y eussent donné quelque gala.

Et Madeleine, dans cette clarté vive, égratignant aux
meubles sa robe brune de voyage, la face d'une blancheur
mate et les cheveux d'un roux ardent, allait d'un pas saccadé le long des murs de la chambre. Elle regardait un à
un les tableaux qui racontaient les malheureuses amours
de Pyrame et de Thisbé.

— Il doit y en avoir huit, dit-elle, je les ai comptés
avec Jacques. Je montais sur une chaise, je lui lisais les
récits qui accompagnent les images. Cette histoire lui
semblait drôle, il riait des fautes de français, des tour-
nures ridicules des phrases... Je me souviens que je me
suis fâchée de ses rires. Je trouvais ces amours naïves,
pleines d'une bêtise adorable... Ah ! voilà le mur qui
séparait les amants et par une fente duquel ils se confiaient leurs tendresses. N'est-ce pas charmant, ce mur
crevassé, cet obstacle qui ne peut arrêter deux cœurs !...
Et puis le dénoûment est terrible. Voici la gravure où
Thisbé trouve Pyrame baigné dans son sang ; le jeune
homme a cru que son amante venait d'être dévorée par
une lionne ; il s'est poignardé, et Thisbé, en le voyant sans
vie, se tue à son tour, se jette sur son corps pour y mou-

rir... Je voudrais mourir ainsi... Jacques se moquait.
« Si tu me trouvais morte, lui demandai-je, que ferais-
tu ? » Il est venu me prendre dans ses bras, il m'a donné
un baiser en riant plus fort et en me répondant : « Je
t'embrasserais comme cela, sur les lèvres, pour te ressusciter. »

Guillaume se leva, fiévreux, sourdement irrité. Les
pensées, les spectacles que sa femme étalait, lui causaient une angoisse insupportable. Il aurait voulu la bâil-
lonner. Il la prit par les poignets, la ramena au milieu de
la pièce.

— Tais-toi, tais-toi ! lui cria-t-il. Tu oublies donc que
je suis là ? Tu es trop cruelle, Madeleine.

Mais elle s'échappa, elle courut, vers la fenêtre.

— Je me souviens, dit-elle en écartant un des petits
rideaux de mousseline, cette fenêtre donne sur la cour.
Oh ! je reconnais tout, un rayon de lune me suffit... Voilà
le pigeonnier de briques rouges ; le soir, je regardais avec
Jacques rentrer les vols de pigeons qui s'arrêtaient un
instant, sur les bords des toits, à se lustrer les plumes,
avant de disparaître un à un par les étroites portes
rondes ; ils avaient de petits cris plaintifs, ils se becque-
taient... Et voilà la porte jaune de l'écurie qui restait
grande ouverte ; nous entendions souffler les chevaux ;
des bandes de poules arrivaient en caquetant, et grat-
taient la paille dont elles amenaient des brins au dehors...
Il me semble que c'était hier. J'avais dû garder le lit, les
deux premiers jours ; je grelotais de fièvre. Puis, quand
j'ai pu me lever, je suis venue à cette fenêtre. Je trouvais
bien triste cet horizon de murs et de toits ; mais j'adore
les bêtes, je m'amusais des heures entières de la glouton-
nerie des poules et des grâces amoureuses des pigeons...
Jacques fumait, se promenant de long en large dans la
chambre. Quand je l'appelais avec des éclats de rire pour
voir un poussin qui se sauvait, un ver au bec, et que tous
les autres poulets poursuivaient afin de partager la frian-
dise, il venait, se penchait, me serrait à la taille... Il

avait inventé de me baiser sur le cou, par petits baisers
légers et rapides, de façon à produire avec ses lèvres, à
peine posées sur ma peau, une sorte de caquètement
continu, assez semblable à celui des poussins. « Je vais
faire le petit poulet, » disait-il en plaisantant...

— Tais-toi, tais-toi, Madeleine ! cria violemment Guillaume.

Elle avait quitté la fenêtre. Elle se trouvait devant le
lit qu'elle contemplait d'un air étrange.

— C'était en été, reprit-elle d'une voix plus basse. Les
nuits étaient brûlantes. Les deux premiers jours, Jacques
a couché à terre sur un matelas. Lorsque je n'ai plus eu
la fièvre, nous avons ajouté ce matelas à ceux sur lesquels j'avais dormi. Le soir, en nous couchant, nous
trouvions le lit plein de bosses. Jacques prétendait, par
moquerie, que nous mettrions vingt paillasses les unes sur
les autres, sans parvenir à rendre notre couche plus
molle... Nous laissions la fenêtre entr'ouverte, et, pour
avoir un souffle d'air, nous écartions ces rideaux de cotonnade bleue. Ce sont toujours les mêmes, je vois là un
accroc que j'ai fait avec une épingle à cheveux... J'étais
déjà forte, Jacques n'était pas mince, et le lit nous semblait bien étroit...

Guillaume, exaspéré, vint se mettre entre le lit et Madeleine. Il la poussait vers la cheminée, il avait des envies
terribles de la serrer à la gorge, de lui appuyer ses poings
sur les lèvres, pour la réduire au silence.

— Elle devient folle, balbutia-t-il, je ne puis pourtant
pas la battre.

La jeune femme arriva à reculons jusqu'à la table, en
regardant le visage pâle de son mari d'un air hébété.
Quand elle se fut heurtée, elle se tourna vivement et se
mit à chercher ; elle promenait sur le bois graisseux la
lueur de la bougie, interrogeant chaque tache qu'elle
apercevait.

— Attends, attends, murmura-t-elle, je dois avoir écrit
quelque chose là... C'était la veille de notre départ,

Jacques lisait, et je m'ennuyais à penser toute seule. Alors j'ai trempé le bout de mon petit doigt dans un encrier qui était devant moi, j'ai écrit quelque chose sur le bois... Oh! je vais trouver, c'était très-bien marqué, ça n'a pu s'effacer...

Elle tournait, se ployait à demi pour mieux voir. Au bout de quelques secondes de recherches, elle poussa un cri de triomphe.

— Je le savais bien, dit-elle. Tiens, lis : *J'aime Jacques.*

Guillaume, pendant qu'elle cherchait, essayait de réfléchir au moyen le plus doux qu'il pourrait employer pour la faire taire. Ses fiertés, ses égoïsmes d'amour étaient si profondément blessés, qu'il sentait lui venir des besoins invincibles de brutalité. Ses poings se fermaient malgré lui, ses bras se levaient. S'il ne frappait pas, c'est qu'il n'avait pas encore complétement perdu la tête, et que le peu de raison qui lui restait, se révoltait à la pensée de battre une femme. Mais quand il entendit Madeleine lire : *J'aime Jacques*, et rendre à ces mots l'accent qu'elle avait dû leur donner autrefois, il se dressa derrière elle, les deux poings en l'air, comme pour l'assommer.

Ce fut un éclair. La jeune femme vaguement avertie, se tourna brusquement.

— C'est cela, cria-t-elle, bats-moi... je veux que tu me battes.

Si elle ne s'était pas retournée, nul doute que Guillaume n'eût laissé retomber ses poings. Cet énorme chignon de cheveux roux, cette nuque impudique où il croyait retrouver les rougeurs des baisers de Jacques, l'irritaient, le rendaient impitoyable. Mais quand il vit devant lui le visage blanc et délicat de Madeleine, il eut une pitié soudaine, il recula en faisant un geste de suprême découragement.

— Pourquoi te retiens-tu? lui dit sa femme, tu vois bien que je suis folle et que tu dois me traiter comme une bête.

Elle éclata en sanglots. Cette crise de larmes abattit subitement sa surexcitation. Depuis le commencement de cette étrange hallucination qui lui faisait revivre les jours d'autrefois, elle sentait sa gorge pleine d'un flot de pleurs.

Elle n'eût pas parlé, si elle avait pu pleurer à son aise. Maintenant que son angoisse et sa colère s'en allaient en larmes chaudes, elle revenait peu à peu à elle; elle sentait son être se détendre, elle comprenait toute la cruauté de sa folie. Il lui semblait qu'elle sortait d'un cauchemar pendant lequel elle aurait raconté tout haut les spectacles affreux dont s'emplissait son cerveau détraqué Et elle s'étonnait, elle s'accusait des paroles qui venaient de lui échapper. Jamais elle ne pourrait reprendre ces paroles, jamais son mari ne les oublierait. Désormais il y aurait, entre elle et lui, les souvenirs de cette chambre, la réalité vivante d'un épisode de ses amours avec Jacques.

Désespérée, terrifiée par l'idée que c'était elle qui avait fatalement tout avoué, sans que Guillaume lui eût demandé sa confession, elle s'approcha de lui, les mains jointes, suppliante. Il venait de se laisser tomber sur une chaise, baissant la tête, se cachant la face dans ses mains ouvertes.

— Tu souffres, balbutia-t-elle. Je t'ai dit des choses qui te font saigner le cœur... Je ne sais pourquoi je t'ai conté tout cela. J'étais folle... Je ne suis pas méchante pourtant. Tu te rappelles nos bonnes soirées. J'avais oublié, je me croyais digne de toi. Ah! comme je t'aimais, Guillaume!... Je t'aime encore. Je n'ose te jurer que je t'aime toujours, parce que je sens bien que tu ne me croirais pas. C'est la vérité cependant... Ici mes souvenirs m'ont repris à la gorge, et j'aurais étouffé si je n'avais parlé.

Il ne disait rien. Il restait abîmé dans un désespoir sans bornes.

— Allons, reprit Madeleine, je le vois, tout est bien

fini entre nous. Je n'ai plus qu'à disparaître... La mort doit être douce.

Guillaume releva la tête.

— La mort, murmura-t-il, déjà la mort... Non, tout ne peut être fini.

Il regardait sa femme, ému par la pensée de la voir morte. Il n'espérait plus, il se sentait à jamais blessé, mais toutes ses faiblesses nerveuses s'effrayaient devant un dénoûment immédiat et brutal. S'il voulait vivre encore, ce n'était pas qu'il rêvât de tenter de nouveau le bonheur ; c'était qu'il trouvait à son insu une sorte de volupté amère à souffrir de cet amour qui avait fait la joie de sa vie. Sous la terre, il ne sentirait même plus les coups de Madeleine.

— Eh ! sois franc , dit celle-ci en retrouvant sa voix rude. Ne crains pas d'être cruel. Est-ce que je t'ai épargné, moi ?... Il y a désormais un homme entre nous... Oserais-tu m'embrasser, Guillaume?

Il y eut un silence.

— Tu vois, tu ne réponds pas, continua-t-elle... La fuite est impossible. Je ne veux plus m'exposer à rencontrer sur les routes des femmes en haillons qui me tutoient, je ne veux plus m'arrêter dans des auberges où je courrais le risque de ressusciter les jours morts... Il vaut mieux en finir tout de suite.

Elle marchait d'un pas saccadé, cherchant vaguement autour d'elle un moyen de suicide. Guillaume la suivait des yeux, ne trouvant rien à lui dire. Si elle s'était tuée en ce moment-là, il l'aurait laissé faire. Mais elle s'arrêta brusquement ; la pensée de sa fille venait de se présenter à son esprit ; elle ne voulut pas avouer à son mari ce qui l'arrêtait, elle dit simplement :

— Écoute, promets-moi de ne pas chercher à m'empêcher de mourir, le jour où notre vie sera devenue intolérable... Tu me le promets ?

Il promit d'un mouvement de tête. Puis il se leva, il mit son chapeau.

— Tu ne veux pas rester dans cette chambre jusqu'à demain? demanda Madeleine.

— Non, répondit-il avec un léger frisson, nous allons partir.

Quand ils eurent pris leurs effets, ils jetèrent dans la chambre un dernier regard : le feu se mourait ; les draps du lit à demi découvert étaient tout roses ; les images des amours de Pyrame et de Thisbé ne faisaient plus sur les murs que des taches noires ; la pendule de verre filé bleuissait dans l'ombre. Et les époux se disaient qu'ils étaient entrés là l'espérance au cœur, et qu'ils en sortaient désespérés. Dès qu'ils se trouvèrent dans le couloir, ils étouffèrent malgré eux le bruit de leurs pas. Jacques pouvait les entendre se retirer. Madeleine tourna même la tête, regarda au fond du corridor, d'un mouvement instinctif.

Quand ils furent arrivés dans la cour, il leur fallut réveiller le garçon de service. Celui-ci se leva de fort mauvaise humeur. Il était deux heures du matin, ce brusque départ lui semblait des plus singuliers. Puis il s'imagina qu'il avait dû se passer quelque scène de jalousie entre les deux messieurs de madame Madeleine. Cela lui fit oublier sa mauvaise humeur. Quand les époux furent montés en cabriolet :

— Bon voyage, leur cria-t-il d'une voix goguenarde... Au revoir, madame Madeleine.

La jeune femme se mit à pleurer silencieusement. Guillaume laissa aller les guides sur le cou du cheval, qui reprit de lui-même le chemin de Véteuil. Ils ne songeaient plus qu'ils étaient partis pour se rendre à Paris, ils préféraient maintenant aller panser leurs blessures vives dans le calme et le silence de la Noiraude. Et ils refirent machinalement la route qu'ils avaient déjà faite, comme des bêtes frappées à mort se traînant jusqu'à leur terrier pour y mourir en paix. Ce retour fut navrant. La campagne s'étendait plus sinistre, sous les clartés obliques de la lune, qui allongeaient des ombres colossales le long de la route blanche de gelée. Guillaume jetait de temps à autre au cheval un léger claquement de langue, sans en avoir conscience. Madeleine s'était remise à regarder stupidement les lueurs jaunes des lanternes courir dans les fossés. Vers le matin, le froid devint si vif que ses mains eurent l'onglée sous la couverture de laine grise.

IX

A la Noiraude, les époux reprirent leur existence morte.
Ils s'enfermèrent de nouveau dans l'ombre silencieuse
de la vaste salle à manger. Mais leur solitude n'avait
plus la paix souriante d'autrefois. Elle était morne, pleine
de désespérance. Il y avait quelques jours à peine, ils passaient leurs journées au coin du feu, ne parlant guère plus,
se contentant d'échanger des regards heureux; aujour-
d'hui, leurs longs tête-à-tête muets les accablaient
d'un ennui écrasant, d'une vague épouvante. Rien ne
semblait changé à leur vie : c'était le même calme, la
même régularité d'horloge, le même sommeil solitaire.
Seulement, leur cœur restait fermé, leurs regards ne se
rencontraient plus avec des douceurs exquises, et cela
suffisait pour tout glacer autour d'eux. La grande pièce
noire leur paraissait funèbre maintenant; ils y vivaient
dans un continuel frisson, attristés par le jour sale d'hiver, se croyant au fond d'une fosse. Ils se levaient parfois, allaient à la fenêtre, jetaient un coup d'œil désolé
sur les arbres nus du parc, puis revenaient, avec des
frémissements subits, présenter leurs mains froides à la
flamme.

Jamais ils né parlaient du drame qui venait de les briser. Les rares paroles qu'ils échangeaient, demeuraient banales et vides. Ils s'affaissaient dans l'ennui, ils ne se sentaient même plus la force de penser tout haut à leurs souffrances. La crise qui les avait secoués au *Grand-Cerf,* semblait les avoir frappés de stupeur et de lâcheté; ils en étaient sortis le cerveau endolori, les membres las, et ils se laissaient aller à un assoupissement, dans la tranquillité noire qui les entourait. Quand un souvenir cuisant déchirait brusquement leur être endormi, ils se disaient qu'ils avaient un mois devant eux. Jacques leur accordait trente jours de paix, ils pouvaient sommeiller jusqu'à son retour. Et ils se rendormaient, cherchant à s'hébéter, rêvant vaguement du matin au soir à des puérilités, au feu qui ne brûlait pas, au temps qu'il faisait, à ce qu'ils mangeraient à dîner.

Ils s'enfonçaient en pleine vie animale. Ils se portaient fort bien, d'ailleurs. Madeleine engraissait; son visage qui s'empâtait, prenait des blancheurs molles de nonne. Elle devenait gourmande, goûtait profondément toutes les jouissances physiques. Guillaume s'abandonnait comme elle à l'abrutissement de la douleur; il passait des heures à trier avec les pincettes et à mettre derrière les bûches les petits morceaux de braise ardente qui tombaient sur les cendres.

Le mois de sommeil que les époux avaient devant eux, leur semblait ne devoir jamais finir. Ils auraient accepté d'achever leur vie dans l'imbécillité dont ils étaient frappés. Les premiers jours surtout, ils jouirent d'un grand calme. Mais cette stupeur ne pouvait durer; elle fut bientôt traversée par des élancements brusques et aigus. Le moindre fait qui les tirait de leur accablement, leur causait des angoisses intolérables. Geneviève ne tarda pas à les martyriser; ce fut elle qui les rejeta la première à leurs souffrances. Elle se dressa devant Madeleine, elle l'écrasa de sa présence.

La vieille fanatique, forte de sa vie de vertu et de travail, se montra impitoyable pour la pécheresse. L'idée des

joies charnelles l'exaspérait, elle qui avait vécu dans une
virginité rude. Aussi ne pouvait-elle pardonner à la jeune
femme sa vie d'amour, les frissons voluptueux dont le
duvet de sa peau nacrée frémissait encore. Elle la voyait
toujours passer des bras de Jacques aux bras de Guillaume, et ce double abandon lui paraissait une prosti-
tution diabolique, un besoin de sales débauches. Elle
n'avait jamais aimé Madeleine, elle se mit à la détester
avec un mépris mêlé d'épouvante. Cette forte fille, blanche et rousse, l'effrayait, comme une goule avide du
sang des jeunes hommes; si elle l'accablait de sa haine,
elle tremblait devant elle, elle se tenait sur la défensive,
par crainte de la voir sauter à sa gorge. Elle n'eût pas
haï le diable davantage, ni pris contre lui des précautions
plus grandes.

Elle continua à vivre dans l'intimité des époux. Elle
prenait toujours ses repas avec eux, passait les soirées en
leur compagnie. Son attitude rigide et menaçante était
une éternelle protestation; elle les traitait en coupables,
les regardait avec des yeux de juge implacable, leur
témoignait à toute heure le dégoût et la colère que lui
causait leur union. Elle s'efforçait surtout de faire sentir
à Madeleine combien elle la méprisait. Quand la jeune
femme avait touché un objet, elle évitait de s'en servir,
voulant montrer par là qu'elle le considérait comme
souillé. Chaque soir, elle se remettait à psalmodier les
versets de sa grande Bible. Guillaume l'ayant prié d'aller
lire dans sa chambre, elle lui avait fait entendre que ses
lectures saintes purifiaient la salle à manger, en chassaient
le démon. Et elle s'était entêtée à demeurer là jusqu'à
l'heure du coucher, emplissant l'ombre de sa voix bour-
donnante. De jour en jour, elle lisait plus haut, elle choisissait des passages plus sanglants; les histoires où des
femmes coupables se trouvaient châtiées, l'incendie de
Sodome, la meute de chiens dévorant les entrailles de
Jézabel, revenaient à chaque instant sur ses lèvres. Alors
elle jetait à Madeleine des regards luisants d'une joie

cruelle. Parfois même elle ajoutait des réflexions au texte, elle menaçait de tourments horribles une criminelle qu'elle ne nommait pas, mais que ses yeux désignaient. Dans ces sortes d'improvisations, murmurées à voix basse, elle étalait les supplices de l'enfer, les chaudières d'huile bouillante, les longs crocs des démons retournant sur la braise les corps grillés des damnés, les pluies de feu tombant pendant l'éternité, lentes et continues, et dont chaque goutte marque d'une brûlure les épaules des foules hurlantes de l'abîme. Puis elle demandait à Dieu une prompte justice, elle le suppliait de ne pas laisser échapper un seul coupable, de débarrasser au plus tôt la terre de ses souillures.

Madeleine voulait ne pas entendre, mais les paroles basses et sifflantes lui entraient dans les oreilles malgré elle. Elle finit par devenir superstitieuse, elle qui n'avait pu se faire une croyance. A certaines heures de trouble, elle s'imagina que cet enfer, cette chambre de torture dont la fanatique lui offrait sans cesse l'affreux spectacle, existait réellement. Dès lors elle vécut dans des sueurs d'angoisse qui lui mouillaient le dos, lorsque la pensée de la mort se présentait à elle. Elle se crut coupable et à jamais condamnée. Cette vieille femme, qui employait ses journées à lui faire sentir l'horreur de son crime et la cruauté du châtiment que le ciel lui réservait, détraqua sa raison au point de lui donner des poltronneries d'enfant ; elle ne se reconnaissait plus, elle pensait au diable comme elle avait pensé à Croquemitaine, quand elle était petite fille. Et elle se disait : « Je suis infâme, Geneviève a raison de me traiter en pécheresse ; je souille cette maison de ma présence, je mérite les plus grands tourments. » Alors, le soir, elle entendait les lectures de la protestante avec des épouvantes folles ; il lui semblait saisir des chocs de fer, des sifflements de flamme, dans le murmure qui traînait autour d'elle. Elle pensait que si elle venait à mourir pendant la nuit, elle s'éveillerait le lendemain au milieu d'un brasier ardent.

Mais elle n'acceptait pas toujours sans révolte les cauchemars que lui donnait l'attitude de Geneviève. Parfois,
elle s'irritait de la retrouver sans cesse impitoyable devant
elle; quand elle la voyait repousser le pain qu'elle venait
de couper, quand elle rencontrait le regard dur dont elle la
poursuivait, elle finissait par entrer dans des colères aveu-
gles. Il lui restait des élans d'orgueil qui la redressaient
sous les continuelles blessures de la protestante. Alors elle
disait qu'elle entendait être maîtresse chez elle, elle s'emportait jusqu'à la rage.

— Je vous chasse, criait-elle à la vieille femme. Quit-
tez cette maison sur l'heure... Je ne veux pas ici d'une
folle.

Et, comme Guillaume baissait la tête, n'osant souffler
mot, elle se tournait vers lui, elle ajoutait violemment :

— Tu es donc lâche, toi !... Tu ne peux seulement pas
faire respecter ta femme... Débarrasse-moi de cette folle,
si tu m'aimes encore.

Geneviève souriait étrangement. Elle se levait, grande
et roide; elle fixait sur Madeleine ses yeux ronds, brûlés
d'un feu sombre.

— Il n'est pas lâche, disait-elle de sa voix sèche, il sait
bien que je n'insulte personne... Pourquoi vous révoltez-
vous, quand c'est Dieu qui parle !

Elle montrait sa Bible, elle avait sur la face une joie
diabolique. Puis des fureurs la prenaient à son tour,
elle continuait en élevant le ton :

— C'est toujours ainsi... L'impure veut lever la tête et
mordre les femmes honnêtes. Il serait beau, vraiment,
que vous me chassiez de cette maison où je travaille depuis trente ans, vous qui y êtes entrée pour y amener le
péché et les larmes... Regardez-moi donc, et regardez-
vous. J'ai cent ans bientôt; j'ai vieilli dans le dévouement
et la prière, je n'ai pas une faute à me reprocher, lorsque
je songe à ma longue vie. Et vous voudriez que je faiblisse
devant vous, que je fusse assez niaise pour vous céder la

place ! D'où venez-vous et qui êtes-vous? vous êtes toute
jeune et vous suez déjà la mort ; vous venez du mal et vous
allez au châtiment... Je puis vous juger en face, je ne dois
pas vous obéir.

Elle prononçait ces paroles avec un orgueil indompta-
ble, une conviction profonde, car elle considérait Madeleine comme une voleuse qui se serait introduite par surprise à la Noiraude et qui aurait cherché à y voler l'estime
et la paix. La jeune femme s'exaspérait à chacune de ses
attaques.

— Vous sortirez, reprenait-elle avec force. Suis-je ou
non la maîtresse ici?... Ce serait risible, que je fusse obligée d'abandonner ma demeure à une servante.

—Non, je ne sortirai pas, répondait nettement Geneviève. Dieu m'a mise dans cette maison pour veiller sur
mon fils Guillaume et pour vous punir de vos fautes... Je
resterai jusqu'au jour où il sera délivré de vos bras, et où
je vous verrai écrasée sous la colère du ciel.

Cet entêtement, cette voix perçante de vieille femme
brisaient les volontés de Madeleine. Elle faiblissait, n'o-
sant sauter à la gorge de la centenaire, ne sachant comment se débarrasser de sa présence. Elle retombait assise,
elle répétait d'un ton déchirant :

— Que je souffre ! que je souffre !... Vous ne comprenez
donc pas que vous me tuez lentement avec vos persécutions. Croyez-vous que je ne sente pas le froid de vos regards toujours attachés sur moi? Et, chaque soir, quand
vous lisez, j'entends bien que vous vous adressez à moi
seule... Vous voulez que je me repente?

— Le repentir est inutile, Dieu ne pardonne pas les crimes de la chair.

— Eh bien ! alors, laissez-moi en paix; ne me parlez
plus de votre diable et de votre Dieu ; ne me donnez plus,
chaque soir, un cauchemar qui me tient haletante jusqu'au
lendemain... Vous pouvez rester, cela m'est indifférent ;
mais je ne veux plus vous voir, je vous supplie de vivre
ailleurs, dans une autre pièce... Hier encore vous parliez

de l'enfer avec des voluptés sinistres; j'ai passé une nuit affreuse...

Elle frissonnait, et Geneviève la regardait pâlir d'un air singulier de contentement.

— Ce n'est pas moi, disait-elle, qui vous donne des cauchemars. Si vous ne pouvez dormir, c'est que le démon est dans votre corps et qu'il vous tourmente, dès que vous avez éteint votre bougie.

— Vous êtes folle, criait Madeleine plus blanche qu'un linge, vous cherchez à m'effrayer comme si j'étais un enfant... Mais je ne suis pas poltronne, je ne crois pas à vos contes de nourrice.

— Si, si, répétait la fanatique avec une conviction d'hallucinée, vous êtes possédée... Quand vous pleurez, je vois Satan qui gonfle votre cou. Il est dans vos bras agités de gestes fous, dans la chair de vos joues contractées par de rapides crispations... Eh! tenez, regardez votre main gauche en ce moment; voyez-vous les convulsions qui en tordent les doigts : Satan est là, Satan est là!

Elle jetait un cri, elle reculait comme devant une bête immonde. La jeune femme regardait sa main dont un frémissement nerveux agitait en effet les doigts. Elle se taisait, elle ne trouvait plus une seule parole de colère et de protestation. « Geneviève a raison, pensait-elle. Ce n'est pas elle qui m'effraye, l'effroi est en moi, dans ma chair coupable. La nuit, lorsque j'ai des cauchemars, ce sont mes souvenirs qui m'étouffent. » Alors elle s'abandonnait, elle acceptait la présence de la vieille servante. Toutes leurs querelles finissaient ainsi. Madeleine en sortait plus épouvantée. Dans son effarement, elle confondait Jacques qu'elle sentait toujours en elle, avec le démon que la protestante prétendait voir s'agiter sous sa peau. Le mépris dont l'accablait cette dernière, l'horreur sainte qu'elle paraissait éprouver à sa vue, l'enfonçaient dans des rêveries amères : « Je suis donc bien infâme, se disait-elle, que cette femme refuse de toucher les objets dont je me suis servie. Elle frissonne à mon aspect, comme si elle apercevait un crapaud; elle m'écraserait volontiers la tête d'un coup de talon. Il faut vraiment que je sois une misérable créature. » Et elle s'écœurait d'elle-même, elle considérait avec des nausées sa peau blanche, s'imaginant la voir fumer d'une odeur âcre. Il lui semblait que sa beauté était un masque derrière lequel se cachait quelque animal monstrueux. Quand la folie religieuse de la fanatique avait détraqué sa tête à ce point, n'ayant plus nettement conscience de son être, elle passait des heures entières à écouter si elle n'entendrait pas réellement Satan au fond de sa poitrine.

Guillaume était trop frissonnant pour la sauver des mains de Geneviève. Cette dernière les dominait étrangement tous deux, par son âge, par son attitude exaltée de prophétesse. Le jeune homme aurait bien voulu avoir le courage de l'envoyer vivre seule dans le pavillon qui se trouvait au bout du parc. Mais il n'osait l'y contraindre; elle avait bercé son père, elle l'avait élevé lui-même, il ne pouvait la chasser. Quand elle se querellait avec Madeleine, il se faisait tout petit, il cherchait à ne pas être écrasé entre ces deux femmes courroucées. Mais il avait beau faire, il arrivait toujours un moment où chacune d'elles le meurtrissait : Madeleine lui reprochait de tolérer l'incroyable liberté de langage de Geneviève, et celle-ci l'accusait de se damner volontairement en vivant avec le péché. Frappé des deux côtés, trop faible pour prendre une décision violente, il les suppliait de se taire, de ne pas désoler si cruellement sa vie. Dès qu'il les voyait en face l'une de l'autre, la crainte de les entendre s'attaquer lui donnait de vives inquiétudes, et si elles venaient à échanger quelques mots aigres, il se levait, il allait battre les vitres du bout de ses doigts, anxieux, sentant l'orage se former sur sa tête.

Ce qui acheva d'affoler les époux, fut l'idée qu'avait Geneviève de travailler au salut de Guillaume. Elle voulait l'arracher des bras de Madeleine, le purifier pour qu'il n'allât pas en enfer. Elle s'employait à cette conversion,

14

avec tout l'entêtement de sa nature. A chaque heure, elle trouvait moyen de revenir à son idée fixe; le moindre incident lui servait de transition.

— Écoute, mon fils, disait-elle alors, tu devrais, le soir, venir faire tes prières dans ma chambre, comme lorsque tu étais petit. Tu te souviens : tu joignais les mains, tu répétais une à une les paroles que je prononçais... Cela te sauverait des piéges du démon.

Le jeune homme faisait la sourde oreille, mais la protestante n'en devenait que plus âpre. Elle s'expliquait nettement.

— Toi, reprenait-elle, tu peux encore échapper aux griffes de Satan. Tu n'es pas à jamais souillé et condamné. Mais, prends garde ! si tu restes entre les bras de l'impure, elle t'emportera une de ces nuits dans l'abîme... Une prière rachèterait ton âme. Quand tu es sur la poitrine de cette femme, si tu voulais répéter trois fois une oraison que je vais t'apprendre, elle pousserait un grand cri et tomberait en poussière. Essaye, tu verras.

Madeleine était toujours là; elle écoutait la vieille folle avec effarement.

Alors Geneviève récitait lentement l'oraison qui devait faire tomber la jeune femme en poussière : « Lubrica, fille de l'enfer, retourne dans les flammes dont tu es sortie pour la damnation des hommes. Que ta peau noircisse, que tes cheveux roux coulent sur ton corps entier et le couvrent d'un poil de bête ! Va-t-en au nom de Celui dont la pensée te brûle, au nom de Dieu le Père. »

Cette adjuration avait sans doute été composée par la fanatique elle-même. Elle l'accompagnait de certaines recommandations ; il fallait la prononcer à trois reprises, et faire chaque fois un signe cabalistique sur le corps de l'impure, la première fois sur le sein gauche, la seconde sur le sein droit, la troisième sur le nombril. C'était après ce troisième signe, que ce corps de neige devait se changer en une fange ignoble.

Les époux, en entendant les divagations atroces de Geneviève, croyaient avoir tout éveillés un cauchemar sans cesse renaissant. Ce mélange de religion et de sorcellerie finissait par leur faire perdre le sens réel des choses. Madeleine se sentait entraînée dans une sorte de tourbillon diabolique; sa raison droite, sous les coups de la vieille femme, chancelait chaque jour d'avantage. Guillaume menait, comme elle, une vie atroce de secousses nerveuses, de peurs bêtes. Pendant un mois, ils vécurent dans ce milieu d'épouvante. La Noiraude s'emplissait des exorcismes de Geneviève. La chanteuse de cantiques suivait les longs corridors en murmurant des prières, et souvent, la nuit, elle chantait des psaumes, dont les versets se traînaient lugubrement dans le silence. On eût dit qu'elle prenait à tâche de rendre ses maîtres fous à lier.

Les époux avaient un autre sujet d'angoisse. La petite Lucie les frappait cruellement aussi par sa moue de fillette grave qui la faisait ressembler à Jacques. Elle restait forcément à la Noiraude, sa nourrice venant d'entrer en condition chez un bourgeois de Véteuil. Guillaume n'osait avouer qu'elle l'effrayait et qu'il fallait l'envoyer au loin. Il s'efforçait d'oublier sa présence, pendant les longues journées qu'elle passait à son côté, dans la vaste salle. Lucie ne jouait presque plus; elle restait assise par terre, immobile, muette, comme une grande personne qui réfléchit. Avec cet instinct de tendresse des enfants, elle comprenait que son père la reniait; elle n'avait guère que trois ans et demi, elle ne pouvait raisonner son abandon, mais elle sentait une affection moins tiède autour d'elle, elle s'attristait de ne plus recevoir de caresses. Madeleine, en voyant que ses jeux turbulents faisaient souffrir son mari, lui avait si souvent répété de se tenir tranquille, d'une voix sévère, qu'elle en était devenue toute timide. Elle marchait doucement, en évitant de faire du bruit; ses joies bruyantes avaient disparu pour faire place à une sorte de recueillement effrayé. Sa position favorite était de demeurer accroupie devant le feu; elle prenait ses petits pieds dans ses mains, et se balançait lentement sur son derrière, pendant des heures. Puis elle tombait dans des immobilités complètes, regardant la flamme. Elle devait rêver à ce froid qui la glaçait maintenant; sa pensée à peine formée se perdait sans doute dans les gros chagrins que lui causaient ses malheurs immérités. Parfois, sans cause apparente, elle sortait brusquement de sa rêverie, elle levait la tête et regardait Guillaume en face. Elle pinçait les lèvres, elle fronçait les sourcils, examinant son père d'un air fixe, comme pour lire sur son visage ce qu'il pouvait avoir à lui reprocher. Le jeune homme croyait voir Jacques. Il quittait le coin de la cheminée, marchait fiévreusement de long en large.

Et, pendant qu'il allait et venait, il sentait les regards de l'enfant attachés sur lui. Lucie, au sortir de ses longues immobilités, avait des airs de petite vieille; sa figure pâle se ridait, devenait d'un sérieux étrange; elle semblait songer à des choses hors de son âge. Guillaume s'imaginait qu'elle comprenait tout, qu'elle devinait ce qui l'éloignait d'elle. Ses attitudes de grande personne, ses yeux pleins de pensées tristes lui causaient une émotion indéfinissable, comme s'il se fût toujours attendu à l'entendre raisonner en femme faite et lui parler de sa ressemblance avec Jacques.

Souvent Lucie ne se contentait pas de regarder son père. Elle se levait doucement, elle s'approchait et lui tendait les bras. Alors elle répétait son mot favori : « Prends-moi, prends-moi, » d'une voix suppliante, poussée par cet irrésistible besoin de caresses qu'éprouvent parfois les enfants. Et, comme Guillaume ne se baissait pas, elle insistait, des colères nerveuses contractaient son visage. Lorsque son père avait réussi à échapper au contact de ses mains, elle allait se jeter en pleurant dans les bras de Madeleine. Celle-ci souffrait des tristesses de sa fille; elle n'osait, quand elle la voyait songeuse, la prendre sur sa poitrine, jouer avec elle, pour la tirer de son immobilité résignée de petite martyre; elle craignait d'irriter son mari. Mais chaque fois que l'enfant, repoussée par son père, venait lui demander de la consoler, elle ne pouvait résister à l'envie folle qu'elle avait de la serrer contre elle. Elle essuyait sous des baisers les grosses larmes silencieuses dont ses yeux s'emplissaient, elle la promenait un instant, lui parlant bas, cherchant à lui donner en quelques secondes l'affection dont elle la privait.

Un jour, Lucie, que Guillaume avait écartée d'un geste brusque, courut vers sa mère en sanglotant. Dès qu'elle fut sur ses genoux :

— Papa m'a battue, balbutia-t-elle. C'est un méchant, je ne veux plus de lui.

Le jeune homme s'était approché, regrettant sa brutalité.

— Tiens, regarde, dit Madeleine à la petite fille qu'elle berçait pour la calmer, ton père est là. Il t'embrassera si tu es sage.

Mais l'enfant jeta ses bras au cou de la jeune femme, d'un mouvement effrayé. Quand elle se crut en sûreté, elle leva les yeux vers Guillaume, elle le regarda de son air grave.

— Non, non, murmura-t-elle, je ne le connais plus.

Et elle accompagna cette parole d'une moue de répugnance qui fit échanger aux époux un singulier regard. Les yeux de Guillaume disaient clairement à Madeleine : « Tu le vois, elle refuse d'être ma fille, elle a dans les veines un sang qui n'est pas le mien. » La présence de ce pauvre être était ainsi pour eux un continuel sujet d'angoisse ; il leur semblait que Jacques fût toujours là, à leur côté. Ils se martyrisaient eux-mêmes, donnant à des puérilités des sens gros de terreur et de souffrance. Le jeune homme surtout paraissait prendre un horrible plaisir à s'imaginer des monstruosités. Il aimait encore sa fille d'une affection étrange, pleine de soudaines épouvantes. Parfois, il avait des envies de la serrer contre sa poitrine, d'écraser ses traits sous des baisers, pour la faire toute sienne. Il la considérait attentivement, cherchant sur son visage une place frappée à sa ressemblance, afin d'y coller ses lèvres. Puis

14.

il s'effarait peu à peu, en voyant l'enfant, troublée par cet examen, pincer les lèvres et froncer les sourcils. Et il se perdait alors dans ses anciennes pensées : il n'était pas le seul père de cette petite, il s'était donné entier et n'avait pu obtenir de Madeleine qu'une fille déjà ébauchée dans les étreintes d'un autre homme. La vue de Lucie, qui le regardait avec des yeux songeurs de grande personne, l'idée qu'un hasard avait fait de lui un simple instrument aidant à la naissance de l'enfant de Jacques, son ancienne affection pour cet homme et la haine jalouse dont maintenant il se sentait envahi, tout le poussait à des angoisses intolérables, à des révoltes déchirantes de chair et d'esprit.

— Je suis une dupe de la vie, songeait-il avec amertume. On m'a tout volé : ma chair, mon cœur, ma raison. Sans cesse les faits et les hommes m'ont torturé. J'ai aimé deux êtres, Jacques et Madeleine, et ces deux êtres me soufflettent à cette heure. Il ne me restait plus qu'à subir cette misère incroyable : être volé dans mon enfant... Mes baisers ont ressuscité Jacques ; j'ai mis Lucie, j'ai mis cet homme entre Madeleine et moi.

Un événement vint encore redoubler ses maux. Un soir, Lucie, accroupie devant le feu comme à son habitude, s'endormit, la tête appuyée contre les jambes de sa mère. Son sommeil était frissonnant, coupé de sourdes plaintes. Quand Madeleine la prit dans ses bras pour aller la coucher, elle s'aperçut qu'elle avait la face toute rouge. Cela l'effraya, elle pensa que l'enfant se trouvait menacée de quelque fièvre, et voulut absolument qu'on portât et qu'on dressât son petit lit dans sa chambre. Elle s'établit auprès d'elle, disant à Guillaume de se coucher. Celui-ci ne dormit pas de la nuit. Il ne put détacher ses regards de sa femme qui veillait avec une sollicitude inquiète. La chambre, éclairée d'une lueur pâle de veilleuse, lui apparaissait vague et voilée, comme dans un rêve. Il ne sentait pas son corps ; affaissé, les yeux grands ouverts, il lui semblait faire un songe funèbre. Chaque fois que Madeleine se penchait sur la couche de la petite malade, il croyait voir une ombre se dresser au chevet de sa fille morte. Puis, lorsque Lucie se débattait au milieu du délire de la fièvre, il s'étonnait de l'entendre se plaindre encore, il s'imaginait assister à une agonie sans fin. Ce spectacle, sa femme vêtue d'un peignoir blanc, anxieuse et muette, courbée au-dessus de l'enfant frissonnante, dont il apercevait la face rouge, prenait, dans le grand silence de la nuit et dans la lueur indécise de la veilleuse, un air de poignante désolation. Il en résta accablé, terrifié jusqu'au matin.

Quand le médecin arriva, vers les neuf heures, il trouva Lucie dans un état très-alarmant. La maladie s'était déclarée, l'enfant avait la petite vérole. Dès ce moment, sa mère ne la quitta plus ; elle passa les journées à côté de son lit, se faisant monter ses repas, auxquels elle touchait à peine : la nuit, elle sommeillait, une ou deux heures, sur une chaise longue. Pendant une semaine, Guillaume vécut dans une sorte d'hébêtement ; il allait et venait de la chambre à la salle à manger, s'arrêtant au milieu des corridors pour réfléchir, sans pouvoir trouver une seule pensée au fond de son crâne vide. Mais ses nuits surtout étaient terribles : il se retournait vainement dans son lit, il parvenait seulement à s'assoupir, vers le matin, d'un sommeil fiévreux, dont le tirait la moindre plainte de Lucie. Chaque soir, en se couchant, il craignait de la voir agoniser sous ses yeux. L'air de la chambre, où traînaient des odeurs de pharmacie, l'étouffait ; la pensée qu'une pauvre créature souffrait à son côté lui causait une continuelle angoisse en excitant ses sensibilités nerveuses. S'il avait pu lire nettement au fond de son trouble, il aurait pleuré de honte et de rage. A son insu, il s'irritait contre Madeleine qui semblait ne plus savoir qu'il existât, il lui en voulait de s'absorber dans le sàlut de cette enfant dont le visage les affolait. Peut-être la soignait-elle uniquement parce qu'elle ressemblait à Jacques ; elle voulait conserver sans cesse devant elle le portrait vivant de son premier amant. Si la petite lui avait ressemblé, à lui Guillaume, sa femme se serait moins désespérée. Il ne s'avouait pas ces suppositions atroces, elles le torturaient vaguement. Un jour, comme il était seul dans la salle à manger, il se demanda tout à coup ce qu'il éprouverait, si Madeleine descendait lui donner la nouvelle brusque de la mort de Lucie. Tout son être lui répondit que cette nouvelle lui apporterait un grand soulagement. Alors, il ne se reconnut plus, il crut découvrir en lui des cruautés d'assassin. Aujourd'hui il souhaitait la mort de sa fille, demain il la tuerait sans doute. Sa stupeur était ainsi traversée par des crises folles.

Geneviève, avec son attitude de juge implacable, redoublait ses angoisses. Dès les premiers jours de la maladie de Lucie, elle s'était entêtée à pénétrer dans la chambre où râlait la pauvre petite. Là, elle prédisait sa mort, elle murmurait que le ciel l'arracherait à ses parents pour les punir de leurs fautes. Elle ne pouvait aider Madeleine à la soigner, lui remettre une potion ou rehausser la tête de la malade, sans trouver quelque parole de menace. La jeune femme, exaspérée par ces continuelles pensées de mort et de châtiment qui lui défendaient tout espoir, la chassa bientôt de la chambre en lui défendant d'y rentrer jamais. Alors la vieille protestante rôda lugubrement autour de Guillaume; dès qu'elle parvenait à s'emparer de lui, dans un corridor ou dans la salle à manger, elle le tenait pendant une heure sous le coup de ses divagations; elle lui montrait la main de Dieu écrasant sa fille et lui réservant à lui-même une punition prochaine. Il sortait brisé de ses mains.

N'osant rester dans la chambre et craignant de rencontrer la fanatique s'il s'en éloignait, il ne savait plus où passer ses journées. Dans son délire, Lucie appelait toujours : « Papa, papa, » d'un accent étrange qui lui remuait les entrailles. « Est-ce bien moi qu'elle appelle? » se demandait-il. Il s'approchait, il se penchait sur le lit de la malade. Celle-ci, les yeux agrandis, brûlés par la

fièvre, le regardait avec une fixité effrayante. Ses regards
semblaient ne pas le voir, se perdre dans le vide. Puis,
elle tournait brusquement la tête, elle fixait ses yeux sur
un autre point de la chambre, en continuant à crier :
« Papa, papa, » d'une voix plus haletante. Et Guillaume se
disait : « Elle ne me tend point ses bras, ce n'est pas moi
qu'elle appelle. » D'autres fois, Lucie souriait dans sa
fièvre ; son délire n'avait plus rien de saccadé, elle diva-
guait doucement, jasant avec de petites plaintes étouffées ;
elle sortait de dessous le drap ses mains fluettes de poupée, elle les agitait faiblement, comme pour demander des
jouets invisibles. C'était navrant. Madeleine pleurait en
cherchant à la recouvrir. Mais l'enfant ne voulait point se
recoucher ; elle demeurait sur son séant, babillant toujours,
murmurant des paroles décousues. Guillaume, énervé, se
dirigeait vers la porte.

— Reste, je t'en prie, lui disait Madeleine. Elle t'appelle
souvent, il vaut mieux que tu sois toujours là.

Il restait, il écoutait avec des révoltes nerveuses le ba-
billage doux et poignant de Lucie. Depuis le jour où la
petite vérole s'était déclarée, il prenait un étrange intérêt
à suivre sur le visage de l'enfant les ravages du mal. Les
boutons qui le couvraient envahirent d'abord le front
et les joues, qu'ils tuméfièrent presque entièrement ; puis
une sorte de caprice arrêta le flot des pustules autour de la
bouche et des yeux. On eût dit un masque hideux, par les
trous duquel apparaissaient une bouche délicate et des yeux
tendres d'enfant. Guillaume, malgré lui, cherchait à savoir
si les boutons n'effaçaient pas la ressemblance de Jacques
sur cette face bouleversée. Mais, toujours, par les trous
du masque, dans le pli des lèvres et dans le jeu des paupières, il croyait retrouver le portrait du premier amant
de Madeleine. Cependant, au fort de la maladie, il constata
avec une joie inconsciente que la ressemblance disparaissait. Cela le calma, lui permit de rester auprès de Lucie.

Un matin, le médecin déclara qu'il pouvait enfin répondre de l'enfant. Madeleine lui aurait baisé les mains ;

il y avait une semaine qu'elle ne se sentait plus vivre. La convalescence fut longue. Guillaume fut repris d'une inquiétude sourde ; il se remit à étudier le visage de sa fille, éprouvant un léger serrement de cœur à chaque pustule qui s'en allait. Peu à peu, la bouche et les yeux, attaqués dans les derniers temps, se dégagèrent, et le jeune homme se dit qu'il allait voir ressusciter Jacques une fois de plus. Un espoir lui restait. Comme il reconduisait un jour le médecin, il lui demanda sur le seuil de la porte :

— Pensez-vous que le visage de l'enfant garde des marques ?

Madeleine entendit cette question, bien qu'il eût parlé à voix basse. Elle se leva, très-pâle, et s'approcha de la porte.

— Tranquillisez-vous, répondit le médecin, je crois pouvoir vous promettre que les boutons ne laisseront aucune trace.

Guillaume fit un mouvement si marqué de regret et de découragement, que sa femme, le regarda en face, d'un air de profond reproche. Son regard disait : « Tu défigurerais donc ta fille pour souffrir moins ! » Il baissa la tête, il eut un de ces désespoirs muets qui l'abattaient, lorsqu'il surprenait en lui des pensées cruelles d'égoïsme. Plus il allait, et plus il se sentait lâche devant la souffrance.

Le lit de la petite malade resta dans la chambre des époux près de quinze jours encore. Peu à peu, Lucie se rétablissait. Les espérances du médecin s'étaient réalisées : les boutons avaient entièrement disparu. Guillaume n'osait plus regarder sa fille. Depuis quelque temps, d'ailleurs, il se créait un nouveau sujet d'angoisse ; son esprit inquiet semblait prendre une joie cruelle à se torturer lui-même, en exagérant les moindres faits. Ayant surpris, un jour, un geste de Madeleine qui lui rappelait un mouvement que Jacques, quand il causait, faisait à toutes minutes, en avançant la main, il se mit à observer sa femme, à étudier chacune de ses attitudes, chacune des inflexions de sa voix. Il ne tarda pas à se convaincre qu'elle avait gardé quelque chose des allures de son ancien amant. Cette découverte lui porta un coup terrible.

Il ne rêvait pas. En effet, Madeleine avait, par moments, des airs de ressemblance avec Jacques. Autrefois, partageant la vie du jeune homme, vivant dans son contact, elle s'était laissée aller à avoir ses goûts, ses façons d'être. Pendant une année, elle avait reçu de lui une sorte d'éducation physique qui la formait à son image : elle répétait les mots qu'il prononçait d'ordinaire, elle reproduisait à son insu ses gestes familiers, même les intonations de sa voix. Ce penchant à l'imitation, qui donne à toute femme, au bout de quelque temps, une parenté de manières avec l'homme dans les bras duquel elle vit, la mena jusqu'à modifier certains de ses traits, jusqu'à prendre l'expression habituelle du visage de Jacques. C'était là, d'ailleurs, une conséquence des fatalités physiologiques qui la liaient à lui : tandis qu'il mûrissait sa virginité, qu'il la faisait sienne pour la vie, il dégageait de la vierge une femme, marquait cette femme à son empreinte. Madeleine, à cette époque, s'étalait en pleine puberté épanouie ; ses membres, sa face, jusqu'à son regard et à son sourire se transformaient, s'élargissaient sous l'action du sang nouveau que le jeune homme mettait en elle ; elle entrait forcément dans sa famille, dans sa ressemblance Plus tard, lorsqu'il s'éloigna, elle désapprit ses gestes, les inflexions de sa voix, tout en restant son épouse, sa parente à jamais conquise. Puis les baisers de Guillaume effacèrent presque sur son visage les traits de Jacques ; cinq années d'oubli et de paix endormirent dans son être le sang de cet homme. Mais depuis qu'il était de retour, ce sang se réveillait ; Madeleine, vivant continuellement dans la pensée et dans la terreur de son premier amant, retrouvait malgré elle, poussée par son idée fixe, ses attitudes, ses accents, son visage de jadis. On eût dit que toute son ancienne liaison reparaissait sur sa peau. Elle se remettait à marcher, à parler, à vivre à la Noiraude, comme elle avait vécu rue Soufflot, en maîtresse soumise de Jacques

Guillaume tressaillait parfois en l'entendant prononcer une parole. Il levait la tête avec effroi, il regardait devant lui, comme s'il se fût attendu à apercevoir son ancien ami. Et il voyait sa femme dont les jeux de physionomie lui rappelaient la figure du chirurgien. Elle avait des tours de cou, des mouvements d'épaules qu'il reconnaissait. Certains mots particuliers qu'elle répétait à tout propos, le secouaient douloureusement : il se souvenait d'avoir entendu ces mots dans la bouche de Jacques. Maintenant, elle ne pouvait plus ouvrir les lèvres, plus remuer un membre, sans qu'il la trouvât pleine et vibrante de son premier amour. Il devinait à quel point cet amour était en elle. Elle aurait voulu nier la possession de son être entier, que son corps lui-même, les moindres actes de sa personne eussent dit combien elle était esclave. Elle ne pensait plus seulement à Jacques, elle vivait avec lui, dans son étreinte, matériellement ; elle avouait à chaque instant qu'il la possédait toujours, qu'elle garderait toujours la marque de ses baisers. Pour rien au monde, Guillaume ne l'aurait serrée dans ses bras, lorsqu'il voyait en elle son camarade, son frère ; il finissait par la confondre avec ce garçon, il se serait cru coupable d'un désir monstrueux, s'il l'avait prise alors sur sa poitrine. Quand il eut acquis la certitude que Madeleine redevenait l'épouse soumise de Jacques, il se perdit dans l'étude de cet étrange changement ; malgré lui, bien qu'un pareil examen lui causât d'atroces souffrances, il ne quitta plus sa femme des yeux, il assista au réveil de l'ancien amour, notant chaque ressemblance nouvelle qui se révélait. Ses observations de chaque heure faillirent le rendre fou. Non-seulement sa fille était le portrait de cet homme dont la pensée le brûlait, mais il fallait encore que sa femme lui parlât de lui, par sa voix, par ses gestes.

Madeleine, dans la transformation de son être, retrouvait aussi ses allures de fille. La sérénité douce et grave

que cinq années d'estime et d'affection avaient mise
en elle, s'en allait sous les frissons de sa vie d'autrefois. Elle perdait le calme rose de son visage, les pudeurs, les grâces discrètes de sa démarche, tout cet
air d'honnêteté qui en faisait une femme du meilleur
monde. Maintenant, elle restait dépeignée des matinées
entières, comme au temps où elle logeait rue Soufflot;
ses cheveux roux tombaient sur sa nuque, ses peignoirs
s'ouvraient, montrant son cou, gras et blanc, gonflé de
volupté. Elle s'abandonnait, mêlant à sa conversation des
mots qu'elle n'avait jamais prononcés à la Noiraude, hasardant des gestes appris de ses anciennes amies, s'enca-
naillant à son insu dans ses souvenirs. Guillaume assistait,
avec un effroi écœuré, à cet avilissement de Madeleine;
quand il la regardait marcher, balançant ses hanches,
épaissie, alourdie sur ses jambes, il ne reconnaissait plus
la créature saine et forte qu'il avait eue pour femme pendant quatre ans. Il se trouvait, à cette heure, marié à
une fille pleine de la boue de son passé. Des fatalités de
chair venaient de frapper Madeleine entre ses bras,
comme pour lui montrer que ses baisers impuissants ne
pouvaient la sauver des conséquences de sa vie première.
Elle avait eu beau s'endormir dans un rêve de paix, elle
s'éveillait à la première secousse de son sang, et retombait aux hontes qu'elle avait jadis acceptées et qu'elle devait à présent achever de boire.

Madeleine ne se voyait plus nettement. La conscience
de ses abandons lui échappait. Elle souffrait simplement
de la possession de Jacques qu'elle ne pouvait chasser de
ses membres. Elle n'aimait plus cet homme, elle aurait
voulu le mettre hors de sa poitrine, et toujours elle le
sentait qui l'étreignait et la domptait. C'était comme un
viol continuel, contre lequel son esprit se révoltait, et auquel son corps se livrait, sans que ses efforts de volonté
parvinssent jamais à le délivrer. Cette lutte établie entre
sa chair esclave et ses désirs d'appartenir entière à Guillaume, était pour elle une cause éternelle de fièvre et

15

d'épouvante. Quand elle avait tendu toutes ses énergies, quand elle croyait s'être débarrassée du souvenir de son amant, et qu'elle entendait, au moment où elle pensait pouvoir enfin s'offrir en paix aux baisers de son mari, ce souvenir crier en elle d'une voix plus tyrannique, elle était prise d'un désespoir sans bornes, cessant tout combat, laissant le passé la prostituer dans le présent. L'idée d'être ainsi sans cesse à la disposition d'un homme pour lequel elle n'éprouvait plus aucune affection, la certitude qu'elle aimait Guillaume et qu'elle le trompait à toute heure, malgré elle, lui inspiraient un profond dégoût d'elle-même. Elle ne s'expliquait pas les fatalités physiologiques qui soustrayaient son corps à l'action de sa volonté; elle ne pénétrait pas ce travail secret de son sang et de ses nerfs qui l'avait rendue pour la vie la femme de Jacques; lorsqu'elle voulait raisonner l'étrangeté de ses sensations, elle finissait par s'accuser de goûts monstrueux en voyant son impuissance à oublier son amant et à aimer son mari. Puisqu'elle détestait l'un, puisqu'elle adorait l'autre, pourquoi éprouvait-elle de si cuisantes joies dans les caresses imaginaires de Jacques, pourquoi ne pouvait-elle témoigner librement ses tendresses à Guillaume? Quand elle se posait cette question insoluble pour elle, qui renfermait le malheur de son existence, le cas particulier dont elle souffrait, elle s'imaginait être en proie à quelque maladie horrible et inconnue; elle se disait que Geneviève avait raison, qu'elle devait avoir l'enfer dans les entrailles.

Pendant le jour, elle se défendait encore, elle parvenait à oublier Jacques. Elle ne restait plus affaissée au coin de la cheminée; elle allait et venait, se créant des occupations; lorsqu'elle ne trouvait rien à faire, elle causait avec fièvre, sur n'importe quoi, pour étourdir sa mémoire par le bruit de ses paroles. Mais, la nuit, elle appartenait tout entière à son amant. Dès qu'elle glissait au sommeil, dès que sa volonté se détendait dans le vague des songes, son corps s'abandonnait et revivait ses an-

ciennes amours. Chaque soir, elle sentait le cauchemar
venir ; à peine un léger assoupissement prenait-il sa chair
lasse, qu'elle croyait déjà tomber entre les bras de Jacques ; elle ne dormait point tout à fait, elle aurait voulu
ouvrir les paupières, remuer les membres, pour chasser
la vision ; mais elle n'avait plus assez de force ; la tiédeur
des draps lui donnait des lâchetés de sens qui la livraient
davantage aux caresses qu'elle s'imaginait recevoir. Et
elle s'endormait peu à peu, d'un sommeil fiévreux, gardant des révoltes au milieu de ses voluptés, faisant des
efforts inouïs pour se dégager de l'étreinte de Jacques, et
goûtant, après chacune de ses luttes vaines, une joie
molle à se laisser aller vaincue sur la poitrine de cet
homme. Depuis qu'elle ne veillait plus au chevet de Lucie, il ne se passait point de nuit qu'elle ne fît ce mauvais
rêve. Au réveil, des rougeurs ardentes lui montaient aux
joues quand son mari la regardait, de profonds dégoûts
la serraient à la gorge. Elle jurait de ne plus dormir, de
tenir toujours les yeux ouverts, pour ne plus commettre,
au côté même de Guillaume, cet adultère auquel son sommeil la jetait.

Une nuit, Guillaume l'entendit se plaindre. Il la crut
souffrante, il se mit sur son séant, s'écartant un peu pour
voir son visage à la lueur de la veilleuse. Les époux se
trouvaient seuls dans leur chambre, ils avaient fait re-
porter le lit de Lucie dans un cabinet voisin. Madeleine ne
se plaignait plus. Son mari, penché sur elle, examinait sa
face avec inquiétude. En se soulevant, il avait tiré les
couvertures et découvert à demi ses épaules blanches ; des
frissons couraient sur la peau nacrée, un sourire tendre
entr'ouvrait les lèvres rouges de la jeune femme. Elle
dormait profondément. Tout à coup elle eut comme une
secousse nerveuse ; elle se plaignit de nouveau, d'une
plainte douce et poignante. Le sang s'était porté à son
cou, elle étouffait, elle murmurait : « Jacques, Jacques, »
à voix basse, avec de vagues soupirs.

Guillaume, pâle, glacé, avait sauté sur le tapis. Les

pieds nus dans la haute laine, les mains appuyées au bord du lit, il se courbait, regardant s'agiter Madeleine dans l'ombre des rideaux, comme s'il eût assisté à quelque spectacle monstrueux qui l'aurait cloué là d'horreur. Pendant près de deux minutes, il resta béant, ne pouvant détourner les yeux, écoutant malgré lui le murmure étouffé de la jeune femme. Elle avait rejeté la couverture, elle s'étirait les bras, gardant son sourire, répétant toujours : « Jacques, Jacques, » d'un ton de caresse qui allait en se mourant.

Enfin Guillaume s'irrita. Il éprouva un instant le besoin d'étrangler cette créature dont le cou, plein du nom d'un autre homme, s'enflait de volupté. Il mit la main sur une de ses épaules nues, et la secoua brutalement.

— Madeleine, Madeleine ! gronda-t-il. Éveille-toi !

Elle s'éveilla en sursaut, haletante, inondée de sueur.

— Quoi ? qu'y a-t-il ? balbutia-t-elle, en se mettant sur son séant et en regardant autour d'elle d'un air effaré.

Puis elle se vit demi-nue, elle aperçut son mari debout sur le tapis. Les regards fixes qu'il attachait sur sa poitrine encore secouée, lui apprirent tout. Elle éclata en sanglots.

Ils n'échangèrent pas une parole. Qu'auraient-ils pu se dire ? Guillaume avait une envie folle de s'emporter, de traiter sa femme comme la dernière des misérables, comme une prostituée qui salissait leur couche ; mais il se retenait, il sentait qu'il ne pouvait l'accuser de ses rêves. Quant à Madeleine, elle se serait battue elle-même ; elle aurait voulu se défendre des fautes dont son sommeil seul était coupable, et ne trouvant pas les mots convenables, comprenant que rien, tout innocente qu'elle était, ne pourrait la purifier aux yeux de Guillaume, elle entrait dans une véritable rage de désespoir. Les moindres détails de son cauchemar lui revenaient à l'esprit ; elle s'était entendue appeler Jacques en dormant, elle se souvenait d'avoir eu des soupirs et des frissons d'amour. Et son mari était là qui l'écoutait, qui la regardait! Quelle honte, quelle infamie !

Guillaume s'était recouché, s'allongeant sur le bord du lit, évitant tout contact. Les mains croisées sous la tête, les yeux au plafond, il paraissait abîmé dans une rêverie implacable. Madeleine, restée sur son séant, sanglotait toujours. Elle avait couvert ses épaules, renoué ses che. veux roux, par un besoin instinctif de pudeur. Son mari lui devenait étranger, elle était honteuse de son désordre, des frémissements qui couraient sur sa peau nue. Le silence et l'immobilité du jeune homme l'accablaient. Elle finit par s'épouvanter de le voir rêver ainsi. Elle aurait préféré une querelle qui les aurait peut-être jetés encore, éplorés et miséricordieux, dans les bras l'un de l'autre. S'ils ne disaient rien, s'ils acceptaient tacitement l'an-goisse de leur situation, tout désormais serait fini entre eux. Et elle grelottait dans sa chemise, ramenée sur ses genoux ; elle poussait des soupirs profonds, sans que Guillaume parût s'apercevoir qu'elle souffrait à son côté.

A ce moment, un chant de cantique descendit de l'étage supérieur. Ce chant, assourdi par l'épaisseur du plafond, traînait dans la nuit calme comme une plainte de mort. C'était Geneviève qui, ne pouvant dormir sans doute, travaillait à son salut et à celui de ses maîtres. Cette nuit-là, sa voix se mourait en lamentations étrangement sinis-tres. Madeleine prêta l'oreille, prise de terreur : elle s'i-magina qu'un enterrement défilait dans les corridors de la Noiraude, que des prêtres venaient la prendre en psal-modiant pour l'enterrer vive. Puis elle reconnut la voix aigre de la protestante, elle fit un cauchemar plus fou en-core. En voyant Guillaume toujours muet, les lèvres ser-rées, les yeux fixes, elle se dit que les cantiques de Geneviève allaient peut-être lui rappeler la prière d'exor-cisme dont cette femme lui avait enseigné l'usage. Il se pencherait sur elle, il lui ferait un signe cabalistique sur le sein gauche, un autre sur le sein droit, un troisième sur le nombril, en répétant trois fois : « Lubrica, fille de

l'enfer, retourne dans les flammes dont tu es sortie pour
la damnation des hommes. Que ta peau noircisse, que tes
cheveux roux coulent sur ton corps entier et le couvrent
d'un poil de bête ! Va-t-en, au nom de Celui dont la pensée te brûle, au nom de Dieu le Père. » Et, qui sait
peut-être alors tomberait-elle en poussière. Dans son
effarement, à cette heure trouble de la nuit, elle acceptait, encore frissonnante de ses mauvais rêves, les divagations de la fanatique, se demandant si une prière ne suffirait pas en effet pour la tuer. Une terreur d'enfant la prit.
Elle se recoucha doucement, se fit toute petite. Ses dents
claquaient, elle craignait à chaque instant de sentir les
doigts de Guillaume tracer des signes sur sa peau. S'il
restait ainsi muet et les yeux ouverts, c'est qu'il attendait sans doute qu'elle fût endormie, pour s'assurer si
elle était une femme ou un démon. Cette peur bête, écrasante, la tint éveillée jusqu'au matin.

Le lendemain soir, les époux firent deux lits, d'un ac-
cord tacite. A partir de ce moment, il y eut divorce entre
eux. La scène de la nuit précédente avait comme brisé
leur mariage. Depuis la résurrection de Jacques, tout les
poussait peu à peu à cette séparation. Ils s'étaient entêtés
à vouloir s'étreindre pour chasser le souvenir de cet
homme, ils ne se déclaraient vaincus que devant l'impossibilité de lutter d'avantage : Guillaume ne se sentait plus
la force de dormir au côté de Madeleine secouée par ses
cauchemars, et celle-ci ne savait plus quel moyen employer pour se tenir éveillée. Leur divorce leur apporta
quelque soulagement. Le plus étrange était qu'ils s'aimaient
toujours d'une affection profonde; ils se plaignaient, ils
se désiraient même. L'abîme, que des forces fatales avait
creusé entre eux, ne les séparait que matériellement; ils
restaient sur les bords du gouffre, à s'adorer de loin. Leurs
colères, leurs dégoûts étaient ainsi pleins d'une tendresse
impuissante. Ils sentaient bien qu'ils se trouvaient séparés
à jamais ; mais, s'ils désespéraient de se rejoindre et de
reprendre leur tranquille vie d'amour, ils éprouvaient

encore une sorte de joie amère à vivre sous le même toit,
et cette joie les empêchait de chercher la guérison dans un
dénouement violent et immédiat.

Ils évitaient toujours de décider ce qu'ils feraient, lorsque Jacques reviendrait. Ils avaient d'abord remis au lendemain le souci de prendre une résolution. Et, chaque
jour, ils renvoyaient au jour suivant la conversation qu'ils
voulaient avoir à ce sujet. La difficulté de choisir un parti
raisonnable, la souffrance qu'une pareille discussion devait leur causer, les effrayaient, les poussaient à des délais sans fin. A mesure que les semaines s'écoulaient, ils
se sentaient plus lâches, plus incapables de franchise et
d'énergie. Vers la fin du premier mois, ils passèrent des
journées atroces, s'imaginant sans cesse entendre Jacques
sonner à la grille. Ils n'avaient pas même le courage de
se confier leurs craintes, de se calmer en causant de ce
qui les épouvantait tous deux ; ils se contentaient de pâlir, d'échanger des regards terrifiés, à chaque coup de
sonnette. Enfin, dans les derniers jours de février, Guillaume reçut une lettre de l'ancien chirurgien. Celui-ci y
racontait d'abord l'agonie de son pauvre camarade, à l'hôpital de Toulon ; puis il finissait gaiement en expliquant
comme quoi une jeune dame qu'il avait rencontrée sur le
port et suivie ensuite jusqu'à Nice, l'empêchait de revenir
à Paris aussi vite qu'il l'aurait désiré. Il resterait dans le
Midi, peut-être quinze jours, peut-être un mois de plus.
Guillaume tendit silencieusement cette lettre à Madeleine,
épiant sur sa physionomie l'émotion qu'elle lui produirait.
Elle resta froide ; ses lèvres seules eurent une légère cris-
pation. Les époux, échappés à un danger immédiat, se
dirent qu'ils avaient encore du temps devant eux, et remirent de nouveau à plus tard l'angoisse de prendre une
décision.

Cependant le séjour de la Noiraude leur devenait insupportable. Tout semblait les y traquer. Par une matinée de
soleil, comme ils étaient descendus dans le parc, ils aperçurent, collée à une grille qui longeait la route de Mantes,

la face hideuse de Vert-de-Gris, qui les suivait de ses yeux troubles. Un hasard avait sans doute poussé jusqu'à Véteuil cette rôdeuse de grands chemins. Elle parut reconnaître Madeleine, un sourire découvrit ses dents jaunes, et elle se mit à chanter le premier couplet d'une chanson que les deux jeunes femmes avaient jadis jetés ensemble aux échos du bois de Verrières, dans le crépuscule frissonnant, au retour de leurs parties de plaisir.

Sa voix rauque glapissait :

> Il était un riche pacha
> Que l'on appelait Mustapna.
> Pour son sérail il acheta
> Mademoiselle Catinka.
>
> Et tra la la, tra la la la,
> Tra la la la, la la, la la.

Le refrain prenait sur ses lèvres une navrante ironie. Les « tra la la, » qu'elle répétait avec une volubilité croissante, se perdaient dans un rire nerveux de folle. Madeleine et Guillaume se hâtèrent de rentrer, comme poursuivis par ce chant ignoble. Mais, à partir de ce jour, la jeune femme ne put mettre les pieds dehors sans rencontrer Vert-de-Gris pendue à quelque barreau de la grille. La pauvresse rôdait toujours autour de la Noiraude, par un entêtement de brute; elle avait sans doute reconnu son ancienne amie, elle venait pour la revoir, machinalement, sans songer à mal. Pendant des heures, elle marchait, comme font les enfants, sur le parapet de pierre, dans lequel la grille était fixée; elle allait ainsi, se tenant aux barreaux, puis brusquement s'arrêtait, les bras levés, regardant dans le parc, curieuse et béante. Souvent on l'entendait chanter sur la route, derrière un mur, l'histoire de mademoiselle Catinka; elle en répétait les couplets à plus de dix reprises, avec l'obstination d'une mémoire détraquée qui se plait à redire sans cesse les quelques phrases dont elle se souvient. Chaque fois que

Madeleine apercevait Vert-de-Gris, des fenêtres du rez-de-chaussée, elle éprouvait un frisson de répugnance; c'était comme sa vie passée qui maintenant rôdait autour d'elle. Cette femme en haillons, courant derrière la grille et collant sa face aux barreaux, lui faisait l'effet d'un animal immonde qui aurait cherché à briser sa cage pour l'approcher et la salir de sa bave. Un instant, elle eut l'envie de demander qu'on chassât la folle de la contrée ; mais elle craignit un scandale, elle préféra se condamner à ne plus sortir, à ne plus même se mettre aux fenêtres.

Quand les époux se trouvèrent ainsi acculés dans la Noiraude, ils songèrent à s'enfuir à Paris. Ils y seraient à l'abri des chansons de Louise, des cantiques de Geneviève, des regards graves de leur fille. Les deux mois d'angoisse qu'ils venaient de passer, leur avaient rendu leur solitude intolérable. Puisque Jacques leur laissait encore trois à quatre semaines de paix, ils voulaient les employer à s'étourdir, à chercher quelque chance heureuse. Dès que Lucie fut rétablie, vers le milieu de mars, ils partirent.

XII

Depuis près de cinq ans, le pavillon de la rue de Boulogne se trouvait inhabité. Guillaume n'avait jamais voulu le louer, comptant toujours y venir passer quelques mois d'hiver. Vers les commencement de son mariage, il s'était contenté d'y envoyer un vieux domestique de la Noiraude, à titre de concierge. Le bonhomme logeait dans une sorte de grande guérite de briques rouges, bâtie à côté de la grille, sur la rue. Toute sa besogne consistait à ouvrir, chaque semaine, pendant une matinée, les fenêtres des appartements, afin de leur faire prendre l'air. Ce poste était pour cet ancien serviteur comme une retraite gagnée par ses longs services.

Averti la veille de la venue de ses maîtres, il avait employé une partie de la nuit à épousseter les meubles. Quand Guillaume et Madeleine arrivèrent, ils trouvèrent du feu dans toutes les cheminées. Ils furent heureux de ces foyers ardents qui donnaient à leur ancienne solitude les tiédeurs de jadis. Pendant le trajet de Véteuil à Paris, leur cœur s'était serré secrètement, à l'idée de rentrer dans cette petite maison où étaient enfermés quelques mois de leur passé ; ils se rappelaient les dernières semaines de leur séjour, les sourdes inquiétudes qu'ils y avaient éprouvées, et craignaient d'y venir éveiller l'amertume de leurs souvenirs, comme ils l'avaient déjà fait dans le pavillon voisin de la Noiraude. Aussi parurent-ils surpris et charmés de la gaieté du logis, que leur imagination fiévreuse s'était plu à revoir plus morne, plus désolé, à mesure qu'ils approchaient de Paris. Guillaume eut une seule angoisse : en entrant dans la chambre à coucher, il aperçut, pendu au mur, le portrait de Jacques que le concierge avait dû découvrir dans quelque coin. Il le décrocha vivement, le jeta au fond d'une armoire, avant que Madeleine ne l'eût rejoint.

D'ailleurs, les époux ne comptaient pas s'isoler dans la petite maison. Ces chambres closes, ce nid discret qu'ils avaient autrefois choisi, afin d'y bercer leurs amours naissantes, leur semblait maintenant trop étroit pour les contenir tous deux. Ils y auraient vécu dans un contact continuel, presque aux bras l'un de l'autre. Leur être se révoltait aujourd'hui à la vue de ces petits canapés où ils s'asseyaient jadis, heureux de se serrer. Ils venaient à Paris, avec l'intention bien arrêtée de ne jamais rester chez eux et de s'étourdir au dehors; ils désiraient se mêler aux foules, se sentir séparés le plus possible. Dès le lendemain de leur arrivée, ils se rendirent chez les de Rieu, dont l'hôtel était situé dans le voisinage, rue la Bruyère. Ils ne les trouvèrent pas. Le soir même, les de Rieu leur rendirent leur visite.

Le ménage à trois entra comme à son habitude, Hélène au bras de Tiburce, et le mari à leur suite. M. de Rieu paraissait souffrant; depuis longtemps une maladie de foie le martyrisait; mais son visage, jauni et crispé par le mal, gardait sa hauteur dédaigneuse, son ironique clignement de paupières. Tiburce, entièrement débarbouillé de sa crasse provinciale, avait l'air ennuyé et irrité d'un homme qui accomplit une corvée accablante; sa face, aux lèvres minces, ne cherchait pas même à cacher une sorte de rage, un besoin secret de brutalité. Quant à Hélène, elle était tellement changée, que les époux ne purent, à sa vue,

retenir un mouvement de surprise. Elle devait s'abandonner, négliger de se teindre et de se maquiller. Ce n'était
plus la poupée d'enfant devenue vieille, aux joues luisantes de fard, aux sourires puérils; c'était une pauvre
femme dont les cheveux gris et la face ridée exprimaient
une' tristesse sale et honteuse. L'abus des pommades et
des huiles de toilette avait rongé sa peau qui pendait par
larges boursouflures ; ses paupières lourdes lui couvraient
à demi les yeux; ses lèvres mollissaient comme écrasées.
On eût dit que le masque dont elle cachait son visage, venait de tomber, et qu'on apercevait, sous les traits d'em-
prunt, la figure réelle. Et le pis était que cette figure gardait
encore quelques-unes des grâces écœurantes du masque :
les rides mal essuyées retenaient dans leurs plis des
teintes roses d'onguent, les cheveux à demi déteints
se nuançaient de couleurs malpropres. Hélène n'avait
guère que quarante-cinq ans, elle en paraissait bien soixante. Elle semblait aussi avoir perdu ses allures évapo-
rées, ses gentillesses de petite fille; craintive, abrutie,
elle regardait humblement autour d'elle, comme si elle
eût toujours redouté d'être battue.

En entrant dans le salon, Tiburce, qui se précipitait vers
Guillaume, avec cette fausse effusion d'amitié qu'il lui
témoignait d'ordinaire, trouva qu'Hélène, dont il venait de
quitter le bras, ne se dérangeait pas assez vite pour lui
livrer passage. Il marcha sur sa robe, la bouscula assez
rudement, en lui jetant un regard de colère. Hélène, qui
présentait ses compliments à Madeleine, en lui faisant une
de ses anciennes révérences enfantines, se blottit vite
contre le mur, d'un air effrayé, oubliant d'achever sa ré-
vérence et reprenant sa physionomie hébétée. M. de Rieu
vit parfaitement cette scène rapide, le coup de coude que
Tiburce donnait à sa femme, et le mouvement épouvanté
de celle-ci ; mais il resta le regard demi-clos, comme
s'il n'avait rien vu, gardant sur les lèvres un sourire
aimable.

On s'assit. Au bout de quelques minutes, après une

conversation banale où il fut question des tristesses de la campagne en hiver et des plaisirs que Paris offre pendant cette saison, Guillaume proposa à Tiburce d'aller fumer un cigare dans une pièce voisine. La vue d'Hélène l'écœurait. Quand les dames furent seules, en face de M. de Rieu, elles ne trouvèrent plus rien à se dire. Le vieillard, assis dans un large fauteuil, les mains croisées sur les cuisses, regardait devant lui, de cet air vague des sourds dont aucun bruit ne trouble les pensées; il semblait ignorer même où il était. Par moments, ses paupières se baissaient doucement, un regard mince et aigu s'échappait du coin de ses yeux, avec une singulière ironie, et allait fouiller le visage des deux femmes qui ne se doutaient nullement de cet examen.

Il y eut un silence. Puis, Hélène, malgré elle, parla de Tiburce. Elle ne pouvait plus causer que de ce garçon dont la domination l'emplissait. Tout la ramenait à lui; elle avait vite épuisé les autres sujets; elle revenait toujours, au bout d'un certain nombre de phrases, à l'existence de volupté et de terreur que lui faisait vivre son amant. Dans ses abandons de chair, elle perdait peu à peu ce respect humain, cette sorte de pudeur dernière, faite de prudence et d'orgueil, qui empêche une femme d'avouer ses hontes tout haut. Elle, au contraire, prenait plaisir à étaler son amour; elle se confiait aux premiers venus, n'ayant plus conscience de ses infamies, satisfaite, pourvu qu'elle s'occupât de celui qui était devenu tout pour elle. Il suffisait, d'ailleurs, qu'on la laissât se confesser sans trop l'interrompre; alors elle se plongeait avec des délices cuisantes dans le récit de ses débauches, elle arrivait d'elle-même à des aveux monstrueux, elle semblait se vautrer dans ses propres paroles, oubliant qu'elle s'adressait à quelqu'un. La vérité était qu'elle parlait pour elle seule, pour revivre les saletés qu'elle racontait.

Elle dit tout à Madeleine. Une simple phrase lui servit de transition pour passer de leur causerie banale à la confession de son adultère. Elle fit cela si naturellement,

que Madeleine put recueillir son aveu sans sourciller.
Quand elle eut nommé Tiburce comme un amant que la
jeune femme devait lui connaître depuis des années, elle
ajouta d'un ton pleureur :

— Ah! chère dame, je suis cruellement punie. Cet
homme, qui était si doux, si caressant jadis, est devenu
cruel, impitoyable... Il me bat. Je sais bien que cela est
honteux à avouer; mais je suis si misérable, j'ai tant
besoin de consolation !... Que vous êtes heureuse, vous,
de n'avoir jamais failli, de pouvoir vivre en paix ! Moi,
j'endure tous les tourments de l'enfer... Vous avez vu,
Tiburce m'a encore bousculée tout à l'heure. Il me tuera
peut-être un de ces jours.

Elle jouissait profondément de ses souffrances. Sa voix
prenait des inflexions voluptueuses en parlant des coups
qu'elle recevait. On devinait que, pour rien au monde, elle
n'eût changé sa vie de martyre contre l'existence de calme
chaste dont elle feignait de désirer les joies. C'était une
simple façon de s'exprimer ; ses faux repentirs lui permettaient de raconter tout au long son histoire ; elle y
trouvait d'étranges excitations, des secousses nerveuses
qui lui faisaient sentir plus profondément les plaisirs
amers de sa vie. Peu lui importait de montrer ses plaies,
pourvu qu'elle causât de son sujet favori ; elle se plaisait
même à rendre sa situation plus horrible, à se poser en
victime, ce qui l'amenait à s'attendrir sur elle-même. Pendant des heures, lorsqu'on voulait bien l'écouter, elle
geignait ainsi, regrettant ses jours d'innocence qui étaient
trop loin pour répondre à son appel, se plongeant dans
sa fange avec des satisfactions de brute léchant la main
qui la frappe.

Bien qu'elle parlât à voix basse, Madeleine craignait
que M. de Rieu ne l'entendît. Elle regardait le vieillard
d'un air inquiet. Hélène surprit son regard.

— Oh! n'ayez pas peur, reprit-elle d'une voix plus
nette, avec un cynisme tranquille ; mon mari ne m'entend
pas... Je suis bien plus à plaindre que lui. Il ignore tout,

il ne voit pas mes larmes, que je lui cache avec soin. Je
souris toujours devant lui, même lorsque Tiburce me traite
en sa présence comme la dernière des femmes. Hier cet
homme m'a donné un soufflet dans mon salon, parce que
je lui reprochais de courir les filles. Ce soufflet m'a déchiré la joue avec un bruit sec. M. de Rieu, qui était penché devant la cheminée, ne s'est retourné que quelques
secondes après. Il est resté impassible, il n'avait rien entendu. Moi, je souriais, la joue toute brûlante... Nous
pouvons causer. Regardez-le, il dort à moitié.

En effet, M. de Rieu semblait dormir, mais ses regards
pointus passaient toujours entre ses paupières à demi
closes. De petits tressaillements, qui agitaient ses doigts
croisés, eussent fait deviner à des yeux plus clairvoyants
qu'il devait se délecter dans de secrètes et exquises jouissances. A coup sûr, il lisait l'histoire du soufflet sur les
lèvres de sa femme.

Madeleine crut devoir plaindre son amie par politesse.
Elle s'étonna que l'amour de Tiburce se fût évanoui si
vite.

— Je ne comprends rien à ses brutalités, répondit Hélène. Il m'aime toujours, j'en suis sûre. Mais il a des heures mauvaises... Je lui suis pourtant bien dévouée; j'ai
déjà tenté plusieurs démarches en sa faveur, pour lui faire
avoir à Paris la position qu'il mérite; il est vrai qu'une
mauvaise chance incompréhensible m'a partout fait
échouer jusqu'à ce jour... Je suis vieille. Pensez-vous
qu'il ne m'aime que par intérêt?

Madeleine dit naturellement qu'elle ne le pensait pas.

— Cette pensée me fait beaucoup de mal, reprit hypo-
critement madame de Rieu qui savait parfaitement à quoi
s'en tenir.

Tiburce ne lui avait point épargné la vérité. Elle n'ignorait pas qu'il entendait se servir d'elle comme d'un éche-
lon. Peu lui importait, d'ailleurs, pourvu qu'elle se payât
sur lui de ses services. Mais elle n'en était pas encore venue au point d'avouer tout haut qu'elle consentait à ache-

ter l'amour du jeune homme plutôt que de n'en pas jouir.
Elle s'attachait à ce garçon avec une fureur de femme qui
en est à son retour d'âge, et qui retrouve, dans ce moment
critique, les excitations de la puberté. Il lui était devenu
indispensable. Sans doute, s'il la quittait, ne rencontrerait-
elle plus un amant de sa complaisance. Elle l'eût payé au
prix des dernières infamies.

— Je voudrais lui être utile, continua-t-elle, en suivant
malgré elle le fil de ses pensées. Peut-être se montrerait-
il reconnaissant. J'espère encore... Vous m'avez trouvée
bien changée, n'est-ce pas? Je n'ai même plus la force
d'être coquette. Je souffre tant !

Elle se tassait dans son fauteuil, molle et dissoute. La
vérité était que la débauche l'avait usée au point de la
plonger dans une sorte de somnolence continuelle. Tout
lui devenait indifférent, même les soins de sa toilette. Elle,
qui avait lutté âprement contre l'âge, ne se lavait plus les
mains qu'avec une extrême fatigue. Elle restait des journées entières oisive, hébétée, ruminant comme une bête
ses voluptés de la veille, rêvant à celles qu'elle goûterait le
lendemain. La brute lubrique seule restait, la femme se mourait en elle, avec ses désirs de plaire, ses besoins de paraître toujours jeune et d'être toujours aimée. Pourvu que
Tiburce contentât ses appétits enragés de vieille femme,
elle ne lui demandait ni affection ni compliments. Elle
n'avait plus qu'une idée fixe, le garder sans cesse dans ses
bras, sans songer même à le rendre esclave par ses
sourires, par les grâces de sa figure peinte ; elle comptait que ses saletés, ses abandons orduriers suffiraient
pour l'attacher à elle.

Madeleine la regardait avec une pitié écœurée. Elle ne
descendait pas au fond de cette pourriture, elle s'imaginait que les brutalités de Tiburce amenaient seules cet
anéantissement de chair et d'esprit. Aussi ne put-elle retenir un cri d'indignation.

— Mais on chasse un tel homme ! dit-elle.

Hélène leva la tête d'un air effaré.

— Le chasser, le chasser... balbutia-t-elle avec une sourde épouvante, comme si la jeune femme eût parlé de lui couper un membre.

Puis elle se remit, elle ajouta rapidement :

— Mais, chère dame, jamais Tiburce ne consentirait à s'en aller. Ah! vous ne le connaissez pas! Si je lui parlais de séparation, il serait capable de m'assommer... Non, non, je lui appartiens, je dois souffrir jusqu'au bout.

Elle mentait effrontément. L'après-midi même, son amant l'avait menacée de ne plus remettre les pieds dans sa chambre, si elle ne lui trouvait pas immédiatement quelque poste honorable.

— Ah! que je vous envie, dit-elle encore, que cela doit être bon d'être vertueuse!

Et elle recommença à geindre. Elle parlait seule, elle coupait ses lamentations de sourires étranges, au souvenir de ses voluptés. Pendant près d'une heure, ce fut un radotage ignoble, de ridicules regrets et de soudaines espérances de débauches, des aveux d'un cynisme tranquille et des supplications qui demandaient aide et pitié aux honnêtes gens. Madeleine finit par éprouver un malaise croissant à écouter ses plaintes; cette confession crue l'embarrassait; elle ne disait rien, se contentait de répondre d'un signe de tête. Par moments, elle jetait un regard inquiet sur M. de Rieu; mais le vieillard avait toujours sur ses lèvres son vague sourire, son air d'ironique confiance. Alors, tandis qu'Hélène répétait dix fois la même histoire sale, la jeune femme fit un retour sur elle-même; elle songea au drame qui les brisait, elle et Guillaume; elle souhaita presque de voir son mari, sourd et imbécile, cloué dans un fauteuil, et d'être elle-même pourrie au point de n'avoir plus aucune révolte, de s'endormir voluptueusement dans sa honte.

Pendant que les deux femmes causaient de la sorte, Guillaume et Tiburce s'étaient retirés dans un petit salon voisin dont on avait fait un fumoir. Guillaume, qui recherchait avidement les conversations banales, demanda à son ancien camarade de collège s'il se trouvait satisfait de son séjour à Paris. Cela lui importait peu, il détestait ce garçon, mais il était heureux de l'avoir avec lui pour s'étourdir. Tiburce répondit d'une voix sourdement irritée que rien ne lui avait encore réussi. La question innocente du jeune homme l'atteignait au vif de ses plaies.

Il se mit à fumer fiévreusement; puis, au bout d'un court silence, il se laissa aller à la rage qui couvait en lui. Il se confessa à Guillaume comme sa maîtresse se confessait à Madeleine, mais avec une crudité de paroles autrement énergique. Il parla de madame de Rieu en employant le langage dont on se sert entre hommes pour parler des filles publiques. Cette femme, disait-il avec un aplomb écrasant, avait abusé de sa jeunesse; mais il n'entendait point que sa vie fût brisée par un amour ridicule; il était bien résolu à s'arracher des bras de cette mégère dont les baisers le dégoûtaient. Ce qu'il n'avouait pas, c'était la colère de son ambition déçue. Tout son écœurement venait du peu de profit qu'il avait tiré jusque-là de ses baisers. Cela lui permettait de jouer le rôle d'un pauvre jeune homme égaré par son inexpérience dans la couche d'une vieille femme. Si Hélène l'eût fait nommer auditeur au conseil d'État ou attaché d'une ambassade quelconque, il n'aurait eu que des éloges doucereux; il se serait appliqué à justifier sa situation auprès d'elle. Mais, comprenez-vous cela, ses caresses ne lui étaient pas même payées! Tiburce Rouillard n'était pas un garçon à donner quelque chose pour rien.

Il n'ignorait pas cependant que la pauvre femme n'avait point épargné ses pas ni ses démarches. Son désir ardent de lui être utile le touchait peu; il voulait des résultats, et sa maîtresse n'en obtenait aucun par une sorte de fatalité. Cette fatalité n'était autre que M. de Rieu; le vieillard, comprenant que la comédie serait moins drôle si Tiburce recevait le prix de ses baisers, allait sournoisement, à chaque nouvelle tentative de sa femme, combattre derrière elle sa protection et faire échouer ses plus habiles requêtes. C'était une excellente façon d'exaspérer les amants l'un contre l'autre, de les pousser à des scènes terribles dont il jouissait en gourmet. Quand il avait machiné une bonne déception, il se régalait, pendant des journées entières, des épouvantes humbles d'Hélène et de l'attitude irritée de Tiburce. Celui-ci arrivait, les lèvres serrées, la face pâle, fermant les poings, tâchant d'attirer sa maîtresse dans quelque coin pour la brutaliser. Mais, ces jours-là, elle s'entêtait à ne pas s'éloigner de son mari; frissonnante, les yeux rougis, elle implorait son amant du regard. Et le sourd se faisait plus dur d'oreille, il prenait un air d'imbécile heureux. Puis, quand Tiburce avait réussi à entraîner Hélène au bout de la pièce, quand il s'emportait jusqu'à la secouer rudement, le sourd, bien qu'il affectât de tourner le dos, semblait tout entendre, les paroles et les coups. On ne le voyait pas, sa face prenait une expression de cruauté diabolique.

Aussi Tiburce commençait-il à croire que sa maîtresse était sans aucune puissance et ne pouvait le servir en rien. Cela le rendait impitoyable pour elle; une idée seule le tenait, celle de se venger de ses quatre années de service inutile, de la planter là, en lui jetant une dernière injure. Jusqu'à ce jour, il n'avait pas osé la quitter complétement, ne pouvant se décider à abandonner les bénéfices d'une affaire qui lui coûtait déjà tant de soins pénibles. Il finissait toujours par reprendre ses corvées; il mettait le ciel dans sa cause, se disait que la providence serait déloyale si elle ne la récompensait pas de sa constance. Mais aujourd'hui toute espérance avait disparu; il était fermement résolu à rompre.

Guillaume écouta d'un air compatissant les paroles furieuses de Tiburce. Il était bien un peu dégoûté par les amours du jeune homme, mais il se laissait prendre à sa comédie de regrets et d'indignation. L'autre se confessait uniquement pour se soulager, et aussi pour expérimenter sur son ami, qu'il savait délicat et prude, la façon dont il devrait s'excuser, auprès du monde, de sa liaison ridicule

avec madame de Rieu. Il sentait que, si cette femme ne
parvenait pas à faire de lui un personnage, il serait raillé
et méprisé pour avoir partagé sa couche : le succès l'aurait changé en homme habile, digne de toutes les faveurs;
l'insuccès, au contraire, le coulait à jamais. Aussi désirait-
il aller au devant des mépris et des railleries, se poser en
victime qui a droit au pardon. Il manœuvra avec une ha-
bileté incroyable. Guillaume en vint à lui offrir de lui-
même ses services, l'appui de son nom et de sa fortune. S'il
voulait, lui dit-il, il le recommanderait à un ancien ami de
son père. Il approuva fort son projet de rupture. D'ailleurs,
il jouait un rôle de son côté : il s'efforçait de s'intéresser
à cette histoire, qui lui était parfaitement indifférente, espérant sortir de son être en s'occupant des autres.

Leur cigare achevé, Guillaume et Tiburce revinrent
dans le salon. Hélène, interrompue au milieu de ses do-
léances, s'arrêta net, en jetant un coup d'œil craintif sur
son amant, comme si elle eût redouté d'être maltraitée
par lui pour avoir osé se plaindre. Elle resta troublée,
hasardant à peine de loin en loin un mot que le jeune
homme relevait avec aigreur; il lui coupait la parole, lui
faisait entendre qu'elle ne savait pas ce qu'elle disait, sans
même chercher à cacher son irritation devant le monde.
On eût dit qu'il prenait à tâche de montrer à Guillaume
combien peu il se souciait d'elle. La soirée se termina froidement. Quand les visiteurs se retirèrent, M. de Rieu, qui
avait prononcé quelques rares monosyllabes, fit de sa voix
sèche un éloge complet de Tiburce, de ce brave jeune
homme dont l'amitié leur était si précieuse, à sa femme et
à lui; il n'était pas comme ces écervelés qui courent les
plaisirs, il aimait et respectait la vieillesse. Le mari finit en
le priant d'aller chercher une voiture. D'ordinaire, il se
servait de lui comme d'un domestique, négligeant à dessein, lorsqu'il sortait, de donner à ses gens l'ordre de venir le prendre. Il pleuvait. Tiburce revint crotté jusqu'aux
genoux. M. de Rieu s'aida de son épaule pour entrer dans
la voiture. Puis il lui envoya chercher sa femme restée

sous la marquise du perron. Peu s'en fallut qu'il ne le priât de monter à côté du cocher.

Guillaume et Madeleine comprirent que de pareilles visites ne suffiraient pas pour les distraire de leurs angoisses. Ils ne pouvaient songer à recevoir chez eux : le pavillon de la rue de Boulogne était trop étroit, à peine leur serait-il permis d'y inviter les de Rieu à des réunions intimes. Aussi prirent-ils la résolution d'aller chaque soir vivre chez les autres, dans la banalité bruyante de ces salons où se réunissent quelques douzaines de personnes, qui ne se connaissent pas, et qui se sourient de neuf heures à minuit. Dès le lendemain, M. de Rieu leur ouvrit la porte de sept à huit maisons enchantées de faire un bon accueil au nom de de Viargue. Du lundi au dimanche, les époux eurent bientôt toutes leurs soirées prises. Ils sortaient ensemble à la tombée du jour, mangeaient dehors comme des étrangers en voyage, et ne rentraient que pour se coucher.

Dans les commencements, ils se sentirent soulagés. Le vide de cette existence les calmait. Peu leur importait la maison où ils se rendaient. Tous les salons étaient les mêmes pour eux. Madeleine prenait place sur le bout de quelque canapé, gardant aux lèvres ce sourire vague des femmes qui n'ont pas une idée dans la cervelle; si l'on faisait de la musique, elle regardait le piano comme en extase, bien qu'elle n'écoutât pas; si l'on dansait, elle acceptait la première invitation venue, puis retournait à sa place, sans pouvoir dire si son cavalier était blond ou brun. Pourvu qu'il y eût beaucoup de lumière, beaucoup de bruit autour d'elle, elle se trouvait contente. Quant à Guillaume, il se perdait parmi les habits noirs; il restait des soirées entières dans l'embrasure d'une fenêtre, suivant du regard, avec une gravité roide, la file d'épaules nues qui s'étendait, frissonnante et lustrée, sous la clarté crue des bougies; ou bien il se plantait derrière une table de jeu, paraissant s'intéresser énormément à certains coups de cartes, auxquels il n'entendait rien. Il avait tou-

ours détesté le monde ; il y venait de désespoir, pour
perdre Madeleine dans la foule durant quelques heures.
Puis, quand les salons se vidaient, les époux se retiraient
cérémonieusement. En descendant l'escalier, ils s'imaginaient être un peu plus étrangers l'un à l'autre qu'à leur
arrivée.

Si leurs soirées étaient occupées, leurs journées restaient vides. Alors Madeleine se jeta avec fièvre dans la
vie parisienne ; elle courut les magasins, les couturières
et les modistes, se fit coquette, essaya de s'intéresser aux
nouvelles inventions de la mode. Elle prit pour amie une
écervelée qui venait de se marier au sortir du couvent, et
qui était en train de ruiner son mari avec toute l'avidité
d'une lorette. Cette petite personne la traîna jusque dans
les églises, pour y entendre les conférences des prédica-
teurs en renom ; de là, elles allaient au Bois où elles passaient en revue les toilettes des filles. Cette existence
tourbillonnante, toute de niaiserie et de secousses nerveuses, procurait à Madeleine une sorte de griserie qui lui
donnait le sourire hébété des ivrognes. De son côté, Guillaume menait la vie d'un garçon riche et blasé ; il déjeû-
nait au café, montait à cheval l'après-midi, tâchait de
prendre à cœur les mille riens que l'on commente des
jours entiers dans les clubs. Il avait réussi à n'entrevoir
sa femme que la nuit, lorsqu'il la conduisait en soirée.

Pendant un mois, les époux vécurent de la sorte. Ils
s'efforçaient d'entendre le mariage à la façon des gens du
monde qui se marient par convenance, pour arrondir leur
fortune et ne pas laisser périr leur nom. Le jeune homme
asseoit sa position, la jeune fille conquiert sa liberté.
Puis, après une nuit passée dans la même alcôve, ils font
chambre à part, ils échangent plus de saluts que de paroles. Monsieur reprend sa vie de garçon, madame com-
mence sa vie de femme adultère. Souvent tous rapports
cessent entre eux. Quelques-uns, les plus amoureux, ont
un couloir qui relie leurs chambres. De temps a autre, le
mari va dans la chambre de sa femme, quand il en sent

le besoin, comme il irait dans une maison de tolérance.

Mais Guillaume et Madeleine étaient trop secoués de passion pour accepter longtemps une pareille existence. Ils n'avaient pas grandi dans les égoïsmes du monde, ils ne pouvaient apprendre cette politesse froide, ce détachement du cœur et des sens qui permettent à deux époux de vivre côte à côte comme des étrangers. La façon dont ils s'étaient connus, leurs cinq années de solitude et de tendresse, les souffrances mêmes qu'ils s'imposaient l'un à l'autre, tout les empêchait de s'oublier, de se créer une vie à part. Leurs efforts avaient beau tendre à une sépation complète de leur existence, de leurs joies et de leurs chagrins, ils se retrouvaient toujours dans les mêmes sensations, dans les mêmes pensées. Leur vie se mêlait en tout, partout, fatalement.

Dès la troisième semaine, l'angoisse les reprit. Leur changement d'habitudes avait pu les distraire un moment de leurs idées fixes. Ils s'étaient laissé surprendre par la fièvre d'une existence nouvelle pour eux. Ces salons, où ils se perdaient l'un l'autre, leur avaient, dans les commencements, causé une sorte de stupeur heureuse; l'éclat des bougies les aveuglait, le murmure des voix les empêchait d'écouter le tumulte de leur être. Mais quand leur première surprise se fut dissipée, quand ils se furent habitués à ces lumières, à cette foule souriante et parée, ils se replièrent sur eux-mêmes, il leur sembla que le monde disparaissait et qu'ils retombaient dans leur solitude. Alors, chaque soir, ils emportèrent leurs souffrances avec eux. Ils continuèrent à aller de salons en salons, hébétés, passant des heures au milieu de trente ou quarante personnes, sans rien voir, sans rien entendre, tout à l'anxiété de leur chair et de leur esprit. Et si, pour sortir de leur malaise, ils tâchaient de s'intéresser à ce qui les entourait, ils voyaient trouble, ils s'imaginaient qu'une fumée grise emplissait l'air, et que chaque objet se ternissait, fané et sali. Dans les mouvements cadencés des danseurs, dans les accords du piano, ils retrouvaient les

secousses nerveuses qui les brisaient. Les visages fardés
leur paraissaient rougis de larmes, la gravité des hommes
les épouvantait, les épaules nues des femmes devenaient
à leurs yeux une sorte d'étalage cynique. Le milieu où ils
vivaient n'était plus assez puissant pour les étourdir de
sa richesse souriante, et c'était eux, au contraire, qui lui
donnaient de leur accablement et de leur désespoir.

D'ailleurs, n'étant plus sous le coup de la surprise, ils
pouvaient juger les gens dont les paroles douces les
avaient d'abord soulagés. La nullité, la niaiserie de ce
monde les fatigua. Ils perdirent toute espérance de se
guérir dans la compagnie de pareils pantins. Il leur semblait être venus au spectacle : aux premiers actes, ils
s'étaient laissés prendre par l'éclat du lustre, la richesse
des costumes ; la politesse exquise et le langage pur des
personnages ; puis, l'illusion s'en était allée, ils s'apercevaient, aux actes suivants, que tout se trouvait sacrifié
aux décors, que les personnages avaient la tête vide et
récitaient des leçons apprises. Ce fut cette déception
qui les rejeta à leurs pensées. Ils se remirent à souffrir
avec une sorte d'orgueil. Ils préféraient leurs angoisses,
leur vie déchirée par la passion, à ce vide qu'ils découvraient dans les têtes et les cœurs. Bientôt ils furent au
courant des petits scandales du coin parisien qu'ils fré-
quentaient. Ils surent que telle dame était l'amante de tel
monsieur, et que le mari connaissait et tolérait cette liaison ; ils apprirent qu'un autre mari vivait avec sa maîtresse chez sa femme, ce qui permettait à celle-ci d'aimer
où bon lui semblait. Ces histoires les étonnèrent profondément. Comment ces gens-là pouvaient-ils vivre tranquilles au milieu de semblables infamies ? Eux, ils s'affolaient pour un simple souvenir, ils se mouraient d'angoisse à la seule pensée qu'ils n'avaient pas grandi dans
les bras l'un de l'autre. Il fallait qu'ils fussent de nature
plus délicate, de cœur plus haut et plus fier que les époux
dont rien ne troublait la quiétude égoïste, pas même la
honte. Dès lors, ils se vengèrent de leur souffrance en

ayant un mépris souverain pour ce monde qui était plus coupable qu'eux et qui souriait dans la boue.

Un jour, dans une heure de colère, la même pensée vint à Guillaume et à Madeleine. Ils se dirent chacun qu'ils devraient essayer d'aimer ailleurs, pour mieux s'oublier. Mais dès leurs premières tentatives, leurs êtres se révoltèrent. Madeleine, alors dans tout l'éclat de sa beauté, était fort entourée dans les maisons où elle allait. Des jeunes gens, aux gants de femme, aux cols irréprochables, lui faisaient une cour assidue. Elle ne trouva parmi eux que des poupées ridicules. De son côté, Guillaume s'était laissé entraîner dans un souper où ses nouveaux amis avaient comploté de lui faire choisir une maîtresse ; il en sortit écœuré du spectacle des filles qui mettaient leurs doigts dans les sauces, et qui traitaient leurs amants comme des laquais. Les époux étaient attachés trop étroitement par un lien de douleur, pour jamais pouvoir briser ce lien ; si la rébellion de leurs nerfs ne leur permettait plus de se témoigner leur tendresse, leurs maux eux-mêmes ne leur permettaient pas davantage de s'oublier entièrement ; ils restaient l'un devant l'autre, n'osant se toucher, mais s'appartenant toujours. Les efforts qu'ils faisaient pour amener une séparation violente entre eux, ne parvenaient qu'à leur imposer des souffrances plus intolérables.

Au bout d'un mois, ils renoncèrent à lutter plus longtemps. Leur vie à part, leurs sorties dans la journée et les heures qu'ils passaient le soir au milieu de la foule, ne leur étant plus d'aucun soulagement, ils cessèrent peu à peu cette existence, ils restèrent enfermés au fond du petit hôtel de la rue de Boulogne. La certitude de leur impuissance les y accabla. Guillaume sentit alors combien il était possédé par Madeleine. Dès les premiers jours de leur liaison, elle l'avait fatalement dominé, par son tempérament plus fort, plus riche de sang. Comme il le disait autrefois avec un sourire, il était la femme dans le ménage, l'être faible qui obéit, qui subit les influences

16

de chair et d'esprit. Le même phénomène qui avait empli Madeleine de Jacques, emplissait Guillaume de Madeleine. Il se façonnait à elle, prenait de sa voix et de ses gestes. Parfois il se disait avec effroi qu'il portait dans ses membres sa femme et son amant, il croyait les sentir s'agiter, s'étreindre au fond de lui. Il était esclave, il appartenait à cette créature qui elle-même appartenait à un autre. C'était ce double état de possession dont les tortures les enfonçaient tous deux dans une angoisse sans espoir.

Guillaume restait forcément passif. Il suivait Madeleine dans ses effarements, il ressentait le contre-coup de chaque secousse qui la brisait. Plus calme aux heures où elle se calmait, il roulait de nouveau à la douleur et à l'épouvante, dès que ses frissons la reprenaient. Elle eût fait sa sérénité, comme elle faisait son affolement. Jeté à elle, perdu en elle, sans autre courage que le sien, sans autre volonté que la sienne, il était emporté dans chacune de ses sensations, dans chacun des battements de son cœur. Parfois, Madeleine le regardait d'un air étrange.

— Ah! pensait-elle, s'il était d'une nature plus vigoureuse, nous guéririons peut-être. Je voudrais qu'il me dominât, qu'il s'emportât contre moi jusqu'à me rouer de coups. Je sens que cela me ferait du bien d'être battue. Quand je serais sans force sur le carreau, quand il m'aurait prouvé sa puissance, il me semble que je souffrirais moins. Il faudrait qu'il tuât Jacques en moi, de son poing fermé. Et il parviendrait à le tuer, s'il était fort.

Guillaume lisait ces pensées dans les yeux de Madeleine. Il comprenait comme elle qu'il aurait sans doute pu la sauver de ses souvenirs, s'il avait eu la vigueur de la traiter en maître, de la serrer dans ses bras jusqu'à ce qu'elle oubliât Jacques. Au lieu de frissonner de ses frissons, il aurait dû rester calme, vivre au-dessus des troubles de la jeune femme, et lui imposer la sérénité de son esprit. Quand ces raisonnements lui venaient, il s'accusait de tout le mal, il s'abandonnait davantage, se traitant de lâche et ne pouvant réagir contre ses lâchetés. Alors, pendant des heures, les époux gardaient un silence morne. Madeleine avait aux lèvres un léger pli de souffrance et de dédain; Guillaume se réfugiait dans cette fierté nerveuse, dans cette certitude des noblesses et des affections de son cœur, qui était sa dernière retraite.

Quelques jours après la résolution qu'ils prirent de ne plus courir inutilement les salons, ils éprouvèrent dans leur solitude de la rue de Boulogne, un tel malaise, qu'ils songèrent à partir pour la Noiraude. Ils y allaient, d'ailleurs, sans se promettre d'y goûter le moindre apaisement. Un tel espoir leur eût paru ridicule. Depuis la nuit où ils s'étaient enfuis devant Jacques, ils se trouvaient comme poussés par un vent de folle terreur qui ne leur permettait pas de reprendre haleine. Leur répugnance à choisir un parti, leurs continuels délais les avaient plongés dans une somnolence lourde où leur volonté se noyait. Ils s'étaient peu à peu habitués à cet état d'attente anxieuse, ils n'avaient plus la force d'en sortir. Indifférents en apparence, à demi engourdis, ils laissaient passer les journées, vides et mornes. Ils se disaient bien que Jacques reviendrait un matin ou l'autre; ils étaient même inquiets du silence qu'il gardait, ils le croyait de retour à Paris. Mais ils s'oubliaient dans leur stupeur au point de ne plus chercher à lui échapper. Cela aurait duré des années, sans qu'ils eussent l'idée de se soustraire à leurs souffrances par quelque dénouement violent. Il leur fallait une secousse nouvelle pour achever de les briser. En attendant, ils vivaient dans une douleur vague, allant où les menait leur instinct. Ils regagnaient la Noirande, moins pour fuir Jacques, que pour changer de lieu. Leurs troubles d'esprit leur rendaient insupportable cette vie cloîtrée qui, autrefois, les endormait si heureusement. L'idée d'un voyage, d'un déplacement rapide, les tentait. D'autre part, on était déjà au milieu d'avril, les matinées devenaient tièdes, la saison de villégiature commençait. Puisqu'ils n'étaient pas faits pour le monde, ils préféraient retouner souffrir dans le silence et la paix de la campagne.

La veille de leur départ, le soir, ils firent une visite d'a-
dieux aux de Rieu qu'ils n'avaient pas vus depuis quelque
temps. Ils apprirent, à leur hôtel, que M. de Rieu était au
plus mal. Ils allaient se retirer, lorsqu'un domestique vint
leur dire que le vieillard les priait de monter. Ils le trouvèrent couché dans une grande chambre sombre. La maladie de foie dont il souffrait avait pris subitement un
caractère aigu qui ne lui laissait aucun doute sur sa fin
prochaine. Il avait d'ailleurs exigé de son médecin la vérité complète, afin de mettre, disait-il, certaines affaires
en ordre avant de mourir.

Quand Guillaume et Madeleine entrèrent dans la vaste
pièce, il aperçurent Tiburce qui se tenait debout au pied
de la couche du mourant, d'un air troublé. Au chevet,
Hélène, assise dans un fauteuil, semblait être également
sous l'émotion d'un coup imprévu. Les yeux du moribond
allaient de l'un à l'autre, aigus comme des lames d'acier;
sa face jaune, atrocement creusée par la souffrance, gardait
son sourire de suprême ironie; ses lèvres avaient ce pli
de cruauté qui les relevait légèrement, lorsqu'il jouissait
des angoisses de sa femme. Il tendit la main aux jeunes
époux; il leur dit, lorsqu'il eut appris leur départ pour la
Noiraude :

— Je suis heureux de pouvoir vous faire mes adieux...
Je ne reverrai plus Véteuil...

Il n'y avait, d'ailleurs, aucun accent de regret dans sa
voix. Le silence se fit, ce silence lugubre qui traîne autour du lit d'un mourant. Guillaume et Madeleine ne savaient comment se retirer. Tiburce et Hélène restaient
immobiles et muets, en proie à une anxiété qu'ils ne cher-
chaient même pas à cacher. Au bout d'un instant, M. de
Rieu qui paraissait goûter des délices profondes dans la
vue du jeune homme et de sa femme, reprit brusquement,
en s'adressant toujours aux visiteurs :

— J'étais en train d'arranger mes petites affaires de famille... Vous n'êtes pas de trop, et je vais me permettre
de continuer... Je faisais connaître mon testament à notre

ami Tiburce : je l'ai nommé mon légataire universel à la condition qu'il épouserait ma pauvre Hélène.

Sa voix, en prononçant ces mots, eut un ricanement attendri. Il mourait comme il avait vécu, ironique et implacable. Dans son agonie, il souffletait une dernière fois, avec une volupté amère, ce monde de misère et de honte. Tous ses derniers instants avaient été employés à inventér, à mûrir le tourment auquel il condamnerait Hélène et Tiburce après sa mort. Il était arrivé à exaspérer tellement ce dernier en lui empêchant d'obtenir la moindre place, que le jeune homme avait fini par rompre avec Hélène, à la suite d'une scène pendant laquelle il l'avait ignoblement battue. Cette rupture définitive désespéra M. de Rieu qui voyait sa vengeance lui échapper. Il était allé trop loin, il lui fallait réconcilier les amants, les attacher si bien l'un à l'autre qu'ils ne pussent dénouer leurs liens. Ce fut alors qu'il eut l'idée diabolique de faire épouser sa veuve au jeune Rouillard. Jamais celui-ci ne laisserait échapper l'occasion d'accepter une fortune, même au prix d'un écœurement continuel ; jamais Hélène ne serait assez prudente pour refuser son consentement à l'homme dont elle était l'esclave frisonnante et soumise. Ils se marieraient, ils se blesseraient sans cesse. Le mourant voyait Tiburce enchaîné à une femme qui avait le double de son âge, et dont il traînerait la honte et la laideur comme un boulet ; il voyait Hélène, usée de débauche, sollicitant des baisers avec une humilité de servante, rouée de coups matin et soir par son mari qui se vengerait sur elle, dans l'intimité, des sourires méprisants qu'elle lui attirerait au dehors. La vie d'un pareil ménage serait un enfer, un supplice, un châtiment de toutes les heures. Et M. de Rieu, en s'imaginant cette existence de saletés et de batteries, raillait au milieu des douleurs épouvantables qui lui déchiraient le dos et la poitrine.

Il se tourna vers Tiburce ; il continua d'un accent de moquerie indicible :

16.

— Mon enfant, je suis habitué à vous regarder comme un fils, je veux faire votre bonheur. Je vous demande simplement, en échange de ma fortune, une tendre affection pour ma chère femme. Si elle est plus âgée que vous, vous trouverez en elle un aide et un soutien. Ne voyez dans ma détermination que mon vif désir de laisser deux heureux sur la terre. Vous me remercierez plus tard.

Puis, se tournant vers Hélène :

— Vous serez une mère pour lui, n'est-ce pas ? Vous avez toujours aimé la jeunesse. Faites un homme de cet enfant, empêchez-le de se perdre dans les hontes de Paris, poussez-le aux grandes choses.

Hélène l'écoutait avec une véritable terreur. Sa voix avait des inflexions si insultantes, qu'elle se demandait enfin si cet homme ne s'était pas aperçu de sa vie de débauches. Elle se rappelait ses sourires, ses sérénites dédaigneuses ; elle se disait que le sourd avait sans doute tout entendu, tout compris, et que c'était elle qui se trouvait être la dupe. L'étrangeté de son testament lui expliquait sa vie de mépris silencieux. Pour qu'il la jetât dans les bras de Tiburce, il devait connaître sa liaison et chercher à l'en punir. Ce mariage l'effrayait maintenant. Le jeune homme s'était montré si dur envers elle, il l'avait maltraitée avec un telle rage, le jour de leur rupture, que l'effroi de nouveaux coups faisait taire ses appétits charnels. Elle songeait en frissonnant à cette union qui la livrerait pour jamais à ses brutalités. Mais son corps lâche et amolli n'osait seulement pas rêver un instant d'échapper aux volontés de son amant. Il ferait d'elle ce qu'il voudrait. Passive, morne, elle écoutait le mourant, approuvant de la tête ce qu'il disait. Elle pensait pour se consoler : « Tiburce aura beau me battre, il y aura toujours des heures où je le tiendrai dans mes bras. » Puis elle réfléchit que le jeune homme courrait les filles avec l'argent de son premier mari, et que sans doute il refuserait même de lui apporter les restes de ses amours. Cette idée acheva de l'accabler.

Quant à Tiburce, il se remettait peu à peu. Il écartait l'image d'Hélène, il calculait mentalement le chifffre de fortune que produirait l'héritage de M. de Rieu ajouté aux rentes que lui avait déjà léguées son père le marchand de bœufs. Ce chiffre avait une éloquence qui lui prouva en quelques secondes qu'il devait épouser la vieille femme, quand même. Là était l'épine. Que ferait-il de cette mégère? Il ne savait, son effroi le reprenait, sans que sa décision en fût ébranlée. S'il le fallait, il s'enfermerait avec elle dans une cave pour l'y faire mourir à petit feu. Mais il aurait l'argent, dût-il vivre ensuite dans un continuel tourment.

M. de Rieu lut sa résolution dans ses yeux clairs, dans l'expression froide et méchante de ses lèvres. Il laissa retomber sa tête sur l'oreiller. Un dernier ricanement courut sur sa face contractée par l'agonie.

— Allons, murmura-t-il, je puis mourir tranquille.

Guillaume et Madeleine avaient assisté à cette scène avec un malaise croissant. Ils comprenaient que le dénouement d'une atroce comédie venait de se jouer devant eux. Ils se hâtèrent de prendre congé du moribond. Hélène, hébétée, tassée au fond de son fauteuil, ne se leva même pas. Ce fut Tiburce qui les accompagna jusque dans le vestibule de l'hôtel. Comme il descendait l'escalier, il se rappela la façon indignée dont il avait parlé de madame de Rieu à Guillaume. Il crut devoir se faire hypocrite.

— J'avais mal jugé cette pauvre femme, dit-il. Elle est très-affectée de la fin prochaine de son mari... C'est un legs sacré qu'il me confie, je ferai tous mes efforts pour la rendre heureuse.

Puis, se croyant assez disculpé, voulant en finir sur ce sujet :

— A propos, reprit-il brusquement en s'adressant à Guillaume, j'ai rencontré aujourd'hui un de nos anciens camarades de collége.

Madeleine devint toute pâle.

— Quel camarade? demanda Guillaume d'une voix troublée.

— Jacques Berthier, répondit Tiburce, vous savez,
ce grand garçon qui vous protégeait. Vous étiez inséparables... Il paraît qu'il est riche maintenant. Voilà huit ou dix
jours, paraît-il, qu'il est revenu du Midi.

Les époux gardaient le silence. Le vestibule où avait
lieu cette conversation, était sombre, et le jeune homme
ne pouvait s'apercevoir de l'altération de leurs traits.

— Oh! poursuivit-il, c'est un garçon tout à fait bien. Je
jurerais qu'il va manger l'héritage de son oncle en quelques années. Il m'a conduit à son logement, un délicieux
entre-sol de la rue Taitbout. Ça sent la femme en diable
chez lui.

Il eut un petit rire d'homme fort, incapable de commettre des folies. Guillaume lui tendit la main, comme pour
s'en aller. Mais il continua :

— Nous avons parlé de vous. Il ignorait que vous fus-
siez à Paris et que vous y eussiez un pied à terre. Je lui
ai donné votre adresse. Il ira vous voir demain soir.

Guillaume avait ouvert la porte cochère.

— Adieu, dit-il fiévreusement à Tiburce en lui serrant
la main et en faisant quelques pas sur le trottoir.

Madeleine, restée seule avec le jeune homme, lui demanda d'une voix nette et rapide le numéro de la maison
que M. Jacques Berthier habitait rue Taitbout. Il le lui in-
qua. Lorsqu'elle eut rejoint son mari, elle lui donna le
bras, ils firent en silence le court chemin qui les séparait
de la rue de Boulogne. En arrivant, ils trouvèrent une
lettre de Geneviève; cette lettre, courte et pressante, leur
apprenait que la petite Lucie avait eu une rechute, et les
appelait en hâte. Tout les pressait de quitter Paris; pour
rien au monde, ils n'y seraient restés jusqu'au lendemain
soir. Madeleine ne dormit pas de la nuit. Le lendemain
matin, au moment de monter en wagon, elle feignit de
s'apercevoir qu'elle avait oublié un paquet, et montra une
grande contrariété de cet oubli. Guillaume eut beau dire

que le concierge de la rue de Boulogne leur expédierait
ce paquet, elle resta immobile, indécise. Alors il offrit
de retourner lui-même au pavillon. Mais elle n'accepta
pas davantage cet arrangement. Comme la cloche du train
sonnait, elle finit par pousser son mari dans la salle d'attente, en lui disant qu'elle serait plus tranquille si elle le
savait auprès de sa fille, et en lui promettant de le suivre
à quelques heures de distance. Quand elle fut seule, elle
sortit rapidement de la gare. Au lieu de prendre la rue
d'Amsterdam, elle descendit vers les boulevards, à
pied.

Il faisait une claire matinée d'avril. Des senteurs de
printemps naissant traînaient. L'air, malgré les bouffées
chaudes, les frissons tièdes qui le traversaient, gardait un
fond de vivacité. Un côté des rues restait encore dans une
ombre bleuâtre; l'autre côté, éclairé d'une longue nappe
de soleil jaune, flambait d'une teinte d'or et de pourpre.
Madeleine marchait au milieu du soleil, sur le trottoir
inondé de rayons. Dès qu'elle s'était trouvée hors de la
gare, elle avait ralenti le pas. Elle avançait ainsi, lentement, songeuse. Depuis la veille, son projet était arrêté.
Toute son énergie lui était revenue, devant la menace
d'une visite de Jacques. Tandis qu'elle demandait l'adresse
de ce dernier à Tiburce, elle pensait : « Demain, je laisserai partir Guillaume. Lorsque je serai seule, j'irai voir
Jacques, je lui dirai tout, je le supplierai de nous épargner. S'il me jure de ne plus chercher à nous voir, il me
semble que je le croirai mort de nouveau. Jamais mon mari
ne connaîtra cette démarche; il est trop frissonnant pour
en accepter la nécessité ; plus tard, il s'imaginera que le
hasard nous a protégés, il se calmera comme moi. D'ailleurs
je puis inventer avec Jacques un échange de lettres, un
prétexte de brouille quelconque. » Pendant toute la nuit,
ce plan avait roulé dans sa tête; elle en modifiait les détails, apprêtait les paroles qu'elle dirait à son ancien
amant, adoucissait les termes de sa confession. Elle était
lasse de terreur, lasse de souffrance, elle voulait en finir.

Le danger réveillait en elle la fille rude et pratique de l'ouvrier Férat.

Maintenant, elle avait déjà mis à exécution le commencement de son projet. Elle était seule. Huit heures sonnaient à peine. Elle comptait ne se présenter chez le jeune homme que vers midi, ce qui devait la forcer à attendre encore pendant quatre grandes heures. Mais ce retard ne l'irritait pas. Rien ne la pressait. Il n'y avait pas la moindre fièvre dans sa résolution qui était le résultat d'un raisonnement. Elle se dit qu'il faisait bon au soleil et qu'elle se promènerait jusqu'à midi. Elle entendait suivre son plan scrupuleusement, sans avancer ni retarder les faits dont elle avait fixé la marche.

Depuis des années, elle ne s'était pas trouvée ainsi, seule, à pied, sur un trottoir. Cela la reportait au temps de ses amours avec Jacques. Ayant du temps à perdre, elle se mit à regarder les étalages, d'un air curieux, allant surtout aux magasins de bijoutiers, de modistes. Elle éprouvait une sorte de bien-être à se sentir perdue dans Paris, au soleil d'avril. Quand elle arriva à la Madeleine, elle fut heureuse de voir que le marché aux fleurs tenait ce jour-là. Elle s'approcha, elle avança à pas lents entre les deux rangées de pots et de bouquets, s'arrêtant longuement devant les touffes de roses épanouies. Quand elle fut au bout de l'allée, elle revint sur ses pas, elle s'oublia de nouveau devant chaque plante. Autour d'elle, dans la nappe jaune de soleil, s'étendaient des carrés de verdure, piqués de notes vives, rouges, violettes, bleues qui prenaient des douceurs de tapis de velours. Un parfum pénétrant flottait à ses pieds, s'élevait le long de ses jupes avec des ivresses molles ; il lui semblait que ce parfum, arrivé à la hauteur de ses lèvres, brûlait sa face doucement, comme une caresse. Pendant près de deux heures, elle resta là, allant et venant dans les senteurs fraîches, le regard perdu sur les carrés de fleurs. Peu à peu, ses joues étaient devenues roses, ses lèvres avaient eu un vague sourire. Le printemps battait dans ses veines, montait à sa tête. Elle était toute étourdie, comme si elle se fût penchée sur une cuve.

Dans les premiers moments, elle avait songé uniquement à la démarche qu'elle allait tenter. Son cerveau reprenait son travail de la nuit : elle se voyait entrant chez Jacques, elle répétait les termes dans lesquels elle lui apprendrait qu'elle était la femme de Guillaume, elle rêvait aux conséquences qu'aurait un pareil aveu. Des espérances lui venaient. Elle retournerait à Véteuil, apaisée, presque guérie ; elle reprendrait avec son mari leur vie paisible d'autrefois. Puis, lorsque ces pensées d'espoir eurent comme bercé et amolli son être, elle glissa lentement à des songes vagues. Elle oublia la scène pénible qui devait avoir lieu dans quelques instants, elle ne remua plus les soucis de sa résolution. Ivre du parfum des fleurs, attiédie par le soleil, elle continua à marcher, s'abandonnant à une rêverie douce et fuyante. L'idée de l'existence tranquille qu'elle mènerait avec Guillaume, la reporta aux souvenirs heureux de sa vie. Le passé l'emplit, son passé de joie et d'amour. L'image de son mari finit par s'évanouir, elle n'aperçut bientôt plus que Jacques. Il cessait de la torturer, il lui souriait comme jadis. Alors elle revit la chambre de la rue Soufflot, elle se rappela certaines matinées d'avril qu'elle avait passées avec son premier amant dans le bois de Verrières. Elle était heureuse de pouvoir songer à tout cela sans souffrir ; elle s'y enfonçait davantage, ne voyant plus le présent, ne se demandant même plus pourquoi elle attendait midi. Et elle marchait toujours dans le parfum puissant des roses, envahie par une mollesse croissante.

Comme on finissait par la regarder avec curiosité, elle se décida à aller se promener ailleurs. Elle descendit jusqu'aux Champs-Elysées, emportant son rêve. Les allées étaient presque désertes, elle put y rester dans un silence frissonnant. D'ailleurs, elle ne vit rien autour d'elle. Machinalement, au bout d'une longue promenade, elle revint à la Madeleine. Elle s'y oubliait de nouveau, au milieu des

souffles tièdes et parfumés, retrouvant ses sensations d'é-
vanouissement voluptueux, lorsqu'elle s'aperçut qu'il était
midi moins un quart. Elle avait tout juste le temps de courir rue Taitbout. Alors, pressant le pas, elle suivit rapidement les boulevards, encore ivre, la tête bouleversée, ne
se rappelant plus nettement les paroles qu'elle s'était proposé de dire. Elle avançait comme poussée par une force
fatale. Quand elle arriva, elle était rouge, oppressée.

Elle monta cependant l'escalier sans la moindre hési-
tation. Ce fut Jacques lui-même qui lui ouvrit. En l'apercevant, il poussa un cri de surprise joyeuse.

— Toi ! toi ! s'écria-t-il. Ah bien ! ma fille, je ne t'at-
tendais guère ce matin.

Il avait refermé la porte, il marchait devant elle, lui
faisant traverser plusieurs petites pièces très-élégamment
meublées. Elle le suivait en silence. Quand il l'eut introduite dans la pièce du fond, qui était sa chambre à coucher, il se retourna et lui prit gaiement les mains.

— Nous ne sommes donc plus fâchés ? dit-il. Sais-tu
que tu n'étais guère gentille à Mantes ?... Tu veux faire la
paix, n'est-ce pas ?

Elle le regardait, toujours muette. Il venait de se lever.
Encore en manches de chemises, il fumait une pipe de
terre blanche. Dans sa nouvelle position de jeune homme
riche, il gardait le débraillé de l'étudiant et du marin.
Madeleine crut le retrouver tel qu'elle l'avait connu, tel
que le représentait cette carte photographique sur laquelle une nuit elle avait versé des larmes. Sa chemise
ouverte laissait voir un bout de sa peau nue.

Jacques s'était assis sur le bord du lit défait dont les
couvertures pendaient à terre. Il continuait à tenir les
mains de la jeune femme debout devant lui.

— Comment diable as-tu appris mon adresse ? reprit-il. M'aimerais-tu encore, m'aurais-tu rencontré et
suivi ?... Avant tout, signons notre traité.

D'une secousse, il l'attira à lui et la baisa sur le cou.
Elle se laissa aller, elle ne se défendit pas. Tombée sur

les genoux de Jacques, elle y resta dans une sorte de stupeur. Bien qu'elle n'eût monté que quelques marches, elle était tout essoufflée. Elle se sentait comme soûle ; tout tournait autour d'elle, elle examinait la pièce d'un regard trouble. Ayant aperçu sur la cheminée un gros bouquet qui se fanait, elle eut un sourire, elle pensa au marché de la Madeleine. Puis, elle se souvint qu'elle était venue pour apprendre à Jacques son mariage avec Guillaume. Elle se tourna vers lui, gardant sans le savoir son sourire aux lèvres. Le jeune homme avait passé un bras autour de sa taille.

— Ma chère enfant, dit-il en riant d'un rire gras, tu me croiras si tu veux, mais depuis que tu as refusé de me serrer la main, je rêve de toi toutes les nuits .. Dis, te souviens-tu de notre petite chambre de la rue Soufflot ?...

Sa voix devenait basse et ardente, ses mains s'égaraient dans les étoffes tièdes de son ancienne maîtresse. Il frissonnait, poussé par les excitations du réveil, pris à la gorge par des désirs cuisants. Madeleine serait venue à tout autre heure de la journée, qu'il ne l'aurait pas attirée si brusquement sur sa poitrine. Quant à elle, depuis qu'elle était sur les genoux de Jacques, elle se sentait défaillir. Il lui venait de cet homme une senteur âcre et troublante. Des chaleurs coulaient le long de ses membres, une clameur vague emplissait ses oreilles, un besoin invincible de sommeil lui faisait fermer les paupières. Elle pensait toujours : « Je suis montée pour tout lui dire, je vais tout lui dire. » Mais cette pensée se mourait au fond de son cerveau, comme une voix qui s'éloignait, qui devenait de plus faible, et qu'elle finissait par ne plus entendre.

Ce fut elle dont le corps en s'abandonnant tout à coup contre une épaule du jeune homme, le renversa à demi sur le lit. Il la saisit avec emportement, la soulevant du parquet où ses pieds touchaient encore. Elle obéit à son étreinte comme un cheval qui reconnaît les genoux puis-

17

sants d'un maître. Au moment où elle se livrait, toute pâle, fermant les yeux, emportée dans un vertige qui lui ôtait la respiration, il lui sembla qu'elle tombait d'une hauteur énorme, avec de longues et lentes oscillations pleines d'une cruelle volupté. Elle sentait bien qu'elle allait se briser à terre, mais elle n'en goûtait pas moins une jouissance aiguë à être ainsi balancée dans le vide. Tout ce qui l'entourait avait disparu. Dans le vague de sa chute, dans l'évanouissement de tous ses sens, elle entendit le timbre clair d'une pendule sonner midi. Ces douze coups légers lui parurent durer un siècle.

Quand elle revint à elle, elle aperçut Jacques qui allait et venait déjà dans la chambre. Elle se leva, regardant autour d'elle, tâchant de comprendre pourquoi elle était couchée sur le lit de cet homme. Puis elle se souvint. Alors, lentement, elle répara le désordre de sa toilette, elle s'approcha d'une armoire à glace devant laquelle elle renoua ses cheveux roux qui avaient coulé sur ses épaules. Elle était anéantie, stupide.

— Tu passeras la journée avec moi, lui dit Jacques; nous dînerons ensemble.

Elle fit signe que non, de la tête. Elle remit son chapeau.

— Comment! tu t'en vas déjà? s'écria le jeune homme surpris.

— Je suis pressée, répondit-elle d'une voix étrange, On m'attend.

Jacques se prit à rire et n'insista pas. Quand il l'eut reconduite sur le palier :

— Un autre jour, lui dit-il en l'embrassant, lorsque tu pourras t'échapper pour venir me voir, tâche d'avoir ta journée libre... Nous irons à Verrières.

Elle le regarda en face, comme soufffletée par ces paroles. Un instant ses lèvres s'ouvrirent. Puis elle eut geste fou, et, sans répondre, elle s'échappa, elle descendit rapidement l'escalier. Elle était au plus restée vingt minutes chez Jacques.

Lorsqu'elle fut dans la rue, elle se mit à marcher fiévreusement, la tête baissée, ne sachant où elle allait. Le
bruit des voitures, les coups de coude des passants, tout
e tapage et le mouvement dont elle était entourée se
perdait pour elle dans le tourbillon de sensations et de
pensées qui l'emportait. Elle s'arrêta, à deux ou trois reprises, devant des étalages, comme toute au spectacle
d'objets qu'elle ne voyait seulement pas. Et, chaque fois,
elle reprit sa course, d'un pas plus saccadé. Elle avait sur
la face le masque hébété de l'ivresse. Les gens se retour-
naient en l'entendant parler à voix basse. « Quelle femme
suis-je donc ? murmurait-elle. J'étais allée chez cet homme
pour me relever à ses yeux, et voilà que je suis tombée
dans ses bras comme une fille publique. Il lui a suffi de
me toucher du bout de son doigt, je n'ai pas eu une révolte, j'ai pris une jouissance ignoble à me sentir défaillir. » Elle se taisait, hâtant le pas ; puis elle reprenait
avec une sourde violence : « Cependant, j'étais forte, ce
matin ; j'avais tout calculé ; je savais ce que je devais dire.
C'est que je suis maudite, comme dit Geneviève. Ma chair
est infâme. Ah ! que de saletés ! » Et elle faisait des gestes
de dégoût, elle filait le long des maisons comme une
folle.

Il y avait plus d'une heure qu'elle courait ainsi, lorsqu'elle s'arrêta brusquement. La pensée du lendemain,
des journées qu'elle allait vivre désormais, venait de se
dresser devant elle. Elle leva la tête, regarda le lieu où
elle se trouvait. Ses pas l'avaient machinalement ramenée
à la Madeleine ; elle vit à ses pieds les carrés de fleurs,
les touffes de roses épanouies dont les parfums lui étaient
montés au cerveau, le matin. Elle traversa de nouveau le
marché, en pensant : « Je vais me tuer, tout sera fini, je
ne souffrirai plus. » Alors elle se dirigea vers la rue de
Boulogne. Quelques jours auparavant, elle avait remarqué
dans un tiroir un grand couteau de chasse. Tout en marchant, elle voyait ce couteau, elle le voyait ouvert devant
elle reculant à mesure qu'elle avançait, la fascinant, l'at-

tirant vers le petit hôtel. Et elle songeait : « Je le tiendrai
tout à l'heure, je le prendrai dans le tiroir, et je m'en
frapperai. » Mais comme elle montait la rue de Clichy, un
pareil suicide lui répugna. Elle aurait voulu voir Guillaume
avant de se tuer, lui expliquer les raisons de sa mort. Sa
fièvre se calmait, un coup de tête lui semblait odieux.

Elle revint sur ses pas, elle prit à la gare un train qui
partait justement pour Mantes. Pendant les deux heures
que dura le trajet, une seule pensée battit dans son cerveau : « Je me tuerai à la Noiraude, se disait-elle, quand
j'aurai prouvé à Guillaume la nécessité de ma mort. »
Les secousses régulières et monotones du wagon, les bruits
assourdissants du train en marche, berçaient d'une étrange
façon son idée de suicide; elle croyait entendre le grondement des roues répéter en échos : « Je me tuerai, je me
tuerai. » A Mantes, elle monta en diligence. Accoudée à
une portière, elle regarda la campagne, elle reconnut, au
bord de la route, certaines maisons qu'elle avait vues de
nuit quelques mois auparavant, lorsqu'elle était passée
en cabriolet avec Guillaume. Et la campagne, les maisons,
tout lui semblait redire la pensée unique qui tournait au
fond de son être : « Je me tuerai, je me tuerai. »

Elle descendit de diligence à quelques minutes de Véteuil. Un chemin de traverse devait la conduire directement à la Noiraude. Le crépuscule tombait, d'une douceur
exquise. Les horizons tremblants s'évanouissaient dans
la nuit. Les champs devenaient noirs sous le ciel laiteux,
frissonnants d'un bruit de prières et de chansons mou-
rantes, qui traînaient au fond du jour agonisant. Comme
Madeleine s'avançait rapidement dans un sentier bordé de
haies d'aubépines, elle entendit les pas d'une personne
qui se dirigeait de son côté. Une voix fêlée s'éleva. Cette
voix chantait :

> Il était un riche pacha
> Que l'on appelait Mustapha.
> Pour son sérail il acheta
> Mademoiselle Catinka.

Et tra la la, tra la la la,
Tra la la la, la la, la la.

C'était Vert-de-Gris. Les « tra la la, » à cette heure de
sérénité triste, prenaient sur ses lèvres un accent de douloureuse ironie. On eût dit les rires d'une folle qui s'attendrissaient et se noyaient dans des larmes. Madeleine
s'arrêta, comme clouée. Cette voix, cette chanson entendue ainsi, au milieu des frissons du soir, faisait passer devant elle une vision rapide et poignante. Elle se rappelait
ses anciennes promenades à Verrières. A la tombée de la
nuit, elle descendait du bois, ayant Vert-de-Gris au bras.
Et toutes deux elles chantaient la ballade du pacha Mus-
tapha. Au loin, dans les sentiers où l'ombre coulait, des
voix de femmes leur répondaient par d'autres refrains.
Elles apercevaient, à travers les feuilles, des robes blanches rasant le sol comme des vapeurs, se fondant peu à
peu dans les ténèbres. Puis tout devenait d'un noir épais.
Les voix lointaines se faisaient plaintives, les gaudrioles,
les couplets obscènes, écorchés par des gosiers que l'absinthe avait brûlés, flottaient doucement, avec des tendresses et des mélancolies pénétrantes.

Ces souvenirs serrèrent Madeleine à la gorge. Elle
entendait toujours les pas de Vert-de-gris qui avançait;
elle s'était mise à reculer pour ne pas se trouver face à
face avec cette femme dont elle distinguait déjà la
silhouette lamentable. Au bout d'un silence, la folle éleva
de nouveau la voix :

Pour son sérail il acheta
Mademoiselle Catinka.
C'est trente sous qu'il la paya :
Elle valait moins cher que ça.

Et tra la la, tra la la la,
Tra la la la, la la, la la.

Alors Madeleine, épouvantée par les rires fous de la

chanteuse, secouée jusqu'aux larmes par cette voix rauque
et triste qui chantait sa jeunesse dans les fraîcheurs de la
nuit naissante, écarta la haie d'aubépines et se sauva à
travers champs. Elle arriva ainsi à la Noiraude. Comme
elle poussait la grille, elle aperçut la fenêtre du laboratoire toute rouge, qui luisait sinistrement sur la façade
sombre du château. Jamais elle n'avait vu cette fenêtre
éclairée, et son rayonnement dans la lueur louche du
crépuscule, lui causa un singulier sentiment d'effroi.

XIII

Un nouveau coup l'attendait à la Noiraude. La petite Lucie était morte dans la journée.

Guillaume, en arrivant, avait trouvé l'enfant à l'agonie. Une de ces fièvres brusques, qui reviennent en pleine convalescence, l'emportait. Brûlante, cherchant de ses mains le froid des draps, elle sortait du lit ses pauvres bras frissonnants. Puis des crises de délire la faisaient se débattre et lutter contre quelque chose d'invisible qu'elle semblait contempler avec des regards fixes et vides. On eût dit que ses yeux lui tenaient toute la face ; il se voilaient peu à peu, pareils à des sources d'eau limpide que trouble un flot de sable. Quand son père était entré, elle ne l'avait pas reconnu. Penché sur son lit, il la regardait d'un air navré, il sentait son cœur se briser. Au déchirement qu'il éprouvait dans la poitrine à chacun de ses râles, il se disait qu'elle lui appartenait entière ; un immense regret de l'avoir repoussée le courbait au-dessus d'elle, lui donnait l'envie de la serrer contre sa poitrine et de la disputer à la mort. C'était un réveil d'affection d'une angoisse indicible.

Cependant Lucie se mourait. Il vint un moment où son délire tomba. Elle eut un joli sourire d'enfant boudeuse.

Puis, regardant autour d'elle, comme si elle s'éveillait, elle parut se souvenir et tout reconnaître. Elle tendit les mains à son père, en répétant ce mot qui lui était familier, et auquel elle donnait une douceur de caresse :

— Prends-moi, prends-moi.

Guillaume se baissa, éperdu, la croyant sauvée. Mais, comme il allait la soulever, il sentit son petit corps craquer d'une secousse brusque. Elle était morte. Quand il l'eut recouchée, il s'agenouilla, muet, ne pouvant pleurer. Bientôt, il n'osa plus la contempler : la mort pinçait les lèvres de l'enfant, sa bouche faisait la moue grave de Jacques. Terrifié par cet effet de la rigidité cadavérique qui fixait peu à peu sur le visage de sa fille la ressemblance de cet homme, il s'efforça de prier encore, en ne regardant plus que les mains de la petite croisées sur sa poitrine. Mais, malgré lui, il remontait toujours à la tête. Il finit par quitter la chambre, laissant Geneviève seule auprès de Lucie.

Lorsque Madeleine entra dans le vestibule, elle eut le pressentiment d'un malheur. La salle à manger était froide et noire, la maison paraissait déserte. Un chant funèbre de cantique guida la jeune femme au premier étage. Elle arriva ainsi dans la chambre où reposait le corps de Lucie, au chevet duquel Geneviève s'était mise à psalmodier des prières. Le spectacle atroce qui l'attendait là, l'enfant dont la tête pâle creusait l'oreiller, la fanatique à genoux priant dans la lueur vacillante d'une bougie, l'arrêta glacée sur le seuil. Elle comprit tout d'un regard. Puis elle s'avança lentement. Depuis le matin, la pensée de sa fille était sortie de sa mémoire. Elle éprouvait une sorte de joie à la retrouver morte. C'était un obstacle de moins à son suicide; elle pouvait se tuer maintenant, sans craindre de laisser derrière elle une pauvre créature que sa naissance devait vouer au malheur. Arrivée au bord de la couche, elle ne versa pas une larme, elle se dit simplement que dans quelques heures elle serait comme cela, raide et froide. Si elle n'avait pas dû mourir elle-même,

elle se serait sans doute jetée sur le cadavre avec des sanglots déchirants; la certitude qu'elle n'existerait bientôt
plus l'empêchait de sentir la perte de son enfant. Elle
éprouva le seul désir de l'embrasser une dernière fois.
Mais, comme elle se penchait, elle crut voir Jacques
devant elle, il lui sembla que Lucie avait les lèvres du
jeune homme, ces lèvres qu'elle avait baisées si voluptueusement le matin même. D'un mouvement effaré, elle
se rejeta en arrière.

Geneviève, qui venait d'interrompre ses prières, vit ce
mouvement d'effroi. Elle regardait Madeleine fixement, de
son air implacable.

— Ainsi sont punis les enfants des coupables, murmura-t-elle sans la quitter des yeux. Dieu châtie les pécheurs
dans leur descendance, à jamais.

Madeleine eut un accès de rage folle contre cette femme
qu'elle rencontrait sous ses pas, à chaque nouveau malheur, et qui lui jetait alors au visage ses monstrueuses
croyances.

— Pourquoi me regardez-vous ainsi? cria-t-elle. Je suis
donc bien étrange à voir!... J'avais oublié cela, vous
allez m'insulter, vous! J'aurais dû me dire que je vous
trouverais jusqu'à la dernière heure, le bras levé, impitoyable comme le destin... Vous êtes la fatalité, vous êtes
le châtiment.

Les regards de la fanatique luisaient. Elle répéta avec
une joie farouche, dans une sorte d'exaltation prophétique :

— L'heure vient, l'heure vient.

— Oh! j'ai assez de souffrance, reprit âprement Madeleine, je veux être punie, je me punirai... Mais ce n'est
pas vous qui me condamnez. Vous n'avez pas failli, vous
n'avez pas vécu, et vous ne sauriez juger la vie... Pouvez-
vous me consoler?

— Non, répondit la protestante, il faut que vos larmes
coulent, que vous rendiez grâce à la main qui vous châtie.

— Pouvez-vous faire que Guillaume m'aime encore et

17.

retrouve la paix? pouvez-vous me promettre que je souffrirai seule, le jour où je m'humilirai?

— Non, si Guillaume souffre, c'est qu'il est coupable.
Dieu sait où il frappe.

Madeleine se redressa avec une violence superbe.

— Eh bien! alors, cria-t-elle, si vous ne pouvez rien,
que faites-vous là, pourquoi me torturez-vous?... Je n'ai
pas besoin de Dieu. Je me juge et me condamne moi-
même.

Elle s'arrêta épuisée. En baissant la tête, elle aperçut
le cadavre de sa fille qui semblait l'écouter, la bouche
ouverte. Elle eut honte de son emportement dont les
éclats passaient avec des bruits de fouet sur ce pauvre
corps endormi. Elle s'abîma un instant dans le spectacle
de ce néant, comme attirée, goûtant la folie de la mort.
Le calme lourd de Lucie, l'expression de repos figée sur
son visage, lui promettaient une éternité de sommeil, un
bercement sans fin dans les bras du vide. Il lui vint un
désir bizarre, elle voulut savoir combien de temps il lui
faudrait pour être ainsi glacée et rigide.

— A quelle heure est-elle morte? demanda-t-elle à Geneviève qui avait repris ses prières.

— A midi, répondit la protestante.

Cette courte réponse tomba sur la tête de Madeleine
comme un coup de massue. Geneviève aurait-elle raison?
serait-ce sa faute qui aurait tué sa fille. A midi elle
était dans les bras de Jacques, et à midi Lucie mourait.
Cette coïncidence lui parut fatale, atroce. Elle entendait
ses plaintes d'amour se mêler aux râles d'agonie de son
enfant, elle devenait folle en comparant cette scène de
volupté à cette scène de mort. Pendant quelques minutes,
elle resta écrasée, stupide. Puis elle se demanda ce
qu'elle faisait là, ce qu'elle était venue chercher à la
Noiraude. Elle ne savait plus, sa tête se vidait. Elle s'interrogeait avec angoisse: « Pourquoi suis-je donc accou-
rue si vite de Paris? j'avais un projet. » Et elle faisait des
efforts inouïs de mémoire. Brusquement la mémoire lui

revint. « Je sais, pensa-t-elle, je veux me tuer, je veux me tuer. »

— Où est Guillaume? demanda-t-elle à Geneviève.

La vieille femme fit un geste d'ignorance, sans cesser de mâcher entre ses dents des paroles vagues. Madeleine se rappela alors la lueur rouge qu'elle avait vue de la grille et qui éclairait si étrangement la fenêtre du laboratoire. Un instinct la poussa. Elle quitta la chambre, elle monta rapidement l'escalier.

Guillaume, en effet, se trouvait dans le laboratoire. En s'échappant de la pièce où Lucie venait d'expirer, il s'était enfui dans le parc, et y avait marché jusqu'à la nuit, fou de douleur. Lorsque le crépuscule tomba comme une cendre fine, donnant à la campagne une teinte grise uniforme d'une mélancolie poignante, il se sentit pris d'un accablement sans bornes, il eut un désir âpre de s'enfouir dans quelque trou lugubre où il pourrait contenter le besoin d'anéantissement qu'il éprouvait. Ce fut alors que, machinalement, obéissant à une force fatale, il alla chercher, au fond du tiroir où il l'avait jadis cachée, la clef de la pièce dans laquelle M. de Viargue s'était empoisonné. Depuis l'époque du suicide, il n'y avait plus remis les pieds. Il n'aurait pu expliquer lui-même l'envie irrésistible qui le poussait à y monter; c'était comme une soif d'horreur, une rage d'épuiser à la fois toute épouvante, toute souffrance. Quand il entra, la vaste salle, éclairée vaguement par la bougie qu'il tenait à la main, lui parut encore plus sale, plus délabrée qu'autrefois. Dans les coins, traînaient toujours des tas de débris ignobles, le fourneau et les planches tombaient toujours par morceaux. Rien n'avait été touché; mais la poussière de cinq années s'accumulait sur ces ruines; les araignées du plafond filaient des toiles qui descendaient jusque sur le parquet en haillons noirâtres; l'air enfermé dans ce lieu sinistre dormait, épaissi et nauséabond. Guillaume posa le bougeoir sur la table et se tint debout, regardant devant lui, fixement. Il eut un rapide frisson en apercevant à ses pieds la trace sombre que le sang de son père avait laissée. Puis il écouta. Un pressentiment l'avertissait qu'un coup suprême devait l'abattre là, au milieu de ces saletés. Cette pièce, dans laquelle personne n'était entré et qu'il retrouvait calme et sinistre, semblait l'avoir attendu pendant ses cinq années de rêves menteurs. Et, maintenant, elle s'ouvrait, elle l'attirait comme une proie qui lui était sans doute promise depuis longtemps.

Dans son attente effrayée, Guillaume se rappela sa vie de souffrance, cet écrasement continu qui lui broyait la chair et l'esprit depuis sa jeunesse. Il revit une fois encore son enfance terrifiée, ses douloureuses années de collége, les derniers mois de folie et d'angoisse qu'il venait de vivre. Tout s'enchaînait, tout le poussait à quelque terrible dénoûment qui devait être proche. Maintenant que les faits, dont il pouvait suivre la marche logique et implacable, le jetaient au fond de cette pièce tachée du sang de son père, il se voyait mûr pour la mort; il devinait que le destin allait, dans une dernière brutalité, en finir avec lui.

Il y avait près d'une demi-heure qu'il écoutait, averti par une voix intérieure que quelqu'un viendrait lui porter le coup suprême, lorsqu'il entendit dans le corridor un bruit de pas. Ce fut Madeleine qui parut sur le seuil. Elle était encore enveloppée de son châle, n'ayant même pas pris le temps de retirer ses gants ni son chapeau. D'un regard rapide, elle fit le tour du laboratoire dans lequel elle n'était jamais entrée. Parfois on avait parlé devant elle de cette pièce close; elle en connaissait la lugubre légende. Quand elle en eut aperçu la malpropreté honteuse, il lui monta aux lèvres un singulier sourire : il était digne d'elle d'en finir au milieu de cette pourriture et de cette désolation. Comme à Guillaume, il lui sembla que cette pièce l'attendait depuis des années.

Elle marcha droit à son mari.

— Je viens causer avec toi, Guillaume, dit-elle.

Elle parlait d'une voix nette et froide. Toute sa fièvre

paraissait tombée. La tête haute, les yeux résolus, elle avait l'attitude inexorable d'un juge.

— Il y a quelques mois, reprit-elle, je t'ai demandé une grâce, en quittant l'auberge de Mantes, celle de me laisser mourir le jour où la vie de tortures que nous menons, deviendrait intolérable. Je n'ai pu calmer ma pensée, apaiser mon cœur; je viens te rappeler la promesse que tu m'as faite alors.

Guillaume ne répondit pas. Il devinait les raisons que sa femme allait lui donner, il les attendait, prêt à les accepter, ne songeant plus à la défendre contre elle-même.

— Vois où nous en sommes arrivés, poursuivit Madeleine. Nous nous trouvons acculés tous deux, traqués dans cette pièce où les faits ont fini par nous pousser. Chaque jour, nous avons perdu un peu de terrain, nous avons senti le cercle de fer qui nous entoure se resserrer et nous mesurer l'espace. Successivement, tous les lieux sont devenus inhabitables pour nos pauvres cerveaux malades : le pavillon voisin, notre petit hôtel de Paris, jusqu'à la salle à manger de la Noiraude, jusqu'à la chambre où vient de mourir notre fille. Maintenant, nous sommes enfermés ici, au fond de cette retraite sinistre, de ce dernier asile digne de notre folie. Si nous en sortons tous deux, ce sera pour rouler plus bas, pour mener une vie plus infâme et plus lâche... Est-ce vrai ?

— C'est vrai, répondit Guillaume,

— Nous sommes là, face à face, n'échangeant plus un mot, un regard, sans nous blesser. Je ne t'appartiens plus, j'appartiens aux souvenirs qui, la nuit, viennent me secouer de cauchemars horribles. Tu n'ignores rien, tu m'as éveillée une fois, comme je m'abandonnais aux bras d'un songe. Aussi n'oses-tu plus me serrer sur ta poitrine, n'est-ce pas ? Guillaume. Je suis trop pleine d'un autre homme. Je te crois jaloux, je te crois désespéré, poussé à bout comme moi... Est-ce vrai ?

— C'est vrai.

— Nos amours seraient donc ignobles à cette heure.

Nous aurions beau nous aveugler ; par instants, je péné-
trerais tes lassitudes et tes dégouts, tu lirais en moi mes
pensées et mes voluptés honteuses. Nous ne pouvons plus
vivre ensemble... Est-ce vrai ?

— C'est vrai.

Guillaume répondait en écho, et chacune de ses répon-
ses tombait claire et tranchante comme une lame d'acier
L'attitude haute et calme de sa femme avait éveillé en lui
toutes les fiertés de son sang. Il n'avait plus une faiblesse,
il voulait racheter ses abandons nerveux, en acceptant
avec courage le dénoûment fatal qu'il croyait deviner.

— A moins, continua Madeleine avec amertume, que tu
ne veuilles vivre séparé de moi, toi dans une chambre et
moi dans une autre, comme certains époux qui s'accep-
tent seulement devant le monde, pour sauver les appa-
rences. Nous venons de voir quelques-uns de ces ménages
à Paris. Voudrais-tu tenter cette vie ?

— Non, s'écria le jeune homme, je t'aime encore, Madeleine... Nous nous aimons, et c'est cela qui nous tue,
n'est-ce pas ?... Si je te conserve, je veux rester ton mari,
ton amant. Tu as bien vu, à Paris, nous n'avons pu nous
plier à cette existence d'égoïsme. Nous devons vivre aux
bras l'un de l'autre, ou ne plus vivre.

— Eh bien ! alors, soyons logiques, tout est fini. Tu
l'as dit, c'est notre amour qui nous tue. Si nous ne nous
aimions pas, nous vivrions paisibles. Mais s'aimer toujours et souiller ses tendresses ; désirer s'étreindre à chaque heure et ne plus oser se toucher du bout des doigts ;
passer mes nuits à ton côté, sur la poitrine d'une autre,
lorsque je donnerais mon sang pour pouvoir t'attirer à
moi : cela, vois-tu, finirait par nous rendre fous... Tout
est fini.

— Oui, tout est fini, répéta lentement Guillaume.

Il y eut un court silence. Les époux se regardaient
dans les yeux, d'un regard assuré. Madeleine, gardant
son calme effrayant, cherchait si elle n'avait oublié aucune des causes qui l'obligeaient au suicide. Elle voulait

procéder froidement, bien établir que toute espérance était morte, ne pas se jeter dans la mort par folie, y entrer au contraire après avoir prouvé l'impossibilité d'une guérison quelconque. Elle insista encore sur les motifs qui la poussaient.

— Ne faisons rien contre la raison, reprit-elle, rappelle-toi bien les faits... Je voulais mourir dans cette auberge. Puis, je ne t'ai pas encore avoué cela, la pensée de ma fille m'a arrêtée. Aujourd'hui, Lucie est morte, je puis m'en aller... J'ai ta promesse.

— Oui, répondit Guillaume, nous allons mourir ensemble.

Elle le regarda d'un air d'étonnement et d'effroi. Et, d'une voix rapide :

— Que dis-tu là? s'écria-t-elle. Tu ne dois pas mourir, toi, Guillaume. Cela n'est jamais entré dans mes résolutions. Je ne veux pas que tu meures. Ce serait un crime inutile.

Le jeune homme eut un geste désespéré de protestation.

— Tu n'as pas compté, dit-il, que je resterais seul à souffrir.

— Qui te parle de souffrance! reprit-elle dédaigneusement. Est-ce que tes faiblesses te reprendraient? est-ce que tu aurais peur de pleurer?... S'il ne s'agissait que de douleur, je resterais, je lutterais encore. Mais c'est moi qui suis ton mal, ta plaie vive. Je m'en vais parce que je te gêne.

— Tu ne mourras pas seule.

— Je t'en prie, Guillaume, épargne-moi, n'augmente pas ma faute. Si je t'entraîne dans ma chute, je serai encore plus coupable, je m'en irai plus désespérée... Ma chair est maudite, elle rend amer tout ce qui t'entoure. Quand je n'existerai plus, tu te calmeras, tu pourras tenter de nouveau le bonheur.

Guillaume perdait sa tranquillité froide. L'idée qu'il allait se retrouver seul à souffrir l'épouvantait.

— Et que veux-tu que je fasse sans toi ! cria-t-il. Toi morte, je n'ai qu'à mourir. Je veux me punir d'ailleurs, me punir de ma faiblesse qui n'a pas su te sauver. Tu n'es pas la seule coupable... Tu le sais, Madeleine, je suis un enfant nerveux que tu dois emporter dans tes bras, si tu ne veux le laisser à de lâches abandons.

Madeleine sentit la vérité de ces paroles. Mais l'idée de frapper une fois de plus son mari, en se frappant elle-même lui était insupportable. Elle ne répondit pas, espérant que l'exaltation du jeune homme allait se calmer et qu'elle le plierait ensuite à ses volontés. Celui-ci, maintenant, ne se montrait plus résigné ; il se débattait contre le projet de suicide.

— Cherchons, cherchons encore, balbutia-t-il. Attendons, par pitié.

— Attendons quoi, et combien de temps ? dit Madeleine avec âpreté. Tout n'est-il pas fini ? tu en convenais tout à l'heure. Crois-tu donc que je ne lise pas dans tes yeux ? Ose donc dire que ma mort ne t'est pas nécessaire.

— Cherchons, cherchons un autre moyen, répéta-t-il fiévreusement.

— Pourquoi tes lèvres prononcent-elles ces mots vides. Il est inutile de chercher, nous ne trouverions pas de guérison. Et tu sais cela, tu parles pour étourdir tes pensées qui te crient la vérité.

Guillaume se tordait les mains.

— Non, jamais ! s'écria-t-il. Tu ne peux mourir ainsi, je t'aime, je ne te laisserai pas accomplir ce suicide devant moi.

— Ce n'est pas un suicide, répondit gravement la jeune femme, c'est une exécution. Je me suis jugée et je me suis condamnée. Laisse-moi me faire justice.

Elle voyait que son mari s'affaissait, elle continua d'un ton rude de domination.

— Je me serais tuée rue de Boulogne, ce matin, comme j'en ai eu un instant l'envie, si j'avais su te trouver si

faible. Je croyais ne pas devoir disposer de moi, avant de
t'avoir expliqué les causes de ma mort. Tu vois que j'ai
bien ma raison.

Guillaume eut un cri sublime de désespoir :

— Il fallait te tuer sans rien me dire, je me serais tué
ensuite... Tu es cruelle avec ta raison.

Il s'était assis sur le bord de la table, défaillant. Madeleine résolut d'en finir. Elle se sentait lasse, elle avait
hâte de se reposer dans la mort. Un secret égoïsme lui
faisait abandonner son mari à sa destinée. Maintenant
qu'elle avait fait tous ses efforts pour le sauver, elle s'en-
dormirait tranquille. Elle ne se sentait pas le courage de
vivre encore pour l'obliger à vivre.

— Ne te débats pas ainsi, lui dit-elle en regardant rapidement autour d'elle. Il faut que je meure, n'est-ce pas ?
Ne dis pas non... Laisse-moi faire.

Elle venait d'apercevoir le petit meuble marqueté dans
lequel M. de Viargue avait enfermé les toxiques nouveaux, découverts par lui. Quelques minutes auparavant,
en montant l'escalier, elle s'était dit : « Je me jetterai
par la fenêtre ; il y a trois étages, je m'écraserai sur les
pavés. » Mais la vue de l'étagère, sur les glaces de
laquelle un doigt du comte avait écrit le mot : *Poisons*,
en grosses lettres, lui fit choisir un autre genre de suicide. Elle eut un mouvement de joie, elle s'élança vers la
petite armoire.

— Madeleine ! Madeleine ! s'écria Guillaume épouvanté.

Mais la jeune femme avait déjà cassé une glace de l'armoire d'un coup de poing. Le verre lui coupa profondément les doigts. Elle prit un flacon, le premier venu.
Alors, d'un élan, son mari vint lui saisir les poignets, la
mettant ainsi dans l'impossibilité de porter le flacon à ses
lèvres. Il sentait le sang tiède de ses coupures lui mouil-
ler les mains.

— Je te briserai les poignets plutôt que de te laisser
boire, dit-il. Je veux que tu vives.

Madeleine le regarda en face.

— Tu sais bien que cela est impossible, répondit-elle

Elle luttait sourdement; elle donnait de brusques secousses pour dégager ses mains. Mais son mari les tenait
serrées dans les siennes; il haletait et répétait :

— Donne-moi ce flacon, donne-moi ce flacon.

— Voyons, dit la jeune femme d'une voix rauque, ne
fais pas l'enfant. Lâche-moi.

Il ne répondit plus. Il travaillait à lui écarter les doigts
un à un pour lui arracher la fiole. Ses mains étaient toutes
rouges du sang des coupures de Madeleine. Comme celle-
ci sentait ses forces s'en aller, elle parut prendre un parti
suprême.

— Tout ce que je viens de te dire, reprit-elle, ne t'a
donc pas prouvé que j'ai besoin de la mort et qu'il y a
cruauté à me la refuser?

Il garda encore le silence.

— Tu ne te rappelles donc pas, continua-t-elle plus
violemment, la chambre d'auberge que j'ai habitée avec
mon amant; tu ne te rappelles pas cette table où j'ai écrit:
J'aime Jacques, et ces rideaux bleus que j'écartais pendant les nuits étouffantes d'été?

Au nom de Jacques, il eut un frisson; mais il ne mit
que plus de rage à vouloir s'emparer du flacon. Alors la
jeune femme s'affola.

— Tant pis! cria-t-elle, je voulais t'épargner une dernière angoisse; mais tu me forces à être brutale... Ce matin j'ai menti, je n'avais rien oublié; si je suis restée à
Paris, c'était pour aller voir Jacques; je voulais l'éloigner
de nous, et je suis tombée sur sa poitrine comme une ca-
tin... Entends-tu, Guillaume, je sors des bras de Jacques.

Sous le coup brusque de cet aveu, Guillaume lâcha enfin les mains de Madeleine. Ses bras inertes retombèrent,
ses yeux se fixèrent stupidement sur sa femme. Il recula
lentement.

— Ah! tu vois bien, dit-elle avec un étrange sourire de
triomphe, que tu consens à ma mort.

Il reculait toujours. Arrivé à la muraille, il s'y adossa,

sans cesser de regarder Madeleine. Une anxiété béante le courbait à demi vers elle, pour mieux suivre chacun de ses mouvements. Elle éleva le flacon, elle le lui montra.

— Je vais boire, Guillaume, reprit-elle. Tu me le permets, n'est-ce pas?

Il resta muet, les yeux sortant des orbites, les dents claquant avec force. Il se ramassait peu à peu sur lui-même, comme pour échapper, en se faisant tout petit, au spectacle atroce qu'il avait devant lui, et dont il ne pouvait détourner les regards.

Alors Madeleine éleva lentement la fiole et la vida d'un trait. En buvant, elle ne quitta pas son mari des yeux. L'effet du poison, pris à cette haute dose, fut foudroyant. Elle tourna, les bras ouverts, et tomba sur la face. Une seule convulsion la secoua à terre. Son énorme chignon de cheveux roux se dénoua et roula sur le parquet comme une mare de sang.

Guillaume n'avait perdu aucun détail de cette scène rapide. A mesure que sa femme avait bu, il s'était accroupi davantage. Il se trouvait maintenant assis sur ses talons, contre le mur. Lorsqu'elle tomba avec un bruit sourd, pareille à une masse de plomb, il sentit le parquet trembler sous lui; il lui sembla que la chute de Madeleine, en retentissant dans son cerveau, lui fêlait le crâne. Pendant quelques secondes, il regarda le cadavre par dessous la table. Puis il poussa un éclat de rire déchirant; il se leva d'un bond et se mit à danser dans le laboratoire, marquant la mesure en frappant l'une contre l'autre ses mains humides de sang, dont il examinait les taches rouges avec des accès nerveux de gaieté. Il fit ainsi, à plusieurs reprises, le tour de la pièce, marchant sur les tessons qui traînaient, poussant les débris au milieu du plancher. Il vint enfin sauter à pieds joints par dessus le corps de sa femme, ainsi qu'un enfant qui jouerait à saute-mouton. Et il riait plus fort, trouvant sans doute ce jeu fort comique.

A ce moment Geneviève apparut sur le seuil de la porte.

Immobile, rigide, semblable au destin, elle fouilla du regard cette grande salle sinistre, aux exhalaisons fétides,
aux coins pleins d'ordures, dont une seule bougie éclairait à peine les ténèbres. Quand elle eut distingué le cadavre aplati à terre, comme piétiné par ce fou qui riait et
dansait diaboliquement dans l'ombre vague, elle redressa
sa haute taille, elle dit de sa voix sèche :

— Dieu le Père n'a pas pardonné!

FIN

TABLE DES CHAPITRES

NAPOLÉON LANDAIS

GRAND DICTIONNAIRE
DES DICTIONNAIRES FRANÇAIS
AUGMENTÉ D'UN COMPLÉMENT

Quinzième édition — 1873

2 forts volumes in-4º. Prix : 15 fr. les deux volumes, au lieu de 40 fr.
Reliés demi-chagrin, plats toile, net, 21 fr.

LE MAGASIN DE LIBRAIRIE
RECUEIL RENFERMANT, ENTRE AUTRES OUVRAGES :

C. Caboche. Mémoires sur l'Histoire de France. — Géruzez. Histoire de la Littérature française. — J. Girard. Étude sur Thucydide. — Mézières. Contemporains de Shakspeare. — A. de Musset. Poésies.—P. de Musset. Lui et Elle. — S.-René Taillandier. Gœthe et Schiller. — Ulbach. M. et Mme Fernel. — V. de Viriville. Assassinat du duc d'Orléans par Jean sans Peur, etc., etc., etc., et des articles de Paul Boiteau, Taxile Delord, Erckmann-Chatrian, P. Janet, Louandre, Patin, Saint-Marc Girardin, E. Sarcey, D. Stern, Taine, Zeller, etc., etc.

Prix : 15 fr. les 12 vol. grand in-8º, au lieu de 60 fr.

G. FLAUBERT

LA TENTATION DE SAINT ANTOINE

Un beau volume in-8º, 2 fr. 50 au lieu de 7 fr. 50

EXPOSITION UNIVERSELLE DE VIENNE
ORGANE OFFICIEL DE LA COMMISSION

Un fort volume in-4º de 640 pages, illustré de plus de 400 gravures.
Prix : 7 fr. net, au lieu de 14 fr. (Exemplaire cartonné, 10 fr.)

PARIS-GUIDE

PAR LES PRINCIPAUX ECRIVAINS

Victor Hugo. Introduction. — Louis Blanc. Le Vieux Paris. — Ernest
Renan. L'Institut. — Littré. La Médecine à Paris. — A. Firmin-Didot.
L'Imprimerie. — Théophile Gautier. Le Musée du Louvre. — Edgar
Quinet. Le Panthéon. — Dumas fils. Les premières représentations. —
Paul Féval. La Vie à Paris. — G. Sand. La Rêverie à Paris. — Alphonse
Karr. Les Fleurs à Paris. — M. du Camp. Jardin d'acclimatation. —
Ed. About. — E. de Girardin. — Fr.-Victor Hugo. — Th. de Banville.
— J. Claretie. — Berryer. — J. Favre. — J. Simon. — Dr Tardieu, etc.

2 volumes de **1100** pages chacun, illustrés de **110** gravures hors texte.
Et de 6 Plans de Paris et des Environs
Prix des 2 volumes : **12** fr., au lieu de **20** fr.

LEFEUVE

HISTOIRE DE PARIS

RUE PAR RUE, MAISON PAR MAISON

5e Édition — 5 *beaux volumes in-8°*
Prix : **10** fr., au lieu de **37** fr. **50**

CERVANTES

LE VOYAGE AU PARNASSE

Traduit pour la première fois par **M. J. GUARDIA**
Et accompagné d'un fac-simile de l'écriture de M. de CERVANTES
UN VOL. IN-12 SUR PAPIER FORT. Prix : **1** fr. **75**, au lieu de **5** fr.

Les Songes drolatiques de Pantagruel

Où sont contenues **CENT VINGT FIGURES** de l'invention de
MAITRE FRANÇOIS RABELAIS
Copiés en fac-simile par Jules MOREL, sur l'édition de 1565
pour la récréation des bons esprits.
AVEC UN TEXTE EXPLICATIF ET DES NOTES
Par LE GRAND JACQUES (Gabriel Richard)
2 francs 25 centimes, au lieu de 5 francs

ŒUVRES D'EUGÈNE PELLETAN

1 fr. 50 le volume, au lieu de 4 et 5 fr.

Les Uns et les Autres. In-8. 1 vol.

Décadence de la Monarchie française. 3ᵉ édit.
In-18 . . . . 1 —

La Famille. — La Mère.
3ᵉ édit. In-8 . . . . . . 1 —

Nouvelles Heures de Travail. In-8 . . . . 1 —

Les droits de l'Homme.
2ᵉ édit. In-8 . . . . . . 1 —

La Nouvelle Babylone.
In-12 . . . . 1 vol.

Profession de foi du XIXᵉ siècle. 5ᵉ édition. In-8 1 —

Les Rois philosophes. In-8 1 —

La Naissance d'une ville.
In-8 . . . . 1 —

Le Monde marche. 3ᵉ éd.
In-12 . . . . 1 —

Le Quatre Septembre.
In-12 . . . . 1 —

Histoire des trois journées de Février 1848. 1 volume in-8
Prix : **75** centimes, au lieu de 1 fr. 50.

ŒUVRES D'AUGUSTE VACQUERIE

1 fr. 50 le volume.

Les Miettes de l'histoire. 1 vol. in-12.
Profils et grimaces. 1 vol. in-12.
Le fils. Comédie. 1 vol. in-12.
Jean Baudry. 1 vol. in-12. Prix : **75** c., au lieu de **2** fr.

GALERIE ASTRONOMIQUE
Par CAMILLE FLAMMARION
Collection de 12 cartes photographiques représentant
les principales vues célestes.
Avec Notices astronomiques. — PRIX : **3** FR.

ALBUM CHOISI DANS LA
VIE PARISIENNE
JOURNAL ILLUSTRE
Dirigé par MARCELIN
Séries de 7 nᵒˢ, avec titres et couvertures ill. Prix : **1** fr., au lieu de **4** fr.
Il y a dix séries différentes.

L'ILLUSTRATION
JOURNAL UNIVERSEL

Tome **42**. Année 1863	Tome **46**. Année 1865	Tome **50**. Année 1867
— **43**. — 1864	— **47**. — 1866	— **51**. — 1868
— **44**. — —	— **48**. — —	— **52**. — —
— **45**. — 1865	— **49**. — 1867	— **53**. — 1869

Tome **54**. Année 1869 | Tome **55**. Année 1870
Prix de chaque volume : 4 fr., au lieu de 18 fr.

PARIS. — IMP. Vᵉ P. LAROUSSE ET Cⁱᵉ, RUE NOTRE-DAME-DES-CHAMPS, 49.

www.ingramcontent.com/pod-product-compliance
Lightning Source LLC
Chambersburg PA
CBHW072105020726
47501CB00003B/720